有爱的青春陪伴者

第五季

桃禾枝

—著—

江苏凤凰文艺出版社
JIANGSU PHOENIX LITERATURE AND ART PUBLISHING

图书在版编目（CIP）数据

第五季 / 桃禾枝著. -- 南京：江苏凤凰文艺出版社，2025.7. -- ISBN 978-7-5594-9736-9

Ⅰ. Ⅰ247.5

中国国家版本馆CIP数据核字第2025FK0693号

第五季

桃禾枝 著

责任编辑	王昕宁
特约编辑	周丽萍
责任校对	言 一
责任印制	杨 丹
出版发行	江苏凤凰文艺出版社
	南京市中央路165号，邮编：210009
网　　址	http://www.jswenyi.com
印　　刷	天津睿和印艺科技有限公司
开　　本	880mm×1230mm　1/32
印　　张	11
字　　数	407千字
版　　次	2025年7月第1版
印　　次	2025年7月第1次印刷
书　　号	ISBN 978-7-5594-9736-9
定　　价	45.80元

江苏凤凰文艺版图书凡印刷、装订错误，可向出版社调换，联系电话025-83280257

目录

☾ 第一章 · 001
寄宿的少年

☾ 第二章 · 026
特殊对待

☾ 第三章 · 054
夏天和毕业

☾ 第四章 · 086
我喜欢你

☾ 第五章 · 130
隐藏的不安

☾ 第六章 · 183
发送失败的信息

目录
Contents

第十章 · 314　要和十八岁喜欢的少年结婚了

番外三 · 341　这一次是你先招我的

第九章 · 282　对你的爱也没变

番外二 · 336　年年有瑜，岁岁新昭

第八章 · 244　依赖

番外一 · 332　童年核桃包

第七章 · 206　重逢

第一章

寄宿的少年

　　西澜的三月明媚怡人。
　　刚结束了Ａ大校考的沈瑜下了飞机，打车回家。身为高三的舞蹈特长生，她为此准备了很久。这次发挥得还算不错，沈瑜也是松了一口气。
　　司机看向后视镜。坐在后座的女生看上去年纪不大，白皮肤、亮眼睛，黑色长发披散在胸口，清纯漂亮。脊背挺得笔直，气质很好，就是有点高冷，不怎么爱说话。
　　任他说了半天，小姑娘也只是简单地应和了几句。
　　司机识趣地默默打开了广播。悦耳的音乐声流淌，缓解了车厢里的沉闷。
　　后座的沈瑜这会儿才有时间查看手机。同桌兼舍友刘元元也发来消息问她今天回不回学校住。
　　沈瑜：我先回家拿些衣服，下午回校。
　　刘元元立刻发来一个热烈欢迎的表情包：棒！正好有事和你商量。
　　沈瑜回复了"好"，没有多问是什么事。
　　她按灭屏幕，转向车窗。
　　道路旁郁郁葱葱的绿植丛生，树梢的玉兰花悄悄开了，呼吸间的空气都是香的。
　　她离开西澜去Ａ市准备考试那会儿天气还冷，路途景象萧瑟。不过几天的时间，西澜似乎一下子迎来了春天。

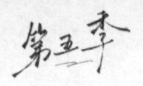

沿途的景色越来越熟悉,碧海湾高大的住宅外立面清晰可见。

司机在路边停车,热心地帮沈瑜从后备厢拿出行李箱。沈瑜道了谢,拉着行李箱进了小区。

周日的午后阳光正好,小区内的花园广场上有不少玩耍的儿童。嘻嘻哈哈的声音热闹喧腾,伴着花红草绿,处处透着春的生机。

相较于广场的热闹,隐藏在绿树丛荫下的别墅区要清净得多。

输入密码,沈瑜径直往里走。穿过入户花园时,眼角无意间掠过一些不同寻常的景象。

沈瑜脚步一顿,转头。

原本杂草丛生沦为杂物堆积处的院角,竟然被翻新成了一个花圃。棕色的篱笆很新,绿植花卉铺开。黄的粉的白的花朵绚丽多姿,是院子里不曾有过的漂亮。

花圃前的藤椅上,躺着一个闭眼晒太阳的少年。

少年身穿休闲的白色衬衫,两条修长的腿裹在黑色裤子里,露出一截清瘦、骨节凸起的脚腕。他一只手搭着扶手,另一只手握着手机扣在小腹上,姿态闲适优雅。

大片阳光氤氲成朦胧的光影,金色光斑在他的身上跳跃,好像是春天浮光掠影中的一幅画。

沈瑜心神一漾。

家里的花园荒废已久,有闲情逸致重新修整的,大概只有这位暂时寄宿在家里的大少爷谢新昭了。

几乎是同时,被端详的少年睁开了眼睛,转头直直地向庭院中央的沈瑜看过来。

似乎是不能适应突如其来的光线,谢新昭眯了眯眼。

下一秒,他站起身来,藤椅随着他的动作晃了晃。

"你回来了。"

沈瑜点头,松开行李箱的拉杆,在谢新昭的视线下走过去。

"花圃是你修的?"

谢新昭应了声,乌黑的眼睛盯着沈瑜。

"喜欢吗?"

沈瑜点点头,礼貌地道:"很漂亮。"

谢新昭转向花圃,轻笑了一声。

沈瑜怔怔地望着他的侧脸,脑海里某个画面一闪而过,快得来不及抓住。

沈瑜眨了眨眼,转身去拉行李箱。

"我先进去了。"

002

轮子在地上碾过，发出一串轱辘声。

谢新昭看着少女单薄的背影消失在门口，抿了抿唇坐回了藤椅。

沈瑜一进门就被爸爸沈朗叫住了。

"舞蹈考得怎么样？"

沈瑜："还可以。"

那就是没问题了，沈朗满意地点点头。

他的工作忙碌，其实没有太多时间关心沈瑜的学习情况，即使是在高三这样紧张的时候。

从小到大，沈瑜也从来没有让他操心过舞蹈和学习。

想起了什么，沈朗又道："舞蹈是没有问题，成绩也不能放松。想要考A大，文化课成绩也很重要。听新昭说，你们快要二模了，有不会的多问问人。

"新昭来家里那么久，你不要一直冷冷淡淡的。你们同龄人，可以——"

沈朗一顿，看向门口。说曹操，曹操到。

沈朗招了招手："哎，新昭！"

谢新昭几步走来，在沈瑜的旁边站定。

沈瑜闻到了些许泥土和花草的清香。

沈朗继续叮嘱："正好今天也有空，你有不会的下午多问问新昭。"

听到这话，沈瑜下意识地看了一眼旁边的谢新昭，谢新昭慢吞吞地回看她。

"哦。"沈瑜回过头，淡淡地应了一声，但她并没有这么做。

回房间洗了澡，收拾了些轻薄的衣物之后，沈瑜打算回学校了。

出门前，沈瑜再次路过了花圃。

这个时节，嫩黄的小苍兰和粉白的海棠花开得正盛。微风摇曳，清香徐徐。

沈瑜弯腰仔细欣赏了一会儿，起身离开。

沈朗在书房工作，对女儿的阳奉阴违一无所知。

与此同时，二楼临近花园的窗户内，一道目光静静地注视着沈瑜。

少女清瘦的背影消失在拐角时，谢新昭的手机响了一声。

小瑜：我回学校了。

谢新昭轻呵一声，熄灭了屏幕。

手机在修长的指间转了几圈，被人不耐地扔到书桌一角。

没良心。

刚回来又跑。

沈瑜回到一中时是下午四点多。阳光渐渐稀薄，校园里的人也不多。

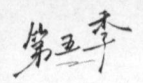

　　沈瑜所在的高三（20）班是一中特殊的存在。这个班级里的学生大多数是艺术生或体育特长生，还有一些预备出国读大学的同学。
　　相比其他班级，二十班的学习氛围要轻松些。
　　班里住校生寥寥无几，女生中只有沈瑜和刘元元两个。
　　收拾好个人物品，沈瑜同刘元元一起去食堂吃饭。
　　路上，刘元元兴致勃勃地和沈瑜谈起自己的计划。
　　"我想拍一个毕业视频纪念我们高中生活，你觉得怎么样？"
　　刘元元学的摄影，艺考成绩相当不错，手握好几个传媒大学的优秀成绩单。只要高考不出岔子，录取没什么问题。
　　沈瑜想了想："挺好。"
　　刘元元的眼睛一亮："那你来做我视频的女主角吧，好不好？"
　　沈瑜的身材高挑消瘦，皮肤白得发亮。她的眉眼和脸型轮廓清晰分明，精致中带着些清冷，气质很特别。尤其沈瑜自幼练舞，体态优雅端正，非常适合镜头，是刘元元脑海里当仁不让的第一人选。
　　"第一人选"却有点犹豫："可我最近很忙。月底还有运动会开幕式的舞蹈表演。"
　　"那正好！我把开幕式的表演拍下来当素材。"
　　刘元元极力游说沈瑜。
　　"我知道你最近很忙。我现在还在选人和写剧本分镜的阶段，其他等二模后拍。实在没空的话，一些镜头等高考之后拍也可以的。"
　　刘元元："拜托啦，沈瑜！"她拉着沈瑜的袖子，可怜巴巴，"沈大美女，你就是我命定的女主角，我拍不到你会遗憾终生的！"
　　刘元元一直是风风火火的性子，难得露出这副模样。
　　沈瑜扯了扯嘴角，轻笑："夸张。"
　　刘元元磨了一路，终于等到沈瑜点头。她顿时喜笑颜开，挽着沈瑜走进食堂。
　　周日食堂开的窗口不多。
　　沈瑜今天不太饿，只要了一碗红豆粥。刘元元买好自己的饭，又聊起视频的问题。
　　"对了，关于男主角你有什么想法吗？"
　　沈瑜摇头："无所谓。你选就好。"
　　"行。"刘元元挖了一大口饭吞掉，信誓旦旦地保证，"一定找个颜值能和你匹配的大帅哥来！"

　　吃完饭，两人慢慢散步消食回宿舍。路过公告栏时，刘元元拉住沈瑜。

"哎！"她指向里面的一张照片，"你觉得他怎么样？"

公告栏里贴着上学期优秀学生的照片。

男生的五官俊朗，轮廓流畅分明，即使面无表情拍出来也惊艳得很。

——高三（1）班，谢新昭。

沈瑜站定，脑海里浮现出一双漆黑的眼睛。

谢新昭的瞳仁黑且圆，认真看人的时候有时会呈现出一种和他外形不搭的无辜感。只是偏长的眼睛形状中和了这样的无害感，不太容易被察觉。

"我觉得他挺乖的。"沈瑜实事求是。

刘元元皱眉，不敢置信道："哈？他乖？哪里看出来的哦？"

沈瑜眨了眨眼："不是吗？"

"当然不是啊。"刘元元大叫，"他好高冷的，拍照都不笑。"

她叹气道："你不在的这几天，其实我托一班的朋友问过他愿不愿意拍视频，他一口拒绝了。"

刘元元再次看向照片，越看越觉得喜欢。谢新昭的脸轮廓分明，五官线条优越，非常上镜。

"你看，证件照都这么好看。"刘元元万分惋惜，"拍出来肯定很帅。"

刘元元喃喃自语："不行，我还是不死心，我想再去试试。"

下一秒，沈瑜的肩膀一沉，被人重重揽住。

"你得陪我一起去！"

刘元元是个行动派，当天在宿舍里写了个草稿，将明天劝说谢新昭的话彩排了一遍。

那会儿已经是晚上，其他两个舍友也都回来了。听说她计划找谢新昭拍视频，两人都表现出了极大的热情。

"元元，我觉得你的视频会火。"

谢新昭成绩好、长得帅，刚转学来就因为一次国旗下讲话的照片出了名。有高一的学妹将那张照片发到网上，还小火过一段时间。直到现在，网上许多"校园帅哥"的 tag（标签）里还能找得到痕迹。

而此刻，沈瑜正在走廊上和爸爸通话。

"你什么时候回的学校？"沈朗一开口就是公式化的口吻。

沈瑜："下午。"

"哦。"沈朗的声音不太高兴。

"不是要你下午和新昭一起学习吗？"

沈瑜抿唇，解释："我学校里有事。"

沈朗在那头叹气。

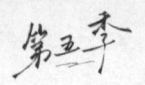

"新昭是家里的客人,你作为主人要多关照点。你们小时候关系不是很好吗?不然爸爸也不会接他过来。多个朋友多条路,你又不是不知道新昭爸爸做什么的,和他处好关系总没错……"

这些都是老生常谈,沈瑜听得有些心不在焉。

她和谢新昭小时候确实是朋友。可后来谢新昭一家人离开了西澜,两人已经很久没有联系了。直到高三,谢新昭转学到西澜一中,暂住在沈瑜家,两人才重新有了联系。

夜晚早春寒,这会儿起了风,冷飕飕的。

沈瑜垂下眼,慢吞吞地应了一声。

沈朗:"知道你不喜欢我说这些,但爸爸不会害你。行了,就这样,你学习吧。"

沈瑜收好手机,拢了拢身上的外套,推门进去时,舍友们正在讨论一个熟悉的名字。

"谢新昭很有钱。听一班说上次临时捐款,他随随便便就拿了几千现金,一个人的捐款额抵过一个班了。"

沈瑜安静地坐着,没有插话。

这个晚上,舍友们的话题从谢新昭的家庭延伸到他的成绩和喜欢他的女生,又谈及他拒绝起别人来是多么冷漠无情。对于成绩好、长得帅还有好家世的男生,谈论起来不知不觉地便加了层滤镜。

沈瑜也是这时才认识到,住在自己家里的谢新昭如此受欢迎。

可能今天听到太多关于他的事了,沈瑜入睡前,映在脑海里的最后画面竟然是谢新昭的那双眼——黑漆漆的,温顺又亲和。

周一的午休时间,刘元元拉着沈瑜直接冲向高三(1)班。

和风日暖的春日午后,不少同学站在走廊上晒太阳。

一班的门没关,刘元元直接进去敲了敲靠门第一排的书桌。

"同学你好,我找谢新昭,麻烦叫他出来一下。"

第一排的男生点点头,站起身冲着后排喊了一声。

刘元元顺着目光看过去,只看到了最后一排靠窗口的一个毛茸茸的脑袋。

听到声音,那个脑袋动了动,抬起头来,一张淡漠中带着困倦的脸映入眼帘。

谢新昭点点头,起身走过来。刚走到门口的位置,他的目光一凝。

沈瑜站在距离门口两米远的阴凉处,双手插兜,目光轻飘飘地和他撞上。

她规规矩矩地穿着校服,脖颈修长白皙,黑马尾,尖下巴,干干净净的样子格外招人。

谢新昭下意识地要走过去。

"你好!"伴随着一道女声,谢新昭的身前多了一个人。

他停下脚步,低头。他有些脸盲,对面前的女生没什么印象。

"你好,我是二十班的刘元元。是这样的,我想拍一个关于我们在一中的毕业视频,不知道你有没有兴趣……"刘元元快速将自己的来意告诉了谢新昭。

谢新昭不发一言地听着,表情没什么波动。

"谢同学,视频耽误不了你多少时间,不会影响你成绩的。我保证会把你拍得很好看。怎么样?你不觉得这事很有意义吗?你不仅仅是你,也代表了我们西澜一中的形象——"

"我是转学来的。"谢新昭打断她的话。

刘元元一哽。

"那也可以拍呀,给自己这段时间留个纪念嘛!"刘元元飞快地在大脑里搜刮可以说服谢新昭的理由。

谢新昭心不在焉地听着,目光有意无意地飘到一边的沈瑜身上。她站在离自己不远不近的地方,目光平静宁和,不发一言。

就这么不想和自己说话吗?

"怎么样,谢同学?"刘元元的话把谢新昭拉回了现实。

他低头,眼前的人一脸期盼地看着自己。

谢新昭摇头:"不去。你找其他人吧。抱歉。"他还礼貌地加了个道歉。

刘元元说得嘴皮子都快干了,对这个结果很是不甘心。

见眼前的人转身欲走,刘元元一急,大跨一步抓住沈瑜的胳膊,用力一拉。沈瑜反应不及,一个趔趄,被拉到了刘元元的侧前方。

"沈瑜,你说!"

刘元元将沈瑜视作团队的一员,下意识要她帮着一起说服谢新昭。她的声音较高,加上刚刚不大不小的动静,整个走廊里都安静下来。

所有人的目光都聚焦在了门口的三人身上。

谢新昭的脚步一顿,看向只有一步之遥的沈瑜。

沈瑜只和他对视了一眼就移开,转向刘元元。

"不愿意就算了吧。"沈瑜不喜欢勉强别人。同学们并不知道他们私下的关系,她也不想用这层关系劝谢新昭接受刘元元的邀请。

刘元元的失望之情溢于言表。

同样失望的,还有在一旁看热闹等着八卦的人。倚在走廊栏杆的几个男生互换了一个了然的眼神。

果然是沈瑜,对谢新昭这样的帅哥也一视同仁,没半点多余的眼神。

刘元元重重地叹了一口气,却还是不死心地补充了两句:
"你再想想吧谢同学,我很诚心的。"
"别那么快回答,我下周再来问你。"
刘元元不给谢新昭说话的机会,迅速拉着沈瑜走了。

刘元元在谢新昭这里折了戟,并没有失落太久。很快,她在学校的校内墙发了一封招募书,又和同学讨论学校还有哪些人选。
到了下午课结束,刘元元几人还没有讨论出结果。
"我去排练了。"沈瑜收拾好书包,和刘元元打了声招呼。
刘元元摆摆手,忙得不行:"去吧去吧。有人选晚上回宿舍和你说。"
沈瑜应"好",穿过熙攘嘈杂的教学楼,独自一人前往舞蹈排练厅。
舞蹈排练厅位于体育馆的三楼。沈瑜到得早,一来就被好几个女生围住。
和沈瑜一起排练的大多数是高一高二的舞蹈生,对艺考既好奇又紧张。沈瑜很有耐心地一一回答了她们的问题。听她说考得还不错,几个学妹发出了崇拜的尖叫声。
沈瑜笑了笑,顺手将头发盘成一个丸子头。
集体热身之后,今天的排练正式开始。
运动会开幕式的舞蹈表演不难,重点是要整齐划一。但老师对大家今天的表现并不满意,她表情严肃地扫视一圈,语气也严厉起来。
"不熟练的人自己回去练。你们看看沈瑜,人家学习任务重,排练时间短,跳得是最好的。"
排练厅鸦雀无声。有女生不服气地小声顶嘴:"领舞当然要跳得最好。"
这声音没有躲过老师的耳朵。老师没有点破,只轻飘飘地瞄了一眼出声的方乐灿。
"是跳得最好的才能领舞,你要是跳得最好,你来领舞。"
见方乐灿不说话了,老师宣布排练结束,后天继续。
队伍解散,大家陆陆续续地离开了舞蹈排练厅。
有女生来问沈瑜:"走吗?"
沈瑜摇摇头:"我再练一会儿,你们先走。"
很快,舞蹈排练厅就剩下沈瑜一个人。
方乐灿刚刚被老师驳了面子,嘟着嘴巴和朋友下楼。

另一边,沈瑜继续在空荡荡的排练厅里练舞。她在舞蹈上有一点完美主义,为了做到最好,常常牺牲很多放松和玩乐的时间。
沈瑜独自在排练厅练了很久,中途只吃了一袋面包。

等她结束，已经是晚上九点了。

锁好门出来，校园里冷冷清清。西澜一中是西澜市的教育改革试点学校，没有晚自习的要求。这会儿，只有寥寥几个走得晚的同学和路灯、星光为伴。

沈瑜从体育馆台阶上下来，不经意间看到了一个熟悉的身影。

谢新昭侧对着体育馆的方向，目视前方。校服拉链被拉到最上面，竖起的领子挡住了嘴唇和下巴，眉眼和鼻骨的轮廓在月色下显得极为优越。

沈瑜默不作声地继续下楼。

寂静的校园里，这轻微的脚步声显得很清晰。

伫立在下方的人侧头向这边看过来。

夜风轻轻，四目相对。

沈瑜的脚步顿了顿，在对方的目光中继续下楼。白色运动鞋踏在台阶上，随着动作，白皙纤细的脚腕若隐若现。

到了楼下，沈瑜在谢新昭的面前站定。

谢新昭没有开口，只静静盯着她看。皮肤被月光照得莹白，瞳仁黑亮，额发凌乱柔软地铺在额头。没有了中午的淡漠，此刻他的表情柔和许多。

沈瑜扬眉，有些困惑："你在等我吗？"

谢新昭点点头。

"有事吗？"

"……有。"谢新昭动了动脖子，下巴将竖起的领子压下，嘴唇抿成了一条线，眼睛乌沉沉的，"昨天下午为什么不来找我？"

谢新昭有点不爽。他昨天在家等了沈瑜半天，结果她一回来就走。今天中午来一班，又是话都不和自己讲。

"我不找你，你就不会找我，是不是？"

沈瑜不知道是不是自己的错觉，谢新昭的语气里有些委屈的味道。

她有些困惑，抿了抿唇解释："我给你发了消息。"

沈瑜的眼神干净、坦白。

谢新昭盯了她半晌，叹气："算了。"

他干脆命令道："那你这周末和我一起。"

沈瑜愣怔几秒。她穿着黑色的练功服，外面又套了件校服外套。晚风一吹，宽宽大大的裤腿如裙摆般飞起一角，几缕不听话的头发散落在耳后脖颈处。

沈瑜的五官精致，小巧干净的一张脸轮廓分明，不说话的时候有一种天然的疏离和冷淡。

谢新昭的唇又抿了起来："我在西澜人生地不熟，周末很无聊。"

沈瑜定定地看了他半晌，轻轻点头："好吧。"

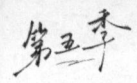

见没事了,她提出告辞。

"没事我回宿舍了,你也早点回去吧。"说完,她不再看谢新昭的脸色,转头就往宿舍的方向走去。

月朗星稀,路灯下的影子格外明显。

沈瑜走了一会儿,转身,仰头,干净澄澈的目光望向跟在身后的人。

谢新昭也停下,高大的身影笼罩过来,乌黑的眼睛盯着她。

"我送你到宿舍楼下就走。"

沈瑜沉默几秒,没有同意也没有拒绝。她转身,继续往宿舍的方向走。

一中很大,从体育馆到宿舍楼是很长的一段路。两人一前一后地走着,默契地保持着沉默的状态。路灯下的影子偶尔交错,一路上只有利落的脚步声和从树丛里传出的猫叫声。

距离宿舍楼还有一百米左右时,沈瑜停了下来,转身,谢新昭也随之停下。

"你回去吧,我不往前走了。"似乎是不用开口,他就知道沈瑜在想什么。

沈瑜点点头,道了一声"再见",便离开。

回到宿舍,沈瑜将书包放下。刘元元立刻抓了一个本子凑过来,悄悄和沈瑜咬耳朵。

"刚刚是不是有人送你回来?"

沈瑜侧头,点点头。

"谁啊?"刘元元小声问,"在楼上看不清楚,但感觉挺帅的。你什么时候和男生这么熟了?他长什么样,有没有兴趣拍视频?"

刘元元的问题连珠炮般向沈瑜射过来。

沈瑜迟疑了几秒,看着刘元元的眼睛,轻声说:"是谢新昭。"

"啊——"

沈瑜食指竖在嘴边,及时阻止了刘元元的尖叫。

刘元元满脸兴奋,立即拉着沈瑜去了阳台。

沈瑜也不知要如何解释和谢新昭的关系,索性简单讲述了一遍。

"你们很熟?那今天……"刘元元不懂了。

他们今天的表现完全像是陌生人一样啊。

沈瑜抿唇:"其实我们也不算熟。"

她平日住校,说起来和谢新昭也只有周末见上几面,远远没有儿时的情谊深。

刘元元微张着唇听完,半响才点点头。

沈瑜洗澡时,刘元元浑浑噩噩地回到书桌旁,这才想起本来是要和沈瑜商讨视频人选的事。

看向写写画画勾出来的几个人选名单,刘元元手一挥,直接把那张纸撕下来,揉成团扔了。

之后的几天,沈瑜没有在学校里见到谢新昭。

前段时间她的精力放在了校考上,现在既要补习落下的复习进度,还要抽空进行运动会开幕式的彩排。整整一周,她都是凌晨后才得以睡觉。

就这么到了周六,沈瑜整理好宿舍,收拾东西回家。

沈瑜的家离学校不算远,骑车也就二十多分钟。她选择住校,不过是觉得更方便一点。

沈瑜到家时,迎接她的是清新扑鼻的花香。

院子里的花圃被打理得干净,盛开的花朵比上周更多了。花圃旁的架子上摆着浇花壶和修剪整理花圃的工具,井井有条。

正观察着花园里的变化,口袋里的手机响了起来。沈瑜拿出手机,屏幕上出现了沈松源的名字。

沈瑜的父母早年离了婚,沈瑜跟着爸爸生活。后来没过多久,沈朗就和继母陈秧结了婚。沈松源是陈秧的儿子,比沈瑜小两岁。

陈秧和沈朗结婚时,沈瑜十岁,沈松源八岁。相较于那时候别扭着不肯改口的沈瑜,沈松源的表现要好得多。

他嘴巴很甜,一来就"爸爸""姐姐"叫得很欢,连姓也立马换成了"沈",和沈朗相处得很融洽。

沈松源成绩不好,中考之后只上了职高,平时住校,一般一周才会回来一次。

他最近在准备比赛,回家的时间便更少了。

沈瑜接听电话,沈松源洪亮的声音立刻响彻耳边。

"姐!你在家吗?"

"在。"

"太好了姐!江湖救急!帮我把储藏室里周叶的签名球带给我!我马上要篮球比赛了。地址我现在发给你。"

沈松源根本不给沈瑜反应的时间,急匆匆挂断了电话。

沈松源喜欢收集篮球明星的签名。储藏室有一排签名球,按照沈松源的指示,沈瑜很快在储藏室里找到了他要的签名球。

沈瑜找了个球网把球装进去,戴上渔夫帽,就要下楼。路过谢新昭的房间时,门忽然打开。

谢新昭一身白色卫衣,头发松松软软地耷拉着,看上去懒散随意。

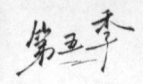

不经意遇上，他的目光快速在沈瑜身上打量。

眼前的沈瑜戴着黄色的渔夫帽，看上去脸更小了。一身宽松简单的装扮，手里提着篮球。

谢新昭的脸色不算好看，眉毛皱起来："你刚回来又要走了？"

沈瑜提了提自己手上的球："沈松源要这个球。"

谢新昭心头一哽："他要你送球？"

沈瑜点点头。

谢新昭的脸上看不出表情："你对他还挺好，刚回来就为他跑腿……"

沈瑜打断他："我没打算自己去送，叫了同城跑腿在北门碰面。"

谢新昭："哦……"

短暂的沉默后，他抢过沈瑜手里的篮球："我和你一起去。"

两人走到小区北门时，跑腿的人还没来。

谢新昭拎着球，目光落在旁边的女生身上。她站得笔直，目视前方，头上一顶黄色的渔夫帽挡住了大半部分的脸，从侧面只能看到小巧精致的鼻尖和形状姣好的唇。

他望着沈瑜瘦削的肩膀，慢悠悠地开口："中午吃什么？"

沈瑜家里虽然住别墅，但平时家里只有工作日会请钟点工阿姨做饭，周末一般是陈秧下厨。

可今天沈松源不在，陈秧也出门放松去了，家里便只剩下沈瑜和谢新昭两个人。

沈瑜本打算自己随便下碗面吃，眼下听谢新昭提起，才反应过来他是家中客人，自己应该解决一下他的午餐问题。

她抬眼，慢悠悠建议："外卖？"

谢新昭微微挑眉："你原来打算吃什么？"

"泡面。"沈瑜如实回答，她不会做菜，最省事的就是泡面。

谢新昭皱眉："你在学校也这样？"

"学校有食堂。"

说话间，沈瑜的手机响了。跑腿小哥打来电话，表示他到了。

将篮球交给跑腿小哥后，沈瑜发消息给沈松源。按灭了屏幕，她抬起头，发现谢新昭还在一眨不眨地看着自己。

他的瞳仁很黑，眼皮因为皱眉的动作压出了一道浅浅的折痕。

"我想吃陈记面馆。"他突然开口。

陈记面馆是西澜的老字号面馆，这几年借着网络和媒体的发达，声名远播。即使标着高昂的价格，每天也几乎是从中午营业起就爆满，下午六七点便打烊。有不少邻市的人专门过来，就为了吃上这一口面。

沈瑜点头："好。你去吃吧。这家店挺远的，人也多，我没时间就不去了。"

今天是周末，陈记铁定爆满，不知道要排多久才能排上，沈瑜不想浪费时间。

"没要你去。"谢新昭垂下眼，双手插兜，"有推荐的吗？"

沈瑜想了想："蟹黄面和三虾面都挺出名的，可以试试。"

谢新昭点点头，抬手看了看时间。

见他要走，沈瑜挪动脚步，欲往回走。

"那我回家了。"

"哎！"

谢新昭的动作很快，迅速伸手按住了沈瑜的肩。少女的肩膀单薄清瘦，骨骼的轮廓清晰，隔着薄春衫，凸起的肩胛骨硌着他的手指。

沈瑜扭头，脖颈细瘦白皙，凸起的脉络形成了一个明显的弧度。动作间，她披散在肩膀的头发拂过谢新昭的手背，极淡的香味弥漫，发丝被阳光晒得微热，触感顺滑柔软。

谢新昭松开手："你还没说你吃什么。"

沈瑜眨了眨眼，目光干净澄澈。

"你要给我带吗？"

"嗯。"谢新昭不动声色地将触碰过沈瑜的手收回口袋，"别吃泡面了，等我回来。"

沈瑜没有拒绝，礼貌地笑了笑："那就鳝丝面吧。谢谢。钱我一会儿转你。"

谢新昭漫不经心地点点头，其实没太听清沈瑜后面说了什么。

口袋里的五指虚握成拳又张开，手心和指头依旧是热的，好像怎么摆弄都不对。

明明是清风拂面的春天，竟无端生出了些夏日的热潮来。

谢新昭再回来时，已经是两个小时以后了。

除了蟹黄面和鳝丝面，他另买了一份小笼包和一碗红豆小圆子。汤、面、浇头都是分开放的，加上小料，大大小小好多个盒子。

沈瑜在他回来之前一直在练舞，到这个点正好饿了。

她洗了手过来，帮着一起布置餐桌。

沈瑜只要了一份鳝丝面，便将其他多买的两样理所当然地认为是谢新昭要吃的。

她伸手将纸袋里的红豆圆子拿出来，递给谢新昭。

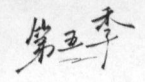

几乎是同一时间,另一只手也抵住了碗的边沿。

沈瑜下意识地松开手,抬头。

谢新昭继续把那碗红豆圆子推至沈瑜面前,用非常随意的语气说:"给你的。"

沈瑜停顿两秒,道了声谢。

"你要吗?分你一半?"

谢新昭拒绝:"不喜欢甜的。"

沈瑜应"好",坐下,又被推了一盒小笼包过来。

谢新昭:"一起吃。"

他摆好陈醋小碟,非常自然地问:"辣椒要吗?"

"不要。"

"好。"

开始吃饭后,两人便默契地不再说话了。

陈记的红豆煮得很软,入口即化;小笼包鲜香味美,皮薄多汁。

这顿饭,沈瑜不仅吃掉了自己的面,还多吃了一碗红豆圆子和一只小笼包。

吃过饭,沈瑜绕着花园走了几圈消食。

这几天天气好,花花草草也是一派生机勃勃的样子。

刘元元的电话就在此时打了过来。

"问了吗?问了吗?"

沈瑜:"……还没。"

刘元元有点失望,提醒了几句要她别忘后,便挂断了电话。

才结束通话没两分钟,刘元元又发来了几条语音消息。

"记得一定要问啊!"

"你想想,和自己熟悉的男生一起拍总比和陌生人好吧?"

沈瑜努力忽略刘元元不着边际的话,语音回复她:"我会问的,但决定权还是在他自己。"

沈瑜收好手机,站在原地。

后方忽然传来一道声音:"什么决定?"

沈瑜转头,谢新昭站在入户处,饶有兴致地看着她:"我好像听到自己的名字了。"

四目相对了片刻,沈瑜无奈点头。

"就是拍视频的事。"她解释,"我同学想让我再问问你的意见。"

谢新昭眼神沉静下来,锁定住沈瑜:"你想让我拍吗?"

谢新昭这一刻的语气就像是,只要她开口他就会同意似的。

可沈瑜并不想让自己影响他。

"你自己决定吧。"她轻声道。

下午，两人在谢新昭的房间一起学习。

谢新昭的成绩很好，数学尤其优秀。文科班的数学对他来说很容易。

相较于干讲知识点，这个时间段的沈瑜更适应错题订正。她习惯题海战术，在做题中到自己的知识弱点。

谢新昭翻看她最近的考试试卷。

沈瑜的成绩出乎意料地好，她基础分把握得很好，几乎从不犯粗心的错误，丢分基本都在难点上。

"你的数学还不错。"谢新昭客观地评价。其实她根本用不着辅导，作为一个艺考生，这个成绩已经很好了。

他翻开沈瑜的习题集，按照知识点勾了些题目。

"先做做看。"

沈瑜点头，打开草稿本计算。

春日晴朗，最近的气温也是节节攀升。

沈瑜只穿了一件宽松的米色衬衫。她挽起袖子，将头发用发夹别在耳后。

做题做了一大半，沈瑜揉了揉手腕，忽然感觉到旁边一道难以忽略的目光。

她动作一顿，侧头，谢新昭的目光正怔怔地落在她的左胳膊上。

沈瑜好奇："你在看什么？"

谢新昭的喉头滚动了一下，声音有些低。

"你的手臂……我想看看。"

他顿了顿："可以吗？"

沈瑜安静了两秒，放下笔，默默地把左臂的衬衫卷上去。

上臂的位置，有一道两厘米左右的疤，凹进去的，肉粉色。

其实不太醒目，只是沈瑜的皮肤太白，细腻光滑如牛奶，这样一道疤就好像精美瓷器上的一点瑕疵，让人心生惋惜。

谢新昭的睫毛颤了颤，目光闪烁。

"疼吗？"他问。

沈瑜愣了下，摇摇头，她觉得谢新昭有些过于关注这道疤了。

"过去很久了，不用在意。"

谢新昭沉默。沈瑜右手一抹，松松垮垮的袖子落下，遮住了那道已经很浅的疤。

她看向谢新昭，声音轻巧："不用因为小时候的事特别照顾我，你父母

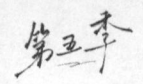

给了很多了。"

谢新昭看着她缄默不语,乌黑的瞳仁好像两颗宝石,泛着透亮光泽。

沈瑜合上书本,起身欲走。

"好了,今天就到这儿吧,我走了,有不会的再说。"

沈瑜走到门口时,一直没出声的人忽然开口,声音很低,语气有些倔强:"那是他们的事,和我无关。"

关门声响起,也不知道沈瑜听到没有。

沈瑜一直待在自己房间,直到晚饭前沈松源回来。

晚上,一家人一起吃了饭。沈松源很高兴,他今天比赛赢了,得意不已:"签名球真的有用!"

沈松源穿着花花绿绿的衬衫,眉飞色舞地和家人描述今天的比赛。据他说是球队经理算了塔罗牌,要沈松源他们用签名球打。

队里的人都将信将疑的,可碍于对方实力太强,还是不禁想迷信一把,于是沈松源这才火急火燎地要沈瑜送球过去。

"昭哥下次你也试试!我可以借你!"

相较于沈松源的活跃,桌上的另外两个学生要安静许多。

谢新昭只是淡淡地回应了下,并不热情。

沈朗将目光放在了沈瑜身上,又开口提起要向谢新昭学习的事。

沈瑜张了张口,还没出声,谢新昭已经先她一步开口了:"叔叔,沈瑜今天下午和我一起复习了。"

沈瑜握紧手里的筷子,看向谢新昭。

谢新昭淡淡扫了她一眼,继续道:"我看了,沈瑜的成绩很好,知识掌握得也很扎实。您不用担心。"

沈朗愣了几秒,瞥了沈瑜一眼,对谢新昭笑了笑:"听你这么说,我就放心了。"

桌上忽然有些沉默。

唯有沈松源浑然不觉地开玩笑:"嗨呀,爸,我姐可是能靠脸吃饭的人!我姐往台上这么一站,活脱脱的女明星好嘛!"

他声调夸张,配上浑不憷的表情,轻轻松松地就把话题带了过去,气氛也重新轻松起来。

沈瑜抬眸,沈松源趁着吃饭的间隙,笑嘻嘻地冲她眨了眨眼。

周一中午,吃过午饭的刘元元拉着沈瑜在学校散步,说是要采景。

路上的同学不多,篮球场上和操场上三三两两的男生聚在一起运动。

016

两人沿着篮球场边散步。刘元元听说了沈瑜周末的情况，长长地叹了一口气。

沈瑜和谢新昭都是高岭之花的类型，她本来也没抱多大希望。特别是沈瑜，从来不和男生多说一句话，生活里除了学习就是跳舞。

看出刘元元有点沮丧，沈瑜抿抿唇，正要开口时，眼角瞄到一个篮球正飞向这边飞来。

她连忙把刘元元往后一拉："小心。"

下一秒，篮球几乎擦身从两人眼前掠过，掉落在地。

篮球在地上弹了几下，碰到路边台阶，转了个向又弹了回来，滚了一会儿，停在路边。

沈瑜手拉着刘元元，目光落在距离两人不远的篮球上。

篮球场内的男生向两人大喊："美女，帮忙把球扔过来。"

刘元元很生气。她本来就因为视频的事在烦心，忽然被人差点砸到头，更是后怕。

她挣开沈瑜，几步走过去将球抓起，冲着篮球场大喊："过来道歉！"

篮球场内的几个男生面面相觑。

过了一会儿，一个高个子男生向这边走过来。

沈瑜还在看刘元元手上的球。这球上有一行字母，看起来也像是签名。

"啊，路航。"

在辨认字母的沈瑜忽然听到刘元元的声音，再抬头时，刘元元的脸色变了变，眼神复杂。

刘元元扫了沈瑜一眼，下意识地想带着她走开。

脚步还没来得及动，眼前多了道压迫感的身影，一道漫不经心的声音响起："对——不——起。"

拉长的道歉声听不出多少诚意，只有懒洋洋的应付和调笑。

刘元元在认出路航的那一刻就后悔要他道歉了，此刻急忙把篮球递给他就要拉着沈瑜走。

"等等。"一只手臂忽然拦住了两人。

路航另一只手抱着篮球，垂眸扫过两个女生的脸。短发女生脸色慌张，全然没有了刚才叫嚣的气势。而另一个长发女生长相清纯，气质淡雅，神色看上去平静很多。

路航弯唇："你们是哪个班的，叫什么？"

沈瑜和刘元元对视一眼。

"这个没必要说，我们还有事，先走了。"刘元元如遭洪水猛兽，拉起沈瑜就跑。

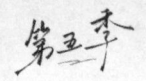

　　另一边，高三（1）班的走廊。
　　谢新昭遥遥盯着篮球场的方向，面无表情。
　　旁边的钱林杰也凑过去顺着谢新昭的目光看过去："看什么呢？"
　　那么远，就几个人影。
　　"那个男的是谁？"谢新昭忽然开口。
　　"谁啊？"
　　"篮球场外，东南方向，红色衣服。"
　　钱林杰眯眼，费劲地辨认了一会儿。
　　篮球场外只有两女一男，男生个子很高，红衣黑裤。
　　"好像是路航。校服都不穿，莽得可以啊。"
　　说话间，篮球场外已经没了沈瑜的身影。谢新昭转头就走，将大片阳光和男生们的嬉笑怒骂扔在身后。

　　沈瑜一路跟着刘元元跑到了教学楼下，这才慢慢停下来。
　　刘元元气喘吁吁，捂着胸口后怕。
　　沈瑜帮她顺气："那人是谁？你怕他？"
　　"他叫路航。我估计全年级也就你不知道他的大名了。"刘元元大喘着气解释，"他其实比我们高一届，因为打架住院留了一级才和我们一起的。"
　　沈瑜点点头，愣怔几秒，忽然想起在刘元元本子上的候选名单里看过这个名字，旁边被打了个"×"。
　　"你是不是考虑过找他拍视频？"
　　刘元元叹气："是啊，毕竟他帅嘛。但后来我想，还是不要惹这种人比较好。"
　　两人边说边上了三楼，拐进走廊，同时看到了一个身影。
　　谢新昭双手插兜，面朝走廊外的方向站立，很有耐心的样子。光影将他的侧脸一分为二，明暗对比下的轮廓更加明晰深刻。
　　课间的走廊上吵吵嚷嚷，他的身影格外突出，自有一股芝兰玉树的气质。周围若有似无落在他身上的目光不少，他恍然未觉。
　　刘元元拉拉沈瑜的衣服，有些兴奋地猜测："他不会是来找我们的吧？"
　　话音落下，本是侧对着两人的谢新昭忽然转过头来。
　　他的眼睛似乎亮了下，径直向两人走过来。
　　一瞬间，很多好奇的目光看过来。
　　沈瑜和刘元元停下脚步，等他走到面前站定。
　　"我答应你。"谢新昭看着刘元元说。

刘元元愣了下，还没有反应过来，谢新昭已经越过两人走了。他从沈瑜的身边经过，衣角擦过沈瑜的手臂。

刘元元回头看了看，不可置信地看向沈瑜。

"他刚才说什么？"

沈瑜如实陈述："他说愿意拍视频。"

刘元元吸了一口气："真的？"

"真的。"

"哈哈！"刘元元笑了两声，揽着沈瑜往回走。

沈瑜垂下眼，紧了紧手心。

回到教室，她悄悄打开手里的纸条，大气又锐利的字迹映入眼帘：

放学后体育馆楼下见。

运动会将至，沈瑜缺席了下午的两节自习课，提前去了体育馆三楼排练。

排练结束，也正好是学校的放学时间。

沈瑜依然是最后一个走的。锁好门下楼，谢新昭还没有到。

沈瑜想了想，走进一楼的体育馆打算坐在观众席看会儿书。

刚进门，脚下滚过来一只篮球。

沈瑜伸脚拦住，一眼看到篮球上的那串字母，很眼熟。

"嗨，美女，谢谢哦！"一道热情洋溢的声音响起。

沈瑜抬头，跑到眼前的人并不是路航。男生牙齿很白，笑起来阳光，面善得很。

沈瑜心里一动，不禁出声："这个是签名球吗？"

刚刚捡起球的男生愣了下，马上又点头。

"是啊。"

他说了一个名字，有点耳熟，应该是某个有名的篮球明星。

沈瑜抿抿唇，试探地问："这球可以卖给我吗？"

李怀不可思议地瞪大眼睛，吸了一口气。

要不是对方是沈瑜，他肯定觉得这人脑袋坏了。

可这姑娘的眼神太单纯了，纯净到他完全看不出玩笑的意思。她真的是一本正经地在问。

沈瑜不太了解篮球明星，见男生的脸色猜测自己大概是冒昧了。

"那算——"

"这球不是我的，我问问球的主人。"

李怀笑了笑，回头冲着篮球场大喊了一声。

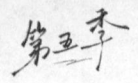

"航哥,有女生要买你的球!"

篮球场上响起了一阵哄笑。背对着沈瑜的蓝衣男生转头,桀骜不驯的一张脸,神色漫不经心。

看到沈瑜的时候,他挑了挑眉,弯了弯唇。

沈瑜看到路航的脸,打消了买球的心思:"我不买了。"

她转身,刚走了两步,身后传来一阵脚步声。

接着,路航的声音响起:"喂,不是要买球吗?"

沈瑜停住,再次转头,声音有些迟疑:"你卖吗?"

路航似笑非笑道:"你出多少?"

沈瑜摇头:"我不知道值多少,你开价。"

她只知道沈松源爱收集签名球,具体价格从来没问过。

路航:"我可以便宜给你,但是——"

"沈瑜——"

路航的声音被一道略急促的男声打断了。

空气一瞬间安静,沈瑜颈后的皮肤一紧,侧头。

谢新昭站在体育馆门口,清瘦挺拔的身材将外面的夕阳余晖切割开。光影明明暗暗地落在他的脸上,让人看不清他的神色。他大步走过来,呼吸稍稍有些急促。

"走吗?"他低头问沈瑜。

沈瑜迟疑两秒,点头。

"走吧,外面说。"

两人没有再管路航和李怀,走出了体育馆。

过了放学的高峰,校园里的人不多。

暮色轻薄,霞光满天。夕阳余晖从树叶缝隙穿过,变成地面上疏疏落落的光影。

从中午起,谢新昭的心情就一直很烦躁,这种烦躁在刚才看到路航和沈瑜说话时达到了顶峰。

他吸了一口气开口,声音有些僵硬:"你们刚才在聊什么?"

沈瑜:"他有一个签名球,我想买下来给沈松源当生日礼物。"

谢新昭皱眉:"你特意来找他的?"

"不是。碰巧看到的。"

沈瑜想,如果一开始就知道那个球是路航的,自己也许不会开口了。

谢新昭松了一口气:"哦。"

"你找我什么事?"沈瑜有些困惑。

020

谢新昭一顿，抿唇。

"我上午看到你们被人拦住，想问你要不要帮忙。"

沈瑜并不知道，他却看得清楚，在沈瑜和刘元元跑开后，路航盯着她们的背影好一会儿才回球场。

沈瑜摇摇头："不用。他没有为难我们。"

"嗯。"谢新昭的表情放松下来。

"我给你找个签名球来，你不要再找他了。"

沈瑜愣怔了几秒，清澈的眼睛里映着两团小小的夕阳。

谢新昭："我是说真的。"

沈瑜笑笑，没有再推辞。

"好，那谢谢。"

不知道为什么，虽然两人重逢后的相处并不算多，沈瑜却莫名地很相信他。

她也说不清自己对谢新昭的信任感来自哪里。仿佛只要谢新昭答应了，就一定可以做到。

只是沈瑜也没想到，谢新昭的效率会这么高。周三晚上，沈瑜收到谢新昭的消息，球已经寄到家了。

沈瑜道了谢，问他多少钱。

谢新昭：*不用了。这球是别人送的，我用不上。*

沈瑜正要回复，刘元元拖着椅子挪过来了。

"沈瑜，把谢新昭的微信给我，我拉个群。"

沈瑜把谢新昭的个人名片推给刘元元，刘元元"嘿嘿"笑了两声，添加好友。

"咱们先组个群，其他等二模后再说。"

"好。"沈瑜答应的下一秒，被人拉进了群里。

目前群里只有三个人。

两人离得近，刘元元随意扫了一眼沈瑜的屏幕。

"哎，有人加你好友。"

沈瑜点开通讯录，果然在新的朋友那里多了个红色的"1"，头像是一个篮球，单字一个"航"。

灰色小字的申请很简单：*我是路航。*

刘元元"嘶"了一声："这人有两把刷子啊，怎么搞到你微信的？"

"不知道。"沈瑜摇头，默默划掉了APP（手机软件）。

刘元元看到她的动作，忍不住好奇："你不加他吗？"

沈瑜摇头："不想加。"

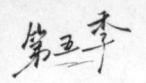

她把手机放到一旁，并没有把这当一回事。后面的几天，手机里一直很安静，路航也没有再发申请过来。

就这么到了周六，沈松源的生日。沈松源请了几个好友来家里一起过。

陈秧早上起来烧了几个拿手菜，然后识趣地出了门，把地方让给了几个年轻人。

沈松源带朋友来的时候，沈瑜正在楼上看书。

楼下响起开门声，然后是一阵喧闹的说话声，夹杂着混乱的脚步声。

听到声音，沈瑜下楼，礼貌地和几个男生打了招呼。几个男生瞬间安静如鹌鹑，一眨不眨地盯着沈瑜。

沈松源为双方做了介绍，沈松源的朋友们友好地打起了招呼。

"姐姐好。"

"美女好。"

…………

沈瑜笑了笑，去厨房切了些水果。

端着果盘过来时，一群好动爱玩的男生忽然礼貌了起来，规规矩矩地坐在沙发上向沈瑜道谢。

拿饮料来的沈松源见到这一幕，笑得不行。

"你们什么时候这么听话了？"见他姐和见老师似的，这群人竟然坐得这么老实。

"不用客气，当自己家就好。"沈瑜的语气很温柔。

几个男生连连称是，依旧是老老实实的样子。沈松源快笑岔气了。

沈瑜看了他一眼，又回过头。

"那你们玩，有事可以找我。"她索性拿上帽子去了花园。

沈瑜离开后，几个男生这才松懈下来。

"有美女在，我都不敢大声说话。"

"沈松源，你姐真的漂亮，我之前还以为你吹牛呢。"

沈松源这孔雀自大又浮夸，说了什么都要打了折听。所以平时在他吹嘘自己姐姐漂亮又优秀的时候，大家都是不怎么信的，直到此刻眼见为实。

沈松源给朋友们发了饮料，笑问："干吗？我姐又不是野兽。"

"太有气质了，怕她觉得我们粗俗。"

沈瑜对他们可以说是客气温柔，可他们莫名地产生了一种"要在大美女面前好好表现必须讨她喜欢"的心理，不知不觉就规矩起来，生怕哪个举动惹得沈瑜皱眉。

沈松源白眼："你们本来就粗俗，怀疑个屁啊。"

就在大家插科打诨时，门口不知不觉多了一道身影。

"昭哥！"随着沈松源的一声叫喊，大家才注意到门口提着大蛋糕的男生。

男生身材高瘦挺拔，五官俊朗，衣着剪裁简约又不失好看。

沈松源几步跑过去，狗腿地接过蛋糕道谢。他再次给双方互相做了介绍。

谢新昭和几人打了招呼，眼神闪了闪。

"沈瑜呢？"

"我姐在花园。"

谢新昭点点头，迈步穿过客厅，打开门进入花园。

客厅里人的目光随着他的动作移动，看着他站定在沈瑜旁边。

两人都是高挑清瘦的身材，站在一起连背影都十分登对。

沈松源不以为意，转身去冰箱拿了一盒冰块，将冰块扔进杯子。

冰块碰在一起，发出清脆的声响。

但凡沈瑜对谢新昭表现出自己热情的一半，父母哪会担心他们处不好关系？

两冰块在一起能干吗？比谁温度低吗？

谢新昭回来时，沈瑜正坐在花圃前的椅子上浇花。

她头上戴着一顶蓝色渔夫帽，白衬衫配背带牛仔裤，清爽干净。她坐得端正，身体微微前倾，披着的长发折射出金色的光，脊背上凸起的蝴蝶骨非常清晰。

谢新昭缓缓走过去，在她旁边站定。

沈瑜今天的心情似乎不错，脸上表情柔和，唇角放松，带着微微的笑意。

"你回来了。"沈瑜没有转头也知道是谁。

谢新昭应了一声，也拉过一把椅子坐下，眯着眼睛晒太阳。

沈瑜浇好花，起身放回浇水壶。花香夹杂着湿润的泥土气息，淡淡地飘浮在空气中。

一门之隔的那头，是沈松源和朋友们热闹交谈的声音。

沈瑜坐回来，侧头，对上谢新昭懒洋洋的目光，她再次道谢："谢谢你的签名球。"

"你已经谢过了。"

"但是我还没想好要回你什么。"沈瑜细长的眉蹙起，模样有些孩子气的苦恼。

她眨眨眼："不如你告诉我想要什么东西，我买了送你。"

谢新昭笑："这么直接吗？"

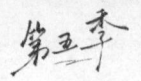

他的目光移到对面的花圃上,语气淡淡:"一定要谢的话……五一假期我不在,帮我照看这些花吧。"

"好啊。"

沈瑜有些好奇:"为什么要种花?你很喜欢花吗?"

谢新昭定定地看着她,仿佛看到了小时候穿着蓬蓬裙的小小沈瑜。

小时候的沈瑜是被娇养宠爱的小公主,他是家里没有人重视的工具人。

那时候他很喜欢去沈瑜家找她。

某天,他又一次从一团糟乱的家里跑出来,心情很烦躁。不知不觉地,他又一次走到了沈瑜家门口。

沈瑜见到他,开开心心地要他进来玩。他闷闷不乐地被沈瑜拉进屋。

到底是小孩子,心情全部写在脸上。他低着头坐在儿童椅上,沈瑜和他说话他也不理。几次搭话无果之后,沈瑜便"哒哒哒"跑开了。

看着沈瑜跑开的背影,他有点后悔。

就在他想起身去找沈瑜时,沈瑜抱着个小花盆从阳台回来了。

前一天的兴趣课,老师教所有小朋友认识花朵植物,要求每个人带一盆植物过去。

这盆花是沈瑜特意去花草市场挑的——含苞待放的海棠花。

沈瑜这几天宝贝得不行,时不时要跑去看看,就等着它开花。

沈瑜介绍完自己的"朋友",小心翼翼地把花盆放到谢新昭的腿上,轻声哄他:"新昭哥哥,你不要不开心了。"

她眼睛扑闪,很认真地说:"我把春天送给你。"

小时候的事,谢新昭很多都不记得了。

可是这个瞬间,他一直记得清楚。

他记得那时沈瑜眼睛里闪着的细碎阳光,记得她说话时的认真语气。

她说:海棠花开了,就是春天了。

…………

谢新昭的腿动了动,黑色裤子被太阳晒得发热。

时隔多年,他仿佛还能感受到那盆花被放在腿上的重量。

沉甸甸的。

眼前的沈瑜隐约还是能看出几分小时候的模样,可性格已然不太一样了。现在的她冷淡、疏离,不爱说话,更加不会主动找他。

谢新昭怔怔地看着沈瑜发呆,有一瞬间的晃神。

直到对方的眼神里流露出困惑,他开口了:"想种一个春天。"

送你。

沈瑜愣住。

"一个小孩子的说法。"谢新昭认真地解释。
沈瑜点头,移开目光转向生机盎然的花圃。
她声音很轻:"这个说法好浪漫。小朋友很可爱。"
谢新昭的目光扫过沈瑜的侧脸,"嗯"了一声。

第二章
特殊对待

一中的运动会定在下周五,全校停课。

这一周,沈瑜她们的排练到了最后的阶段。舞蹈队每天下午自习课都要去操场和其他仪仗队等一起彩排。

同时,她的学习任务也很紧张,是以这天她早早回了学校。

而刘元元因为忙着拍视频的事,这个周末没有回家。

沈瑜回到宿舍的时候,她正在宿舍写分镜。

看到沈瑜,刘元元眼睛一亮。

"正好想找你呢。我已经和老师说好了,运动会开幕式时拍点视频素材。"刘元元简单地和沈瑜说了自己的计划。

说完,她利索地将计划安排发了一份到只有三个人的群里,方便之后的复盘和总结。

没想到一向默不作声只安静潜水的谢新昭罕见地发言了:需要帮忙吗?

刘元元有点感动。帅哥不仅长得好,还乐于助人。

她思考半晌,发了个表情:要不你帮我搬下拍摄器械?三脚架什么的……

谢新昭很快回复:好。

没过两分钟,他又发来消息。

谢新昭:如果需要,我可以带一个无人机。

"他说要带无人机来!"刘元元拍大腿,"我家里的被带走了,我正愁航拍的事呢。"

刘元元受宠若惊,连连道谢。事情就这么顺利定了下来。

运动会当天,沈瑜作为开幕式表演的一员,早早下楼准备去了。

刘元元向老师请了假,同谢新昭一道带着摄影设备到了操场。她选好摆放三脚架的位置,趁着开场前的时间找沈瑜拍照。

高三生们采用自愿原则参加,报名者寥寥。

刘元元环顾四周,没发现什么熟人。她和沈瑜说了会儿话,小跑回到自己的位置站好。

刘元元从刚才就发现了,谢新昭并不是绣花枕头,他是真的会拍。早在他们刚来时,谢新昭就拍了一组教学楼的航拍镜头。

迎着旭日朝阳,教学楼沐浴在一片金光之中。镜头缓缓移动,红色的教学楼外立面和金色的阳光交相辉映,仿佛预示着学生们未来无限的希望和光明。

开幕式正式开始后,两人分工合作,很快进入了工作状态。

女生的舞蹈表演被安排在了开幕式的最后一个节目。

在冗长的进场致辞和宣誓等流程后,十几个身着白衣黑裙的女生进场,瞬间引发了大家如雷的掌声。

随着富有节奏感的音乐声,女生们的舞蹈青春元气,观众席里的惊叹一声接着一声。

结束的时候,刘元元和观众席上的同学们一起鼓掌,余光里,她看见旁边的谢新昭也笑了。

她一愣,紧接着却见谢新昭收起笑意,目光锁定在操场的一处。

刘元元也下意识顺着谢新昭的目光看过去。操场那边站着一个穿黑色短袖的男生,背后贴着号码牌。那人盯着沈瑜一行人退场的背影,嘴角上扬。

"路航?"刘元元脱口而出。

下一秒,谢新昭转头朝她看过来,乌沉沉的眼神闪了闪:"你认识他?"

刘元元摇头:"听说过而已。"

谢新昭若有所思地"嗯"了一声,他弯腰将无人机等东西收拾好,拎起地上的背包:"你准备拍到什么时候?"

刘元元连忙摆手:"你走吧,我拍好自己拿回去。"

谢新昭没有再推辞,点点头离开。刘元元却是盯着前方路航的背影发呆,此刻他的身边多了一个女生,穿着和沈瑜一样的舞蹈服装。

路航不知道说了什么,两人看起来很熟稔的样子。

刘元元努努嘴,"喊"了一声。

上完自习，沈瑜和刘元元去食堂吃饭。两人坐下没有多久，桌旁忽然多了一道阴影。

沈瑜抬头，看见了路航和李怀。

路航很自来熟地打招呼："沈瑜。"

沈瑜点点头，没有说话。

路航并不介意她的冷漠，低头看她。

沈瑜不知道他要干什么，收回目光和刘元元对视了一眼。她清楚地看见了刘元元眼里的诧异。

"你还要签名球吗？"路航语气随意，仿佛只是路过随口一问。

沈瑜摇摇头："不用了。"

路航挑眉："你买到了？"

沈瑜："嗯。"

路航点点头，轻笑："可以啊。谁的？"

沈瑜："不认识。"

旁边的李怀微微扬眉。平时路航搭讪的女生见到他大多很开心或是害羞，没有人像沈瑜一样，平静又淡漠，好似多说一个字烫嘴似的。

路航心里也是这么想。可要他就这么走了，又有点不甘心。

"今天跳舞很好看。"他衷心地夸奖。

沈瑜顿了几秒，似乎是不想忍了，抬头看他："还有事吗？"

路航："……没有。"

上次他加沈瑜微信一直没有通过，就决定不再自讨没趣了，可今天开幕式的表演，他的目光根本离不开沈瑜。

和平时安静清冷的样子不同，跳舞时的沈瑜眼神生动、表情鲜活，非常动人。

"那你快去吃饭吧。"沈瑜就差直说"请你离开"几个字了。

路航的脸色有点不好。他沉默几秒，轻嗤一声："行。"

路航和李怀走后，刘元元若有所思："完了，我真觉得他要缠上你了。"

那次加微信的行为加上刚才路航的反应，要说路航对沈瑜没想法，她才不信。

在这之后的一段时间里，沈瑜分别在校园超市、图书馆、操场等地方和路航"偶遇"了。

路航甚至找过刘元元，说要参加她毕业视频的拍摄。刘元元用"要考虑考虑"的说法推辞了路航。

于是很快，路航在追沈瑜的消息就悄悄传开了。

三月底，沈瑜的校考成绩下来，专业分全国前五。这意味着，只要不出意外，她去 A 大是板上钉钉的事了。但沈瑜并没有因此放松，依旧将所有精力放在了文化课的成绩上。

二模考试结束的那天，刘元元和沈瑜、谢新昭约好一起去外面讨论视频的事。

下午，三人约在校门口会合。

沈瑜和刘元元考完试先回宿舍简单收拾好书包，等两人背着书包到校门口时，谢新昭已经等在那里了。

傍晚的太阳要落不落地挂在天际，余晖晚霞漫天，整个世界好像被笼了一层淡淡的金橘色。

校园内外熙熙攘攘、人流不断，刚结束了考试的同学们表情轻松。

热闹喧腾的环境里，谢新昭修长挺拔的身影格外显眼。

他双手插兜站在校门口的公交站旁，黑色背包挂在肩上。傍晚的风吹过，扬起他单薄的衣角。衣服贴得紧了，脊背的轮廓都看得清晰。

旁边来往路过的学生不断，他兀自安静地站立，好像浓墨重彩油画里的一抹清新白。

刘元元"啧啧"两声："背影杀，绝了。"

她拍拍沈瑜的肩膀，问："是不是？"

沈瑜下意识地看向那边的谢新昭。

几乎是同时，那人微微转头。夕阳将他的半个侧脸映红，鼻梁挺直，眼睛亮亮的，好像带着笑意。

待两人在谢新昭面前站定，他开口了。

"去哪儿吃饭？"

刘元元对这片的餐厅很熟悉，早就想好了："附近的那家咖啡厅有简餐，去那里吧，安静点。"

正是饭点，咖啡店里的人却不多。刘元元找了处角落的位置，又快速点好了餐。

上菜前，她从包里掏出笔记本，大致给两人讲了遍自己的思路。

谢新昭第一次听，又拉过她的笔记本扫了一眼。

"看起来我们的任务不多。"

"对啊，对啊。"刘元元连忙应和，"听沈瑜说你高考完可能就离开西澜了，所以我想尽快把你的部分拍了。"

谢新昭眉目一敛，侧头看向沈瑜。

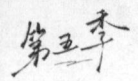

沈瑜正专心地听刘元元讲话，察觉到他的目光，转头和他对视了一眼，目光清明，神色淡淡。

刘元元眨眨眼："不是吗？"

若谢新昭高考后不走，那自然是最好的。

谢新昭抿抿唇："可能，看情况。"

刘元元颔首，想了想补充："还有一些多人镜头，我已经和班上的同学说好了等上学时拍。另外就是有一个毕业合照的情节，到时你来我们班，我们拍一下。"

沈瑜一愣："什么毕业照？"

刘元元突然心虚起来，小声说："视频里你们是同班同学嘛，然后毕业照的时候，谢新昭就和别人换位置，故意站到你后面。"

她快速说完，抬起眼皮看了看两人。

谢新昭沉默不语。沈瑜皱起眉："不是说没有感情类的镜头吗？"

刘元元"哎呀"一声："就那种懵懂暧昧的情愫啦。这是青春的一部分啊。"

沈瑜还是一脸平静地看着刘元元，眼睛清凌凌的，明白写着"我不懂"。

"好啦，我知道你没有。"刘元元叹气，"就几个不明显的，保证你们没有肢体接触，行不？"

说话间，服务员陆陆续续地上菜了。中途，刘元元想起没点饮料。

"我去趟洗手间。"她起身，去前台加了一扎酸梅汁。

再从洗手间出来时，饮料已经到了，缓缓走近的刘元元看见谢新昭正在倒饮料。

"太冷了。你别喝。"他的声音有点低，混合了店里缓缓的音乐，听上去莫名有种柔和的意味。

刘元元愣了愣。这个角度，她可以完全看见谢新昭的脸。

餐厅里光线昏暗，水晶灯折射的橘色光线倾泻在他的脸上。他乌黑的眼睛一眨不眨地盯着沈瑜，非常专注。那是刘元元从来没在他脸上看见过的眼神。

"哦。"背对着刘元元的沈瑜点了点头，没有拒绝。

"我给你要一杯热牛奶。"

谢新昭这才把目光从沈瑜脸上移开，抬眸时，正巧对上刘元元的。

刘元元眨眨眼，一时不知道刚才的目光是因为这光线过于暧昧还是自己的眼睛花了。

"我来点！"

刘元元蓦地惊醒，转头叫住了一个服务员，再加了一杯牛奶。

她磨磨蹭蹭地回到位置上坐好，话少了很多。莫名地，她有种自己打扰了他们的错觉。

她左看右看，小心翼翼地问："两位帅哥美女，那我们就先定下两位明天的时间拍一下？"

刚结束考试的这个周末是放松日。她查过天气，明天天清气朗，气温不冷不热，非常适合拍摄。

沈瑜："好。"

谢新昭："可以。"

刘元元笑着举起杯："提前祝我们拍摄成功！"

三个杯子碰在一起，清脆的一声响。

西澜的天气如小孩的脸，说变就变。

三人推门而出时，才发觉外头不知何时下起了雨。不大不小的雨丝飘飘落落，地面湿漉漉的，朦朦胧胧地映出广场商户的灯红酒绿。毫无准备的几个人站在屋檐下，谁都没有带伞。

在两个女生发表意见前，谢新昭开口了："你们在这儿等我，我去买伞。"

这家咖啡店位于商业广场，在广场里，还有KTV、桌球等娱乐场所，而斜对面正好有家便利店，里头应该有雨具。

谢新昭说完便冒雨跑去了对面，留给两个女生一个飞奔而过的背影。

为了不挡住店门，沈瑜和刘元元站在了屋檐的边角处，旁边是通向二楼的手扶梯。

因为下雨的关系，手扶梯没有开。

就在谢新昭离开没多久，冷清的手扶梯忽然传来一阵喧嚣。

一群人从停滞的手扶梯上走下来，嘴里嬉笑不停，讨论着刚刚才结束的游戏局。

他们的声音没有收敛，在空旷的外面很清晰，鞋底踩得扶梯"噔噔"作响。

刘元元好奇地看向那边，神色顿时一敛。

那个脸上挂着笑、大摇大摆走在中心的人，可不就是路航嘛。

刘元元下意识拉了下沈瑜的外套，想提醒她躲一躲。

可是已经来不及了。

"沈瑜——"路航已经发现了沈瑜，隔着一段距离叫她。

刘元元翻了个白眼。这人的眼睛里装了个美女雷达是不是？

和路航走在一起玩闹着的男生们瞬间噤声，齐刷刷地向沈瑜看过来。

路航只穿了一件短袖，夹克外套被搭在左肩上，从一众男生中吊儿郎当地走过来。

沈瑜安静地站在原地，神色淡定。

"好学生也会来这儿啊？"路航的表情似笑非笑。

沈瑜没有回答，只不咸不淡地问："有事吗？"

因为她冷淡的态度，路航愣了下，很快又笑了："有。"

他的手背在身后，冲同伴打了个手势。

一个朋友立刻会意，将刚买的还没拆的奶茶递了过来。

从沈瑜的角度，便只见到路航变戏法似的从背后拿出了两杯打包好的奶茶。

"拿着。"他示意沈瑜和刘元元。

沈瑜没有接："我不要，谢谢。"

路航笑了笑："嫌弃啊？"

沈瑜抿唇，摇摇头："不是——"

下一秒，路航突然凑过来，趁沈瑜没有反应过来之前，将奶茶袋挂在了沈瑜的书包上。

沈瑜一愣，下意识就要拿下来还他。

路航笑着退后两步："有点冷，拿着吧。"

在沈瑜动作前，路航几个大跨步回了朋友那里，一行人勾肩搭背地离开了。

沈瑜看着他们的背影，皱了皱眉。

沈瑜勾着奶茶袋，递给刘元元："给。"

刘元元眨眨眼，随便拿了一杯。

"一杯就好。"本着不能浪费的原则，刘元元也没有客气，当即戳开喝了。

谢新昭打伞回来时，刘元元的奶茶已喝了一半。

他将一把新伞递给刘元元。

"人有点多。"谢新昭看向沈瑜，解释自己回来晚的原因。

沈瑜点点头。谢新昭的目光却是一顿，落在沈瑜手里的奶茶上。

沈瑜也低头，又抬起手："奶茶，喝吗？"

谢新昭有点意外："你买的？"

沈瑜摇摇头。

刘元元的声音有点幸灾乐祸："路航刚刚送的。不过你不在，他只送了两杯。"

空气里沉默了几秒。

谢新昭背着光，在暗色下让人看不清他的神色。他嘴唇抿了起来，眼神闪了闪。

刘元元大口喝完奶茶，很会看眼色地告辞："我先走了，拜拜。"

撑开伞，她快步走向前方的站台。

刘元元走后,这片屋檐下便只剩下沈瑜和谢新昭两个人。

沈瑜等了一会儿,不见谢新昭回应。以为他不要,沈瑜慢慢垂下手,几乎是同时,谢新昭伸出手。

两只手猝不及防地碰个正着。

沈瑜的手心握着奶茶,此刻热烘烘的,而谢新昭刚从风雨中走过,手却极冷。

接触到和自己完全不同的皮肤,两人的手同时颤了下。

沈瑜下意识地收回手。

下一秒,谢新昭摊开手,手心朝上。他的手掌很大,手指修长,在朦胧的灯光下,葱白如美玉。

沈瑜和他对视一眼,默默将奶茶放入他的手心。

谢新昭合起手掌,顺势将奶茶插入背包侧边的口袋。

"太晚了,你喝了会睡不着。"

沈瑜轻轻"嗯"了一声。

可直到两人打车回家,那杯奶茶,谢新昭还是一动未动。

从出租车上下来,雨小了些。谢新昭将伞倾向沈瑜这侧。雨水如丝,将他的半边衣服打湿,包括被放置在侧袋里的奶茶。

沈瑜轻轻扫过一眼,好意问他:"要不要换个位置?"

谢新昭握着伞柄的手紧了紧,手背上的青筋凸起,脉络清晰,像地图上高低起伏的地缘线。

"小瑜。"他低低开口。

沈瑜脚步一顿。

路灯昏黄,雨丝细密。男生的五官轮廓在半明半暗的光线下格外深邃,肤色很白,衬得一双眼睛越发乌黑深沉。

他深深吐出一口气,喉头滚动:"不要收他的东西好不好?"

沈瑜有些惊讶:"我没想收……"

听完沈瑜的解释,谢新昭的神情放松下来,嘴角微微上扬。

"走吧。"

两人到家时已经有些晚了。

一楼黑暗空荡,隐约有连麦游戏的声音从二楼沈松源的房间里传出来。

谢新昭回到房间,随手将背包放置在椅子上。他抽出奶茶,奶茶已经彻底冷了,杯壁有些湿。

谢新昭单手抓着奶茶,走到厨房水池边,用吸管在奶茶盖上戳了洞,握着奶茶的手臂倾斜。

浅色的液体瞬间从洞口汩汩流下，奶茶的香甜味迅速在厨房里弥漫。动作间，有几滴溅落在修长白皙的手指上，很快变得黏腻。

谢新昭嫌弃地皱起眉。

将奶茶全部倒掉后，空空的杯子被他随手扔进了垃圾桶，"咚"的一声。

谢新昭拧开水龙头，仔仔细细地清洗十指。

沈松源打完一场游戏，嗓子快喊劈了。他放下耳机下楼找水喝，哼着歌到了厨房门口，冷不丁在黑暗中看到一个高大的背影，吓得一个激灵。

他连忙打开灯，看到谢新昭时，顿时松了一口气。

"昭哥，你怎么不开灯啊？吓我一跳。"

他吸了吸鼻子："怎么有股奶茶味？"

水池前的人不慌不忙地洗好手，转身低声道："我喝的。"

沈松源瞥见垃圾桶里的奶茶，了然地"哦"了一声。

"这个牌子最近很火，你也喜欢啊？要不明天我点几杯？"

"不用！"

谢新昭要出去的脚步一顿，回过头看他："不好喝。"

他扔下一句评价，慢慢走开。

沈松源嘴巴微张，怔怔地看着谢新昭离开的背影。

半晌，他挠了挠自己的卷毛，小声嘀咕："我觉得挺好喝的呀。"

周六上午，沈瑜在房间里收拾东西，听见门口传来了敲门声。

她放下东西打开门，门外站着的是谢新昭。

他已经换好了夏季校服，外搭一件敞开的黑色连帽外套，手里拎着背包。头发打理得整齐，眉清目朗，是干净清爽的少年模样。

像是本来就漂亮的花被精心修剪过，说不清哪里不一样了，但就是比平时更加好看了。

他垂眸看向沈瑜，低声问："你好了吗？"

"快了。"

"我能进来等吗？"

沈瑜点点头，让开了位置。

谢新昭走入房间，将背包放在一边。

"坐吗？"沈瑜指了指写字台前的椅子。

谢新昭摇摇头，双手插兜，一条腿倾斜，背倚在柜子上静静看着房间里的女生。

沈瑜也已经换上了夏季校服，头发扎成了干净利落的马尾。她低着头检查背包里的东西。

她站在窗户旁,侧身对着光,鹅颈后细小的茸毛被阳光染成了淡淡的金色。
她很瘦,西澜一中的校服穿在身上显得非常宽松。
谢新昭眨了眨眼,将目光收回,落到她的脸上,盯着沈瑜的鼻尖发呆。
沈瑜感觉到了谢新昭的目光,但并没有在意。
她不疾不徐地检查好背包,套上外套,戴好遮阳帽,看向一旁的谢新昭。
"走吧。"
谢新昭点头,收回懒散的腿。

两人到一中时,刘元元已经到了。她旁边还站着一个高个子男生,脚下一个黑色大包,鼓鼓囊囊的。
这个男生叫陶渊,此时看起来有点无语,简单和两人打了招呼。
陶渊的身高和谢新昭差不多,长相却与他完全是两种类型。陶渊的眼睛偏圆,显得可爱随和,和谢新昭身上疏离淡漠的气质完全不同。
刘元元对这个组合很满意,雄心勃勃地开始了今日的导演工作。
第一个场景要拍的是谢新昭在篮球场打球的片段。
周六的篮球场很空,只有零星几个场地被占。
她架好三脚架,相机对准了场内的谢新昭。
谢新昭人高腿长,做起运球、投篮等动作如行云流水般,很是赏心悦目。
今日的天气也很给力,晴空朗朗,微风轻拂。微风扬起少年乌黑柔软的发,衣摆随风鼓起,像要乘风破浪的船帆。
最后一个灌篮,谢新昭的衣摆向上,露出一截紧实精瘦的小腹。
"哇哦!"刘元元两眼放光,嘴角快咧到了耳朵边。
刘元元看了看沈瑜,灵机一动。她在自己的包里翻了翻,找出一根黑色发带递给沈瑜。
"让谢帅哥把发带戴上。"
沈瑜点点头,拿着发带走到谢新昭面前。
她伸手,摊开手掌:"导演要你戴这个。"
谢新昭垂眸盯着带字母印花的发带。
片刻,他微微向着沈瑜的方向俯身,低下头。
沈瑜愣了愣。
"帮我戴。"男生略有些低又带着清润的嗓音响起。
两人离得很近,他脸上皮肤找不出瑕疵,眼睫毛密密地垂着,看起来很乖。
沈瑜顿了两秒,将发带绕过谢新昭的头顶,向下固定在他的额头上。
他的头发被太阳晒得温热,很软。
沈瑜帮忙戴好发带,将男生额前的发整理好,轻轻出声:"你抬头我

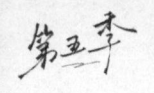

看看。"

谢新昭抬眼。

四目相对，少年的眼睛黑白分明，眼神干净赤诚。

他看着她不眨眼，问："可以吗？"

沈瑜退后一步观察："好像有点高。"

谢新昭于是再次向前一步，低下头。

沈瑜伸手绕过他的脑后，将耳朵上方的发带往下拉了点。

指尖碰到耳朵上方的那片皮肤，意外地有些热。

沈瑜怔了怔，确认般地再次看过去。

谢新昭的耳朵尖好红，衬得旁边皮肤越发白皙，快透明了似的。

"好了。"她不动声色地松开手。

"嗯。"谢新昭站直了身体，脸上看起来没有任何异常地向她道谢。

沈瑜说不用谢，转身回去。

刘元元站在相机后，再次发出了笑声。

她可不会错过机会，把刚才沈瑜给谢新昭戴发带的过程拍了下来。

要不说这两人天生就是主角呢？随便一拍就是青春片的感觉。

沈瑜回来后，刘元元又要陶渊上去，配合着拍些对抗性视频。

一连拍了很多个片段，刘元元满意了。

"很棒！休息一下吧。"

她看向沈瑜，暗戳戳地说："谢新昭对你好像挺好的。"

沈瑜一愣，看到刘元元挑眉，笑得有些意味深长。

迟疑了下，她简单解释："小时候，他遇到些事，我爸帮过他。"

刘元元眼睛一亮，凑过去，举手发誓："什么事？我保证不外传。"

沈瑜想想也不是什么秘密，轻声道："很小的时候，谢新昭走丢过一次，迷路到我家门口。然后……"

刘元元立刻了然："我懂了！然后你爸爸帮他找到了父母。"

沈瑜含糊地回答："差不多吧。"

"哦，原来你是他救命恩人的女儿。难怪……"

"——什么救命恩人？"

两人说得专心，竟没注意到谢新昭不知何时已经到了面前，静静看着她们。

刘元元有些尴尬："哎，沈瑜和你说吧。我去看看陶渊那小子在干吗。"

她撇下两人，跑向站在远处的陶渊。

谢新昭皱眉，猜测道："在说我们第一次见面的事？"

沈瑜点头："嗯，介意吗？"

"不介意。"谢新昭话锋一转，"可你怎么不说实话？"

他看着沈瑜的目光好像也带着光,有点烫人。

沈瑜垂下眼,回避他的视线:"什么实话?"

谢新昭站在她前方,衣角随风微动。

"捡到我的人明明是你,为什么不说?"

"如果不是遇见你,我可能已经被车撞死,被人贩子拐走……"他面无表情地陈述,每一个结局听起来都好可怕。

沈瑜的眼皮止不住地跳。

她吸了一口气,皱眉打断他:"不会的,别这么说。"

沈瑜眼神清明,声音柔和:"你只是迷路了而已,就算没有遇到我,也可以回家的。"

"不是迷路。"谢新昭第一次提起原因,"我当时是离家出走。"

沈瑜惊讶,嘴唇微张。

正要说话时,前方传来刘元元的声音:"两位少爷小姐,该去下一站啦!"

谢新昭和沈瑜对视一眼。

沈瑜的神色依旧有些懵懂,似乎还在想他刚刚的话。

谢新昭轻笑,俯身拎起两人的包,一手一个。

沈瑜的帽子之前放在包上,也被谢新昭顺手拿起。

他的手大,五指张开扣住帽顶的位置,转手将遮阳帽戴在了沈瑜的头上,提醒的声音里带着低笑:

"走了,救命恩人。"

拍好篮球场的视频后,几人又去校园超市拍了些素材。

中午,四人就近去了食堂解决午餐。

周末,食堂里人少,窗口开得也不多。

几人都只简单点了快餐,两个女生坐一排,两个男生坐对面。

刘元元饿了,三两下第一个吃好了饭,靠着椅子刷手机。

陶渊望着她,皱眉:"吃饭要细嚼慢咽。"

刘元元刷着手机,有点不耐:"时间就是金钱,你看片场里谁有空慢慢吃啊?"

像是为了应和她的话,她的手机忽然响了一声。

看到信息,刘元元吸了一口气,有些惊讶。

"路航问我们还在不在学校!"

话音落下,其他三人全部停下筷子看向她。

刘元元举手:"哎,不是我说的。"

她皱眉,想了想,猜测:"可能是刚才篮球场其他打球的人说的?"

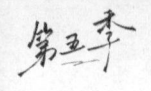

刘元元再次看向手机:"他还问我们待到几点,给我们送下午茶来。"
"不用。"沈瑜立刻回绝。
刘元元低头,快速在手机上打字。
"行,不管他了。"
这个小插曲之后,拍摄继续。
太阳落山时,刘元元也终于将最后的素材拍摄完毕。
沈瑜和谢新昭照例打车回家。
七点多,天色已经暗下来。车外灯红酒绿,车水马龙,而车内的两个人却很安静。
沈瑜转头,感觉到谢新昭异常沉默。少年眉眼冷淡,周身透着一股焦躁。
下车后,一直安静的谢新昭终于开口。
像是憋了很久,他的声音有些闷闷的。
"小瑜,要不要帮忙?"
沈瑜不解:"帮什么忙?"
谢新昭眼神闪烁:"那个路航。"
沈瑜想了想:"怎么帮?"
"我可以帮你出面和他说。"谢新昭语气平静。
沈瑜婉拒:"谢谢,但是不用了。"
谢新昭抿唇,听到她轻松的声音。
"我可以解决。"
"你怎么解决?"谢新昭有点急,语速也快起来,"如果你能解决,他今天还会出现吗?"
距离上次看到她被路航拦下也有一段时间了。
可路航不仅昨天才送了奶茶,今天又想继续找沈瑜。
谢新昭可以想象,之后在学校里路航只会更加频繁地找她。
一想到这儿,他的心情就无比烦闷。
谢新昭很想控制,但紧绷的身体和烦躁的表情还是出卖了他的心理。
"你可以用我当借口——"
不知道哪句话惹到了沈瑜,她嘴角的笑意忽然收敛起来。
"不用。"
"这是我的事。"
她冷冷地撂下话,转头往前走,脚步很快。
谢新昭几步跟上来。
两个人谁都没有再开口,就这么一路沉默地回了家。
灯火通明的客厅里,沈松源正在看电视。

"你们回来啦？"他热情地打招呼。
沈瑜点点头，率先上了楼。
谢新昭跟在后面，也回了自己的卧室。
楼上传来两道关门声。
沈松源起身，看了看楼上紧闭的房门，自言自语："吵架了？"
这两个冰山也能吵架？见鬼。

晚上，洗过澡的沈瑜在灯下写作业，门口突然传来了很轻的敲门声。
沈瑜停下笔，确定自己没有听错后，走过去开门。
谢新昭站在门外，周身黑黢黢的。屋内的灯光照在他白皙的脸上，神色变幻莫测。
沈瑜没有动作："有事吗？"
"你知道创可贴在哪儿吗？"谢新昭伸出背在身后的左手。
他的食指上裹了好几层纸巾，厚厚的一坨。可即使这样，深红色的血迹还是从白色纸巾里透了出来。
在昏暗的灯光下，这场景着实有些可怖。
沈瑜吓了一跳，忙说："快进来，我房间里有。"
她转身，没有发现身后少年冷白脸上不合时宜的淡笑。

沈瑜的房间里备了些简单的外用医疗用品。
她一边翻找一边问："怎么回事？"
谢新昭跟过来，坐在沈瑜的椅子上，语气平淡："削笔刀不小心割的。"
沈瑜找齐了要用的东西，轻轻打开谢新昭指头上的纸巾。
他不知道怎么搞的，割得有点深，伤口还在不停地冒血，周围粘满纸屑。
沈瑜眉头紧皱："这得先消毒。"
谢新昭"嗯"了一声。
沈瑜低头，用沾满消毒药水的棉签涂在谢新昭的伤口处。为了弄掉上面的纸屑，她涂得稍微用力了点，谢新昭的手指一颤。
"忍一下。"沈瑜没有废话，坚持清完了纸屑，重新又涂了一遍。
谢新昭一声不吭，静静地看着她动作。
沈瑜扔掉棉签，低头给谢新昭的指头裹上医用纱布。
两人的距离很近。
沈瑜洗过澡，长发从耳边拂落，淡雅香味萦绕在少年的鼻尖。动作间，两人的皮肤不经意碰触。
这不是沈瑜第一次给他包扎。

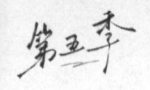

小时候，沈瑜有一个很喜欢的玩偶破了，棉花从里面漏出来。谢新昭见她不开心，说要帮她补。

沈瑜不相信："你会吗？我妈妈都不会呢。"

在小朋友眼里，补东西可不是一件简单的事。

谢新昭逞强，说会。

将破玩偶带回家后，他用自己的衣服练了好久缝补技术，勉强学会，花了一晚上把玩偶补好。

第二天沈瑜看到完好的玩偶，很惊喜，随后就发现他的手上好多针孔，立刻紧张起来。

"新昭哥哥，我帮你吹吹。"她吹了还觉得不够，翻箱倒柜地找出创可贴。

"你受伤了，我给你贴。"她低头，小心翼翼地帮他贴上创可贴。

谢新昭知道不用，但他没有阻止。

现在的沈瑜好似和那时候一样，可谢新昭知道自己不一样了。

小时候的他开心、满足，而现在，他的心脏不受控制地疯狂跳动。

寂静的夜晚，那"怦怦"声被无限放大。

他一眨不眨地盯着沈瑜，她神色认真，动作轻柔。相较于回家前的冷淡，这样的沈瑜让他安心许多。

以至于沈瑜包好纱布松开他的手时，他竟然有些失落。

"好了。"沈瑜转身，收拾东西。

谢新昭怔怔地看着自己的左手，伤到的指头已经被沈瑜用纱布裹了起来，只是伤口依旧在渗血，纱布隐隐透出些红。

沈瑜转头，看着他的指头，蹙起了眉。

"如果止不了血，最好去诊所看看。"

谢新昭"唔"了一声，不太在意的语气："一会儿再看吧。"

沈瑜："好。"

两个人之间再次无话。

沈瑜站在窗边，清凌凌的眼睛看着谢新昭，没有出声。

但谢新昭知道，自己该走了。

他起身："谢谢，我回去了。"

"不用谢。"沈瑜客气地把他送出门。

要关上门时，前方的男生忽然回头，手臂撑在门框上，像是怕她关门似的。

"你刚才生气了吗？"他问。

沈瑜稍顿，摇摇头，也不是生气。

谢新昭神色不明地点头。

这个周末，两人再没有提及这个话题，仿佛无事发生。

周一上午的最后一节课是自习课。刚打过预备铃，沈瑜的桌子被班长轻敲了下。

"王老师找你。"

班长走后，刘元元小声嘀咕："老王找你干吗？难道又有舞蹈活动要你参加？"

沈瑜摇摇头，也完全没有头绪。

她合上课本，起身离开。

办公室里，除了班主任王老师，还有两个意料之外的人——路航和他的班主任。

沈瑜愣了愣，喊了一声"报告"后，走进办公室。

路航今天好歹是穿了校服，虽然穿得松松垮垮的。他没个正形地站在办公桌前，目光懒洋洋地落在沈瑜身上。

"沈瑜。"王老师拿捏着语气，"找你来，是有同学向老师反映，你和路航在早恋。"

"没有。"沈瑜立刻回答。

她脊背挺得笔直，声音坚定："老师，我没有早恋。"

路航盯着沈瑜薄瘦的背，蓦地笑了一声。

他班主任皱眉："严肃点！"

路航好笑道："我不都和您二位交代了嘛，没有的事。"

路航为人放肆不羁，说话嬉皮笑脸、半真半假的。虽然他立刻就指认这是谣言，老师们也无法相信。

路航站直了身子，耐着性子说："我要是撒谎，高考0分！这总行了吧老师？"

他在这儿已经好一会儿了，此时已耐心全无。

路航班主任赶着去班级上课，叹了一口气，摆摆手赶人："行了，你先回去吧。"

路航同他的班主任走后，沈瑜依旧站得笔直。

王兴看着面前神色淡然镇定的沈瑜，语重心长地开口："沈瑜啊，其实这个年纪呢，对异性有好感是正常的。"

他对沈瑜的印象很好，安静内敛的小姑娘，长得漂亮又有才艺，成绩表现都无可挑剔。

要不是高一发生过那件事，他也不想找沈瑜过来。

沈瑜脸色紧绷，再次申明："老师，我没有对谁有好感。"

王兴双手交握，暗暗打量沈瑜的神色。

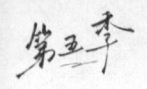

"我可以知道是谁反映的吗？我和路航根本没见过几次。"沈瑜实在不解。

王兴叹气，说："这个我不能说。这事在我这里还好，但如果举报到主任那里……"

沈瑜的脸色忽然白了一瞬，年级教导主任和爸爸沈朗认识，如果爸爸知道……

沈瑜皱眉，蓦地有点烦。

王兴的目光在小姑娘发白的脸上停留了几秒，放缓了声音："老师相信你。"

安抚了几句后，王兴要沈瑜回教室去。

沈瑜离开后，王兴连连摇头："唉，现在的学生哦，难管。"

旁边的同事睨着他："你不相信小姑娘啊？"

王兴叹气："我不是不相信沈瑜，是不信那个路航。你没看他刚那样，眼睛快黏在沈瑜身上了！"

他有点生气："在办公室都这么明目张胆，放肆！"

路航在众多老师和同学眼里都是离经叛道、不服管教的学生，做事随心所欲。于是，沈瑜在中午被路航拦下时，竟然也没有很意外。

那会儿沈瑜已经吃完饭，正要回宿舍休息。

路航就站在去宿舍的必经之路的石阶上，居高临下。

"沈瑜，你们老师为难你没？"

沈瑜摇头，就要越过他。

"哎。"路航在身后叫她，笑道，"我觉得我不能白担了这个恶名。"

沈瑜一怔："什么意思？"

路航的嘴角上扬，眼睛微眯："什么意思？"

他轻笑："让谣言变成真的，怎么样？"

沈瑜有点生气："不怎么样。"

她看着路航，严肃地警告："请你不要影响我学习，我只想安静地毕业。"

她的五官轮廓比一般女孩子清晰分明，此刻板着脸，看着更为冰冷疏离，路航却觉得很有意思。

沈瑜不理他，快步回了宿舍。

午休时间，一班的几个男生围在教室后门聊天。

谢新昭坐在自己的位置上，百无聊赖地盯着自己的左手食指发呆。那里包了几层纱布，依旧隐约透出些红。

钱林杰早上就发现了谢新昭的伤口并关心过了，这会儿又瞧见，只觉得阳光下看着血色更重了。

"该换纱布了。"

谢新昭懒懒地"嗯"了一声，不甚在意地掏出一本编程书来看。

钱林杰转过头，继续和其他男生聊天，话题从刚结束的二模考试一路延伸到学校八卦。

"你们知道吗？听说今天老师把沈瑜和路航叫到了办公室。"消息很灵通的人放低了声音，"听说就是去谈早恋问题的。"

其他人发出了惊讶的声音。

"说是有人造谣。"

"这种事偷偷摸摸就好了，告诉老师干吗？"

"缺德不？老师一看是沈瑜，说不定又要叫家长了。"

谢新昭翻书的手指一顿："为什么？"他看向刚才说话的男生，"为什么要叫家长？"

钱林杰看了他一眼："还不就高一那事嘛。听说那个男的退学之后，他家人对沈瑜意见很大，还说要见沈瑜的父母，后来也不知道怎么解决的。"

其他同学有些同情："美女也是怪倒霉的。"

…………

剩下的声音在谢新昭耳朵里都变成了"嗡嗡"作响的杂音，他想起昨晚沈瑜忽然变冷的神色，就想明白了原因。

那几个男生走后，谢新昭问钱林杰："只要有人被传早恋，一中的老师就会叫家长吗？"

钱林杰摇头："当然不是啊。"

他努努嘴："可那不是好学生沈瑜嘛，另一个对象还是打架斗殴留级的帅混混，要是你，你不担心啊？"

谢新昭沉默片刻，点点头。

他们同学打听消息的效率很高，伴随着放学的铃声，谢新昭一边收拾书包一边听着同学们八卦。

"路航这人还挺坦诚，说自己被沈瑜拒了，而且理由非常正当。"那人一本正经。

"什么理由？"

"沈瑜叫他不要耽误她学习。哈哈，笑死。"

钱林杰也跟着笑了两声："就说嘛，沈瑜不可能会喜欢路航这种跩混混。"

剩下的话谢新昭没有再听，把书包往肩上一搭，走出了教室。

他特意从二十班门口绕了一下。看到沈瑜还在写试卷，他一个人去了楼梯口。

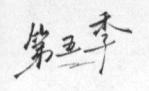

正值放学时间,谢新昭站在角落,看着人流鱼贯而出。

等了约莫二十分钟,人走得差不多了,沈瑜才姗姗来迟。她没有带东西,似乎只是下楼吃饭。

谢新昭向外走了几步,叫住沈瑜。

沈瑜回头,向他的方向走了两步。

在谢新昭开口前,她先说话了:"正好,我有事想问你。"

"什么?"

沈瑜抿唇,似乎在斟酌用词。半晌后,她语气清淡地叫了一声:"谢新昭。"

"嗯。"

沈瑜盯着他,目光认真:"你有背着我做什么吗?"

谢新昭愣了愣,插在口袋里的左手忽然一热。他不自觉用力,拇指狠狠戳到食指的纱布上,伤口好像裂开了,钻心地疼。

沈瑜没有理会这短暂的沉默,继续问:"是你向老师举报我的吗?"

谢新昭蹙眉。

"什么?"他忽然反应过来,松了一口气,"不是我。"

沈瑜的目光清凌凌的,脸上依旧淡淡的,看不出情绪。

"你怀疑是我向老师举报的吗?"

谢新昭明白了,沈瑜因为自己昨晚的表现在怀疑他。

"我说不是我,你相信吗?"

他的眼睛乌黑,一眨不眨地看着沈瑜。

沈瑜点点头:"相信。"

"真的?"

沈瑜用一种"你很奇怪"的眼神看他:"为什么不信?"

谢新昭笑了:"嗯。"

两人一起下楼,沈瑜忽然想起来。

"对了,你为什么会在这儿等我?"

谢新昭垂眸看她:"其实,我知道你被人举报的事情。"

沈瑜下楼的脚步微微一顿,声音很轻:"你知道了啊?"

她不知道在想些什么,脸上有些惘然。

谢新昭心里一沉:"是怕叔叔知道吗?"

沈瑜稍顿,摇摇头。

"没关系的。快要高考了,我爸不会怎么样。"

谢新昭:"如果叔叔不相信,我可以做证。"

沈瑜扯扯嘴角:"好。"

令人担心的事并没有发生,一连几天风平浪静。

二模考试的成绩下来，沈瑜和谢新昭考得很好，都是全班第一。刘元元也发挥稳定，保持在了班级中上的名次。

学校将荣誉榜贴在了显眼的公告栏，沈瑜和谢新昭的名字赫然在列。班主任王老师在班上大力表扬了沈瑜，对于之前的事一字未提。

伴随着这些，举报事件也有了结局。班主任王老师找到沈瑜，说举报的女生主动找他说明了事由。她说那天是自己看错了，把和路航走在一起打闹的女生看成了沈瑜。

沈瑜得知这个乌龙，一时竟不知该作何感想。

王老师安抚了几句，让她回教室了。

当天中午，沈瑜和刘元元一起回宿舍的路上，再次碰到了路航。

"沈瑜。"路航双手插兜站在路口，轻描淡写地叫住了两人。

沈瑜神色冷淡："有事吗？"

"有。"路航侧头，"你们老师应该找你了吧？"

沈瑜点点头。

路航开口："其实那个举报人——"

"喜欢你？"刘元元插嘴。

路航看了刘元元一眼，轻嗤一声："还挺聪明。"

刘元元在心里翻了个白眼。

"不过，我不是说这个。"路航顿了顿，"她看到的那个女生是我表妹。"

沈瑜轻描淡写地"哦"了一声："这个你不用和我解释。"

路航轻笑，说："那可不行。本来我就没什么印象分了，这还不得解释清楚吗？"

沈瑜的目光在路航那张散漫的脸上顿了顿，认真地说："这对我来说没什么区别。"

刘元元很配合地笑出了声，见路航瞥她，她捂上了嘴："Sorry（对不起）！"

回到宿舍，沈瑜坐在床头休息。

刘元元拉了把椅子坐在沈瑜床前，好奇地问："如果他说以前只是玩玩，只有对你是认真的呢？"

沈瑜怔了怔，表情认真。

"如果一个人为了追求你就否定自己的过去，那么那些曾经真心喜欢他的女生又算什么呢？"

"他不是认真的，可那些女生是啊。"

刘元元第一次发现，高冷无情的沈瑜还有这么柔软细心的一面。

愣了半晌，她才开口："为什么你会这么想啊？"

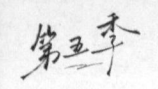

沈瑜脸上出现了一丝茫然，喃喃出声："可能，我见过身边女生有这样的经历吧……"轻飘飘的声音像是在回答，又像是自言自语。

刘元元见她似乎陷入了自己的思绪里，没有再多问。

这件事之后，很快就到了五一。

难得的小长假，沈松源嚷嚷着要去旅游。

恰好沈朗要去外地出差，便带上了陈秧和沈松源一起。

问到沈瑜和谢新昭时，两人同时拒绝了。谢新昭说自己五一要回Ａ市一趟，沈朗也就没有勉强。

五一当天，家里再一次只剩下沈瑜和谢新昭。

沈瑜前一晚没有睡好，吃了午饭后便犯了困，在沙发上看了会儿书，越看越困，不知不觉地睡着了。

她梦到了小时候的自己。那时候父母刚办完了离婚手续，而她自己还不知道。

她愣愣地看着妈妈收拾东西，还以为妈妈要去旅游。直到妈妈走过来，摸着她的脑袋要她乖，以后跟着爸爸好好生活，小沈瑜才察觉到了不对。

"那妈妈呢？"

漂亮的女人蹲下来，很认真地告诉她："妈妈要走了，以后不住家里了。"

小沈瑜一愣，懵懵懂懂："为什么啊？你不要我和爸爸了吗？"

妈妈抱住她，眼睛红红的。

她低声说对不起，她说她和爸爸没有感情了，没有办法在一起生活。

小沈瑜这才后知后觉地哭了："妈妈，你不要丢下我。"

这是小小年纪的沈瑜第一次体会到被人抛弃的滋味。

那天，母女俩抱着哭了很久，但妈妈还是不顾沈瑜的哀求离开了。

一开始，妈妈会每周来看沈瑜一次。

某个周末，沈瑜舍不得妈妈，哭着不肯让她走。妈妈没忍心，带着沈瑜一起走了，和爸爸沈朗说好过几天再回来。

沈瑜跟着妈妈去了另一个大房子，见到了一个陌生的叔叔。后来她才知道，那是妈妈的新男朋友。

一周一见的生活不知道过了多久。又一个周末，妈妈没有来接她。

沈瑜打电话过去，听到妈妈的道歉。她说自己要去其他城市了，要沈瑜乖乖跟着爸爸生活。

沈瑜愣了很久，呆呆地问她："为什么？"

妈妈的声音也带着哭音，她没有回答，说了句"对不起"就挂断了电话。

那是沈瑜最后一次和妈妈联络。她再一次，被丢下了。

这之后，沈瑜几次提出要找妈妈都被爸爸拒绝了。沈瑜生气，也不愿再理爸爸，父女俩的关系一度变得紧张。

某个晚上，沈朗应酬回来，喝得酩酊大醉。那天他好像谈成了大生意，心情很好。

沈瑜趁机再次提到了妈妈，原本笑着的沈朗一秒变了脸色。

他一脚踢在茶几上，发出"砰"的一声巨响。

沈瑜被吓得一抖。

沈朗的脸色很难看，脖颈青筋凸起："你妈妈不要你了！你不懂吗？"

沈瑜的眼泪"哗啦"流了出来，眼睛通红。她颤抖着声音，抽噎着问："为什么，不，不要我？"

沈朗喘着粗气，指着沈瑜低吼："以后不许再提她，听到了没？"

沈瑜哭得眼睛和鼻子都红了，完全说不出来话。

可沈朗到了气头上，依旧红着脸瞪女儿："你妈不要你了！听到没？不要你了！"

沈瑜哭着垂下头，转身跑回自己的房间。

那天，她抱着床上的兔子玩偶哭了一个晚上。

自此，沈瑜再也没有主动提起过妈妈。

渐渐长大后，她才从别人的只言片语中慢慢拼凑出真相。

沈瑜的妈妈余清从小长相出众，追求者很多。她是个十分需要爱情、喜欢浪漫的人。

和沈朗在一起的时候是因为爱情，离婚是因为她觉得两人之间没有爱情了，她没有办法和一个自己不爱的人一起生活。

沈瑜也是后来才想明白，自己小时候，妈妈脸上不时会出现的落寞和冷淡是因为什么。

沈朗对妻子的想法很生气。

他一心赚钱，对余清自然少了很多恋爱时的关心和照顾。只是他觉得两人有了家庭，缺少浪漫归于平淡是必然的结果，他并不认为有什么错。

两人因此矛盾不断。

渐渐地，沈朗也累了，便同意离婚，要求是沈瑜归自己。他认为余清是个不负责任的妈妈，没有权利要女儿的监护权。

余清离婚后，很快就和另一个男人坠入爱河。那时候的她依旧很漂亮，身边追求的男人也不少。她飞蛾扑火一般，全身心地投入到另一场恋爱中，就像年轻时和沈朗那样。

再后来，余清被分手了。她这次很受伤，也觉得很丢脸，甚至不愿留在这个伤心地，告别了所有人离开了西澜，没有人知道她去了哪里。

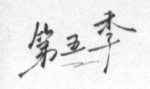

接受了现实的沈瑜很少再想起这些了。

可今天不知道为什么,她在梦里反复看到年少时那个无助弱小的自己。

她梦见自己抱住妈妈的腿不肯撒手,哭着求妈妈不要走。

"妈妈,我会很快长大的。"

"我会好好跳舞,会变得很优秀。"

"你可不可以不要走?"

小时候的她天真地以为,只要自己足够乖巧听话,足够优秀漂亮,妈妈就不会舍得抛下自己。

我会快快长成优秀的大人,你不要走好不好?

谢新昭到客厅时,沈瑜已经在沙发上睡着了。

他从房间拿了一条毯子,再回来时就发现沈瑜睡得很不安稳,眉头皱着,唇角紧抿,像是梦到了什么不愉快的事。

谢新昭轻轻地给她盖上毯子,在沙发旁坐下。

在沈家的这段日子,他清楚地感受到了沈瑜和小时候的不同。不只是性格上的,甚至是和她爸爸的关系似乎也没有那时候好了。可他不知道为什么。

现在的沈瑜明显抗拒他干涉自己的事。是因为父母离婚的事吗?

谢新昭拧眉,手指探向沈瑜的脸。

沈瑜动了动嘴唇,轻声呓语。

谢新昭俯身过去,听到她在说:"妈妈。"

下一秒,他的手臂被沈瑜抱住了。

女生柔软的脸在他的手臂上轻蹭,像一只乖巧可爱的兔子。

平时那双偏冷淡的眼睛闭着,鸦羽般的睫毛垂落,毛茸茸的。整个人看上去比平时柔和绵软了不少。

"别走,妈妈。"她喃喃。

谢新昭手臂一僵,不敢动作,另一只手隔着毯子在她后背轻拍,低哄道:"不走。"

沈瑜醒来,率先发现的是垫在自己脸颊下方的手。

她一愣,起身。这时候应该已经上了飞机的人坐在地上,头仰靠在沙发,眼睛闭着,呼吸均匀。

他的一只手自然垂下,另一只手臂则往后伸着,充当了她的枕头。

客厅的窗帘拉着,光线昏暗。沈瑜眨眨眼,一时竟反应不过来现在的时间。

她掀开毯子,轻手轻脚地下了沙发。几乎是同一时间,坐在地上的人毫无预兆地睁开眼睛。

两人对了个正着。

谢新昭的眼神里没有波澜:"你醒了。"

沈瑜眨眨眼:"你没有走?"

谢新昭收回自己的手臂,晃了晃:"改签了。"

沈瑜点点头,目光瞥向他被自己压红的手臂。

"你……我……"

谢新昭不以为意地摆摆手,示意没事。他盯着沈瑜的脸,眼神有些复杂。

"你说梦话了。"

沈瑜一怔,轻声问:"说什么了?"

谢新昭告诉她:"妈妈。"

他忍不住问:"梦到什么了吗?"

沈瑜摇摇头不愿多说,她看向门口的行李箱:"几点的机票?"

谢新昭抬手看表:"还有两个多小时。"

沈瑜点头:"那你快走吧,假期可能会堵车。"

谢新昭沉默几秒,起身走到门口,手指摸上拉杆,他忽然回头。

"小瑜。"他的眼睛很亮,好像暗色中熠熠生辉的星,"要不要和我一起走?"

沈瑜心口一跳:"现在?"

谢新昭的脸上神采奕奕,提议道:"要不要去 A 市散散心?"

沈瑜不愿意告诉他,可他看得出来她心情不好。他想带她一起离开。

沈瑜惊讶地看着谢新昭。

"去吗?"谢新昭很有耐心地又问了一句。

有那么一瞬间,沈瑜是心动的。她很想不规矩一次,跟着谢新昭离开。可理智回归之后,沈瑜还是拒绝了。

"不用,谢谢。"

谢新昭的神色有些失望。

沈瑜解释:"我和元元约好了,假期里补拍几个镜头。"

谢新昭点点头。

"那这几天麻烦你照看花园里的花。"

"好。"这下沈瑜答应得很痛快。

谢新昭临走前叮嘱沈瑜,院子里的蔷薇快要开了,等花开后告诉他一声。

说来奇怪,沈瑜从小一个人在家的时候有很多,她从来都很适应和自在。这次不知道是不是因为心里有事,总是惦记着院子里的蔷薇,一天忍不住要

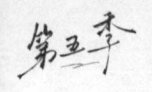

去看几回。

五月三号那天,沈瑜约好和刘元元一同去学校补拍几个镜头。

早晨的空气干净清新,天清气朗。万物生长的时节,花园里一片郁郁葱葱的景色。

昨天,蔷薇还是娇滴滴含苞待放的状态。过了一夜,有些粉色的花苞已经迫不及待地抢先开了。

沈瑜心下一喜,赶在出门前拍了几张盛开的粉白色蔷薇花。

心里念着的事半落了地,到达学校后,沈瑜神色放松地等在门口。

没一会儿,刘元元和陶渊两人也打车过来了。

除了摄影器材外,刘元元竟然还从车的后备厢里拎出一辆粉色的女士折叠自行车来。

"新的道具。"刘元元指了指车示意,有些得意。

"正好你会骑车,我就借了一辆来用。"

沈瑜点点头:"好。"

假期的校园鲜有人烟。沈瑜按照刘元元的指示,拍了一组骑车、走路、跑步的镜头。刘元元拍空镜的间隙,沈瑜坐在一旁的椅子上休息。

刘元元和陶渊平时闹归闹,工作配合起来一点也不含糊,眼下两人正为了镜头"激烈"讨论。

沈瑜看了一会儿,低头从包里翻出手机。手机里冷冷清清的,没有新消息。

她加的好友很少,朋友圈这两天全是沈松源和陈秧在外吃喝玩乐的照片。一家三口,看起来其乐融融。

沈瑜退出来,捏着手机蹙眉。谢新昭回去也有两天了,却一点消息也没有。

沈瑜打开相册,目光定在了早上刚拍的照片上。

一簇簇花朵娇艳欲滴,粉白的花瓣,浅浅的,好像害羞的少女。

"咦,你家的花园?"脑后忽然传来一道声音。

沈瑜抬眼,对着刘元元点点头。

刘元元嘟嘟嘴,在沈瑜旁边坐下闲聊起来。

"我家以前也有个花园,但没人打理,后来就荒废成了堆杂物的地方。"她说起自己小时候养花老是养死的事。

沈瑜默默听着,告诉刘元元:"这花是谢新昭种的。"

刘元元一惊:"他还会种花?"

沈瑜轻笑着点点头。

不知道是不是错觉,刘元元觉得这一刻的沈瑜看上去比平时多了些温柔。

这样的沈瑜,让她的胆子也不禁大了起来。她眨眨眼,实在按捺不住自己的好奇心，八卦起来。

"呃，你觉不觉得谢新昭很……"

沈瑜望向刘元元，静静等她说完。

刘元元思忖两秒，用了一个不那么明显的词语："偏心你？"

沈瑜神色微怔。

"你这么觉得？"她轻轻反问。

刘元元大力点头。"偏心"这个词已经是很克制的形容了，她本来想说谢新昭喜欢沈瑜的。可因为之前的经历，她知道沈瑜很排斥这样的事。

对方是路航这样不熟的人也就算了，谢新昭和沈瑜的关系毕竟有点不一样，刘元元怕自己口无遮拦的话会影响两人的关系。为此她憋了很久，今天才趁着沈瑜心情好多问了一句。

沈瑜得到答案后就垂下眼，密密长长的睫毛在眼睑下投了一层阴影。

刘元元见她沉默，心里忽然又打起了鼓，怕自己问错了话。

就在刘元元以为沈瑜不会回答自己时，她突然开口了。

"可能……"沈瑜捏着手机，目光漫无目的地落在远处的教学楼上。

像是想通了什么，她喃喃出声："我会问他。"

刘元元一惊："你要问他？"

"不行吗？"

沈瑜转头看向刘元元，目光干净无辜。

沈瑜的问题过于单纯，神情也非常真诚。

"也不是不行……"她张了张唇，不知该怎么解释，"但一般没有人这么直接的。"

刘元元再次刷新了自己对沈瑜的认知。

仔细想想，沈瑜之前拒绝别人似乎也是这么直接，这么做好像也变得合理起来。

如果被人这么问，一般男生要么顺势表白，然后被沈瑜拒绝；要么心思被戳破后恼羞成怒，誓死否认。

刘元元想了想，觉得哪一种听起来都很尴尬。

"你问他，然后呢？"

沈瑜抿唇："不知道，看他回答再说。"

她的表情坦然自如，浑不在意的模样。

刘元元看了半响，艰难地点头，弱弱补充了一句："那你可以不要提起我吗？"

她已经可以想到谢新昭被拒绝后得知是自己提的苗头，然后把怒火转移到自己身上的样子了。

本来就是个扑克脸没什么表情，回头一生气，自己的拍摄工作更加难以展开了。

"好。"沈瑜二话没说地答应了。

刘元元吊着的心放了下来，同时在心里为自己的男主角默哀了一秒。

这一天的工作量不多，拍到中午就结束了，三人在学校一起吃了饭便分别回家了。

沈瑜回到家，再次去花园看了看。院子里的蔷薇和早上似乎没什么差别。

沈瑜打开手机摄像头，低头凑近去拍一朵蔷薇的花瓣。刚按下拍摄键，身侧忽然传来一道熟悉的声音。

"小瑜。"

沈瑜猝不及防，连忙转头。收回手的同时，一时不察，手背被蔷薇的刺划到。

刺痛感传来，沈瑜轻轻"嘶"了一声。

下一秒，她握着手机的右手就被人捧了起来。

细嫩的皮肤被划了道口子，细密的血珠冒出来，很快将伤口覆盖，模糊成红色的一小团。

谢新昭眉头紧皱，神色紧张。

沈瑜把手机放回口袋，小声说："我没事，贴个创可贴就好了。"

说完，她率先向房间走去。

谢新昭一言不发地盯着她的背影，抬脚前，又回头看向花园里的蔷薇花。

如果此刻有人从花园门口经过，大概会被他的目光吓一跳。

谢新昭回到客厅时，沈瑜已经翻出了医药箱。

"我来。"他大步走过去，示意沈瑜去沙发上坐，然后蹲下身，从药箱里找出消毒药水和创可贴。

沈瑜坐在沙发上，默默看着谢新昭半蹲在自己的腿边。男生的眉目清俊，鼻梁挺拔，嘴唇紧抿着。他小心翼翼地捧着自己的手，消毒的动作很轻柔。

不过是划破了一个小口子，他却像是在对待什么易碎的文物。

涂完消毒药水，他像是哄小孩子似的，在伤口那儿轻轻吹了吹，动作和表情都算得上十分温柔。

沈瑜垂下眼，默默看他为自己贴好创可贴。

"谢新昭。"

半蹲的人抬头。

沈瑜看着他黑白分明的眼睛，轻轻开口："你好像，对我有点特殊。"

谢新昭短暂地愣怔了几秒。沈瑜的右手还半搭在男生宽厚的手心里，她动了动，收回的手垂落在沙发上。

"你才发现吗?"

沈瑜睫毛一颤,坠入谢新昭的眼神里。

他的目光直接炽烈,神色坦然地纠正:

"不是好像。

"是事实。"

第三章

夏天和毕业

沈瑜重新返校的那天,刘元元第一时间找她八卦。
"你真的问了?"
沈瑜点点头。
"然后呢?"
"什么然后?"
刘元元张了张嘴,旁敲侧击。
"就是……局面有没有很尴尬?"
"没有。"
刘元元愣住。
"行……吧。"
两个怪人。
刘元元走后,沈瑜盯着书本发怔。
那天谢新昭说完那句之后,和她对视了很久。然后问她会不会讨厌他,她想了想说不会。于是他笑了笑,说好。
第二天,她发现谢新昭不仅把花园里的杂草除了,还把蔷薇的刺也剪掉了。花园里那么多蔷薇,每一枝上的小刺都不见了。
对着光秃秃的花茎,沈瑜愣了半响。
她问谢新昭为什么要这样,谢新昭语气轻松地说看它们不顺眼。

至于为什么不顺眼,沈瑜便没有再问。两人之间好像有种莫名的默契。

过了五一回来,便是三模。
越来越临近高中生最重要的日子,所有人都铆足了劲学习。
就连平时大大咧咧对考试稳操胜券的刘元元,也一改平日懒懒散散的作风,将精力都投入到了高考复习中。
这一个月的时间过得飞快。
六月,高考结束。
最后一场结束铃打响的时候,整个学校里爆发出了震耳欲聋的欢呼声和吼叫声。
沈瑜收拾好书包走出教学楼,一眼看到站在路边的谢新昭。
他面对着教学楼的方向,双手插兜。少年的身姿清瘦挺拔,面容清俊,阳光穿过树梢绿叶在他周身落下疏疏光影。
夏季的风温柔而燥热,同学们打闹玩笑的声响喧嚣。
隔着一条马路,沈瑜向对面的少年笑了笑。
在这一刻,她真真切切地意识到——
夏天和毕业一起来了。

紧绷着的学习生活结束,沈瑜的时间一下子空了出来。
这天,正在家里看舞蹈节目的沈瑜忽然接到了沈松源的电话。
"姐!"沈松源的声音火急火燎的,"我忘记带身份证了!帮我送一下呗!我在学校出不去,你直接送到我们班来。"
沈松源的身份证既不在桌上也不在床上,而是掉到了书桌和墙之间的缝隙里。
沈瑜花了会儿工夫才找到。
将身份证放进包里,沈瑜回房间换了身裙子,戴上宽檐的遮阳帽出门了。
沈松源再三说自己要得急,沈瑜之前耽误了会儿时间,不放心交给别人,便亲自跑了这一趟。
沈松源的学校在西澜比较偏僻的地方,路上人很少。
学校管理得不严,沈瑜跟在几个本校学生后面,畅通无阻地进了校门。
按照沈松源在信息里的指点,她沿着主路往前又右转,找到了沈松源所说的教学楼。意外地,竟然一直和之前走在她前面的几个学生同路。
那几个男生似乎也注意到了她,一路上回头了好几次。走在中间的那个男生是个寸头,又高又壮,眼神锐利,看起来十分不好惹。
沈瑜不动声色地将帽檐压了压,脚步稍微放缓。

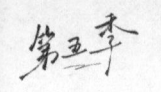

站在教学楼下的阴凉地，沈瑜发消息给沈松源告诉他自己到了。

沈松源立马回复：还有两分钟下课。

果不其然，没过多久，学校里就响起了下课铃声。

铃声还没停下，沈松源猴子似的不知从哪儿蹦了出来："姐！"

沈瑜扯扯嘴角，从包里拿出身份证给他。

沈松源面色兴奋，立马接过身份证揣进包里。

"谢谢姐！"他笑嘻嘻地道谢。

沈瑜今天穿了一条淡绿色的长裙，头戴一顶黑色的渔夫帽。乌黑茂密的长发长至胸口，手臂脖颈白得耀眼，身材高挑又纤细。即使看不清脸，美女的氛围感也是实打实地到了顶格。

就这么几句话的工夫，有不少路过的学生都在向两人张望。

"我请你吃冷饮。"沈松源向前方使了个眼色。

沈瑜摇摇头："不用了。我回去了。"

"哎，你就这么走了我多过意不去啊。"沈松源嚷嚷。

沈瑜正要说话，脚边忽然"砰"的一声。一个装着半瓶水的矿泉水瓶掉落在两人旁边的地上。

沈瑜抬头，蓦地一怔。二楼走廊的栏杆处，倚着一排男生。

其中好几张熟悉的面孔，正是刚刚走在自己前面的那几个。

那个寸头更是毫不掩饰自己的目光，直直地盯着沈瑜看。

"不好意思啊沈松源。"寸头旁边染黄色头发的男生笑嘻嘻地摆手。

轻佻的语气让沈瑜有些不适。

她皱眉，垂下眼不再看二楼。她毫不怀疑，他们就是故意的。

沈瑜不想在这里多待，拉了拉沈松源的衣服。

"我走了，你回去上课吧。"

"我送你！"沈松源见沈瑜转身，连忙追上来和她并排往校门口走。

"那些人是你同学？"

沈瑜一向不爱管闲事，可那几个男生给她的印象太不好了，她莫名地不喜欢。

沈松源"嗯"了一声，草草带过："别的班的。"

沈瑜点点头。

到了校门口，她多叮嘱了一句："那些人看起来不像好人，你少和他们打交道。"

"知道，知道。"沈松源三言两语地打发了沈瑜，催她坐车走。

沈瑜见他不愿多谈，也就没有多说什么，同沈松源道别后坐车回了家。

还在路上的时候，沈瑜又接到了刘元元的电话，问她周五晚上有没有空。刘元元想补拍一个大家一起放烟火的镜头。

"到时候你和谢新昭一起来。"刘元元笑了几声，"这应该是最后的镜头了。等片子剪好，我请你们吃饭！"

沈瑜应"好"，挂断了电话。

高考结束了，但谢新昭还没有回家。他整日待在自己的房间，也不知道在忙些什么。

沈瑜到家时，谢新昭正倚着沙发看书。

听见动静，他放下书走过来，目光直直地盯着沈瑜："你去哪儿了？"

沈瑜弯腰换鞋："给沈松源送身份证。"

谢新昭的目光在她的V字领口停留了几秒，眉毛微微皱了起来："怎么不和我说？"

沈瑜挂好帽子，转过头有些不解："和你说做什么？"

谢新昭抿唇："你为什么对他那么好？"

沈瑜一愣。

谢新昭有些不自在地别开眼："我是说，我可以给他送。"

沈瑜张唇："我看你最近很忙。"

谢新昭没有搭话，过了会儿才开口，声音有点蔫蔫的："我过几天要回去了。"

沈瑜点头，轻轻"哦"了一声，越过他走向洗手池。

谢新昭跟在她后面。

沈瑜洗手时，谢新昭盯着她的后背。

"哗啦啦"的水声中，她听到谢新昭的声音："你希望我早点还是晚点回去？"

沈瑜洗手的动作微微一顿，声音随和淡然："都可以，你随意。"

谢新昭没有说话。

等沈瑜洗好手转身，已不见谢新昭的影子了。

很快到了周五，刘元元叫了班上十来个人晚上一起拍视频，同时请大伙儿吃烧烤，地点是距离学校不远的大排档。

店里已经爆满，一伙人索性在外面拼了个长桌。

夏天的傍晚，连空气都是燥热的。

老板搬来了黑色大风扇，插上电。

头顶的棚上装着简易的灯泡，灯火昏黄，风扇声呼啦，街对面的店铺放着流行曲。

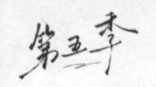

不知名的小飞虫在夏夜中乱舞,好像预示着桌上的年轻人也即将一头撞入这光怪陆离的成人世界。

刚结束了高考,大家都很放松,男生们更是放纵地喝起了酒。

刘元元提醒了几句不要影响拍摄之后也就不管了,热情地充当起摄影师的角色给大家拍照。

这桌上除了谢新昭,都是二十班的人,他这个班外来客自然成了大家敬酒的对象。

谢新昭来一中的时间不长,可他刚来就因为一张照片成了学校名人。

大家嘴上不说,心里对他都很好奇,时不时就有人向他敬酒,男生女生都有。

谢新昭也没有推辞,一一喝下。

沈瑜见他面不改色地喝了一杯又一杯,歪头小声问他:"你会喝酒吗?"

在她印象里,从未见谢新昭喝过酒。

谢新昭垂眸看她,眼神清明:"没事,我可以。"

见他神色如常,沈瑜也就放了心。

一桌人吃好,已经是晚上八点多了。刘元元见时间不早,催促大家去学校放烟火。

"行嘞,听刘导的。"

男生们懒懒散散地起身。学校离这边不远,走过去也不过几分钟的路程。

到达学校后,刘元元给每人发了一根仙女棒。

"大家注意点别引起火灾啊,我好说歹说保安叔叔才同意的。"

刘元元和大家交代了注意事项,示意男生们帮大家点亮仙女棒。

谢新昭从旁人那里引来了火,走到沈瑜旁边:"往前伸一点。"

沈瑜依言,握着仙女棒的手向前伸。

夏季的夜晚无风,空气有些闷。眼前闪过一簇火光,伴随着"刺啦"一声,五角星的尖冒起了星火。

谢新昭没有错过沈瑜眼睛里的那一刻光亮:"没有玩过吗?"

沈瑜摇摇头:"没有。"

沈松源喜欢的是那种炸开的鞭炮,家里没有买过这样的烟花。

谢新昭垂眸看她,几不可闻地轻叹一声。

这天晚上的拍摄尤其顺利,几乎是一次成功。

"你们也太棒了吧!"刘元元很开心。

拍完最后的几张合影,今天的拍摄就结束了。

"谢谢大家!过两天我请客出去玩,都来啊,别客气。"刘元元招呼大家。

"放心,刘导,我们一定不客气!"有男生立刻接话。

四周一片笑声，众人说笑着慢慢散去。

沈瑜和谢新昭留下帮着刘元元收拾残局。

"谢谢你们。"刘元元感动不已，"哎，过两天我请客，你们一定要来啊。我计划着要不咱们包车出去玩几天，反正假期也没事。"

沈瑜很久没有出去玩了，不禁有点动心，答应下来。

清理得差不多时，谢新昭指了指剩余的仙女棒，问刘元元："可以放吗？"

刘元元点头："放了吧，反正多出来的，别乱扔就行。"

谢新昭点点头，拎着袋子走到沈瑜面前，抽出两根递过去。

手上的两根仙女棒都被点燃，沈瑜递给谢新昭一根。

谢新昭愣了愣。沈瑜往前递了递仙女棒，脸上难得地流露出了些孩子气的执拗。

谢新昭失笑，顺从地接了过来。

就在这时，前方忽然传来刘元元的声音："沈瑜！"

两人同时看过去。

刘元元举着相机按下快门："好！很棒！"她低头看照片，"好有氛围感！天，我要哭了。我真是'大手子'。"

沈瑜和谢新昭对视一眼，都笑起来。

和刘元元接触久了，两人对她的自夸习以为常。

"我去看看。"谢新昭走过去，把仙女棒递给刘元元，低头看相机里的照片。

沈瑜放完烟花，也轻飘飘地走到谢新昭身后。

他正盯着两人的合照发呆。

照片的背景是黑色的，天幕上的星星都拍得清晰。两人的脸被烟花照亮，女生拿着仙女棒的表情怔忪，眼神发亮；男生眉眼清俊，神色很淡地望着镜头，那随意冷淡的一瞥，有种说不出的味道。

谢新昭看了很久，突然低低出声："这是我们的第一张单独合照。"他的声音在夜色中显得有些怅然。

沈瑜顿了片刻，轻声说："以后还会有的。"

谢新昭侧头望向沈瑜。

沈瑜静静地和他对视，慢慢地，从他的眼睛里看到了一丝笑意。

这一天晚上，沈瑜彻底做了回小孩，放仙女棒放了个尽兴。

等两人打上车时，已经是晚上九点多了。

谢新昭上车后，头靠着椅背，闭上了眼睛。过了一会儿，他伸手揉了揉自己的太阳穴。

"你不舒服？"沈瑜将他的动作看在眼里。

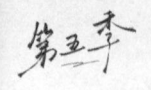

谢新昭摇摇头:"没事。"

沈瑜"嗯"了一声,不再多话。

到了小区门口,谢新昭依旧坐在位置上不动。

沈瑜轻声提醒:"谢新昭,到了。"

谢新昭睁开眼睛,推开车门下车。

借着门口的路灯,沈瑜看到他脸上泛起的微红。

她心口一跳,再次确认:"你是不是喝醉了?"

谢新昭似乎是想了几秒才反应过来,迟缓地摇头:"我没事。"

沈瑜在心里叹气:"走吧。"

这一路,她特意走得很慢。

到了家里,一片黑暗。

沈松源不知去哪儿了还没有回来,父母也不在家。沈瑜打开灯,这下能清楚看到谢新昭脸上不正常的红晕。

沈瑜蹙眉,严肃地问他:"你是不是不舒服?"

谢新昭眨眨眼:"头有点晕,休息一下。"

"那快回房间休息吧。"

沈瑜有点担心。在沈家这段时间,她从没见过谢新昭生病。她有点懊恼自己光顾着放烟火,没有早点发现他的异常。

谢新昭是真的有点喝多了,上楼时还跟跄了一下。

沈瑜不放心,泡了一杯蜂蜜水跟在他后面进了房间。

她进门时,谢新昭已经躺在了床上。

他眼睛闭着,脸颊白里透红,长长的睫毛垂下,头发松松软软,很乖的姿势。

沈瑜不确定他是不是已经睡着了,走过去轻轻把蜂蜜水放在了床头。

下一秒,床上的人忽然睁开了眼睛。

"小瑜。"他低低叫了一声。

沈瑜低头:"嗯?"

"我有没有发烧?"谢新昭一双眼睛此刻有些雾蒙蒙的,看起来好像无辜的小猫。

沈瑜心口一跳,怕他真的发烧了,倾身摸了摸他的额头。

温热的,皮肤有点软。

"好像没有。我去拿体温计,你等下。"

"谢谢。"谢新昭勾勾嘴角。

"不客气。"

沈瑜很快拿了耳温枪过来,谢新昭一眨不眨地看着她。

沈瑜:"你要侧过头,不然我不好量。"

"哦。"他慢吞吞地侧身完全转向沈瑜，依旧一眨不眨地看着她。

沈瑜将长发拢到耳后，俯身。她一手拉着谢新昭的耳郭，一手握着耳温枪伸进他耳朵里量温度。

谢新昭的耳朵红得滴血，摸上去也烫烫的。可温度计显示并没有发烧。

沈瑜望着温度计，有一瞬间怀疑自己是不是没量好。

"没有啊。"谢新昭已经看到了显示，小声说出结果。

"嗯。"沈瑜不确定地又看了看他。

他的脸色泛红，耳朵很红，连眼睛都有点红红的。

这个场景有点熟悉。沈瑜蓦地想起那天自己给谢新昭戴发带，他的耳朵也是红红的。

她的心脏猛地一跳，是……因为这个吗？

沈瑜眨眨眼，鬼使神差地，伸手碰了碰他的脸。

下一秒，谢新昭低低喘了一口气。

"小瑜。"

"嗯？"

沈瑜的神色有些不知所措。

她没经历过，也有点蒙了。

"你有没有听到什么声音？"

谢新昭看着她，眼睛如黑雾一般。

沈瑜凝眉细听，房间里安静得仿佛只有空调的风声。

"什么声音？我没听到。"

谢新昭的睫毛颤了颤，红着脸开口：

"我的心跳。"

房间里只开了一盏橘色的床头灯。床上的少年脸色泛着潮红，黑漆漆的眼睛里透着几分酒后的茫然。

他说完那句话，再次安安静静地看着沈瑜。好像是喝醉了，又好像没醉。

沈瑜的心口蓦地一缩，好像被一只仓鼠挠了一下。

夏季的夜闷热、寂静。

万籁俱寂中，仿佛真的能听见少年炙热有力的心跳似的。

见她没有搭话，谢新昭似乎以为她不信，伸手握住沈瑜搭在床边的手。热热的手心覆盖住沈瑜微凉的手背。

还没有反应过来，她的手被带着伸向少年的心口。

"不信你摸。"谢新昭眨了眨眼。

在即将碰到少年身上的衬衫时，沈瑜猛然醒悟。

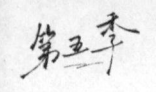

"不用了。"她用力快速地抽回自己的手。

谢新昭反应不及,一下空了的手僵在半空。

他缓缓垂下手,皱眉。

"你不信吗?我的心跳声真的很大。"他脸上的神情看着似乎有些委屈,低声补充,"好吵。"

"我信我信。"

沈瑜确信他是真的喝多了,连忙附和。怕他再"胡言乱语"些别的什么,沈瑜丢下一句"你快睡吧",关上灯出去了。

被谢新昭这么一折腾,沈瑜直到洗完澡才意识到了一些异常。

已经是晚上十点,家里却一直空荡荡的。本来应该从学校返家的沈松源不在,父母也不在。

沈瑜正要打个电话问问,楼下却有了动静。

从窗口看见爸爸的车,沈瑜松了一口气。

没过几分钟,一楼的房门被打开,客厅的灯亮起。

一阵上楼的脚步声响起,没几秒,沈瑜的门被敲响。

沈瑜连忙打开门,登时一愣。

爸爸沈朗站在门口,脸色严肃沉郁。

一股不好的预感涌上沈瑜的心头:"怎么了?"

"怎么了?这句话应该是我问你。"沈朗的语气严厉,质问道,"沈瑜,你前两天干什么了?"

沈瑜不解:"我一直在家,没做什么。"

沈朗皱眉,脸色很难看:"你是不是去过松源的学校?"

沈瑜的心脏一缩:"沈松源怎么了?"

"怎么了?"沈朗提起这个就生气,"你是不是又招惹什么人了?要不别人能找你弟弟麻烦?啊?我是不是早就和你说过了,要你平时离不熟的男生远一点!高一那次的教训还不够吗?"

沈朗指指点点,指头几乎要碰到沈瑜的脸。

沈瑜面色苍白,勉强保持平静地解释:"我没有招惹别人。"

"没有?"沈朗抽了一口气,"那松源现在怎么会和别人打架进了医院?还差点——"

沈朗举起手再次指向沈瑜:"你——"

男人伸出的手指忽然被握住了。

沈朗一愣,转头。谢新昭不知什么时候过来了,无声无息的。

少年看起来清瘦,力气却不小。

"叔叔。"谢新昭将沈朗的手压下来,"沈瑜没有做错任何事。"

沈瑜抿唇看他。刚才喝多了红着脸说话的人，眼下已经完全看不出来。

他好像一棵树，挡在了这场暴风雨的中央。他比沈朗还要高，抬起的手上青筋清晰凸起，好像蜿蜒曲折的藤蔓。

沈朗脸上的愠色未消，声音依然很紧："你怎么知道？"

谢新昭面不改色地撒谎："那天沈松源要沈瑜给他送身份证，我和沈瑜一起去的。沈瑜没有招惹什么人。您最好问清楚，不要冤枉了人。"

少年的语气肯定，眼神坚定明亮。小小年纪，说起话来却有种不容置疑的味道。

沈朗本来笃定的事，忽然犹豫起来。他皱眉，上下打量眼前的少年。

谢新昭从容不迫地和他对视。半晌，沈朗叹了一口气，态度缓和了不少："松源住院了，我回来拿些衣服。"

沈朗走开的同时，沈瑜"啪"地关上了门，呆坐在桌前。

一阵下楼的脚步声后，是大门关上的声音。

紧接着，院子里的车灯亮了，汽车发动的声音响起。

过了会儿，整个别墅再次陷入安静。沈瑜双臂抱膝，听着车子的声音远去，一动不动。

不知过了多久，卧室门口再次响起了敲门声。

沈瑜没有动作。

敲门声持续了一会儿，停下了。

沈瑜拿过手机，怕自己打扰沈松源，只发了消息过去问情况。

沈松源不知道是不是睡了，没有回复。

等了一会儿，沈瑜有些按捺不住了，她想去医院看看情况，刚打开门，却是一顿。

谢新昭依旧站在门口，目光沉沉。

沈瑜微怔："你还没走？"

谢新昭打量她的着装，不答反问："要去哪儿？"

沈瑜抿唇："医院。"

"别去了。"谢新昭摇摇头。

"这么晚了住院部已经不能进了。况且你家人都在那里，不用担心。"谢新昭有理有据地分析，"如果你想去，明天上午我陪你过去。现在沈松源妈妈的情绪肯定不好，你去只会撞枪口上。"

沈瑜沉默下来。

她不清楚沈松源到底发生了什么，可就连爸爸都这副模样，想也知道陈秧这个母亲只会更加生气。

谢新昭安静地看着沈瑜，心情复杂。

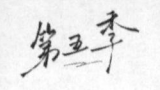

屋里的灯熄灭了，只有走廊的吸顶灯散发出微弱柔和的黄光。沈瑜半垂着眼，一张小脸很白，眼睛有点红。看起来越发像一只单纯无害的兔子，惹人怜爱。

沈瑜思忖片刻："好，明天。"

她抬头，蓦地撞上了谢新昭来不及掩饰的眼神。

沈瑜看到过类似的表情。

沈松源刚来家里那一年，知道没有人给沈瑜过生日时，他便是这样相似的表情。

沈瑜别开眼，语气冷淡："我不需要别人的同情和可怜。"

"我没有。"谢新昭的声音从头顶响起。

沈瑜缓缓抬头，想说那你的表情是什么意思。

谢新昭抿唇："我只是心疼你。"

寂静的夜里，这声音显得格外温柔。

沈瑜的心脏重重一跳，隐隐泛起了酸。

两人在昏暗的门口对视了片刻，谁都没有动作。

沈瑜忽然想起谢新昭在爸爸面前说的话，轻声说："你骗了我爸，明天去医院可能会被戳穿。"

"没关系。"谢新昭满不在乎，"我说的是事实，你没有做错什么。"

沈瑜的眼神闪烁："你怎么知道？你并不在场。"

"我相信你。"

谢新昭看着她，轻描淡写地补充："小瑜不会错的。"

这一刻，沈瑜忽然想到了自己小时候。

在她第一次骑车摔倒时，爷爷跑过来抱住哇哇大哭的她，狠狠踩了歪倒在地的自行车一脚。

"都是自行车不好，宝宝不哭哦。"

莫名地，沈瑜觉得眼前的谢新昭好像溺爱小孩的家长，她忍不住轻笑了一声。

"谢新昭，不要像哄小孩子一样好不好？"

不止今天，还有上次。

明明是她自己不小心被花刺到，他却把花园里所有蔷薇的刺都剪掉了。

真的很像把她当小孩。

"我哪有？"谢新昭见她笑，神情也放松下来。

沈瑜稍顿，有点固执地重复："就有。"

这样孩子气的沈瑜在谢新昭眼里也是可爱的。他很想抱抱她，再摸摸她的头发。

可还不行。最终,他咽了咽口水。

"好,那就有。"

谢新昭顿了顿,又问:"心情好点了吗?"

沈瑜点点头:"那你呢?头不晕了吗?"

谢新昭摇摇头:"不晕了。早点休息,明天早上一起去医院。"

"好。"沈瑜点点头。

看着面前的少年转身,她忽然出声:"谢新昭。"

谢新昭转头。

暗色中,沈瑜的眼睛很亮。她抿了抿唇,轻声道:"晚安。"

这是她第一次主动和谢新昭说晚安。

谢新昭的神色有一瞬间的愣怔。

"晚安,小瑜。"

第二天早晨,沈瑜洗漱好下楼时,谢新昭正坐在餐桌旁看手机。

似乎是听到了声音,他抬头询问沈瑜:"面包吃吗?"

沈瑜点点头。

谢新昭起身,从厨房里端来了用吐司和煎蛋做成的简易三明治,还有一杯热牛奶。

"煎蛋还可以吗?"谢新昭问。

沈瑜抬头,笑了笑:"很好吃。"

沈瑜说的并非场面话。这个煎蛋周围一圈香酥,有微焦的香气,里面却嫩得流心,口感和味道都非常棒。完全不像谢新昭这种十指不沾阳春水的小少爷做出来的。

"那就好。"第一次煎蛋的谢新昭也笑了。

不枉他因为失败而连续吃掉三个不成形状的煎蛋。

吃了早餐后,两人买了些水果去医院。

没有提前和沈松源说,沈瑜直接去了住院部大楼。

两人去得早,走廊里没什么人,环境静谧。

沈松源单人病房的门没有关严,陈秧说话的声音从里面传出。

"你给他不就完了嘛,这胳膊伤得太不值了,沈瑜还不一定会念你的情。就你傻,拿她当亲姐姐,你看她把你当亲弟弟吗?"

沈瑜要敲门的手停在半空,慢慢垂下。

"沈瑜这种性格,你做多少都没用。你上赶着贴热脸干什么?"陈秧语气讽刺,"我看啊,她都不一定会来医院看你——"

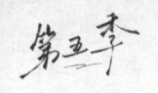

"好了，妈！"随着沈松源略微不耐的一句话，里面恢复了安静。

门口的两个人也沉默。

"还进去吗？"谢新昭低声问。

他伸手拉沈瑜："走吧，小瑜。"

他有点生气，没有想到平时看起来和气善良的陈秧在背后是这么看沈瑜的。

沈瑜稍稍用力，挣开了他的手，薄薄的唇线抿着，神色冷静而坚持："我要进去。"

下一秒，她伸手推开了门。

病房里，病人沈松源正在吃早餐，而陈秧坐在一旁削苹果。

听到动静，两人都看过来。

沈松源惊得张大了嘴巴："你们什么时候来的啊？"

他一身蓝色条纹病服，左手臂打着石膏。他的面色因为受伤而有些苍白，那头卷卷的短发乱七八糟地竖在头顶，像是戴了一顶劣质假发——看上去和平时那个注重外表、精心打扮的沈松源完全是两个人。

"刚来。"沈瑜简单地回答。

陈秧神色冷淡地看了一眼，低下头继续削苹果。

沈瑜径直走到床边，问沈松源的情况。

"嗐，没事。"沈松源满不在乎地摆摆手，"就是骨折了。"

陈秧吸了一口气，语气愤愤不满："都骨折了还没事呢？你的手臂又不是铁做的。你以为自己成龙还是李小龙啊？"

说话间，陈秧淡淡瞥了沈瑜一眼："有事不会和家里说吗？自己一个人逞什么英雄？"

"妈！"沈松源打断陈秧。

沈瑜抿唇，刚才那一眼加上在门外听到的话，直觉告诉她事情并不简单。

"说吧，这事和我有什么关系？"她直截了当地问。

沈松源立马看向陈秧。

陈秧低头："我可什么都没说。"

沈瑜皱眉，仔细回想："是不是那个寸头？"

最近自己和沈松源唯一的交集就是给他送身份证一事。

回想那天的经历，只有扔矿泉水瓶这件事不对劲。除了那个寸头和黄毛，沈瑜觉得不会有别人了。

"哎呀，和你没关系。"沈松源皱眉，"我们早看那帮人不顺眼了，这架迟早都会打。"

陈秧抢话："怎么没关系？你们老师都说了——"

"妈！"沈松源急得坐直了身体大叫，"那都是他的借口！再说了，我能把我姐的号码给那帮小混混吗？我姐要不是来给我送身份证也不会有这事。我因为这点破事就把我姐出卖了，我还是人吗？"

病房里瞬间沉默，静得可怕。

陈秧面色很难看，削苹果的动作微微颤抖。片刻，她一言不发地扔下没削好的苹果，起身出去了。

关门的动作是带了些气的，"咚"的一声。

陈秧走后，病房里只剩三人了。

沈瑜抿着唇，轻声问："真的和我无关吗？"

沈松源"啧"一声："没有。"

他看向沈瑜，挠挠头："他以为你是我女朋友，喝多了非要我叫你出来，还要我把你的号码给他。他就是故意找碴儿。"

沈瑜皱眉："你们为什么会在一块儿？"

沈松源避开她的目光，有些心虚的样子："碰上的。"

沈瑜张了张口，目光停留在沈松源打了石膏的左手上，原本想要说的话咽了回去，换成了一句："严重吗？"

沈松源挥了挥自己完好的右手："没事，养段时间就好了，我妈就爱大惊小怪。"

"那些人呢？"一直没说话的谢新昭问。

沈松源："昨天都被带去警局了，后面我也不知道。哎，我的手机呢？"他伸长了脖子四处张望。

谢新昭默不作声地从床尾拿起手机递给沈松源。

沈松源拿过手机翻了翻："那帮孙子还在警局呢。这也不是第一回了，出来估计也得退学。"

三人在病房里说了会儿话，陈秧进来了。她的眼睛有些红，像是哭过了。

沈瑜见状，提出告辞。

到家已经是中午了。今天是周末，阿姨不来。

两人煮了些水饺当午餐。

吃到中途时，沈朗回来了，简单和两人说了在警局的情况。

那帮混混交代了，他们本来就和沈松源有矛盾，在外面喝了酒，言语上摩擦多，一时冲动就动起手来。

知道是自己误会了，沈朗在说话时的态度比昨晚缓和了很多。

"所以这和沈瑜没有关系。"谢新昭平静地指出这一点。

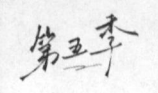

沈朗顿了几秒，点点头。

导火索是要沈瑜的电话号码，但最终发展到打架，怪在沈瑜身上也不合理。

两人说话时，沈瑜的面色一直很平静。直到看见爸爸点头，她的表情才稍稍松动了些。

沈朗的眸光扫到一旁的餐桌，桌上只有简单的两盘水饺和一盒牛肉。

他不禁皱眉："怎么就吃这个？"

"我们刚从医院回来，随便吃点。"沈瑜回答。

沈朗想起昨晚陈秧的样子，心知沈瑜去医院肯定没有得到什么好脸色。

可沈瑜一句坏话都没有说，神色和表现与平时无异。

看着女儿淡淡的表情，沈朗心里一时五味杂陈。沈瑜太漂亮了，模样也和自己的前妻余清越来越像。

不同的是，余清是娇气的、柔弱的、娇滴滴的，像花儿一样，沈瑜则是清淡的、冷漠的，好像对什么都不在意似的。

沈朗以前一直很怕沈瑜也像她妈妈一样沉迷于情爱，所以从小就对沈瑜管得很严格，尤其是在异性交往方面。可即使这样，沈瑜的漂亮和受欢迎程度也很早就见端倪了。

昨晚陈秧把沈松源受伤归咎于沈瑜时，许是受高一那事件的影响，沈朗也下意识就相信了这样的说法。

今天到了警局调查清楚，所谓"要电话号码"只是一个借口。

与沈松源要好的一伙人，和寸头那伙人一直不对付，经常互相使绊子。

昨晚两伙人在外面碰上，喝多了酒就这么干上了架。

沈松源还算是轻伤，他们这伙人中有个受了很重的伤，到现在还没出ICU。

那个受重伤的人的家长今天也到了警局，哭得不行。

半响，沈朗叹了一口气，开口："我平时工作忙，一直顾不上你们。昨天是我误会了，没有问清楚就以为是你……"

他话锋一转："但是，我说的话你也要往心里去。平时少和陌生男人接触，对方是什么人你又不了解……"

沈瑜默默听着，表情逐渐变得麻木。

对家长来说，在孩子面前承认错误似乎是一件比登天还难的事。即使事实证明是他错了，他也要从其他角度说教几句，以展示自己的"权威"。

"你现在高考是结束了，但也不能不注意，高一的教训还在眼前——"

沈瑜瞬间变了脸色："爸爸，你可以不要提这件事了吗？"

沈瑜的声音生硬，神色倔强又冷淡。

气氛瞬间变得僵硬。

被女儿清亮的眼睛这么直直地看着,沈朗一时语塞。他没有再说话,叹了一口气,离开了。

大门被关上,花园外响起汽车发动的声音。

一切恢复了寂静。

这下,沈瑜彻底没了胃口。

"我上去了。"她握着手机就要上楼。

刚绕过餐桌,手腕被谢新昭一把抓住。

男生的手心温热,修长的手紧扣住她的。

"等等!"谢新昭只知道,自己不想放她上去。

女生的手腕好细,两人贴得近,他甚至能清晰地感觉到沈瑜皮肤下的脉搏。

沈瑜转头,她好像又回到了自己的壳里,语气冷淡。

"做什么?

"你是不是想问,高一那件事是什么事?"

谢新昭神色一凛,眼神复杂。

沈瑜顿时懂了:"你已经知道了?学校里的人说的?"

谢新昭思忖着说:"听说过一点,你不想提就不要说了。"

沈瑜顿了顿,脸色稍缓:"其实也没什么。就是一个喜欢我的男生考试没考好,他想不开要自杀,学校和他父母都要我去见他劝劝他,我没去。"

她直直地看向谢新昭,面无表情地评价:"很冷血无情。"

谢新昭听得皱眉,扣着她手腕的手向下移动,将她整个手都包裹起来。

"你不是。不要这么说自己。"

谢新昭接下来的话比她的还要冷血:"这和你有什么关系,他想死就去死好了。"

沈瑜愣怔,眨了眨眼。

"真正想死的人自己就去死了,这样大张旗鼓的,往往不是真的想死。"谢新昭满不在乎地说。

沈瑜心口一颤,如有一股温热的泉水流过。

这件事发生时,大部分人觉得她应当去见面,其余人最多感叹几句她倒霉遇上这种事。

好像,谢新昭是唯一完全全站在她这边的人。

即使在他还不清楚事情真相的时候。

也是这一刻,沈瑜真正地觉得两人的关系更近了一步。

也是第一次,她产生了对人倾诉那件事的欲望。

"是。那个人的想法很偏激。"

沈瑜回忆起当初。

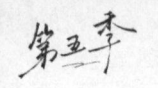

"不管我怎么无视他,他都觉得我在暗示他,对他有好感。如果我当时去了,他只会觉得我喜欢他舍不得他,以后可能更加偏激。"

谢新昭垂下眼,声音很低:"是啊。这种变态,真的很令人厌恶,对吧?"

沈瑜没有注意到,他此刻脸色惨白,手臂的肌肉紧绷如石头。

直到手被他抓疼,她缩了缩:"你抓疼我了。"

谢新昭霎时清醒,松开了手。

"对不起。"

"没关系。"

沈瑜索性坐回了位置。她左手托腮,认真考虑着谢新昭刚才的问题。

"我觉得疯狂的、偏激的、会伤害人的感情都是不对的。"

谢新昭低声应着,垂眸看向自己的左手。

食指上被刀划过的痕迹早已经不见了。

可他还清楚地记得那晚空气中淡淡的铁锈味,记得自己当时痛中带着期待的心情。

…………

沈瑜不知道他在想什么,叫了一声:"谢新昭。"

光线下,少女的皮肤白得耀眼,眼睛亮晶晶如宝石:"你好像总是和我站在一边。"

"嗯。"谢新昭直言不讳地承认了。

"因为我对你……"他顿了顿,"特别啊。"

谢新昭弯唇,露出人畜无害的笑。

他必须藏得好一点,再好一点,不然,就是做只摇尾乞怜的狗也只会得到小瑜的厌恶而已。

沈瑜定定地看着他,心里想的却是——他笑得可真好看。

这一年,西澜的夏天好像来得格外早,六月初就热得不行。

早些天,刘元元将上次一起拍烟火的同学拉了个群,提议去隔壁市的池寒山住几天避暑。

这个提议一出,很快得到了大家的积极响应。最后统计出来,一共有七个人报名,三女四男。

刘元元包了一辆车要大家去一中集合,又在池寒山景区订了一栋民宿别墅。没想到,临出发前,路航横插一脚,混入了队伍。

…………

经过两个小时的说说笑笑,众人来到了池寒山山脚下。

池寒山是当地有名的景点。山间绿林茂盛,云雾缭绕缥缈,远看仿佛仙境一般。山下则围绕着湖水开发了一大片湿地公园。

刘元元订的民宿就在池寒山的山脚下，地理位置非常优越。

推门可见山景，后窗可以望湖，景色一绝。好在是工作日，并不难订。

两层的别墅，一共五间房。楼上三间，楼下两间。

沈瑜和刘元元一间，许瀚潇和路航一间，孟泽和周嘉豪一间，谢新昭和赵叶则一人一间。女生们和谢新昭住楼上，另外四个男生住楼下。

分好房间，已经到了午饭时间。

一行人浩浩荡荡的，步行前往距离这边不远的酒店吃饭。

路航主动要请客，和许瀚潇、周嘉豪走在最前面，三个女生并排走在中间。孟泽则和同样落在后面的谢新昭搭话，聊起报志愿的话题。

得知谢新昭要报的学校，孟泽下意识地道："你也报 A 大？"

谢新昭微顿，同他解释："我家在 A 市。"

"哦。"孟泽了然，"那高考完了，你也快要回家了吧？"

"对——"谢新昭尾音未落，目光定定地落在前排几人的身上。

走在最前面的路航故意慢了几步，他背着手，神色轻松地走在沈瑜身侧。

"哎，沈瑜，现在高考结束，我的出现总不会影响你学习了吧？"

沈瑜看了他一眼，淡淡"嗯"了一声。

路航笑了笑，故作不经意地提起："对了，我表妹很崇拜你。"

沈瑜皱眉："表妹？"

她忽然想起，那次自己和路航被举报，他好像也提到了表妹。

路航点头："她是高二舞蹈生，运动会和你一个方队的。她叫方乐灿。"

方乐灿？如果没记错，她看上去不像是"崇拜"自己啊。沈瑜暗想。

短短几个来回的对话，落在身后人的眼里却是另一番景象。

高大的男生和清瘦的少女走在一起，一黑一白，对比明显。男生的嘴角挂着不羁的笑，两人一副"相谈甚欢"的模样。

谢新昭盯着前方的背影，插在裤兜里的手握成了拳，手心微湿。

就在这时，路航忽然回头。

两人在半空中对视了几秒。

直到路航转头，谢新昭的目光才淡淡移开。

到了酒店，路航要了一个包厢。

沈瑜一侧坐着刘元元，另一侧是空的。赵叶坐在刘元元的另一侧，身边是紧跟着坐下的孟泽。赵叶瞥了他一眼，哼了一声。

路航环视一周，正要在沈瑜旁边坐下，一把不知从哪儿冒出的椅子插进了两人中间。

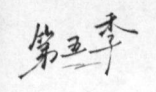

谢新昭一脸平静："麻烦让一让。"

路航愣住，往旁边一指。

"那边还有位置。"谢新昭礼貌地笑了笑，"那你过去坐吧。"

沈瑜抬头看了看两人，垂眸不语。

路航咬着后槽牙笑，起身出门。

再回来时，他手里拎了几瓶啤酒。同他一起进来的，是手里拿着饮料的许瀚潇。

许瀚潇一进来就嚷嚷："女生喝饮料男生喝酒，没问题吧？"

没有人反对。

路航在沈瑜对面的位置落座。从这个角度，他可以肆无忌惮地打量沈瑜和谢新昭。

以他的经验，看不出谢新昭的想法那真是白混了。可对于沈瑜，他还真看不太透。

路航把酒放在桌上的圆盘上，轮流在男生面前停下。

停在谢新昭面前时，路航眉峰微扬，意有所指："好学生会喝吗？"

谢新昭伸手拿走啤酒，用行动表明了自己的回答。

沈瑜看到他的动作，蹙起眉："不能喝就别勉强了。"

她还记得那晚谢新昭几杯酒下肚之后的反常表现。

"没关系。"谢新昭低声道。

整个吃饭过程，沈瑜观察了几次。谢新昭确实喝得不多，脸色也一如往常。

快结束的时候，沈瑜被刘元元拉着去上厕所。赵叶看到，也跟着一同去了。

从卫生间出来，刘元元忽然发现走廊的另一头是一个大露台，从露台望过去，是一片被绿植环绕的蔚蓝色湖泊。

正午的阳光洒在湖面上，粼粼波光中好似荡漾着轻柔的金粉。远处的池寒山巍峨屹立，青山绿水辉映，好似天地间的一幅偌大水墨画。

刘元元一时心痒，连忙叫沈瑜和赵叶过来。

"我们去那边拍点照！"

等赵叶和刘元元拍够，距离三人离开包厢已经有一会儿了。

回到包厢时，许瀚潇"嘿嘿"笑了两声："我们早吃好了，喝酒呢。"

闻言，沈瑜下意识地看向谢新昭。

他面前的桌子上干干净净的，没有看见酒。

刚松了一口气，谢新昭抬头望过来。他脸颊透红，眼睛里仿佛蒙了层雾，目光浓稠得像墨。

沈瑜心口一跳，完了。

"你的酒呢？"她问。

谢新昭低头,指了指地上。沈瑜一看,男生的裤腿旁赫然摆着两瓶啤酒。

后来,一伙人提出从酒店这边坐船到湿地公园去玩。

"我想回去睡觉,你们去吧。"谢新昭说。

"行。"路航笑了一声,"那你好好休息。"

大家兵分两路。

沈瑜跟在大部队后面,有些心不在焉。

快走到渡口的时候,她忽然停下。

"我有点不舒服,不和你们去了。"

沈瑜匆匆赶回民宿。

她走到谢新昭的房间门口,敲了敲门。

几秒之后,门开了。

见到沈瑜,谢新昭的表情有些愣怔:"小瑜?"

沈瑜点点头:"你没事吧?"

谢新昭刚要摇头,又马上停住:"头有点疼,想睡觉。"

沈瑜:"哦,那你睡,我不打扰——"

话说了一半,她的手腕被抓住了。

沈瑜垂眸。

谢新昭温热的手握着她的,骨节清晰,手背青色的脉络凸起。

"小瑜,陪陪我吧。"他说。

沈瑜抬起头,对上他黑漆漆的眼睛。鬼使神差地,她点了点头。

下一秒,她被谢新昭拉进房间。

"坐。"谢新昭指了指床边的沙发椅,从桌上拿了一瓶矿泉水给沈瑜。

沈瑜道谢,依言坐下。

"你休息吧。"

谢新昭点点头,脱了鞋躺在床上。他似乎是不太舒服,揉了揉额头。

沈瑜抿唇,问:"为什么喝这么多啊?"

谢新昭低声回答:"路航在。"

话音落下,谢新昭的眼神霎时暗了下来,唇线抿着,不太高兴的样子。

"因为他喜欢你……"

沈瑜怔住,轻声道:"那也没关系啊。"

谢新昭定定地看着她,眼神渐渐变深,声音也低下来:"你不讨厌他吗?"

沈瑜想了想:"谈不上讨厌,就是一个不熟的同学。"

她性格淡漠,情绪也很少会剧烈起伏。只要不影响自己的生活,她其实不太在意别人的想法,所以也说不上喜欢或讨厌。

"可是我讨厌。"谢新昭对上沈瑜的目光,一字一顿,"我想揍他。"

沈瑜愣了愣,神色坦然地和他对视,只当他和上次一样,是喝多了之后的胡言乱语。

谢新昭摸摸头:"你陪我一会儿。"

沈瑜只好坐在旁边,目光漫无目的地落在谢新昭的手背上。他手背上的皮肤又白又薄,青筋比一般人明显很多,好像凸起的青色山脉。

沈瑜自己的手也瘦,可完全没有这种高低起伏的感觉。

她一时晃神,对着谢新昭的手发起了呆。

"在看什么?"一直被观察的人忽然开口。

沈瑜同他对视一眼:"你的手。"

她顿了顿:"青筋好明显。"

谢新昭闻言,将手伸到沈瑜面前,他一副很大方的样子:"要摸吗?"

沈瑜抿唇,伸出食指轻轻碰了碰其中一条青筋,微微的凸起感,指头仿佛被硌了一下。谢新昭抽了一口气,身体颤抖了一下。

沈瑜以为自己把他弄疼了,连忙收回手。

"对不起。"她诚恳地道歉。

谢新昭的脸色不太好看,声音低得有点哑:"我想睡觉了,小瑜。"

沈瑜反应过来:"哦,那你休息。我回去了。"

沈瑜起身离开,轻轻关上门。

谢新昭坐起身,低头看了看,长叹一口气。

一直到晚饭时间,另外几人才从公园回来。刘元元计划明天上山看日落,后天休息一会儿,下午回西澜。大家都表示赞同。

"那我们还需要买点日常用品,以及吃的和玩的。"周嘉豪建议道。

"好。有人主动报名采购吗?"刘元元问。

沈瑜第一个开口:"我去吧。"

她休息了一个下午,体力比较充沛。

路航懒懒散散地坐在位置上,微微挑眉。在他开口前,谢新昭先说话了:"还有我。"

"我也去。"路航看向沈瑜,"不介意吧?"

沈瑜张了张嘴。

"那我也去。"刘元元连忙开口。这三人凑在一起,她怕谢新昭和路航打起来。

为了这趟旅程的和谐,她觉得自己有必要陪同。

景区超市里的东西很贵,可选择的也不多。四人决定去旁边镇上的超市买东西。

好在这里离镇上也不远,坐公交车只有三站。

四人出门的时候天色已昏暗,远远望过去仿佛和湖水连成了一片。一轮弯月挂在上面,像漂浮在天河里的小船。

沈瑜穿了一条无袖雪纺连衣裙,宽松飘逸的款式,海藻般的黑发几乎到腰,配上浅咖色的凉拖,整体风格休闲又浪漫。

刘元元走在她旁边,再次感觉到了美女出街时的万众瞩目。

买好东西出来,对面就是一家奶茶店。

路航随手一指,问两个女生:"喝奶茶吗?"

"好啊。"刘元元兴奋,拉着沈瑜去排队。

两个男生拎着购物袋落在后面。

路航看向谢新昭一眼,语气随意地道:"我有次给她们送奶茶,忘记你也在场,少送了一杯,要不这回补上?"

谢新昭瞥了他一眼,摇摇头:"沈瑜晚上不喝奶茶。"他顿了顿,面无表情地看着路航,"所以沈瑜把那杯奶茶给我了。"

路航:"呃……"

刘元元笑了两声,她就知道自己必须得跟过来!

四人回到别墅,已经挺晚了。

两个女生简单冲了澡就睡倒在床上。

刘元元从早忙到晚,这一夜睡得格外沉。

第二天醒来,沈瑜已经不在房间了。

她揉着眼睛下楼,一眼看到几个男生站在阳台上,不知道在看什么看得出神。

刘元元走近一看,才发现他们看的是在外院练舞的沈瑜。

沈瑜穿着上紧下宽的练功服,简单扎了个丸子头。脖颈修长,身段婀娜,四肢修长柔美而又不失力量感。

她的动作行云流水,赏心悦目。

天大地大,整个院子仿佛都是她的舞台。夏日晨光洒在沈瑜身上,她好像在发光,让人挪不开眼。

刘元元以前和沈瑜就是舍友,知道她有每天练功的习惯。但其他人不是,看得目不转睛。

她随手抽出旁边的一本杂志,挨个在几个男生的后脑上敲了一遍:"擦擦口水吧你们。"

可惜没人理她。周嘉豪甚至回头,向她比了个"嘘"的手势。

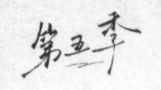

刘元元翻了个白眼，转身走了。真是便宜这帮臭男生了。

吃完早餐，大家各自回房间收拾了下。
池寒山不算高，但一行人走走停停的，差不多中午才到了林惠寺。
一位老僧人从几人身边路过时，忽然在谢新昭面前停下。
"年轻人，又见面了。"僧人慈眉善目，声音浑厚。
谢新昭表情淡淡地点点头。
这对话引得其他人都看过来。
僧人在几人的脸上环顾一周，蓦地笑了。
那笑容，颇有些高深莫测的味道。他重新对上谢新昭的眼睛："心中有结，可以来找我。"
谢新昭一口回绝："没有。"
僧人笑了笑，转着佛珠离开了。
僧人离开后，刘元元好奇地问谢新昭："你们什么时候见过啊？"
谢新昭蹙眉，简单地道："早上。"
"哦。"刘元元点头，"他为什么要你去找他？"
谢新昭摇头："不知道。"
沈瑜默默听着，一直没说话。

在空地上吃好饭后，是自由活动时间。大家约好在附近活动或休息，两点钟集合再一起上山。
休憩中途，沈瑜起身去了趟卫生间。
回来时路过寺后的后花园，不想又碰到了那个僧人，沈瑜的脚步一顿。
那个僧人认出沈瑜，笑了笑："小姑娘是你啊。"
沈瑜点点头，想了想问："大师，我同学……"她换了个措辞，"你为什么要我同学来找你？"
僧人笑："是非不与外人道。小姑娘，你同学的事，还是他自己来问吧。"
沈瑜抿了抿唇。
"如果你不放心，可以为他求个平安符。"僧人又道。
沈瑜稍顿，微微弯腰鞠躬，转身离开。
沈瑜去寺里选了个开过光的平安符。她双手合掌，对着神明在心里祈福："谢新昭，年十八，出生于西澜，长于Ａ市。求神明庇佑他一生平安、健康、自由、快乐，永远不被世俗所拘束。"
身后有不轻不重的脚步声，沈瑜没有在意。
她诚心地叩拜完，小心翼翼地收好平安符。

谢新昭马上就要离开西澜了，这个平安符是沈瑜打算送他的临别礼物。

沈瑜离开后，路航走到卖平安符的地方。

"师傅，刚刚那个女生买的是哪种？"

八人从山上看了夕阳才回来，到民宿时天色已经暗了下来。

爬了一天的山，所有人都累得不行。大家商量了一下，索性叫了外卖。

等待外卖的这段时间，沈瑜和刘元元去厨房准备水果，男生们则在外面开饮料。

谢新昭坐在厨房对面的位置，目光时不时落在沈瑜的背影上。

就在他起身要去厨房帮忙时，忽然听到许瀚潇的一声尖叫。

"航哥，你这是啥啊？"

许瀚潇不知道从路航身上哪里拽出了一个平安符，一惊一乍的。

"这玩意儿不会是你求的吧？"

他上下打量路航，狐疑道："看你这样子也不像是自己求的，不会是哪个女的送的吧？"

话音落下，他向厨房看了一眼，夸张地捂住了嘴。

路航一把夺过平安符："瞎嚷嚷什么？我自己买的。"

"你会买这玩意儿？"许瀚潇明显不信。

路航"啧"了一声，把平安符放好，懒得理他，眼睛却是懒懒地看了谢新昭一眼，嘴角带着散漫的笑。

谢新昭不动声色，单手开了一罐冰可乐，"刺啦"一声，白色气泡涌出来。

他面无表情地端起，仰头喝了一大口，沁凉的饮料下肚，胸口依然燥热。

他扯了扯衬衫领子，多解开了一枚扣子。

平安符的事很快被其他话题带过去，无人再提。

吃完饭，赵叶和孟泽出门散步约会，其他人提议玩扑克。

那边，洗好手的谢新昭顺道出门倒垃圾，路上正巧看到赵叶和孟泽牵手散步的背影。

走近垃圾桶时，赵叶八卦的声音也传进了耳朵："路航的平安符，沈瑜也有一个。"

孟泽的语气不以为意："不是一样的吧？估计他们都是在山上买的。"

赵叶声音急切："就是一样的我才奇怪！我刚在桌上差点说出来，好不容易憋住的……"

夏季的夜沉闷燥热，空气中飘浮着腐败溃烂的味道，讨厌的蚊虫嗡嗡乱飞。

谢新昭像没有察觉似的站在原地，几乎要将手里的垃圾袋抓破。

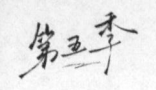

半晌,他盯着某处放空的眸光闪了闪。
他手臂抬起,将垃圾轻轻扔入垃圾桶。

楼上,沈瑜先在房间里洗了个澡,正吹头发时,门被人敲响了。
沈瑜披着半干的头发前去开门。谢新昭直直站在门口,扯了扯嘴角。
他穿着浅灰色的衬衫,扣子解了两颗,显得有些懒散。
沈瑜愣了几秒,让他进来。
"有什么事吗?"沈瑜问。
谢新昭站在靠近门口的位置,双手向后撑在桌上。
"我是想告诉你,明天我可能不和你们一起回西澜了。"
"啊?"沈瑜有些意外。
谢新昭点点头:"家里急着要我回去,我明天直接飞A市。"
沈瑜这才想起来,谢新昭本就是推迟了回家的日期的。
"哦。"
"嗯……"谢新昭说完了自己要说的话,却没有离开的意思。
在听到赵叶的话的那一刻,他差点被嫉妒逼疯。
为什么路航会有和她一样的平安符?是一起买的?还是小瑜送的?
理智上,他知道第二种可能性不大。
可光是路航有和沈瑜一样的平安符而自己没有,这一件事就足以让他非常难受。
谢新昭的目光定在沈瑜脸上,心跳很快。
他必须,想办法要一个来。
如果告别这个借口不行,他就……
"对了。"沈瑜忽然想起来,"我有个平安符要送你。"
她转身,从自己的包里拿出一个黄色的平安符。
"给。"
谢新昭愣怔了几秒才反应过来,去接平安符的手甚至有一丝颤抖。
"给我的?"
沈瑜点点头:"临别礼物。"
她真的很感激他。
谢新昭的眼睛深沉晦暗:"为什么要送我?"
沈瑜不假思索:"因为这段时间你帮了我很多。"
谢新昭紧紧扣住手里的平安符:"这个平安符,你买了几个?"
"一个。"沈瑜的表情有些困惑,"怎么了吗?"
谢新昭神色一松:"你怎么没有给自己买一个?"

沈瑜怔了几秒："嗯……当时没想那么多。"

谢新昭开心地笑起来："谢谢。"

似有一股轻柔的微风拂过，刚才因为路航而产生的烦闷被一扫而空。

对谢新昭来说，沈瑜的三言两语比任何药都管用。

这世上也只有沈瑜有这样的能力，虽然她自己并不清楚。

胸口被脉脉暖流涌过，谢新昭几乎是迫不及待的，也想要做些什么。

"小瑜。"

"嗯？"

"你有没有什么想要的东西？"他问。

沈瑜愣住了，摇摇头："没有。"

谢新昭有点失望："任何想要的东西都没有吗？"

天知道他有多想把所有的好东西都捧给沈瑜。

锦衣华服，金银钱财，名利地位……

还有，一个不那么好的他。

——"年轻人，小小年纪不要思虑过重。"

有那么一瞬间，谢新昭的脑海里浮现出僧人的话。

他和那位大师确实是早上遇到的，但并不是在他买早餐时。

今天早上，他起床时天还没亮。他独自一人上了山。那会儿很早，池寒山安逸静谧，云雾缭绕，石阶薄露。山里只有零星几个晨练的老年人，没有游客。

他爬到寺前时，林惠寺还未开放，院前只有一个僧人坐在石凳上。

僧人一身黄色长袍，脖颈挂一串佛珠，面目和蔼慈善。

见到他，僧人主动和他打起了招呼。

"小伙子，这么早来拜佛啊？"

谢新昭见寺门未开，不打算多留，草草点了点头就要下山买早餐。

"等等。"

那个僧人叫住他，仔细打量，然后就说他思虑太重，恐会害人害己。

谢新昭的脸色瞬间变了。

"小伙子，你我也算有缘，也许可以点化一二。"

谢新昭沉默。

老僧人似乎是闲得无事，又建议："我们寺每年都有体验清修的活动，你有空来报名体验，或许可以开释困惑，净化心灵。"

谢新昭摇头："我不信这个。"

那个僧人也不恼，只笑笑说随缘。

谢新昭转身下山，隐约还能听到僧人在背后叫他看淡和放轻松。

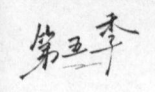

他摇摇头，轻笑。

怪力乱神，不过是人类的假想寄托罢了。

他不信神，不信佛，只信自己。

"我没有什么想要的，你也不用还我什么。"沈瑜的话把谢新昭拉回了现实。

她半干的长发披着，发尾微卷，睡衣被氤氲开了点点水痕。一双眼睛水灵灵的，皮肤干净白皙，整张脸有种水雾的朦胧感。

谢新昭紧紧握着手里的平安符，看着沈瑜的目光柔和中带着贪婪。

理智告诉他要告辞了，可他却舍不得走。

谢新昭顿了顿开口，声音有点哑："我回去了。"

"嗯。"沈瑜点点头，"一路平安。"

谢新昭回到房间，摊开手。

他垂眸盯着掌心的平安符，迷恋地吻了吻。

第二天上午，谢新昭一早就离开了。其余人待到了下午，再一起包车返回。

到了西澜，沈瑜和刘元元、路航打了一辆车。

司机先是将沈瑜送到了碧海湾，再送刘元元，最后是路航。

沈松源还没有到出院的时间，陈秧这段时间都不会在家。

不知道是不是出于对沈瑜的歉疚，即使家里平时只有沈瑜一人，沈朗还是请了阿姨每天来给沈瑜做饭。

沈瑜也没有闲着，继续跟之前的舞蹈老师练舞。

沈瑜一般上午去舞蹈教室，中午回来吃饭，下午再自己对着舞蹈视频练习。

到了晚上，谢新昭基本都会找她聊天，问问沈瑜这边的事。

沈瑜不知道是不是自己的错觉，她觉得，回去后的谢新昭和以前似乎有点不一样了。

哪里不一样，她一时也说不清楚。

就这么过了一段时间，刘元元的毕业视频《给我们》顺利成片。

她发到了自己的个人社交账号和短视频账号，意外地小火了一把。

眼下正是毕业季，各大社交媒体都在感怀学生时代，纪念毕业的夏天。

刘元元的视频取景清新自然，素人主角颜值极高，配上青春的音乐和文艺的文案，短短几天就有了非常高的播放量和转载量。

刘元元很高兴，在群里发了一张自己后台的截图，图片显示《给我们》的播放量已经上千万了。

同学们纷纷冒泡捧场。

许瀚潇：恭喜我们刘导即将拳打李安脚踢艺谋，三金拿到手软，冲出国门，走向世界。一中有你了不起,奥斯卡need(需要)你!

在他之后,连续好几条都是同样的留言。

刘元元:我是想问你们,手里还有没有《给我们》的素材,我想整理一下,剪个小花絮出来。

许瀚潇马上举报:我知道!有人偷拍沈瑜美女的照片,算吗?

刘元元:算,发我!

刘元元:偷拍谢大帅哥的姐妹们也不要客气,通通发我!

…………

沈瑜午饭时才看群,里面已经讨论得热火朝天。

一些同学已经把照片和视频发到了群相册。单人的、集体的都有,这里面有一部分是谢新昭上传的。

他上传的大多数是校园风景,以及一些集体照。

正浏览时,沈瑜的手机响了一声,谢新昭发来了一个压缩文件。

沈瑜没细看,直接打开。和他在群相册里上传的不同,这个文件夹里满满当当,全部是她个人的照片和视频。

沈瑜甚至不知道,他是什么时候有空拍了这么多的。她这才注意到,谢新昭发来的文件名——《Miss》。

沈瑜一愣。这文件名什么意思?

Miss Shen?

只当是谢新昭漏写了自己的姓,沈瑜没有太在意。

到了六月中旬,沈松源出院了。

养病的这段时间,他的头发直了,皮肤白了,人也蔫了。

他虽然年轻,恢复得也不错,但毕竟伤筋动骨一百天,他被父母严厉禁止到处乱跑,只能憋在家里。

沈松源回来后,家里比之前热闹了些。

沈瑜却因为和陈秧之间的尴尬,去舞蹈教室去得更勤快了。有时吴老师教初中生,还会让沈瑜帮着纠正体态。

有一次两人聊天,吴老师问沈瑜以后想做什么。

沈瑜不假思索:"进舞剧院跳舞。"

"进舞团很苦,也很难出头。"吴老师提醒沈瑜。

舞剧本身就是小众艺术。每年那么多舞蹈毕业生,舞团剧院才招几个?想要在精挑细选的舞蹈演员里跳出头,更是难上加难。

"我知道的,老师。"沈瑜的眼神很坚定,已然做好了准备。

吴老师愣怔了片刻,隐约从这个十八岁少女的脸上看到了自己年轻时的

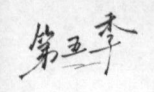

影子。

曾经,她也是个怀揣着舞蹈梦想进入舞蹈学校的新生,毕业后顺利进了市舞团。可惜因为伤病加上团里竞争激烈,最终没有坚持下来。

她早早结了婚,老公也算是有头有脸的人,他觉得她完全没必要去吃这个苦,投资给她开了舞蹈教室。

凭借市舞团的名号和后来的口碑,舞蹈教室的生意一直很好,她的事业也勉强可以算是成功。可有时,她想起在舞台上万众瞩目的表演、热情的鼓掌和赞扬,以及不知日夜挥汗如雨的训练,心里偶尔还是会有遗憾。

吴老师的脸上闪过一丝怅然,很快恢复过来。

"你的条件很好,加油。"她笑,"如果有需要帮忙的地方,尽管找我。"

沈瑜也弯了弯唇:"谢谢老师。"

沈瑜和吴老师聊了很久,对之后的职业道路也有了一个比较清晰的认识。这一天,她在舞蹈教室待了一天,直到晚饭前才回家。

刚进门,沈瑜就发现气氛有些不对。爸爸沈朗坐在餐厅里,面色沉重。他面前的桌上摆着一个漂亮的杏色礼物盒。

沈松源坐在沙发上,朝她挤眉弄眼。

沈瑜微顿,就要上楼。

"慢着。"沈朗叫住了沈瑜。

沈瑜转头:"爸爸,你在和我说话吗?"

沈朗点了点桌上的礼物盒,音色很低:"这是怎么回事?"

沈瑜摇头:"不知道。"

"不知道?"沈朗提高了音量,站起来打开盒子。

里面是一双很漂亮的舞鞋。

舞鞋旁放着一枝新鲜的玫瑰花。

沈朗的脸色不太好看,声音绷着:"你是不是交男朋友了?"

沈瑜否认:"没有。"

"那是有人在追你?"沈朗皱眉,"你告诉我,我得看看。"

沈瑜翻了翻,没有找到署名。

她摇头:"我不知道是谁。"

"不知道?"沈朗明显不信,"这么贵的鞋人家白送啊?"

沈瑜心口一跳,依然坚持说不知道。

沈朗本想好好和女儿谈谈,可沈瑜的态度在他看来根本就是在故意隐瞒。

他深吸了几口气,语气稍缓:"沈瑜,我好好和你说。

"我不是不同意你交男朋友。我也知道,你到了这个年纪,有感情也正常,但你不能像……"

他顿了顿："你不能给我胡来吧？我总要看看对方是谁吧？万一又是一个神经病，你以后去上大学了，一个人怎么应付？"

沈瑜面色有些苍白。可她最终还是抿唇，什么也没说。

沈朗叹气："你告诉我对方是谁。"

沈瑜沉默着摇摇头。

她心里想到了一个人，可她不想和爸爸说。

如果爸爸知道了，也是多一个人承受他的怒火而已。而其他人，又为什么要为自己的家庭关系买单呢？

人应该对自己负责，这是沈瑜一贯的想法。

沈朗气得脸色发青，说话也不自觉重了起来。

"沈瑜，你现在翅膀硬了是不是？别忘了你还没独立呢！你现在吃住都在家里，难道别人买个舞鞋你就要跟着跑了？"

沈瑜身体颤了颤，不可置信地看着爸爸。

沈朗也意识到自己口不择言，一时语塞。

沈瑜眼眶红了一圈。她不会吵架，现在一个字也不想多说。像小时候一样，她跑回了自己的房间。可这一次，她不会再抱着玩偶哭一晚了。

现在的沈瑜比小时候要倔强、坚强。

如果爸爸觉得自己用太多钱了，那她就慢慢还。

沈瑜揉了揉眼睛，发消息给吴老师，问老师是否可以给自己介绍一些短期的舞蹈工作。

吴老师很快回复：怎么突然要找工作了？

沈瑜：想借着暑假的机会锻炼一下。

吴老师：好，帮你问问。

沈瑜：谢谢老师。

刚放下手机，门口响起了敲门声。

"姐，你要不要吃东西？"

沈瑜："不要。"

"哦……"沈松源补充，"冰箱里有饮料和冷饮，柜子里有零食，你饿了自己下去吃。"

"嗯。"沈瑜静静坐在桌前，听见沈松源离开的脚步声。

忽然，桌上的手机响了起来。

沈瑜望着屏幕上谢新昭的名字发呆。这些天，他们每晚都会联系。

知道自己不接，他还会再打，沈瑜吸了一口气，接通了电话。

"喂。"

对面愣了一秒:"你怎么了?"

沈瑜:"没怎么。"

谢新昭:"你心情不好吗?什么事?"

沈瑜:……这是怎么听出来的?

她顿了顿,轻声说:"没什么,就是和我爸吵架了。"

"为什么吵架?"

沈瑜不太想说,沉默下来。

谢新昭也不再说话。

手机里静得只有两人的呼吸声。

沈瑜起身,站在窗前往下看。

花园月色朦胧,树影摇曳,暗香浮动。

"谢新昭。"

"嗯?"

沈瑜看着花圃里的那抹白色,轻轻开口:"院子里的昙花开了。"

谢新昭没有奇怪她话题的跳脱,"嗯"了一声。

"还好昙花没有刺。"沈瑜低头看向自己的手。

她想,可能没有人会像谢新昭一样,仅仅因为自己的手被花刺划伤就惊慌失措了。

电话那头的人又问:"花漂亮吗?"

沈瑜:"漂亮啊。"

可惜他看不到了,昙花的花期只有几个小时。

谢新昭没有再提吵架的事,聊了几句后挂断了电话。

这天晚上,沈瑜难得地有些失眠,辗转反侧,很晚都没睡着。

黑暗中,桌上的手机响了一声。

沈瑜捞过来解锁,顿时愣住。

午夜十二点多,谢新昭发来一张盛开的昙花照片。

背景很眼熟,是自己家的花园。

沈瑜快速起床,走到窗边往下看。

花园里,一道清瘦挺拔的身影掩映在影影绰绰中。

沈瑜随手打开桌上的台灯。

像是接收到了暗号似的,院子里的少年抬头,笑着向上挥了挥手。

他穿着简单的牛仔T恤,额前碎发松软,眼睛明亮,嘴角的弧度很好看。

黑漆漆的花园小院中,他好像暗色中的一盏明灯。

鲜活、漂亮、光明。

沈瑜的鼻尖蓦地一酸,眼眶胀胀的。
楼上的少女和楼下的少年对望。
夏夜,晚风,花香,蝉鸣。
天上的月亮和地上的少年,还有他脚边盛放的簇簇昙花。
那是沈瑜很久都忘不掉的画面。

第四章

我喜欢你

月色、星光、路灯和她房间的橘光互相映照。

夜里泛起微风,空气中浮动着馥郁的栀子花香。

谢新昭仰头,下颌线干净利落,清新的少年气十足。他举起双手,左手指了指右手上的手机。

沈瑜低头,在手机里打字:我下来。

她跑回房里,随手拿了一把扇子。她顾不得整理,披头散发地下了楼。

已经很晚,家里静悄悄的。沈瑜没有开灯,下楼时轻手轻脚。

闷热干燥的夏季夜晚,因为他的到访突然泛起了涟漪。

打开门,热浪扑面而来。谢新昭站在门口,白衣、黑裤,干干净净,身上丝毫不见风尘仆仆的狼狈。

沈瑜转身轻轻关上门。

"你怎么来了啊?"声音里有自己都未察觉的开心。

谢新昭:"想来就来了。"

说话时,他上下打量沈瑜。

她穿着淡粉色的睡裙,细瘦笔直的肩膀露在外面,有些凌乱的长发随意披着,黑白分明的眼睛周围有点红。

"看花吗?"

错过了五月的蔷薇,还有六月的昙花。

"好。"沈瑜点头。

昙花的花期只有几个小时。

这一夜过去，它们短暂的生命就要结束了。

两人坐在椅子上，沉默不语。

静谧的夜晚，只有聒噪的蝉鸣一声接着一声。

谢新昭从沈瑜手里接过扇子，挥舞着赶走围绕两人打转的小虫子。

"为什么和叔叔吵架？"谢新昭还是问了出来。

沈瑜犹豫了几秒，淡声开口："因为礼物。"

谢新昭皱眉："什么礼物？为什么要为了礼物吵架？"

沈瑜侧头看他，长发从肩头倾泻下来，月色下的眉目有几分朦胧。

"我收到舞鞋，他以为我偷偷交男朋友了。"

谢新昭皱眉，声音忽然变得有些凌厉："舞鞋……谁送的？"

沈瑜眼皮微抬，眨了眨眼，眼神里有疑惑、不解，还有些欲说还休。

谢新昭怔了几秒，忽然明白。

他一惊："你以为是我送的？"

沈瑜抿唇："不是吗？"

谢新昭之前问过她想要什么，所以她看到舞鞋时的第一反应就是谢新昭送的。

她不想把谢新昭扯进和爸爸的争执中，便没有说。

"不是我。"谢新昭皱眉，脸色不太好看。

"哦。"沈瑜点点头。

不是就不是吧，自己也算歪打正着。不说是对的。

"你不知道是谁送的？"谢新昭继续问。

沈瑜摇头。

夜深人静，花园里的香气似乎越发馥郁。

沈瑜打了个哈欠，托腮望着昙花发呆。

谢新昭侧头。

少女的鼻梁挺直顺滑，鼻尖秀气精致，从眉骨到鼻梁再到嘴唇和下颌线，整个轮廓清晰流畅，清冷中带着些倔强。

冷白色的皮肤此刻在月色下像是自带滤镜，多了些模糊朦胧，也中和了些冷淡高傲的气质。

姿势的缘故，她肩胛骨和锁骨凸出，锁骨上方凹出了一个深深的窝。睡裙被风吹得贴在身上，清瘦得像是营养不良。

几天不见，她的头发好像又长了些，发尾随风摆起又落下。

而谢新昭有点分不清，自己闻到的，到底是花香还是沈瑜身上的味道。

他真的很想,很想沈瑜。

如果不是家里一直催他回去,他甚至不想离开西澜。

他已经有些忍不住,想抱抱她,想……

一只蚊子飞过来,趴在沈瑜的肩上,像雪白肩头上的一颗痣。

谢新昭眯眼,挥扇赶跑了那只蚊子。

沈瑜肩膀被扇子拂到,侧头对上谢新昭的目光。

"有蚊子。"谢新昭解释。

沈瑜点头。她看了看手机,不知不觉在这儿坐了快一个小时了。

"上去睡觉吧。"谢新昭催她。

沈瑜起身,眼神闪烁:"那你呢?"

谢新昭也站起来:"找酒店住。"

沈瑜迟疑:"这么晚了,要不要上去?"

谢新昭笑:"我一个男的怕什么?这么晚上去不好。"

"那你……"沈瑜抿唇,"还走吗?"

谢新昭问:"你希望我走吗?"

沈瑜:"……我不知道。"

谢新昭轻笑两声。这算不算进步?从"随便你"变成了"不知道"。

"我不走,等报完志愿再说。"谢新昭说。

这是他和家里的说辞。至于之后,就再说。

"进去吧。"谢新昭挥手。

沈瑜点头,走到门口时回头,谢新昭还站在原地。

她进门,悄悄回到房间。

从窗口向下看,谢新昭还在楼下。夜色中,身影看起来颇有些寂寥。

楼下的少年仰头。沈瑜挥挥手和他告别,见他转身,便拉上了窗帘。

下一秒,谢新昭回头,对着沈瑜的窗户看了一会儿,皱眉离开。

第二天上午,谢新昭联系沈朗说快要报志愿了,自己想回来住几天。

沈朗一口答应。

那会儿正是早餐时间,沈朗放下手机对其他人宣布:"新昭今天回来住。"

沈松源吹了一声口哨:"酷!"

他一向喜欢热闹,偏偏姐姐性格太冷,多个人在家总是好的。

陈秧也"哦"了一声表示知道。

沈朗转向正低头吃饭的沈瑜:"听说新昭也准备考 A 大。"

沈瑜细嚼慢咽地咬着吐司,闻言抬眼。

"以后你去 A 市免不得受谢家照拂,我们对新昭好一点也是应该的。"

沈朗语重心长,"你也应该好好和新昭处好关系。以后进了社会就知道,人脉很重要。"

沈瑜低低应了一声。

沈朗看向女儿的眼神有些复杂,最终还是咽下了话。

与此同时,谢新昭正在酒店用餐。他身上穿着新买的白色衬衫,头发梳得整齐。

他坐在窗边的位置,慢条斯理地吃着早餐,任手机在一旁"叮叮咚咚"响个不停。

将盘中的早餐吃完、牛奶喝光,再不紧不慢地擦拭手指和嘴巴,他这才从桌上拿过已经安静下来的手机,刚才数条的消息都来自同一个人——他的爷爷。

按下语音转文字,老爷子的留言一个字一个字地跳了出来。

——你就回西澜了?你不管你爸妈了?

——你们一个个的想气死我啊?

——我怎么有你爸这不孝子和你这个不靠谱的孙子?

……手指不小心按了播放,老爷子中气十足的声音传来:

"你这臭小子——"

谢新昭迅速按掉。

他先打了个电话,这才懒懒散散地回复爷爷:可能是我们谢家的基因不行。

在爷爷的新一轮回复之前,他把爷爷的消息设置成了免打扰。

谢新昭打车去了电话里的地址。

这是西澜市的一条老巷子,住宅和商铺混用,鱼龙混杂。这个点,只有几家早餐店开了门,整条街好像还在沉睡。

谢新昭沿路走到一家名为新环俱乐部的门口。

店铺看起来已经开了很长时间了,牌匾破破旧旧,几个笔画消失不见,变成了"亲不具乐部"。

谢新昭不顾紧闭的房门,直接敲门。

过了很久,里面才传来一道懒洋洋的声音。

"谁啊?"

"找人。"谢新昭低声道。

门开了,路航的脸出现在门口,他眯了眯眼:"是你。"

谢新昭面无表情,开门见山地问:"舞鞋是你送的?"

路航轻嗤一声:"关你屁事。"

一句话,谢新昭确定就是他。

在路航关门前,他先一步抵住门,侧身进去。

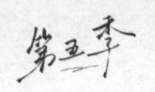

里面没有开灯，被门挡住的光线有点暗，空气里还残留着呛人的烟味。

"不是，你干吗啊？"路航双手抱胸看着谢新昭。

谢新昭的神色很严肃，声音冷冷的："不要再送东西给沈瑜了，你这样只会给她找麻烦。"

路航轻笑，说："什么麻烦？追人犯法？那你又是在干什么？别说你不喜欢——"

他话没说完，谢新昭已经一拳打向他。

"我早就想揍你了。"

路航一招不慎，被打了一拳。他很快反应过来，扑过去反击。

两人扭打在了一起。都是赤手空拳，两人各有得手。

最后两人在地上扭成一团，互相制约着对方的手臂和脖颈。

谢新昭死死盯着路航，手臂使劲扭动，脚下看准时机，往旁边的桌子一踹。

桌子倾斜，一阵丁零哐啷的声音，桌上的杯子和水壶坠下砸在两人身侧，水和玻璃落了一地。

路航的注意力被分散了一秒。

谢新昭看准时机，一个翻身，再次压制住路航。

动作间，他的手臂被玻璃碎片划伤，红色血液流了出来。

谢新昭毫无察觉似的，俯身，再一次警告：

"离沈瑜远点！"

接到谢新昭电话的时候，沈瑜正在舞蹈教室练舞。

她急匆匆地从楼上下来，被站在楼下的谢新昭吓了一跳。

和昨晚清俊出尘的少年不同，现在谢新昭的双手背在身后，头发乱了，白色衬衫上一道道灰色印子，看起来像是摔了一跤。

沈瑜连忙走过去："你怎么了？"

谢新昭没有回答，默默地从背后伸出手。

沈瑜倒吸一口气，心脏跳快了几分。

谢新昭的手背上模糊一片，红色和灰色混在一起，伤口结成了紫红色的痂，粗粗的一条鼓出来。手背上和手心里有好多干了的血迹，连手心纹路上都是暗淡下来的血痕。

沈瑜双腿一软，胸口有点闷。

"去医院吧！"看起来好严重。

"没事。"

谢新昭走到一旁的自动售卖机前，买了一瓶矿泉水。

他蹲在角落，倒水对着受伤的手背冲。

很快，那些灰尘被冲开，鲜红的伤口露出来，血液再次涌了出来，好像止不住似的。

沈瑜蹲在他旁边，看着有些心慌头晕。

"去医院止血吧，谢新昭。"

谢新昭冲水的动作一顿，抬起眼皮看了沈瑜一眼。

她脸色微微发白，眼睛里有罕见的惊慌和无措。她咬着下唇，唇色微微泛白。

谢新昭心脏一颤，被蛊惑似的。他情不自禁地伸手，轻轻按了按沈瑜的下唇。

"小瑜。"

沈瑜下意识地松了咬住的嘴唇，怔怔地看着他。

谢新昭盯着她的唇，那里被她咬出了淡淡的齿痕，颜色也越发鲜红。

他的眼神渐渐变深，情不自禁地低下头，靠近。

两人的气息越来越近。

呼吸交错的前一秒，沈瑜转头躲开了。

沈瑜猛地站起身，硬邦邦地撂下一句："去找医生。"

谢新昭叹了一口气，也跟着起身。

距离舞蹈教室最近的诊所在隔壁那条街上。

沈瑜走在前面，一路都很安静，神色淡淡的，看不出什么。谢新昭默默跟在后面，也没有说话。

到了诊所，医生为谢新昭的伤口消毒并包扎。

包扎好左手，谢新昭起身："有洗手间吗？"

"有。"医生指了一个方向，"那边直走。"

谢新昭道了谢，同沈瑜一起出了诊室："等我一下。"

沈瑜点头。

不过三分钟，谢新昭就回来了。他额前的头发湿哒哒的，脸上挂着亮晶晶的水珠，衬衫的领子也湿了一片。

沈瑜默默从包里掏出一包纸巾，抽出一张递过去。

谢新昭不接，微微俯身，变成几乎是平视的高度，眼巴巴地看着她。他的眼神干净、期待、诚挚，像只摇着尾巴等待主人宠幸的小狗。

"小狗"说话了："我的手受伤了，不太方便。"

沈瑜点点头，被说服了。

她抬手，用纸巾按压在谢新昭的额头。他闭上眼，长长的睫毛上挂着小水滴。

按到眼睛的时候，沈瑜能感觉到纸巾下方的眼皮在微微颤动。

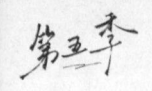

"好了。"说话间，沈瑜看了一眼他的耳朵。

又红了。

谢新昭站直身体："谢谢。"

两人出来，谢新昭问沈瑜："还要去舞蹈教室吗？"

沈瑜摇摇头："不用。"

她看着谢新昭的衣服，欲言又止。

半晌，她开口："你是不是要买件衣服？"

谢新昭低头，似乎这才注意到自己一团糟的衣着。

衣服灰不溜秋，裤子上还沾了些血迹，活像刚干了什么违法乱纪的事。

"那你陪我去买。"

沈瑜点头："你上午做什么去了？"

谢新昭看向沈瑜，她一脸的认真，眉心微蹙，唇线也抿着。看起来……有那么一点关心自己。

"打架。"谢新昭如实说道。

沈瑜吸了一口气。谢新昭在她眼里一直是个乖乖崽，和打架这种事完全联系不起来。

她皱眉："为什么打架？和谁？"

谢新昭瞄了她一眼，神色变得有点难以形容，有点不好意思，又有点小骄傲。

"路航。

"我打赢了。"

沈瑜："你为什么要和他打架？"

"那双舞鞋是他送的。"谢新昭不高兴地说，"我只是警告他不要给你找麻烦。"

沈瑜垂下眼没说话。

谢新昭同她走了一会儿，察觉到了异常。

"你不高兴了吗？"因为自己打了路航就不开心吗？

沈瑜沉默几秒，轻轻开口："我不想你为了我打架受伤。"

如果沈松源那件事是乌龙，那谢新昭呢？

谢新昭也想到了沈松源打架的事，急忙撇清："我不会让叔叔知道的。"

见沈瑜还是不语，他快速走到沈瑜面前拦住她。

"我现在就去买新衣服和新裤子，回去和叔叔阿姨说在A市把手弄伤的。好不好？"

沈瑜定定地看着他。他的面色焦急，好像真的很怕自己生气。

"我不是怕这个。这是我的事情,我不想你被扯进来。"

谢新昭脸色暗淡下来。

扯进来又怎么了?他乐意。

可他现在还不能这么说。

半晌,他吐了一口气,声音有点低:"知道了。"

另一边,同样挂了彩的路航接到了表妹的电话,要他中午一起吃饭。

路航一口回绝,不给方乐灿说话的机会,直接挂断了电话。

方乐灿看着被挂断的手机发愣,和家人说了一声就直奔路航家。

任由门铃响了很久,路航才走过来,嘴里叼着烟,白烟袅袅。

从猫眼中看到外面是方乐灿,他一把开了门,转身往里走。

方乐灿连忙进来,几步跑到他面前。

看清路航的脸,她猛地一怔:"你又打架了?"

路航的眼角和嘴角青青紫紫的,手臂上有被蹭破的痕迹,身上不知道有没有别的伤。

方乐灿挥挥手驱散烟雾,忍不住责怪:"你的脾气真的要改一改,老是打架怎么行啊?这样能追到沈瑜吗?"

听到沈瑜的名字,路航吞云吐雾的动作一顿。他要怎么说,这架就是因为沈瑜打的?最丢人的是,他还输了。

"沈瑜的家教很严?"路航眯了眯眼问。

方乐灿一愣:"啊?我不知道啊。她很高冷的,平时也不怎么和我们聊天。"

她小声道:"我能帮你找来鞋子尺码就不错了好嘛。"

路航轻嗤着摇头。

方乐灿声音一顿:"哎,对了,听说以前还有个男的为她自杀来着。"

路航微怔:"嗯?"

方乐灿瞪大了眼睛,也忽然想起来:"你不知道?那人不是和你一届吗?哦,不对,你留了一级……算起来,应该是你们高二那时候……"

路航皱眉,恍惚记起好像是有这么回事。当时听说这事后,他觉得为了个高一的小妹妹要死要活的,那个男生太没出息了。原来,这事的主人公是沈瑜?

方乐灿走后,路航给自己的兄弟打了个电话。

"哦,那事啊。"电话那头的人一听就想起来了。

"就是徐玖嘛!他有段时间还和我们玩过。后来他父母让他退学,听说回老家了。"

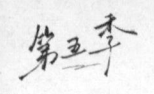

"后来呢？"路航的嗓子有点哑。

"不清楚。徐玖他妈找过学校和女生家长几次，不知道最后怎么协调的。哎，你怎么忽然提起这事了？"

"没，挂了。"路航挂断电话，手指夹着烟半晌没有动作。

烟灰太长，带着火星掉落，路航的腿被烫得一抖。

他"嘶"了一声，掐灭了烟。

沈瑜和谢新昭先去了附近的商场。

"小瑜，帮我挑。"谢新昭说完，就近在椅子上坐下，一副"我伤我有理"的样子望着沈瑜。

沈瑜："……嗯。"

有了刚刚的擦脸事件，她好像已经有点见怪不怪了。

沈瑜按照谢新昭平时的穿衣风格给他挑了衬衫和裤子。

两人到家时，恰好赶上午饭时间。

见两人一起出现，陈秧有些惊讶。

谢新昭递上新买的礼物，解释他和沈瑜正巧在小区门口遇到。

陈秧笑着接过礼盒，说他太客气了。

目光触及谢新昭的手，她一惊："你的手怎么了？"

谢新昭："没什么，不小心在家里划伤了。"

听到动静的沈松源从房间里冒出头，兴奋地大喊："昭哥，你回来啦！我和我姐都想死你啦！"

谢新昭表情愉悦，看向旁边的沈瑜："是吗？"

沈松源这才发现沈瑜也在楼下。

他挠挠自己重新烫过的卷毛，笑嘻嘻地换了个话题："反正你也放假了，多在这儿玩会儿呗。"

谢新昭点点头。

吃饭时，沈松源热情地邀请两人下午一起打游戏。

陈秧皱眉："你功课复习好了？"

沈松源顿时蔫了。前几天他做了一份试卷，成绩只有光荣的 45 分。这会儿正是理亏，被妈妈说也不敢反驳。

吃好饭，三人各自回了房间。

沈瑜昨晚睡得晚，中午补了个午觉。昏昏沉沉中，她是被一阵雷雨声吵醒的。

睁开眼，房间里暗沉沉的，窗外乌云压顶，雨声淅淅沥沥。

沈瑜索性起床，打算去卫生间洗把脸。

路过谢新昭的房间时，隐约听见了他打电话的声音，言谈间似乎有些争执。

隔了一层门板，声音听不真切。

沈瑜皱了皱眉，正要离开时，门忽然开了。

两人猝不及防地对个正着，谢新昭脸上是来不及卸去的烦躁和疲惫。

撞见沈瑜，他愣了一下，歪头示意："进来？"

沈瑜点点头，走进谢新昭的房间。

房间里没有开灯，光线很暗。

谢新昭拉了一把椅子给沈瑜，自己坐在了椅子对面的床上。

沈瑜猜测着说："你是不是和家里吵架了？"

谢新昭的嘴角抽了抽："不是这个。"

他的声音很低："我妈要和我爸离婚。"

沈瑜错愕。

小时候的事，她大部分都忘记了，只隐约记得自己那会儿有点怕谢新昭的妈妈。

"刚刚……你在和阿姨讲电话吗？"她小心翼翼地问。

谢新昭点头，自嘲一笑："我妈说如果不是我，她早就和我爸离了。"

"这不是你的错。"沈瑜轻声安慰，"想走的人留不住的。"

谢新昭的背佝偻着，低声道："可我从来没有要求她这么做。"

他从出生起就没有享受过什么父爱和母爱，现在忽然告诉他，他们是因为自己才一直不离婚。多讽刺。

沈瑜抿唇。她不太会安慰人，一时也不知道要说些什么。

房间里很安静，只有雨水打在窗户上的声响。

窗外闪过一道闪电。

一瞬即逝的强光打在谢新昭的脸上，衬得他的脸色落寞又寂寥。

"其实，他们就不该生下我。"他动了动唇。

沈瑜心口一颤："别这么想。"

谢新昭抬眸，看见沈瑜正以一种怜悯的眼神看着自己。

他垂下眼睫，动了动唇："你是不是觉得我很可怜？"

沈瑜一惊。她不喜欢别人可怜同情自己，此时听谢新昭这么说，想当然地以为自己的表情也惹得他烦了。

她下意识想否认，可又不习惯说谎。一时之间，她不知道该作何反应，胸口闷闷的，为难得脸都发涨。

"我去拿水。"她索性起身，想先离开这个环境再组织语言。

"小瑜。"谢新昭也起身，拦在她面前。

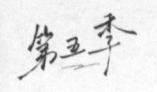

沈瑜的腿抵着椅子边，怔怔地看着比自己高出许多的少年。

他的轮廓清晰，眼睛乌黑，表情有点受伤。

"你就这么不想和我待在一起吗？"

"不是。"沈瑜连忙否认，"我只是不知道该怎么安慰你，对不起。"

暗色下，谢新昭似乎笑了下。

"我告诉你怎么安慰。"他咽了咽口水，"你可以抱我一下吗？"

沈瑜有点意外，表情顿了顿。

谢新昭的失望溢于言表："不行吗？"

沈瑜想了想，点点头："可——"

话还没说完，对面的男生已经张开手臂，一把抱住了她。

沈瑜还不习惯和人这么近距离接触，肢体有些僵硬，手臂直直地垂在两侧。

他的怀抱很紧，也很炙热。

沈瑜浑身发麻，脑袋里有一瞬间的空白。

她有点分不清，让自己感觉到潮湿温热的——到底是夏日午后的雨水，还是少年落在自己脖颈的气息。

当手机铃声响起时，沈瑜轻轻推开了伏在自己肩头的谢新昭。

她接通电话："吴老师。"

"沈瑜啊，那天你和我说想找份工作，我帮你留意了。"吴老师的声音从电话里传出来，"你知道落溪小城吗？"

沈瑜："知道。"

落溪小城是西澜市新开发的景区，景区建设以唐宋为主题背景，古风浓郁，集游玩、饮食、住宿于一体。

景区还在试营业阶段，仅部分开放，目前很受好评，门票需要提前好几天在网上预订。

"落溪小城每天有固定的情景舞蹈表演，是我一个朋友负责的。舞蹈动作对你来说很简单，报酬还不错。具体的要求我发你，你考虑下，同意的话周五去面试。"吴老师在电话里简单地提了一下。

"谢谢老师，我看一下回复你。"

沈瑜挂断了电话，一抬头对上旁边谢新昭的目光。

他的声音很惊讶："你要找工作？"

沈瑜点点头。

"为什么？"谢新昭不解。

沈瑜迟疑了几秒，如实地解释："想自己赚点钱。"

谢新昭皱眉，更加奇怪："你缺钱吗？"

沈瑜抿唇，没有说话。

两人对视片刻，谢新昭忽然轻笑一声。

他早就发现了，沈瑜很纯粹、简单，似乎完全不会撒谎。如果问到她不想说的事，她要么沉默，要么立刻防备起来说这是自己的事。

她外表看上去淡漠，其实内心很单纯。她不会说谎，也很容易相信别人，对于自己的想法很坚持，甚至是执拗。

"你真的很不会骗人，小瑜。"

话音落下，沈瑜的手机响了一声，吴老师发来了招人的具体要求。

这要求对沈瑜来说不难，报酬也不错，可以试一试。

沈瑜正要回复，眼前忽然出现一只手，挡住了她的手机屏幕。

沈瑜愣了愣，抬头。

谢新昭盖住她的手机，眉心蹙起："别去了，外面很晒。"

他猜测："叔叔要减少你的生活费？"

沈瑜摇摇头："还没有。"

她犹豫了几秒，告诉谢新昭："可是我不知道，以后他会不会用这个威胁我。"

那天和爸爸的争执，让沈瑜内心的犟劲上来了。她想试着证明，自己也是可以独立的。即使现在还不能，但她会慢慢成功的。

谢新昭下意识就说："你可以找我啊。"

沈瑜怔住。

她摇摇头，伸手按住自己的手机，从他的手下往外抽。

谢新昭却不让，压在手机上的五指微微用力，手背上凸起的青筋越发明显。

"别去了，很辛苦的。"

沈瑜抬眸看他，无声地和他对峙。她目光明亮，眼神坚定。

半响，谢新昭叹了一口气："一定要去吗？"

沈瑜点点头。

"那我周五和你一起去。"

听到沈瑜说"好"，谢新昭这才松开手。

在去面试的前两天，刘元元约沈瑜出来逛街。逛了一圈，刘元元挑了个价值五位数的镜头。

买好镜头后，两人到负一楼的奶茶店，各要了一杯果茶坐下聊天。

刘元元兴奋地拿出刚买的镜头，和沈瑜聊起它的优点和功能，简直爱不释手。

沈瑜听得云里雾里，还是配合地点头附和。

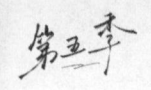

刘元元的两眼放光:"还是要多谢你和谢新昭。如果不是你们拍,我肯定没有今天。"

她的毕业视频在网上持续火爆,就连剪出来的花絮播放量也不少。

不仅如此,她还获得了网站评选出来的奖,得到了一笔奖金。

刘元元的父母一高兴,又给了她一大笔钱作为设备资金。她眼下是名副其实的小富婆。

沈瑜笑了笑:"是你拍得好。"

刘元元摆摆手:"那也得人好看才行啊,视频评论全在问男女主角是谁。"

她看着沈瑜,补充道:"还有很多人问你们是不是真情侣。"

沈瑜喝果茶的动作一顿,扶着玻璃杯的手沾上了清凉的水滴。

她擦擦手,坐直了身子。长发随着她的动作拂落肩头,皮肤在灯光下白得发光。

刘元元咽了咽口水,旁敲侧击:"谢新昭是不是也报Ａ大?"

沈瑜点头。

刘元元神秘兮兮地笑了:"你们又要当同学了。"

这两人的成绩她一点都不担心,最后肯定是双双进Ａ大的节奏。

沈瑜:"嗯,应该是的。"

"那他……"刘元元话音一顿,又摆手,"不对。那你对他是什么感觉啊?"

沈瑜垂下眼,用吸管在饮料里戳了戳,冰沙软软的,陷下去一个洞。

"嗯……"她边想边说,"我也说不清。"

刘元元的表情有些失望,也有些意料之中。

"但是——"沈瑜左手托腮,看着刘元元,有些苦恼的样子,"我好像,有点没办法拒绝他。"

刘元元愣了几秒,举杯碰了碰沈瑜的杯子

"咳,管他呢。

"随你的心走吧。人生在世,开心最重要。"

两个玻璃杯相碰,清脆的一声响。

沈瑜吸了一口,清凉透心。

"嗯。"她轻轻点头。

几天没见,沈瑜和刘元元聊得很开心。她上午出门,一直到吃了晚饭才回来。

打车回到家时,天色已经昏暗。

沈瑜目不斜视,穿过中心广场往家走。路过小区的篮球场时,忽然听到沈松源的大吼。

"姐！"

沈瑜侧头，一眼看到了沈松源和谢新昭。和他们在一起的，还有几个陌生男生。

天色昏黄，两人的轮廓影影绰绰，看不清晰。

沈瑜脚步一顿，转身走到篮球场的门口。

抱着球的沈松源和谢新昭一起走过来："这么巧，我们正好下来打球。"

沈瑜望向沈松源还包扎着的左手。

沈松源笑了笑："嘿嘿，我就是单手玩玩，一会儿就回去了。"

沈瑜点点头："那我先回家了。"

沈松源正要答应，谢新昭先一步开口："我也回去了。"

沈松源一愣："啊？你回去干吗？"

谢新昭："浇花。"

他绕过沈松源，对沈瑜说："走吧。"

沈松源眼睁睁看着谢新昭和沈瑜并排离开。

"哎，还玩不玩了？"身后有人在喊。

沈松源把球扔过去："不玩了。"

不行，他也要回家！休想丢下他！

沈松源一路狂奔，总算在到家之前追上了两人。

"嘿嘿，被我追上了吧？"他笑嘻嘻地说。

沈瑜回头看他，点点头。

谢新昭脸上没什么表情，叹了一口气。

沈瑜逛了一天街有点累，洗好澡吹干头发，躺在床上休息。

不知不觉地，就这么睡着了。

再醒来，是半夜。小腹隐隐作痛，有强烈的坠感。

沈瑜捂着肚子去了卫生间，回来后再次倒在床上。

今天明明还没到生理期的日子，不知道是不是因为下午喝了冷饮，这个月居然提前了。

沈瑜蜷缩着身体，拳头紧紧抵着小腹，想将那股痛感减弱。

可惜并没有用。小腹越来越痛，身上开始冒冷汗，甚至连胃都开始犯起了恶心。

沈瑜挣扎着起来，捂着肚子下楼找药。

止痛药放在了学校的宿舍里，毕业前的一个月送给了其他人。

这会儿已是凌晨一点多了，夜猫子沈松源都睡了，家里静悄悄的。

楼下没有开空调，又闷又热。

沈瑜蹲在客厅的立柜前，觉得身体忽冷忽热。像是闷在蒸笼里，难受得

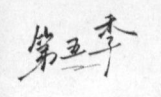

心慌。

借着手机的光,沈瑜快速地在医药箱里翻找止痛药。

动作间,她听到楼上传来了开门的声音。

沈瑜顾不上抬头,继续翻找。

没两分钟,身后响起了熟悉的脚步声。然后,一道人影蹲下来,带着清冽的少年气息。

"在找什么?"谢新昭帮她把有些汗湿的长发拂到耳后,声音低柔。

沈瑜直接道:"止痛药。"

谢新昭果断地伸手:"我帮你。"

"没有。"沈瑜翻完最下面的一层,吐出一口气。

她隔着睡裙按住自己的肚子,有点想吐。

"我去药店买,你先上楼休息。"谢新昭担忧地看着她汗涔涔的脸,"你看起来好难受。"

沈瑜点头,声音很轻:"谢谢。"

她起身,脑袋一阵眩晕。

下一秒,她被谢新昭打横抱了起来。

"算了,我抱你上去。"

沈瑜来不及拒绝,已经被他抱着上了楼梯。

她握着手机的手臂垂下,身体随着走动一颠一颠的。没关掉的手电光照在地上,变成了一个移动的光源。

沈瑜垂下眼,看着地上一颠一颠的光斑,自己的心脏好像也跟着颤了起来。

谢新昭把她送回房,很快离开。

沈瑜看了看手机,现在是凌晨一点半,她却被痛经折磨得毫无睡意。

侧身躺了一会儿,谢新昭回来了。

他带了一杯温水和药一起进来,距离刚才不过十分钟。

沈瑜愣住了。

"怎么这么快?"

谢新昭把药和水递给她,打开台灯。

沈瑜接过药吞下,把水杯还给他。借着灯光,她看到谢新昭的白色T恤都汗湿了,脸和脖子也汗涔涔的,衬得皮肤更白了。

沈瑜心跳快了几瞬,忽然明白了。

他是跑得有多快,才在这么短的时间里完成了出门、买药、回家、倒水这一连串动作。

"好一点吗?"谢新昭盯着她问,神色严肃,眉宇间满是担忧。

沈瑜的腹部还是很疼,她却有点想笑。

"哪有这么快起效啊？"

谢新昭抿唇："那要多久有效果？"

沈瑜想了想："起码十五分钟吧，或者我睡着就感觉不到了。"

谢新昭点点头："那你快睡。"

沈瑜依言躺下，在腹部处盖上一层薄被。

她轻声道："谢谢。你也快回去休息吧。"

谢新昭没有动，眼睛在黑暗中很亮。

"我可以等你睡着再走吗？"

"可以。"沈瑜点点头，闭上了眼睛。

不知道是不是药有效了，这会儿她有点困了。

半梦半醒的时候，沈瑜又醒了一次。床边依旧有道影子，她却不觉得害怕，只以为是在做梦。

她隐约中想起，某个午后她在沙发上醒来，旁边也是谢新昭。

"这次我说梦话了吗？"沈瑜问。

谢新昭摇头，声音很低："没有。我倒是想听到你说。"

沈瑜奇怪："为什么？"

谢新昭定定看着她，声音有点低："想知道你梦到谁了。"

有没有我。

沈瑜的声音模模糊糊，像一团雾："我现在就梦到你了啊。"

谢新昭愣了愣，忽然明白他们的对话好像不在同一频率。

停顿几秒，他开口问道："梦里的我好吗？"

沈瑜眨眼："好啊。"

她打了个哈欠："你一直很好。"

谢新昭沉默了几秒，忽然俯身靠近："如果……"

他的目光炙热而紧张，声音里有一丝不易察觉的颤。

"我说如果，梦里我向你表白呢？"

黑暗中，谢新昭的声音很轻。话音落下，又是一阵长长的沉默。

谢新昭笑："这么难回答吗？"

凌晨两点多，他的高兴有点不合时宜。可至少沈瑜没有直接拒绝。

沈瑜的眼皮很重，头脑混沌。

谢新昭看到她闭上了眼，黑长的睫毛颤了颤，如一片鸦羽盖在眼下。

"算了，等你清醒的时候再问。"

默默盯了一会儿沈瑜的睡颜，他起身离开。

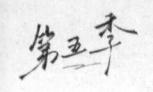

周五，沈瑜在谢新昭的陪同下去了落溪小城。有了吴老师的引荐加上沈瑜自身的条件，她面试得很顺利，只跳了一小段，负责人就拍板定下了。

负责人拿出早已准备好的合同，递给沈瑜。

一天三场表演，两场在白天，一场在晚上，按场数算报酬，当天结算。

沈瑜从头到尾浏览了一遍，觉得没什么问题。

正要签名的时候，有人推门而入。来者是一个打扮非常时髦的女生，负责人叫她"陈老师"。

女生见到沈瑜，愣了愣，又指了指门外："门口那个帅哥是和你一起来的吗？"

沈瑜点头。

陈老师："他是学舞蹈或者表演的吗？"

沈瑜："不是。"

陈老师的神色有些失望："哦，这样。"

她很快又笑了笑："他的条件很不错，如果有兴趣的话也可以来我们这里兼职哦。表演时男生不用跳舞，只需做一些简单的动作。"

沈瑜稍顿："嗯。我会转告他，不过他应该不会来的。"

陈老师也不介意："行，没事。你问问。两个人一起有个伴也挺好的。"

沈瑜没有吱声。

签好合同之后，她出门去找谢新昭。谢新昭不在原地，发消息说自己在外头等她。

沈瑜发消息说自己面试好了，下楼。

刚出门口，一股热浪扑面而来。远远地，她看见谢新昭从对面走过来。热烈的阳光洒在他身上，好像镀了层金色的光晕。

谢新昭走近，手里握着两瓶矿泉水。

他挑眉，将冰的那瓶放进口袋，拧开常温的那瓶递给沈瑜："过了？"

沈瑜："嗯。"

"我刚刚去看了，你们表演是在户外，很晒。"他皱眉，语气有点担心。

沈瑜觉得还好。赚钱哪有不辛苦的？一场表演也就半小时左右，最多被晒黑些。

"行吧。"谢新昭只能由她。

两人坐车回家。

到了小区门口，沈瑜忽然停下，对谢新昭说："你先走。"

谢新昭皱眉："为什么？"

沈瑜抿唇："今天家里有人。"

这个点,沈松源、陈秧还有朴阿姨都在家。她不想同谢新昭一起进门,引得陈秧注意。

谢新昭稍一思忖,明白了。他轻笑:"以后你去兼职,我也不能和你一起回来吗?"

沈瑜摇头:"除非家里没人。"

谢新昭有点无奈:"知道了会怎么样?"

沈瑜没有说话,抿着唇看他。

两人对视半晌,最终还是谢新昭妥协了。

"好,听你的。"

沈瑜在门口的便利店待着的时候,谢新昭发消息过来:我到家了。沈松源在自己房间,陈阿姨在客厅看电视,朴阿姨在厨房做饭。

他一字不漏地汇报。

谢新昭:这样可以吗?特务小瑜?

沈瑜顿了顿,笑出声来。

工作第一天,沈瑜早早起床。她家离落溪小城不算近,坐车要半个小时。

沈瑜离开家时,沈朗正在吃早餐。

看到女儿要出门,他随口问了句:"今天这么早去学舞?"

沈瑜点头。

她没有和爸爸提起自己在兼职的事,免得引起不必要的争论。

"行,早去早回,注意安全。"沈朗语气和蔼,俨然一个关爱女儿的慈父。

沈瑜脚步稍顿,张了张口。余光中,陈秧端着餐盘从厨房出来,放置在沈朗面前。

模糊的晨光里,两人说了句什么,沈瑜没有听清。

她抿唇,开门出去。

坐车到了景区,沈瑜拿着通行证从门口进去,到达集合点。

今天的日头格外强,才七八点的时间,阳光已经晒得地面发烫。

沈瑜到的时候,休息室里只有一个叫遥遥的女生。她是在西澜读书的大学生,已经在这儿做了一段时间的兼职了。

遥遥很热情,带着沈瑜去领衣服。

白绿色的齐腰襦裙,裙摆长至脚踝,看着轻飘飘的布料,摸上去有点不透气。

"你要小心点,这个裙子质量不太好,很容易破。"遥遥小声和沈瑜吐槽,"而且这边很抠,如果你不干了,还得把裙子还回去。"

"好,谢谢。"沈瑜道谢。

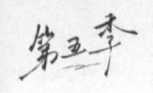

人渐渐到齐，沈瑜也换好了衣服。沈瑜趁着做造型的空隙，又看了几遍遥遥她们的演出视频。

十点不到，沈瑜跟在遥遥后面前往表演区。她们的表演地点位于景区的一座桥上。

桥边被围挡划出一片区域，围挡外已经聚集了很多游客。

这场表演主要讲述了神女下凡，为百姓撒玉露祈福的故事。

沈瑜和其他群演一起，扮演的是陪着神女一起下凡的仙女。中间有一段简单的群舞表演，其他大部分时候只要站在一旁就可以。

舞蹈表演动作对沈瑜来说很简单，她前一天只排练了两个小时就掌握了。

随着舒缓的音乐声，一道柔和清亮的女声缓缓地向游客们叙述表演背景。

烈日当头，沈瑜一动不动地站在桥上，头发被晒得发烫。

这套衣服看起来飘逸，穿着却是又闷又热。不过一会儿的工夫，她觉得自己的背已经被晒得火辣辣的了。

按照流程，扮演"百姓"的男生先和前方的仙女进行交接仪式，然后是神女独舞，接下来再是沈瑜她们的群舞，最后又是一段仪式表演。

整个表演过程，沈瑜一直兢兢业业。

好不容易等到结束，她跟着大部队一起退场。

"妈呀，热死了。"遥遥抱怨，"今天怎么这么热啊？"

沈瑜默默地摸了摸自己的后颈，有些刺痛。

明明涂了防晒，好像没用。

"下午是两点表演吗？"沈瑜问。

"是啊！"遥遥郁闷，"时间还没改过来，听说下周会改到三点半，那时候会好一点。"

"嗯。"沈瑜点头。

"唉，还是晚上场好一点。没太阳，钱又多。"遥遥叹气。

她碰了碰沈瑜："你晚上来吗？"

沈瑜摇头："晚上没时间。"

她只签了白天的两场表演。

下午的演出结束后，沈瑜拆掉头饰，换下衣服回了家。

路过小区广场的时候，她又一次遇见了沈松源。

他坐在篮球场的地上，戴着顶鸭舌帽，眼巴巴地望着里面的人打球。

沈瑜脚步一顿，走过去叫了一声。

沈松源回头，表情很丧。

"姐。"他无精打采地打招呼。

"怎么了？"沈瑜很少在沈松源脸上看到这种表情。

"我的暑假要结束了。"沈松源叹气,"我妈给我报了个班,要我去学习。她说我补考必须得过。"

"哦。"沈瑜没什么意外,"去呗。"

这么些年,沈松源的课外辅导也不少,只是他自己无心学习,一直不见成效。

见沈松源还是一副天塌了的表情,沈瑜皱眉:"你今天怎么不打球了?"

沈松源叹气:"因为昭哥不打了啊,别人又不肯带我。"

沈瑜还没说话,他立刻神秘兮兮地凑到沈瑜耳边:"昭哥他心情不好。"

沈瑜一愣:"你怎么知道?"

沈松源皱皱眉:"我听到的。他父母好像要离婚,我听见他说自己成年了,谁都不跟什么的。"

这件事沈瑜知道,她轻轻"嗯"了一声。

沈瑜回到家,敲了敲谢新昭的门。

"进。"里面传出不高不低的声音。

沈瑜推门而入。

谢新昭大概是真的心情不好,这个点还躺在床上。他斜靠着抱枕,双臂交叠于脑后,一双眼睛出神,像是在发呆。

沈瑜关上门,向前走了两步。还没来得及说话,谢新昭忽然下床,眼睛直直地盯着她脖颈。

"怎么了?"沈瑜一愣。

谢新昭眉头皱得很紧,低声道:"晒伤了。"

沈瑜下意识地摸了摸后颈,有点火辣辣的。

"没事。"

"我给你涂药。"

下一秒,谢新昭已经转身,从抽屉里拿出一支崭新的晒伤膏。

"坐。"他用眼神示意。

沈瑜点点头,乖乖坐下。因为脖颈被晒伤,披着头发会更难受,沈瑜早早把头发扎成了丸子,此刻不用多做什么。

谢新昭很快洗了手回来,挤出药膏在指腹上。

他站在沈瑜的背后,沈瑜看不清他的动作,只觉得后颈猝不及防地一凉,带着薄荷味的清凉药膏落在了皮肤上。他指腹温热,轻轻地在她后颈处摩挲,像是生怕弄疼了她似的。清凉的药膏和温热的指腹结合,形成了一股奇妙的感觉。皮肤有点痒,好像要随着药膏一起融化掉。

沈瑜的肩颤了颤。

Di wu ji

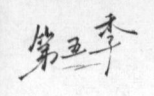

"后背好像也有一点。"谢新昭的声音很哑,"可以涂吗?"

沈瑜也不知道为什么,这声音听起来有点酥。

她微微点头。

下一秒,她T恤的领口被人从后轻轻拉开了些。她身体瞬间紧绷,肩颈线成了直角。

谢新昭的呼吸暂停了一瞬。

沈瑜坐得笔直,背后清瘦的蝴蝶骨如振翅欲飞的蝶。从肩到背后有一道明显的分界线,皮肤被分成了鲜明的红白两块。

谢新昭屏住呼吸,努力忽视下面雪白的皮肤和勾人的曲线,把目光集中在被晒红的地方。

快涂好的时候,沈瑜侧头,看见谢新昭紧蹙着眉,一言不发地把药膏装好。

沈瑜眨了眨眼:"你不高兴了吗?"

谢新昭抿唇,乌沉沉的眼睛盯着她:"有点。"

沈瑜心脏一跳,蓦然又想到沈松源说的话:"因为家里吗?"

谢新昭逆着光站在沈瑜面前,眉眼不甚清晰:"一部分。"

"那怎么才会开心啊?"沈瑜轻声问。

谢新昭看着沈瑜,半晌没有说话。

她的眼睛带妆,看上去比平时多了些潋滟和成熟,望向他的目光却像个孩子一样坦率、真诚。

这一刻的沈瑜让他觉得,自己说什么她都会满足似的。

谢新昭心脏忽然跳得厉害。

"我想和你在一起。"他说。

沈瑜睁大了眼睛,表情有些惊讶。

谢新昭吸了一口气:"可以吗?"

沈瑜抿唇,被表白了无数次,她第一次犹豫。

一直以来的信念受到了挑战,摇摇欲坠。

莫名其妙地,她想起自己对刘元元说,有点无法拒绝谢新昭。

谢新昭背着光,身影在半明半暗的光线中,只看到一个模糊的轮廓。明明看不清,沈瑜却觉得他在紧张。

"我不知道要怎么做。"她迟疑着说。

"你不用怎么做。"谢新昭俯身靠近,清俊的眉眼渐渐清晰,"就像现在这样,不用改变什么。"

沈瑜眨眨眼,这件事听起来好像并不难办。

"但恋爱是唯一的、排他的。"谢新昭表情郑重,咽了下口水,"你和我在一起,就不可以再答应其他人了。"

谢新昭的目光炙热烫人，似乎比今天的阳光还要烈。

沈瑜没有说话。

在沈瑜沉默的时间里，谢新昭度秒如年。他如同一个在等待当场宣判的囚徒，而他的法官轻轻蹙起了秀气的眉，黑又长的睫毛低垂着。

窗外的蝉鸣声聒噪，房间里却安静得好像只有呼吸声。明明开了空调，他却闷得快要窒息。

心脏脉搏跳得又快又乱，仿佛下一秒就要失去控制。

就在他快要忍耐不住的时候，"法官"宣判了。

沈瑜抬眸，轻轻点头。

"好吧。"

谢新昭的心跳骤停了一瞬，一眨不眨地看着沈瑜。有几秒，他是完全没有反应的。

沈瑜的表情有些困惑："你开心吗？"

谢新昭笑了："开心。

"非常。"

他拉起沈瑜的手放到自己心口。

隔着一层布料，沈瑜清晰地感觉到了少年心脏的跳动，强烈而有力。

沈瑜的手指颤了颤，抬眸和谢新昭对视。

"感觉到了吗？"谢新昭看她的目光热烈、烫人。

沈瑜点点头，收回手。

"小瑜，你说话要算数，不会明天就反悔吧？"谢新昭不放心地问。

沈瑜想了想，神色很无辜："可以反悔吗？"

谢新昭脸色沉了下来，要被气笑了。

"当然不可以。"

"哦，那就不反悔。"沈瑜说。

在两人确定关系的第三天，是高考成绩公布日。

沈瑜忙着工作，没怎么在意。

直到工作结束之后刷朋友圈，看到刘元元发的成绩照片，她才想起来可以查分了。

刘元元超了一本线20分，铁定可以进电影学院了。

沈瑜发了"恭喜"过去。

回到家，沈瑜找出准考证，输入准考证号码，查询——623分。

她是真的、确定、肯定，可以去A大读书了！

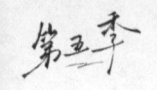

沈瑜弯唇，带着手机去找谢新昭。

朗朗晴空，炎炎夏日。房间里拉着窗帘，光线昏暗，谢新昭正闭着眼睛在床上睡觉。

沈瑜走近，第一次这么仔细观察他的长相。他的睡相很好，黑长的睫毛垂下，毛茸茸地盖住了眼睑下方。他的骨相很优越，脸部轮廓线条流畅。

他睡觉时很安静，连呼吸声都没有。

沈瑜的目光落在他的嘴唇上，又回到他的鼻梁上。鬼使神差地，她伸手探过去。

几乎是同一时间，床上的人睁开了眼睛。

沈瑜被抓了个正着，迅速收回手。

谢新昭的神色有点迷茫，眨了眨眼："回来了？"

沈瑜点头，在他说出其他话之前抢先开口："你查成绩了吗？"

谢新昭："没。"

他笑了笑："上午已经提前接到Ａ大的电话了。"

难怪完全不着急呢。

"我也帮你查过了。"谢新昭起身，握住沈瑜的手。

他脸上的表情很愉悦："我们可以一起去Ａ大了，你高兴吗？"

"嗯。"沈瑜点点头。

想到马上就要去一个新城市读大学，沈瑜心里隐隐有些期待。

她的目光落在谢新昭脸上。如果是和他一起，期待好像就更多了一些。

"小瑜。"对视中，谢新昭的眼神忽然就深了起来。

沈瑜困惑："嗯？"

谢新昭轻轻一拉，沈瑜猝不及防地跌坐在床上。

"你刚才是想亲我吗？"他问。

沈瑜一怔，连忙否认："不是。"

谢新昭静静地盯了她一会儿，蓦地笑了。

"那你抱我一下。"

她看了看坐着的人，倾身过去，抱住他的肩膀。

抱了几秒钟，沈瑜觉得差不多够了，松开手。下一秒，一直没动的男生忽然伸手，将她揽进怀里。

他抱得很紧，头埋在沈瑜的脖颈，笑着抱怨："小瑜，你好敷衍。"

沈瑜小声反驳："哪有啊？"

谢新昭低低笑出声来，呼吸喷洒在她的皮肤上。沈瑜有点痒，缩了缩脖子。

"要抱久一点，知道吗？"

"……知道了。"

二十班的同学们大多数考得不错,基本提前锁定了院校。于是,班长张罗着举行一次班级聚餐。

天气太热,大家把聚餐安排在了晚上。这次是高考之后班级第一次大聚餐,一共来了二十多个人。

"刘导,把你的大片给我们欣赏一下,让我们看看百万点赞的青春毕业视频。"

班长走过来,笑嘻嘻地同刘元元讲话。

沈瑜这才发现门边的墙上还有一个投影屏幕。

"行!"刘元元起身,走到班长面前捣鼓了一会儿手机。

沈瑜要说的话就这么堵在嗓子口。

随着身后女生的一声惊呼,沈瑜看见自己的身影出现在了大屏幕上。

教室、图书馆、校园超市、食堂、操场……

一个个熟悉的场景从眼前掠过。

视频里的沈瑜仿佛是一个记录者,用她的视角记录了这三年来在一中的学习生活。

当谢新昭的脸出现的时候,沈瑜的心莫名地骤然一跳。

出现在视频里的脸陌生又熟悉,有种莫名的新奇感。

最后一幕,是一伙人在一起放烟火的场景。

镜头渐渐拉远到夜空。

深色夜空,繁星闪烁。

视频里出现两行花字:

  我们都是熠熠闪光的星,曾经彼此照亮在对方的夜空。

——致我们

原本还窃窃私语的包厢里渐渐安静下来。

到了最后,大家似乎才忽然意识到——是真的要分别了。

有些感性的女生已经发出轻轻的啜泣声。

"感人吗?有没有触动到你想哭的神经?"刘元元一脸期待。

沈瑜不想骗人,只能如实地告诉刘元元:"没有。"

刘元元面露失望。

沈瑜连忙解释:"不是你的原因,是我。我看电影和小说很少会哭的。"

她的情绪很淡,看影视文学作品也是平平淡淡,很难被勾起波澜。

刘元元叹气:"好啦,我知道了。"

她端起旁边的饮料，顺手给沈瑜倒上。饮料的包装是英文字母，她也没注意看。

刘元元自己则是开了一罐啤酒，碰了碰沈瑜的玻璃杯："拍出让沈瑜感动的片子将成为本人的毕生目标。"

沈瑜轻笑出声，举杯喝了一口。

橙子味的，有点甜，挺好喝的。

整个聚餐过程，气氛一直融洽且热闹。大家互相报出要上的学校，同一地区的约好到时联系。

聚餐到后半程，旁边桌的许瀚潇过来找刘元元喝酒。

"来来，我一定要敬我们刘导一杯。"他笑嘻嘻地碰杯。

敬完刘元元，他将目光移到沈瑜身上。

"沈美女也喝一个？"

沈瑜点点头，同他轻轻碰了杯。

许瀚潇见她喝完，扬眉："怎么样？这果酒还可以吧？"

刘元元一愣："这是果酒？"

"对啊。"许瀚潇意外，"你们不知道？"

沈瑜摇摇头，她完全没喝出来。

许瀚潇扯扯嘴角："嘻，没事。就几度。"

刘元元有点懊恼："你说没事就没事啊？"

她转头看向沈瑜。沈瑜面色如常，看起来好像确实没事。

不过，刘元元有点不放心："一会儿结束了我送你回去。"

沈瑜点头应好。

后面的时间里，她没有再喝。

直到快结束的时候，这果酒的威力渐渐展现出来。

沈瑜的头有点晕晕的，和别人说话要慢半拍才反应过来。

聚餐结束之后，两人拒绝了继续去KTV的邀请，准备回去了。

下楼前，刘元元忽然停下。

"你在这儿等我一下，不要乱跑，我去趟卫生间就回来。"

"嗯，好。"

沈瑜站在走廊的拐角等刘元元，低头和谢新昭发消息。

"沈瑜。"

忽然，有人叫她。

沈瑜抬头，面前站着的是自己同班的男生，不熟，没怎么说过话。

她疑惑："有事吗？"

男生有点不好意思，从背后掏出一个信封给沈瑜。

"回去看。"男生将信塞进她的手里，转身离开。

沈瑜脑袋混沌，愣愣地接过。

下一秒，她的肩膀就被刘元元搂住了。

"走了，走了。"

沈瑜脚步稍顿，随着刘元元下了楼。

这会儿天色将暗未暗，天际还有未完全散去的晚霞。

而灰蒙蒙的天色下，一道高瘦挺拔的身影站在路边。清爽的黑衣白裤，自带光芒似的，与周边昏暗的环境格格不入。

沈瑜和刘元元的脚步同时顿住。

沈瑜愣愣地看着谢新昭向自己走过来，没反应过来。

"你不是在家吗？"

谢新昭盯着她。她的眼神不如平时清明了，茫茫然的，像是蒙了一层雾。

"我来接你。"他说。

沈瑜张了张口，正要说话，后背猛地被人推了一把。

她反应不及，一个趔趄往前倒，跌落进一个温热的怀抱。

罪魁祸首刘元元笑嘻嘻道："那我就先回家了，你们慢慢走。"

她脸上没有丝毫的歉疚，转头就去追已经走远的大部队。

沈瑜怔怔地看着她跑远，低头，谢新昭的手臂还环在她的腰间。

"这是什么？"

谢新昭揽着她的手臂没有放开，另一只手从她手里抽出刚刚被塞过来的信封。

沈瑜仰头，小声说："同学给的，我还没看。"

谢新昭面无表情地将信塞进自己的口袋："哦。"

沈瑜下意识地伸手进他口袋去拿。

男生的口袋很大，她没碰到信，反倒隔着层布料蹭到了他的肌肉。

温热的，有点硬。

旁边的男生倒抽一口气，隔着裤子按住她的手。

"你在干吗？"

沈瑜很无辜地看着他："拿信。"

谢新昭叹了一口气："回去给你，你把手拿出来。"

"哦。"沈瑜乖乖地把手拿了出来。

她现在反应有点迟钝，完全是凭着本能在说话做事。

于是，在和谢新昭一起坐车到了小区门口时，沈瑜又慢下脚步。

谢新昭的脚步一顿："怎么了？"

沈瑜也不说话，湖水似的眼睛看着他，谢新昭的心好像也化成了水。

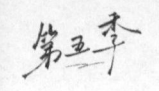

他低下头，哄着沈瑜："是沈松源叫我来接你的，没事。"

沈瑜"哦"了一声，跟在谢新昭后面往家走。

最近天气太热，小区里打球和出来散步的人少了很多。

路过篮球场时，只有寥寥几个人在打球。

"晚一点回去好不好？"谢新昭忽然问她。

沈瑜点头，下一秒被拉进了篮球场后面的小花园里。

这片花园比较偏僻，旁边也没有路灯。现在天色几乎全暗，更是人迹罕至。

两人在棕色的长椅上坐下，挨得很近。隔着一个灌木丛，隐约可以看见在篮球场打球的人。

"今天聚餐开心吗？"谢新昭问。

沈瑜仔细想了想，点点头。

"你知道吗？刘元元也交男朋友了。"

谢新昭一顿，轻笑起来。

"什么叫'也'？还有谁交男朋友了？"

他看向沈瑜，眉眼间带着笑，目光有些迫人。

沈瑜知道他在逗自己，转过头不理他，脸色却隐隐泛了红。谢新昭于是伸手抚上她的脖子，强势地将她转过来。

"你不说，我就亲你了。"

沈瑜的目光一颤，好像湖水泛起了涟漪，波光粼粼的。

谢新昭的心脏软成了烂泥，低头凑过来。

沈瑜闪躲了一下，连忙小声说："还有我。"

谢新昭低低笑起来，胸腔微微颤动。

他覆在沈瑜后颈的手微微施力。

沈瑜下意识地抬头，还没有反应过来，一个轻柔的吻已经落了下来。

沈瑜错愕地看着他："你怎么说话不算数？"

谢新昭笑得很赖皮："我说你不说就亲你，没说你说了我就不亲啊。"

沈瑜的脑袋本就有点昏沉，被谢新昭一绕，一时也没想到如何反驳。

她的眼神有点迷茫，又很努力地在思考。

谢新昭看得心痒，忍不住又低头，凑过去亲她的嘴角。

沈瑜这才反应过来，捂住嘴。

"我喝果酒了，你为什么要亲？"她的手指纤细白净，挡住了鼻尖和嘴巴，只露出一双泛着水雾的眼睛。

谢新昭觉得喝了点酒的沈瑜好可爱。

他的手轻轻抚着她的头发，低声哄她："我看看这酒会不会醉人。"

沈瑜眨了眨眼睛，不相信他。

"这怎么能知道的？"

谢新昭轻柔且坚定地将沈瑜挡嘴的手移开，握在掌中。

"可以的。"他点点头，很肯定地忽悠人，"不信你亲我试试。"

谢新昭的表情很真诚，乌黑的眼睛里满是期待。

沈瑜静静地和他对视了半晌，转过头。

"我没醉，你别骗我。"

谢新昭正要说话，却见沈瑜低下头，小声说了句："有蚊子。"

谢新昭顺着她的目光看过去。

沈瑜白皙的小腿上被叮了一个红色小包。

谢新昭皱眉，拉沈瑜起来。

"走，回家。"

两人到家时，天色已经完全暗下来。

客厅里，沈朗和陈秧坐在沙发上，各自看手机。

听到声音，两人的目光都投向门口的两人。

进门时，沈瑜同谢新昭的手臂离得很近，皮肤几乎贴着。几乎是在看见爸爸的同一时间，沈瑜立即退后，拉开同谢新昭的距离。

谢新昭垂眸，两人之间的空隙大得可以容下一个沈松源。他抿唇，默默弯腰换鞋。

沈瑜的动作比他要快些，在他之前换好了鞋进去。

"聚餐这么晚？"沈朗皱了皱眉。

沈瑜点点头："嗯，多聊了一会儿。"

她的神色平静，语气如常。昏暗的光线下，脸上的红晕并不明显，看起来就同平时一样。

沈朗打量了几眼女儿，没有察觉什么异样。

"我上去了。"沈瑜打了招呼就上楼了。

谢新昭跟在后面，原本要上楼，却被沈朗叫住。

"新昭啊，你来下。"

谢新昭脚步一顿，走到沙发前："叔叔，什么事？"

沈朗指了指旁边的单人沙发："坐。"

谢新昭点点头，依言坐下。

陈秧很有眼色地上楼了，只剩一大一小两人在这儿。

沈朗将手机放置在茶几上，双手随意摆在腿两侧："我听松源说了，谢谢你去接沈瑜。"

谢新昭不知沈朗的用意，礼貌地道："不用谢，应该的。"

沈朗点点头，另起话头。

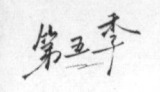

"你去接沈瑜的时候,有没有看到沈瑜和哪个男生走得近?"

谢新昭皱眉,摇摇头。

"没有,沈瑜一直和女生在一起。"他状似无意,多问了一句,"怎么了吗?"

沈朗叹气,从茶几下方拿出一个小盒子:"这是沈瑜老师转交给我的。不知道是谁寄到了学校送沈瑜的。"

最近高三老师们都在忙高考报志愿的事,全在学校。

沈朗去教导主任那里拿东西的时候,几乎受到了整个办公室老师的注目礼。

因为之前的事,沈朗已经去过好几次学校了。他也是没想到,毕了业还能冒出这些破事来。

谢新昭瞄了一眼盒子,不以为意。

"叔叔你不喜欢,扔掉便是了。"谢新昭冷笑两声,"是他们非要送沈瑜,被扔了也是活该。"

"不是这么简单!"沈朗叹气,"如果是你说的这样,我当没收到老师的消息就好了。"

他说着,倾身打开盒子,里面是一条闪闪发光的项链。

谢新昭额头青筋一跳,皱眉看向沈朗。

"这礼物,能是一般喜欢沈瑜的人送的吗?"沈朗翻开嵌着戒指的纸卡,露出里面的小卡片。

谢新昭抽出来,上面是手写的"爱你"两个字。

"所以我才问你有没有看到什么。"沈朗皱眉,看向谢新昭,"我怕沈瑜偷偷交了男朋友。"

谢新昭不动声色地将卡片放回去,盖上盖子。

"没有,叔叔。"

沈朗的神色有点怅然:"沈瑜她不爱和我说事,如果……"他顿了顿,看向谢新昭的目光有些深意。

"以后你们去了 A 大,还希望你能帮着叔叔照看一下沈瑜,我不想她被什么乱七八糟的男人骗了。"

谢新昭点头:"我会的,叔叔。您放心。"

沈朗沉默几秒,长叹一口气:"行,这东西你拿上去给沈瑜吧。"

谢新昭应"好",拿上盒子上了楼。他回到自己的房间,找到涂蚊虫叮咬的药,然后去敲了沈瑜的门。

沈瑜开门,声音轻淡:"什么事?"

她的眼神比之前清明了不少,似乎已经完全不受酒精的影响了。

谢新昭默默伸手将东西递给沈瑜:"叔叔要我给你的。"

沈瑜不明所以："是什么？"

谢新昭抿唇："有人寄去学校的。"

沈瑜要去接东西的手僵了一下。

谢新昭将盒子递到她手上，轻轻握了握她的手，用只有两人听到的声音说："没事。"

然后，他把口袋里的信和药都递过去："还有这些。"

沈瑜低声道谢，全部接过。

谢新昭的目光定在沈瑜的脸上。

她的脸色算不上好看，有些苍白。

谢新昭张了张口，最终只是叮嘱："早点休息。"

沈瑜点点头，关上了门。

回到书桌前，她打开盒子，皱眉。这个牌子的项链她知道，不便宜，普通高中生才不会买这个送自己。

她翻遍了盒子也没有留言，不知道是谁送的。

这点和那个舞鞋有点像。可……还会是路航吗？沈瑜有点不确定。

她又打开同学送给自己的信，是一封情书。

男生自知同她的交流不算多，这封表白信上只是诉说了自己的感情，没有什么其他意思。

——我不期望用一份信就打动你，只是不想自己的暗恋无疾而终……

实事求是地讲，这封信的文采还不错。

沈瑜默默看完，合上信，将之放到一边，内心并没什么波澜。

信中说得对，她是真的很难被打动。

比起这个，爸爸的态度倒是更加令她意外。这一次，爸爸竟然没有发火，而是让谢新昭转交。这是不是意味着，这个话题没有那么敏感了呢？

沈瑜有点开心，连带着第二天去兼职时的心情都很不错。

上午的演出结束，天色忽变。随着"轰隆"一声巨响，瓢泼大雨从天而降，雨声哗啦。

舞蹈团下午的演出随即被宣布取消。

沈瑜同谢新昭发消息，说自己演出取消，现在可以下班了。

谢新昭马上打电话过来。

"下雨不好打车，你等我去接你，一会儿再出来。"

沈瑜应"好"，挂断了电话。

"沈瑜，你带伞了没啊？"遥遥问。

沈瑜点头："带了。"

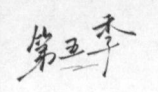

遥遥看了看她,欲言又止。
"怎么了?"沈瑜问。
遥遥:"你怎么回去啊?"
沈瑜:"打车。"
遥遥有点不好意思:"下雨这边很不好打哎,是不是你男朋友直接打车来接你?"
沈瑜点头。
遥遥眼睛一亮:"那你们可以顺路带我到地铁站吗?"
"可以。"沈瑜一口答应,"不过你要等一下,他刚过来,还要一会儿。"
"好!谢谢!"遥遥开心道谢。
约莫二十分钟后,沈瑜接到了谢新昭的电话。
"来门口。"
沈瑜应"好",打着伞和遥遥一起出来。
下了楼,暴雨的气息扑面而来。原本人流不断的路空无一人,屋檐下站着暂时避雨的人。
单薄的雨伞在暴雨中几乎不顶用,沈瑜的裙摆几乎是一秒就被打湿,粘在了腿上。
从休息室到景区门口只用了短短几分钟,饶是这样,沈瑜从脚踝到膝盖部分几乎都被雨水打湿。
到了门口,沈瑜一眼看到打着双闪的出租车和站在车边的高大男生。
"那里。"沈瑜指了指。
遥遥顺着看过去,骤然看见一个男生。男生年纪不大,白衣黑裤,身材挺拔颀长,手上撑着一把黑伞,定定地看着她旁边的沈瑜,然后,跨步走过来。
遥遥愣了愣:"那是你男朋友?"
沈瑜:"嗯。"
遥遥眼看着男生冲她点点头,然后将伞撑在沈瑜的头顶。
她反应了几秒,急忙跟上。

车上,遥遥主动坐在副驾驶,谢新昭和沈瑜坐在后排。
谢新昭皱眉看着沈瑜的腿,抽出纸巾低头要给她擦。碰到皮肤的那一刻,沈瑜一个激灵,从他手上夺过纸巾。
"我自己来。"她低下头。
有司机和遥遥在,她不太自在。
谢新昭蹙眉,坐直身子。
前方的遥遥好奇地回头。沈瑜低着头擦拭,她的男朋友侧身看着她。

从遥遥的角度，只能看到对方干净利落的五官轮廓和侧脸线条。她偷偷看了好久，总觉得两人和一般的恋人好像不一样。

到了地铁站，遥遥同两人告别。

沈瑜挥挥手，看着她走入雨幕。

车外的雨依旧很大，打在车窗上"啪啪"作响，雨水连成线，车窗模糊成一片水雾。

两人谁都没有说话，雨刮器机械的声音让谢新昭莫名烦躁。

他侧头看向沈瑜，她正安安静静地望着窗外，不知在想些什么。

司机时不时地从后视镜里看过来。

谢新昭对上他的目光，神色凌厉。司机猛地一惊，收回视线不再看。

谢新昭抿唇，不想当着他的面说话。

好在遥遥下车没多久，两人也到了家。

沈松源被送去了补习班，陈秧也开始每天去棋牌室报到，白天的家里一下空了起来。

沈瑜回房刚换下湿透的裙子，门就被敲响了。

她穿着原来的上衣，套上短裤去开门。还没来得及说话，她就被门口的人抱住了。

沈瑜愣了愣："怎么了？"

"小瑜。"谢新昭开口，声音有点低沉。

"那个司机老看你。"

沈瑜："等一下。"

她的上衣有点湿，怕把谢新昭的衣服也沾湿，轻轻推他了一下。

这个动作像是激发了他的某种情绪，谢新昭将人抱得更紧。

"不要推开我。"

昨天回来见到叔叔，她就推开他，今天在车上她又拒绝他，到现在，已经是第三次了。

谢新昭越发焦躁，他真的难以忍受被沈瑜推开的感觉。

沈瑜没有动。

谢新昭埋在她的脖颈里，气息温热。

他声音闷闷的："我不想你推开我。"

下一秒，他手臂向下，干脆利落地抱起沈瑜，走到桌前的椅子上坐下。

沈瑜背对书桌被他禁锢在他的腿上。她只穿了家居短裤，被这么一抱，大片皮肤露了出来，贴着谢新昭的腿。

谢新昭依旧埋在她的脖颈里，手臂强势地搂着她。

沈瑜有点心软，小声解释："我没有。"

谢新昭低低地"嗯"了一声。

就在这时，沈瑜放在桌上静音的手机忽然亮屏。

谢新昭正对着桌子，一眼看到屏幕弹出的消息。

遥遥：沈瑜你是不是刚谈恋爱啊？感觉有点不太熟……

后面的字他没看，眯着眼伸出手，默不作声地将手机翻了个面。

不熟吗？

谢新昭侧头，吻上沈瑜的耳朵。

沈瑜颤了颤，有点痒。

"谢新昭。"

"嗯。"他应声，声音因为含着东西而含糊不清。

沈瑜被温热的气息包围，酥麻的感觉沿着耳根蔓延。陌生的感觉让她不知如何反应，只能任由谢新昭动作。

谢新昭一手扶着她的颈，另一只手抬起，拇指在沈瑜的唇上轻蹭。

他没有看她，却清楚地知道她唇线的位置，来回摩挲。

两人贴在一起，沈瑜觉得自己要热化了，衣服都快被他的体温烘干。

她听不见窗外滂沱的雨声和房里的空调声响，耳边只剩下少年粗重的喘息声和鼓噪的心跳声。

炙热的吻流连到她的唇边，沈瑜的两边嘴角被他的唇和拇指分别占据，热得发烫。

谢新昭的目光侵略性十足，声音哑得不行。

他喊："小瑜。"

沈瑜的脑袋"轰"一声，有一瞬间几乎无法思考。

他根本不给沈瑜拒绝的机会，又凶又重地亲过来。

沈瑜蓦地一颤，忍不住又叫他："谢新昭。"连声音都是抖的。

"嗯。"谢新昭的唇舍不得移开，声音低低的，带着磁性。

沈瑜垂眸。

从这个角度，谢新昭的耳朵红透了，眼睛闭着，黑长的睫毛密密垂下，像两把刷子。

明明亲得这么凶，表情看上去却虔诚又安静。

这是沈瑜第一次在清醒的时候和他接吻。酥麻的感觉从尾椎骨窜至四肢，手脚发软。这汹涌澎湃的吻让她有些承受不来。

衣服皱巴巴地贴在一起，胸腔空气被挤压得稀薄，一下一下的呼吸又重又热。

沈瑜手指抓着他的衣服，触感有些湿。她不知道那是未干的雨水还是被自己手心里的汗水。

偏偏那人还不满足，哑着声音吩咐："小瑜，抱我。"

沈瑜昏沉沉的，松开汗湿的手，软软地搭在他的肩膀上。他的肌肉像被太阳晒过的钢板，坚硬又烫人。

开了空调的房间里，温度好像降不下来似的。

等谢新昭终于亲够了，外面的雨已经停了。

沈瑜的脸发烫，睫毛颤了颤。谢新昭的耳朵红得滴血，嘴角却是勾着的。

他摩挲着沈瑜的嘴角，眼神又深了起来，再次凑过来的时候，沈瑜伸手挡住了他的唇。

谢新昭轻笑："不给亲了？"

沈瑜吸了一口气，眼睛水灵灵的："已经很久了。"

她转头看向窗外。藏了一天的太阳终于冒出头，天际出现了一道雨后彩虹。

谢新昭趁着她转头，亲了亲她的手心。

沈瑜一怔，连忙回头，手也放了下来。

谢新昭得了空，又倾身过来亲她一口。

沈瑜一时猝不及防，愣住了。

她猛地起身，赶人："我要换衣服了。"

谢新昭起身，路过沈瑜时，他有些好笑。

女生脸颊微红，水亮的眼睛里满是防备，好像他随时会做出什么不正经的事似的。

"你可以看我换的。"他的语气也很正经，向沈瑜发出邀请，"要看吗？"

沈瑜："不要。"

她伸手推人，迅速关上门。

雷雨天只持续了一天，景区的表演第二天就恢复了正常。

沈瑜完成今天的表演，回休息室换衣服。

几分钟前，谢新昭发来了消息：今天不能来接你，叔叔回来了。

而在更早之前，她爸爸给她打了电话，她没有接到。

沈瑜看着那几个未接电话，心跳忽然加速。

"我先回去了，遥遥。"顾不得太多，沈瑜同遥遥打了招呼就赶紧往外走。

沈瑜到家时，客厅空无一人，正松了一口气，头顶忽然响起一道声音。

"上来。"

沈瑜抬眸，只看见爸爸的背影。

顿了几秒，她抬脚上楼。

书房的门没关，沈瑜走进去，反手关上了门。

书房里飘着烟味，桌上的烟灰缸里是刚被按灭的烟头。

沈朗坐在书桌后，气压很低。

"你去哪儿了？"沈朗开门见山，面色严肃。

沈瑜安静几秒，回答："跳舞。"

"跳舞？"沈朗反问，怒火中烧，"你倒是和我说说，你去哪儿跳舞了？"

沈瑜沉默。

沈朗冷哼一声："可以啊沈瑜，要不是我今天恰好经过吴老师那儿，想顺路带你回来，你还想瞒我多久？"

沈瑜知道，自己如实说只会让爸爸更加生气，索性闭嘴。

沈朗见女儿表情平静，更加生气。

他从旁边抽出一份文件，重重砸在桌上："去哪儿跳舞？去这个什么，什么小城？"

沈朗气得说话断断续续。

"落溪小城。"沈瑜小声说。

沈朗一拍桌子："我让你学跳舞，不是要你去景区表演的！"

沈瑜双手背后，轻声说："我只是短时间在那里。"

"短时间？"沈朗声音里带着怒气，"你倒是说说，从小到大，我哪一点亏待你了？你至于瞒着我去打这个工吗？"

比起这个，沈朗更不能接受的是她瞒着自己去打工，还和吴老师说想赚钱。

沈瑜看着暴跳如雷的爸爸，内心竟然挺平静。

她想了想，如实道："上次你说我吃你的用你的，我想你可能不想再负担我的开支了。"

沈朗瞪大眼睛，大吼："那只是气话！"他不可置信，"你就因为我这些话要去打工？啊？要去证明自己自立自强了？"

沈瑜沉默。

当然不只是这几句话，可她不想说。

停顿半晌，她轻轻开口："可我分不清你说的是不是气话。"

也不知道，气话里是不是带着几分真心。

沈朗一时语塞。

他点头："行，我先不和你追究。你现在就辞职，以后不许去了。"

沈瑜："我突然辞职，他们不一定找得到人。"

"我管他呢！"沈朗忽然一拍桌子。

沈瑜猝不及防，被吓了一跳。

沈朗语气缓了缓："我已经和那边的负责人说过了，你不用去了。"

沈瑜张了张唇，最终还是"哦"了一声。

"那我还可以去舞蹈教室吗？"

沈朗抬眸看她。沈瑜的表情又恢复了恬静，好像刚才的事对她完全没有影响似的。

沈朗叹气："可以。我会定期给吴老师打电话，你不要再想着出去打劳什子工了。"

他挥挥手："出去吧。"

沈瑜点点头，转身出门。

回到房间，她立即接到了谢新昭的电话。

沈瑜简单解释了几句："没事，挂了。"

谢新昭没有多说什么，挂掉了电话。

晚上，沈瑜没什么胃口，没有下楼吃饭。沈松源要上去叫人，被沈朗拦住了。

整个晚上，沈瑜一直待在自己的房间里没有出去，谢新昭也没有找她。

直到晚上十一点，沈瑜接到了他的电话。

"小瑜。"谢新昭的声音不大，"想不想看流星雨？"

沈瑜愣住："现在吗？"

谢新昭："嗯，现在。我们去公园。"

很奇怪的。

沈瑜在这一刻忽然想起五一假期的那个午后，她睡醒，谢新昭问她要不要一起走。

沈瑜能感觉到自己的心跳在加速，她张口："好。"

那头的人笑了两声，声音酥酥的，像通了电流似的。

这个点，整个家都安静下来，只有沈松源的房间里隐约传出游戏主播的声音。

好像是大冒险童话故事里的小孩，沈瑜快速换了身衣服，带着手机偷偷溜出了家门。

谢新昭早早等在门口。

见沈瑜下来，他牵着她的手往外走。

夜深人静，两人像要离家私奔的小情侣。

他们打车去了郊区的湿地公园。湿地公园二十四小时开放，里面有一个小山坡。

这是西澜不错的观星点之一，眼下已经有不少来看流星的人。

两人坐在上面，静静等着流星雨的到来。

"小瑜，你要许愿吗？"谢新昭问。

沈瑜点头，反问："你呢？"

谢新昭摇头："我不信这个。"

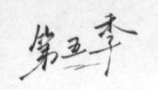

他顿了顿，又看向沈瑜："你有想实现的愿望不如告诉我，也许我比流星有用呢。"

沈瑜静静地看着他。他的神色认真、真诚，和那天在池寒山的谢新昭重叠起来了。

沈瑜的心口骤然一颤。

"那天在池寒山你问我有什么想要的，其实我有一点想知道……"

"我妈妈现在怎么样了。"

沈瑜的声音轻得像风："我想知道，没有了我，她现在过上自己想要的生活了没有。"

她好像始终有点介意，介意当年妈妈对自己的不告而别。

一直到今天，沈瑜依旧有些无法释怀。

——扔下我，你现在真的幸福了吗？

话音落下，谢新昭点头："好。"

沈瑜愣怔了几秒。这个想法藏在她的心底，很少会出现。只是今晚的谢新昭对她太好、太温柔，她一个不小心，把心里的想法说出来了。

沈瑜反应过来，抓住谢新昭的胳膊："我只是偶尔这么想一下，并不想打扰她现在的生活。"

她当年走得那么决绝，应该不想和自己再有联系吧。

谢新昭反手握住她的手，低声哄道："好，我们偷偷看一眼，不让她知道。"

他的语气既坚定又温柔，如同闷热夏季的一阵微风。

沈瑜的心脏好像被毛茸茸的刷子挠了一下，又酸又痒，眼睛也有些发胀。

她眨眨眼，掩饰那股涩意："真的吗？"

谢新昭点头，手抚上她的脸。

"当然。"

沈瑜怔怔地看着他。原来被人认真强烈地在乎，是这样一种感觉。

"你为什么对我这么好啊？"

谢新昭被沈瑜这样看着，根本就忍不住。

他的手撑在草地上，侧头过去吻她的眼睛。

"因为我喜欢你。"

沈瑜的睫毛轻颤，听到他的声音——

"我好喜欢你。"

黑色的夜空好像是一张巨大的幕，而星星是画师点缀在上面的杰作。

随着周围人的一声惊呼："来了来了！"

沈瑜和谢新昭同时抬头。

一颗流星划过夜幕,一瞬即逝。

几乎是划过天际的同一秒,夜空中又划过一颗星。

长长的,像一把发着光的软刀,划破黑色的幕布又很快坠落。

带着闪闪发光尾巴的星星一颗接着一颗划过,如晶莹的流线,令人目不暇接。

星光璀璨,整个夜空都被照亮,银河荡漾,说不出的瑰丽壮美。

"好漂亮。"

"流星好多啊!"

"天,美哭我了。"

在周围一片惊艳的惊叹声中,沈瑜侧头看向谢新昭。点点星光映在他的眼睛,那里是另一片星河。

对着流星,沈瑜在心里悄悄许了个愿。

快要结束的时候,谢新昭问她:"许愿了吗?"

沈瑜点点头。

他又问:"那你开心了吗?"

沈瑜的眼睛很亮:"开心,谢谢你。"

这是沈瑜十八岁时的夏日夜晚。有温热的晚风、聒噪的蝉鸣和璀璨的流星,还有一个因为她一句话就可以赴汤蹈火的少年。

这场夏天的流星雨来得比往年早很多。

"今日凌晨,宝瓶座流星雨登场,在我国多处地方可用肉眼观测,许多天文爱好者们……"

第二天,沈瑜同家人吃早餐时,早间新闻报道了凌晨的流星雨。

沈松源看向新闻的视频,有点失望:"我昨天还想找你们一起看的,结果我敲你们的门都没人理。"

他皱皱鼻子:"你们高考结束了还睡那么早啊?"

沈瑜垂下眼,"嗯"了一声,试图掩饰自己眼睑下的淡淡青色。

沈朗瞪着他:"你哥哥姐姐早睡早起是好习惯,谁和你夜猫子似的?"

沈松源委屈:"爸,你可冤枉我了。我昨天看他们睡了就没有出去,也马上就睡了。你看我早上起这么早!"

他有点小骄傲地挺起了胸。

沈瑜抬眸,不经意对上谢新昭的眼睛。他的目光里是毫不掩饰的只有他们两人才懂的含义。

沈瑜咽了咽嘴里的吐司,别开眼。

她实在没办法说——

在沈松源敲门的同时,他们可能正在夜幕下伴着流星接吻。

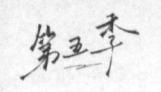

七月中旬，录取通知书下来了。沈瑜和谢新昭同时被A大录取。

沈朗春风得意，计划着办个小型宴会庆祝沈瑜升学，顺便请朋友吃饭。

当天，一家四口和谢新昭同时参加了宴会。

沈朗和陈秧坐在主位，沈瑜坐在沈朗和沈松源中间，谢新昭则坐在沈松源的旁边。

今日宾客来了五桌，大多数是沈朗生意上的朋友以及朋友的家人。

沈瑜身为宴会的主角，可宾客几乎一个都不认识。她坐在主桌，安安静静地吃饭。

吃到中途，谢新昭的电话响了几次，都被他按掉。

"昭哥，你怎么不接家里的电话啊？"沈松源一时好奇，直接问了出来。

他的声音不大不小，坐在旁边的沈瑜都听见了。

沈瑜侧头看向谢新昭。他皱眉握着手机，似乎在考虑什么。

就在这时，手机又振动起来。

谢新昭吐出一口气，拿着手机起身，到外面去了。

"恭喜啊，沈总。"

沈瑜另一边又开始觥筹交错。来人举着酒杯，脸色红润，身材微胖，啤酒肚隆起，衬衫被撑得贴身。

沈朗站起来，同他碰杯："哎呀，张董，来来。"

张董转向沈瑜，脸上笑意不减："沈总有福气，女儿漂亮又优秀。"

话音落下，他举杯伸向旁边的沈瑜："来，叔叔敬你。祝你学业有成，节节高升！"

沈瑜停顿两秒，举起手里的饮料，低了一寸同他碰杯。

"谢谢叔叔。"

"不客气，不客气。"

张董喝得满脸通红，索性站在原地同沈朗聊起了天。都是些生意上的事，沈瑜没太在意听。

张董聊了一会儿离开，又很快回来。同他一起来的，还有一个看上去和沈瑜年纪相仿的男生。

"沈总，带我儿子再来敬你一杯。"

沈朗连忙起身："客气，客气。"

他打量那个年轻人，夸道："张董虎父无犬子，一表人才啊。"

张董摆摆手："长得像他妈。"

他自嘲："幸好不像我，哈哈！"

"谦虚了张董。"沈朗客气道,又转向沈瑜,"沈瑜,这是张董的儿子。"

沈瑜愣了愣,也起身,冲着那男生点点头算作招呼。

"张泽景。"那个男生自我介绍。

张董面带笑容:"泽景今年大二,也在A市读书。你们年轻人交换下微信。你去A市初来乍到的,有什么不明白的可以找他。"

沈瑜愣了愣。

张泽景的表情也挺冷淡,掏出手机打开二维码:"扫吧。"

张董在一旁说:"比方说,你想要去哪儿玩啊去哪儿吃啊,或者想要买什么东西,都可以找泽景。你们也算有缘分。"

"是啊,沈瑜,你快加。"沈朗在一旁催促。

在两位大人的注视下,沈瑜只好拿出手机,加了张泽景为好友。

"行,以后联系。"张泽景晃晃手机示意。

他一离开,沈瑜才发现在他身后的谢新昭。

谢新昭不知道在那儿站了多久,脸色有点不好看,没什么表情。他冷着脸目送张泽景回去,才抽开椅子坐下,兀自喝了口饮料。

沈瑜抿唇,也低头抿了一口饮料。

整场宴席中,来找沈朗喝酒的客人不断。一场餐宴结束,沈朗走路都有些不稳。

散场前,陈秧找了代驾,提前下楼了。沈朗醉醺醺的,一手扶着椅背,还在和生意场上的朋友说话。

"姐,走啊。"沈松源站在宴会厅门口喊。

谢新昭站在他旁边,眼睛乌沉沉的。他站在半明半暗的光线下,五官显得落拓锋利,神色不明。

沈瑜应了一声,就要过去。

"沈瑜。"沈朗忽然叫住她。

沈瑜回头,眸色微闪。

爸爸身边的人换成了同样喝到脸红的张董,两人不知说到什么,大笑起来,声音在嘈杂的宴会厅里显得很清晰。

沈瑜脚步一顿,走上前。

"小姑娘,以后有什么事就找泽景,不要不好意思。"张董声音洪亮,面带笑容,俨然一副慈祥长辈的样子。

沈瑜觉得他可能是喝醉了,总是讲些重复性的话。她礼貌地告别:"谢谢叔叔,叔叔再见。"

沈瑜拿着手机下楼,同楼下的沈松源等人会合。

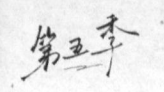

四人在下面等了一会儿，沈朗终于姗姗来迟。他醉得厉害，一上车就闭上眼睛。陈秧坐在他旁边，帮他按摩额头。谢新昭坐在副驾驶，沈松源和沈瑜坐一排。

沈瑜的位置在谢新昭后面，从椅背的缝隙看过去，他的一截后颈干净、白皙。

车里很安静，一向话多的沈松源只顾着看手机，更加没有人说话。

沈瑜盯着谢新昭的后颈，莫名地想起他在宴席上的表现，总觉得不太自在。

到家洗漱后，沈朗和陈秧早早睡下了。沈松源的房间里依旧响着游戏主播的声音。

沈瑜去完卫生间，路过谢新昭的门口。她站在走廊上，刚犹豫了一秒，门被人从里打开。

下一秒，一只手臂从里面伸出，将沈瑜拉了进去。

房间里没有开灯，很暗。

沈瑜被困在了墙和谢新昭的中间，被人用一种侵略性极强的目光盯着。

"谢新——"

沈瑜的话没有说完，谢新昭的吻已经铺天盖地落了下来。

谢新昭的吻和他的外表一点都不一样。

除了第一次的懵懂温柔，之后的每一次都又凶又重，带着浓浓的占有欲。

沈瑜仰着头，手心攥着谢新昭的衣摆，有些反应不过来。

鼻尖是他身上清冽的味道，嘴唇里交缠着，呼吸情不自禁地重了起来。

交缠中，不知道是谁碰到了开关。

房间的灯忽然被按亮。

谢新昭的动作一顿，唇退开些，额头依旧抵着沈瑜的。

沈瑜小口喘着气，头发乱乱地披在胸前，睡裙被揉皱，短了两寸。

"怎么了？"

灯光下，谢新昭的眼睛有点发红。

好像从晚餐中途的电话起，他的状态就不太好。谢新昭的唇角抿了起来，表情看起来有点不高兴。

"你和他交换联系方式了？"

沈瑜知道他说的那人是谁。沉默几秒，她点点头。

谢新昭帮她理了理凌乱的发丝，深吸一口气。

"刚才那个人，好像想撮合你和他儿子。"

沈瑜沉默，暗暗回忆刚才张董的话。

可是这小小的安静在谢新昭看来却不是那么回事。

"在想什么？"他的气息喷洒在沈瑜的脖颈和耳后，热热的，也有点痒。

"在想以后去 A 市找他？问他去哪里玩哪里吃？问他到哪里买东西？"

他自说自话。

"他才去 A 市多久？你想去哪里我不能陪你去？你想吃什么我不能请你吃？你想买什么我不能给你买？"

他越说语气越急，似乎把自己气到了。

"小瑜，说话。"谢新昭单手抬起她的下巴，盯着沈瑜的眼神越发烫人。

"我没有这么想。"沈瑜不知道该怎么解释。

她看着谢新昭认真道："我不会找他的。"

谢新昭定定地和她对视了片刻，忽然伸手，紧紧抱住她。

"小瑜。"他喃喃自语，"我们会分开吗？"

沈瑜有些发怔："为什么突然说这个？"

谢新昭没有听到自己想要的回答，低头去找沈瑜的唇。

身体紧紧贴着，恨不能将人嵌进身体里。

他像是很怕没有明天似的，亲了沈瑜一遍又一遍，然后半是赌气半是宣誓般地在沈瑜耳边说："如果我们分开，我宁愿下一秒就死掉。"

沈瑜心脏一缩，诧异地看向谢新昭。他又低头吻下去，不给沈瑜说话的机会。

亲了好久，他的情绪好像才终于被亲吻平复了些。

沈瑜茫然地问他怎么了。

谢新昭恢复成原来的模样，嘴角微抿。

"我吃醋了。"

沈瑜脖颈上一道粉色的痕迹，唇被亲得微红，灯下的目光温柔似水。

谢新昭伸手去揉她的唇，低声诱哄：

"你哄哄我。"

沈瑜仰头望着谢新昭，目光清亮如一汪湖水。

"怎么哄？"安静的房间里，她的声音轻而清晰。

谢新昭盯着她，正要说话时，忽然有人敲门。

"昭哥！"沈松源大大咧咧的声音隔着一层门板传来。

沈瑜身体一僵，下意识转头去看。

谢新昭把她的下巴扭过来，恢复成正对自己。

"什么事？"他问。

话音落下，吻也随之落在了沈瑜的唇上。这回他倒是不急了，温热的唇在沈瑜嘴唇缓慢且有节奏地摩挲。

沈瑜眨眨眼，不解地看着他。

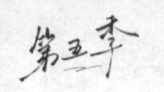

谢新昭像是叼着猎物回窝的狼,目光锐利明亮,动作上却是不疾不徐的,似乎很享受沈瑜这样略有些失措的状态。

"刚吃饭的时候你有没有看见我的耳钉?"沈松源问。

谢新昭微微退开些,声音有点哑。

"没有。"

"哦,你是不是睡了?听声音有点像。"完全不知情的沈松源还在门外说话。

谢新昭眯了眯眼,没有回答。

灯光下,沈瑜的皮肤白如羊脂,两根细吊带搭在身上,两条凸出的锁骨平直,从脖颈下方延伸至肩膀。瀑布般的黑发披在身后,看上去清纯又乖顺。

他伸手将沈瑜几缕长发拨至耳后,再次低头吻下去。像细细绵绵的雨丝,沾湿沈瑜露在外面的皮肤。

当感觉到自己的肩带也被勾住时,沈瑜吸了一口气,神色慌张地抓住了谢新昭的衣服。

门外的沈松源没有听到回应,又问了一遍:"昭哥?你睡了?"

谢新昭终于分出点耐心,低低地"嗯"了一声。

然后,为了证明似的,他关上了灯。

沈松源:"哦,那你睡吧。"

沈瑜凝神听着沈松源的脚步声越来越远,松了一口气。

谢新昭只短暂地停了一下,又开始了,甚至越来越过分。

当小时候的那道疤也被覆盖住时,沈瑜忍不住缩了一下。

"怎么那么喜欢亲的?"她小声问。

谢新昭"嗯"了一声,反复在那道疤上摩挲。

黑暗中,他的呼吸声很明显。

半晌,谢新昭低笑了几声,温热的气息不断洒在沈瑜的皮肤上。

"那你怎么那么乖?"就这么任他亲。

沈瑜安静了几秒。

"不是你说要哄你吗?"

谢新昭直起身看着沈瑜,笑得更加厉害,胸腔一阵阵震动。

沈瑜仰头,修长的脖颈上经脉清晰可见。

"你被哄好了没啊?"

她的表情坦诚无辜,声音轻柔得像雾。

谢新昭双手捧起她的脸,重重印了一吻,得了便宜还卖乖的语气:"差不多吧。"

这个暑假，两人的感情似乎也随着天气升温了。

那段时间，沈瑜几乎每天都要出门练舞。家里没人的时候，谢新昭会来接她。

从小区门口走回家。两人的脸颊被太阳晒得微烫，然后继续红着脸在空调下接吻。

夏天热烈而漫长。

一如年少时的爱情。

一眼心动，绵长欢喜。

谢新昭在花园里种了许多花，漂亮的，好养活的。他说，这样沈瑜每个季节都能看见鲜花。

沈瑜煞风景地说自己以后不一定会住在这里。

谢新昭稍顿，又很快兴奋起来："那以后我们在自己家里种更多的花，修一个比这更大的花园。"他用手指比画着，"再空出一个房间给你练舞，像你舞蹈教室那样的。"

…………

说起这些的时候是晚上，两人坐在花圃前的椅子上。

夏天的晚风燥热，花园郁郁葱葱，不知名的虫子叫声不停。

沈瑜穿得清凉休闲，头发用鲨鱼夹松松挽起，手里捧着刚从冰箱里拿出来的冰镇西瓜。

他们才十八岁，可谢新昭已经在计划着两个人的未来。

说到兴处，他转头看她，眼睛的光比星星还要亮。

"好不好？"

沈瑜挖了勺西瓜塞进他的嘴里，然后被他忽然愣住的表情逗笑。

"好哦。"

第五章

隐藏的不安

暑假里,谢新昭渐渐开始接触谢家公司里的事了,要学的东西很多。他在房间忙的时候,也不让沈瑜离开。沈瑜只好拿些感兴趣的书去他房间看,当作是陪他。

这天下午,谢新昭照例从外面接回沈瑜,两人待在谢新昭的房间里各自忙碌。

没想到的是,沈朗忽然从外面回来了。

在房间里的沈瑜听到动静,心顿时提了起来。她放下书,走到门口听外面的动静。

门外传来了上楼的脚步声,沈瑜紧握着手机,一动不动。

谢新昭皱皱眉,走过来站在沈瑜的旁边。

沈瑜抬头看他,眼中闪过一丝慌乱。

两人还没来得及有什么交流,只听门外传来沈朗的声音。

"沈瑜?"

"沈瑜?"

听脚步声是往沈瑜的房间去了。

沈瑜低头,将手机按成了静音。几乎是下一秒,手机屏幕上显示——爸爸来电了。

沈瑜紧紧捏着手机,脑子里空白了一瞬。

如果她现在从谢新昭的房间里出去，爸爸一定会发现异常。

可如果她一直不接电话，也不是办法。

刚才在爸爸回来的那一刻，她大大方方地出去说个谎，也许没事。可眼下已经错过了最佳时机，再出去怎么也不对劲。

在沈瑜还没想好对策时，一边的谢新昭忽然有了动作，他伸手抓住了门把手。

沈瑜心口一跳，连忙抓住谢新昭的衣摆。

她神色有一丝慌乱，用口型说了句"不要"。

谢新昭顿了顿，安抚地在她抓着衣摆的手上拍拍。接着，他打开门，探身出去。

"叔叔，您回来了。"

沈瑜瞬间松手，退后贴着墙站立。

她听到爸爸有些奇怪的声音："新昭，你看到沈瑜了没？"

谢新昭的声音很平静："我刚才正好碰到她出门，好像是和同学约好了。"

沈朗皱眉，按掉了手机："这孩子，电话也不接。"

"在外面没听到吧？叔叔，您有事吗？等沈瑜回来我转告她。"谢新昭的语气非常礼貌。

"哦，也没事。"沈朗摆摆手，"我回来拿东西，看她不在，不知道去哪儿了。"

"好。"谢新昭笑了笑，"那您忙。"

沈朗点点头，拎着从书房拿出来的文件夹离开了。

听到楼下传来汽车发动的声音，沈瑜松了一口气。她眨眨眼，看向谢新昭。

对方依然站在门口，双手插兜，看着她的目光有点复杂。

沈瑜没有了待在这儿的心情，拿上书要走。

"我回去了。"

话音刚落，她的手腕被谢新昭一把抓住。

"小瑜。"谢新昭皱眉，很认真地看着她，"你有没有想过，告诉叔叔？"

沈瑜肩膀一僵，摇摇头。

谢新昭的眼神炙热："也许，他并不会反对呢？"

沈瑜沉默片刻，抿唇。

"可我真的不想再因为这种事和他吵架了。"

对沈瑜来说，和异性的来往在爸爸眼里一直是个大问题。

谢新昭顿了几秒，声音有些低："可你现在已经毕业了。"

沈瑜没有说话。谢新昭看她沉默，心脏一跳。

"那你打算什么时候和他说呢？还是——"他一顿，目光有些沉，"你打算一直不说？"

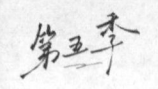

沈瑜第一次听到他这种语气，带着质问和不满。

她有点别扭，但还是冷静地说："起码大学以后吧。"

谢新昭定定地看着她不说话，神色有点冷。

沈瑜抿唇，转身要走。

谢新昭拉着她的手腕不放。

沈瑜叹了一口气，下一秒就被拥入一个坚实的胸膛。

"好，等上了大学再说。"

谢新昭亲亲她的头顶："反正你是我的。"

这是第一次两人明确对这段关系公开与否的讨论。

这个小插曲之后，两人的关系一如既往，并没有受到什么影响。

时间又过了几天，沈瑜收到了刘元元的消息。她发来了一条落溪小城公众号的推送——《落溪小城与你相约七夕》。

刘元元：你认识那里的人，能不能搞到票？

落溪小城的夜景格外出片，刘元元不想错过。

刘元元：如果有票，我到时免费给你们俩拍情侣照！

沈瑜找到遥遥，很顺利地要到了三张票。她回了一个"OK"的表情包给刘元元。

三人的七夕之约就这么定下了。

七夕下午，沈松源早早去补课了。沈瑜和谢新昭借口与同学吃饭，一起去了落溪小城。

进入景区后，刘元元说要先自己拍拍照片，很快就和两人分开了。

下一秒，沈瑜的手就被谢新昭抓住了。

沈瑜仰头，向他微微一笑。

今晚的落溪小城张灯结彩，红色灯笼高挂，配上五彩的灯光，俨然是一个繁华的古代小镇。

在这个全是陌生人的景区里，他们可以像普通情侣一样，肆无忌惮地牵手、搂腰。

今天是七夕，落溪小城里也是以年轻情侣居多。

沈瑜牵着谢新昭，走在人潮汹涌的街道上，有种平淡而幸福的满足感。

在这里，她不用在意被家人发现，不用害怕爸爸的责备，甚至也完全不用担心陌生人的搭讪。

景区的外观是古代风格，开在里面的店铺和普通商业街的区别不大。

路过一家有名的珠宝店时，沈瑜脚步一顿，她张望了下，晃了晃同谢新昭牵在一起的手。

"怎么了?"谢新昭低头。

他今天一整天的心情都很好,嘴角弯着,灯光下的眼睛里满是爱意和温柔。

沈瑜心里一动,看向斜对面正在排队的一家小吃店:"我想吃梅花糕。"

谢新昭立刻领悟:"好。你找地方休息,我去买。"

他摸了摸沈瑜的头,转身离开。

沈瑜看着他的背影,也转身,不经意间发现对面有个女生正举着手机对着自己。

对上沈瑜的目光,那女生有些心虚。

沈瑜走过去,问她是不是在拍自己。

女生点点头,有点不好意思:"抱歉啊,你们长得太好看了。我没忍住。"

她翻开手机相册,点开偷拍的那张。

"我就拍了一张。"

沈瑜低头。照片拍的正好是她想支开谢新昭时晃他手的那一刻。两人十指紧扣,对视着,路灯的黄色光晕打在侧脸上,有种朦胧的美感。

"你要是不喜欢,我就删了。"女生小声说。

沈瑜安静了两秒,开口问道:"可以发给我吗?"

女生一愣,连忙答应。两人的手机品牌一样,不用加联系方式就可以发图。

沈瑜拿到照片,只说不用外传就好,那女生连连点头答应。

沈瑜转身,一眼看到谢新昭双手插兜,老老实实地跟在人群后排队。

她笑了笑,走进珠宝店。

店员立刻迎了上来,满脸笑容地问:"想买什么?"

沈瑜走到玉石区,仔细观察:"我想买个玉观音吊坠。"

"自己戴吗?"店员问。

沈瑜摇头:"送人。"

她突然有点不好意思,顿了顿补充:"送男朋友的。"

与此同时,沈家的三人正在餐桌旁吃饭。

"今天七夕哎。"沈松源刷着手机感叹。

今天所有APP似乎都被七夕的话题占领了。他抬头看了看父母,玩笑道:"我是不是应该出去给你们留点空间?"

陈秧笑着嗔他:"瞎说什么呢,你这孩子,我们都这么大年纪了过什么过。"

"谁说的?你看人家七老八十还过呢。"

沈松源说着,将手机面向父母。屏幕里是一个老爷爷买玫瑰送给自己妻子的短视频。

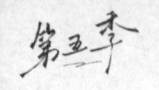

沈朗皱眉："这都是什么？"

他对浪漫这事完全没兴趣，索性伸手往上一滑，一段新视频伴着情歌出现在他的眼前。

沈朗一愣，皱眉，吸气，瞳仁不自觉放大。

短短几秒时间，表情变化很快也很复杂。

"怎么了？"沈松源不明所以，把手机反过来面向自己。

他手一抖，手机差点掉落在餐盘里："我姐和昭哥？"

沈松源看着手机的短视频，张大的嘴巴半天才合上。

视频里是一组景点的夜景照片，打上了#七夕#、#落溪小城#等tag，而其中一张照片里，在灯下牵手的男女，可不就是沈瑜和谢新昭吗？

两人的颜值都太突出，即使只有一个侧脸，也足以让人一眼认出来。

这个账号是个人生活账号，点赞和评论都不多。

沈松源点进评论，只有账号主人朋友的几个评论。

——落溪小城好玩吗？

——P3的情侣太好看了吧！

——夜景真美［玫瑰］［爱心］

——这对情侣是谁啊？

…………

账号主人回复了几条，说她也不认识这对情侣，是朋友无意拍到的，她觉得实在太养眼，忍不住就放上来了。

沈松源看完评论，又愣愣地看向父母。

沈朗皱着眉，表情不明朗。

陈秧伸手："给我看看。"

沈松源顿了顿，把手机交给妈妈。

"你不知道？"沈朗问沈松源。

沈松源头摇得像拨浪鼓，连连撇清："我真不知道！"

陈秧轻嗤一声，把手机还给沈松源："说和同学吃饭，原来是跑去偷偷约会了。也不知道两个人是什么时候好上的，还挺能瞒。"她看向沈朗，"你没想到哦？难怪谢新昭走了又回来。沈瑜收到的那些礼物，也不知道都是谁送的……"

"行了！"沈朗不耐烦地打断，"总比和外面那些不知底细的男人在一起好。"

沈松源正要通风报信的手指一顿，有点意外："爸，你不生气啊？"

他可没忘，以前爸爸是怎么因为这些事发火的。

沈朗的表情僵了几秒，语气有些生硬："你姐马上要去A大读书，有个人照顾也好。"

沈松源眨了眨眼,半晌才有点迟钝地"哦"了一声。

另一边,沈瑜买好了玉观音吊坠,小心地放入包里。

走到谢新昭面前时,他已经付好了钱在等梅花糕。

"去哪儿了?"他问。

沈瑜指了指对面的珠宝店,找了个理由:"去里面吹了会儿空调。"

谢新昭点点头。

沈瑜解锁手机,打了个电话给刘元元。刘元元拍得差不多了,说马上来和他们会合。

"小伙子,你的。"旁边商家把刚出炉的梅花糕递给谢新昭。

"谢谢。"谢新昭接过,牵着沈瑜的手到路边的休息椅坐下。

梅花糕有点烫,入口软糯香甜,有淡淡的桂花香味。

沈瑜刚才只是想支开谢新昭,并不怎么饿。她只吃了几口速度就慢了下来,咀嚼得很慢。

谢新昭见状皱眉:"不好吃吗?"

沈瑜摇头:"不是,有点吃不下了。"

谢新昭轻笑,接过她吃了一小半的梅花糕。

沈瑜愣住,目光瞟向他的嘴唇。他自然地咬下她刚吃过的地方,咽下。

沈瑜不自在地移开目光,忽然觉得有些热。

她用手扇了扇风,另一只手发消息催促刘元元。

刘元元:**两分钟!**

沈瑜抬头,又忍不住看向谢新昭的嘴唇。

他吃得很快,三两下就把梅花糕塞进了嘴里。她的目光从他咀嚼的嘴巴上,转移到他修长白皙的手指上,以及凸起的喉结上。

她直愣愣的目光很快被谢新昭注意到,他笑着问:"看什么?"

"我……那个……"沈瑜有点语塞,忽然不知道怎么说。

谢新昭凑近,低声调笑:"都接过吻了,你害羞什么?"

沈瑜的睫毛一颤,鼻尖闻到了淡淡的桂花清香。

下一秒,谢新昭的吻落在了她的唇上。沈瑜的呼吸轻了一瞬,没有拒绝。

"救命啊,沈瑜你催我过来虐狗呢?"

耳边忽然响起一道炸雷般的声音。

沈瑜一惊,慌忙起身,惊魂未定地看向刘元元。

刘元元脖子上挂着相机,一屁股坐下。

"这是什么?"她毫不在意刚刚的事,自顾自地问。

"梅花糕，给你留的。"沈瑜的脸还有些热。

刘元元拿起来咬了一口："嗯，好吃。"她笑嘻嘻的，"行，我原谅你们了。你们继续亲吧。"

"你别逗她了。"谢新昭低笑，"回头生气了都是我的错。"

沈瑜仰头看他，不赞同的目光。

谢新昭笑了笑，顺手理了理她的头发。

刘元元看了一眼腻歪的小情侣，转过头快速把梅花糕搞定。

"你们什么时候走？"

"现在走吧。"沈瑜看了看时间，"有点晚了。"

刘元元挑眉，举了举相机："那还拍照吗？"

"不了，下次吧。"沈瑜说。

拍照的机会很多，不急在这一刻。

谢新昭也点头："好，回家。"

沈瑜同谢新昭回到家时，已是晚上九点了。进门时，家里静悄悄的，就同往常一样。

"姐，昭哥，你们回来啦？"

楼上忽然传来一道声音。沈松源顶着乱七八糟的卷毛，穿着睡衣在楼上看他们。

沈瑜镇定地回了一个"嗯"，就要上楼。

沈松源张了张嘴，最终还是什么都没说。他站在原地，怔怔地看着两个人一前一后地上楼、和他打招呼、进房间。

表情平淡，动作疏离。

恕他眼拙，他把两个人盯出窟窿了也没有发现什么异常。

如果不是那张照片，他真的会怀疑，他们真、的、在、恋、爱、吗？

另一边，沈瑜洗好澡回到房间。

没过多久，门口传来了敲门声。

沈瑜打开门，看到门口的爸爸，有点意外。

"爸，有事吗？"

沈朗神色平和，点点头。

"哦。"沈瑜侧身，"你进。"

沈朗拉开椅子坐下，看向沈瑜的目光很平静。

片刻，他拿出手机，点了几下，打开截图给沈瑜看。

"你是不是要解释一下？"沈朗可以算得上是心平气和。

沈瑜一眼认出，这和自己手机里的照片是同一张。

她脑袋"嗡"的一声,心脏跳得快而杂乱。

她深吸了一口气,抿唇看向爸爸:"就是你看到的这样。"

沈瑜身体绷得很紧,等待着一场暴雨。

然而,她预想中的责骂并没有出现。

沈朗只是点头,问她:"什么时候开始的?"

沈瑜:"……暑假。"

"嗯。"沈朗瞧见沈瑜紧张的样子,觉得好笑,"你怕什么?我又不会骂你。"

沈瑜愣怔。

沈朗语重心长:"爸爸不是说了嘛,我不是反对你交男朋友。新昭这孩子样貌、脾性、成绩、家世样样都好,你们一起去Ａ大读书我也放心……"

在沈瑜还没有反应过来的时候,他起身,拍拍沈瑜的肩:"好了,既然在一起就好好的。"

沈朗抬手看了看时间:"时间不早了,我也不多说什么了。早点休息。"

沈瑜点点头。

直到爸爸离开,她还有些回不过神来。她抓过手机,给谢新昭打了个电话。

"小瑜?"谢新昭的声音带笑,听起来有点开心。

沈瑜"嗯"了一声,声音不自觉地放轻:"我爸知道我们的事了。"

谢新昭那边顿了一下,收敛了笑意:"叔叔说什么?"

沈瑜坐在床上,想了想道:"就是没说什么,我才奇怪。他好像……"她顿了顿,"一点都没有生气。"

甚至有那么几秒,沈瑜觉得爸爸还挺乐意的。

谢新昭低笑:"那不是很好吗?"

"可是——"沈瑜躺倒在床上,望着天花板发呆,"我总觉得哪里不对。"

爸爸的话听上去挺正常,可沈瑜心里总有些隐隐的奇怪感,觉得自己可能有哪些地方没想到。

她好像是一只一直被关在笼子里的小鸟,有人忽然打开了笼门放她自由。她徘徊在笼子口,怀疑外面是不是有别的陷阱在等她。

"不会的。"谢新昭安慰,"一切有我呢。我会说是我勾引你的。"

沈瑜这才轻笑了一声:"什么呀。"

两人聊了几句,挂断了电话。

沈瑜抱着半疑惑半开心的心情睡着了。

第二天早上,一切看起来和往常并没有什么不同。直到中午吃饭,沈松源忽然对着谢新昭叫了一声"姐夫",沈瑜差点噎住。

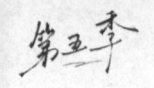

谢新昭也是一愣,随后就笑起来。

沈松源的目光在两人之间移动,语气有些愤愤:"你们俩居然瞒着我!"他嘟囔着,"你们的保密工作做得也太好了吧?我好可怜。"

谢新昭心情很好:"那怎么办?送你一件签名球衣?"

沈松源一愣:"真的吗?"

谢新昭点点头,笑着看了沈瑜一眼。

"不然,你这姐夫不是白叫了?"

"姐夫,你真是太好了!"沈松源这个人精立马听出了谢新昭喜欢这个称呼。

"姐夫,你准备送我谁的?"

"姐夫,你等我下课去打球怎么样?"

"姐夫……"

…………

一整个午餐时间,沈松源叫"姐夫"的声音几乎没停过。

到了后面,沈瑜实在忍不住了。她看向沈松源,平心静气地说:"嘴巴除了说话,还可以吃饭。"

沈松源呆滞了几秒,忽然大笑起来。他边笑,边看向谢新昭:"姐夫,我姐有时候还是会讲冷笑话的,是吧?"

谢新昭点点头,笑了一声:"嗯,很可爱。"

吃过饭,沈松源差不多要去上课了。他不死心地问两人:"姐,有一个问题折磨了我一个晚上,你能不能告诉我?"

沈瑜:"什么?"

沈松源扯了扯头上的卷毛,表情好奇中带着点暧昧:"你们俩到底怎么谈恋爱的啊?"

沈瑜才不会理会这种无聊的问题。

谢新昭则是拉开大门,直接将沈松源推了出去。

沈松源:"哼……"

他好奇一下不行吗?两个小气鬼!

得到家人的认可后,沈瑜和谢新昭在家里放松了很多。在没有其他人的下午,两人有时会一起看电影。

谢新昭的手臂搭在沈瑜的肩膀上,以一种亲密的姿势。

两人坐得很近,有时候,他会得寸进尺地要沈瑜坐在他腿上。明明不是那么舒服的姿势,他却很享受。

他扬起下巴,另一只手拉着沈瑜的,贴上自己的衣服。

沈瑜睫毛一颤，睁开有些迷茫的眼。

余光中是窗外一片深深浅浅的绿。阳光炙热明亮，树叶轻轻摇曳，金色的光斑也跟着在晃。

现在是一年中气温最高的时候吧？所以手心才炙热，嘴唇才觉得渴，脑袋才眩晕。

"小瑜。"

耳边谢新昭的声音喑哑，握着她的手微微用力。

"想不想看？"

沈瑜的手仿佛搁置在一个火炉中，烫得她无所适从。

"看，看什么？"

她脑袋有些转不过来，怔怔地轻声发问。

谢新昭在她耳边小声说了几个字。沈瑜还没有做出回应，他却已经拉着她的手行使了主动权。

谢新昭平时爱用海盐味的沐浴露，沈瑜被少年清新的海洋味道包围，仿佛置身于一片汪洋中起起伏伏。

忽然，响起的手机铃声打破了两人之间的旖旎。

沈瑜躲开他的吻，喘着气轻声提醒："你的手机。"

"不管它。"谢新昭皱眉，又要凑过来。

沈瑜眼尖地发现了屏幕上的来电显示，伸手抵住他的动作。

"是你爸爸。"

谢新昭蹙眉，回头盯着茶几上不断振动的手机。

"不……接吗？"

沈瑜看不见谢新昭的表情，却莫名想起那天在宴席上，他似乎也很不愿接听家里的电话。

"我出去接一下。"谢新昭飞快地捞起手机，走到阳台上。

沈瑜怔怔地看着他的背影，心里微微一动。

谢新昭单手插兜站在阳台上，按了接听。

一道成熟低沉的声音从里面传出："什么时候回来？"

谢新昭公事公办地回："开学前。"

那头顿了几秒，又道："我最近很忙，听爷爷说你报了Ａ大？"

"嗯。"谢新昭语气讽刺，"怎么，忙到现在还没找到不离婚的办法？"

谢云蔚冷笑："管好你自己，我和你妈的事你少问。"

谢新昭沉默，过了一会儿才问："打电话有事？"

谢云蔚哼笑："我只是奇怪，你为什么不出国要报考Ａ大。"说完，他不等谢新昭回答，直接挂断了电话。

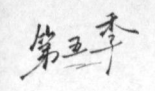

沈瑜坐在沙发上，安安静静地看着电影。电影画面一帧一帧地放，她却已经看不懂了。

听到阳台推拉门的声音，沈瑜转头。

谢新昭眉眼间笼着淡淡的烦闷，对上沈瑜的目光，他弯唇，挤出一个笑。

沈瑜眨了眨眼，主动问他："家里有事吗？"

"没事。"谢新昭在沈瑜身边坐下。

沈瑜点点头，目光转回电影上，思绪神游。

不知道是不是和谢新昭待久了，她对谢新昭情绪的感知比其他人敏感一些。

谢新昭不愿意讲，她也不会多问。

晚上吃饭时，沈朗难得地在餐桌上提起了开学的事。

现在已经是八月，距离开学也不远了。

沈朗面色和蔼，问起两人计划什么时候去 A 市，他也要准备买机票了。

从两人的话里，沈瑜才知道，谢新昭家里公司旗下的酒店主打中高端线，遍布一二线城市。

她愣愣地看了爸爸片刻，低下头安静地吃饭。

吃过饭之后，沈瑜在房间里独自想了很久。

迟疑了一会儿，她决定去书房找爸爸问清楚。

走到书房门口时，沈瑜才发现有人先她一步来了。书房的门没关严，隐约有说话声。

她顿了顿，打算过一会儿再来。要离开时，房间里却忽然飘出自己的名字。

沈瑜的脚步一停。

"谁知道是哪个给沈瑜的？都扔掉算了。"沈朗的语气满不在乎。

那边不知道说了什么，沈朗又道："我管它多少钱？那你留着等人去认领。反正不用给沈瑜了，她早毕业了，也不需要那些东西。"

沈瑜皱眉。还有人送礼物到学校给她吗？不知道她已经毕业了吗？

还没等沈瑜想明白，陈秧的声音从里面传出来："到底是谁在一直送东西到学校啊？"

沈朗："不知道。管他呢，当没收到就行了。"

陈秧轻笑："也是，反正沈瑜也有男朋友了。"

"是啊。"沈朗的声音听起来很欣慰，"新昭的条件可不是普通人能比的。"

"不过谈恋爱也不能代表什么。现在的小孩都早熟，也不知道这两个孩子能谈多久。"陈秧顿了几秒，"我看以沈瑜那个性格啊，你要让她嫁进去

140

可不容易……"

沈瑜仿佛一个机器人站在门口,四肢僵硬。她有点没办法立刻思考话里的意思,只能机械地继续听爸爸和继母的对话。

"以后的事情再说吧!"沈朗有点不耐烦地打断,"能谈多久是多久,你又不是不知道公司现在的情况。谢家的产业那么大,就是从指缝里漏点出来也够一辈子吃穿不愁了……"

后面的话沈瑜没有再听,她双腿有些发飘地走回了房间。

不用问了。

她已经明白了,就连之前心里隐隐觉得不对的地方也有了答案。

沈瑜回到房间,第一次认认真真地在网上搜索了谢新昭家的公司——万航集团。

同爸爸开的私人小企业不一样,万航集团涉及地产、酒店、主题娱乐等多个领域,产业遍布全国。谢新昭爷爷的个人财富更是一个难以企及的天文数字。

浏览完万航集团的官网,沈瑜靠着椅子,半晌没有动作。

房间里没有开灯,只有电脑的荧光照亮了少女漠然又冷淡的神色。

第二天起来,沈瑜不太有精神。

她借口要练舞,早早去了舞蹈教室,中午也没有回家。大汗淋漓的舞蹈可以让她暂时忘却生活里的烦心事,只沉浸在音乐和舞蹈里。

跳得忘我的时候,吴老师忽然关掉了音乐。

沈瑜的动作没有停,一直坚持到把这支舞跳完,她才看向吴老师,呼吸急促。

"沈瑜,休息一下吧。"吴老师说。

沈瑜:"老师,我还想练一会儿。"

"你这支舞应该跳出少女的灵动和害羞萌动。"吴老师开玩笑,"可不知道的人,看你的眼神还以为你要冲锋杀敌呢。"

沈瑜愣了愣,惭愧道:"是我没跳好。"

吴老师叹气:"沈瑜,你跳得已经很好了。"

她走过来,在沈瑜旁边站定:"是不是有心事?跳舞应该是享受的,不是发泄的。你堵着气,当然跳不出感情来。"

沈瑜迟疑着说自己是有点心情不好。

吴老师笑了笑:"心情不好很正常。也不要太累了,回去休息吧。"

沈瑜点点头,道了谢后离开。

今天她没有要谢新昭来接,离开舞蹈教室后直接去了爸爸的公司。

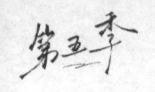

沈瑜提前和爸爸打了招呼，很顺利地进了爸爸的办公室。见她来了，沈朗从电脑前抬起头来。

"怎么想到来找我了？什么事？"

沈瑜走到办公桌前站定，觉得对面的爸爸看上去好陌生。

她顿了几秒，轻声问爸爸："如果我的男朋友不是谢新昭，你会同意吗？"

沈朗一愣："你在说什么呢？"

沈瑜目光清亮，很坚持地又问了一遍："如果我高考后交往了一个普通同学，你会同意吗？"

沈朗皱眉，没有直接回答。

"这种假设问题有什么好问的？"

沈瑜稍稍提高了音量："如果我的男朋友出身普通，你会同意吗？"她吸了一口气，努力保持平静，"回答我，爸爸。"

沈朗已经明白了沈瑜在说什么，思忖了两秒开口："我不是和你说了吗？我不是反对你恋爱，但我一定要知道对方人怎么样。我也是怕你被男人骗。"

沈瑜皱着眉，眼睛红了一圈："那如果我现在就和谢新昭分手，和那个张董的儿子在一起，你会同意吗？"

沈朗没想到女儿会提这种问题，下意识就说："可以啊，我不是说了不反对你恋爱。"

沈瑜盯着爸爸，表情失望又哀恸："可是你并不了解他的人品啊。"

好讽刺是不是？说着要看对方人怎么样，可明明张董的儿子他也就见过一次，怎么就同意呢？

沈瑜觉得自己真笨，怎么就没看出来爸爸的想法呢？

明明打从谢新昭一开始住进来，他就一直要自己和谢新昭打好关系。

沈朗一时语塞，解释道："我认识他爸爸，家风不会差的。"

沈瑜摇摇头，觉得好牵强。

"那如果我和谢新昭分手了，你还会去 A 市送我吗？"沈瑜望着爸爸，声音很轻。

沈朗叹气："当然。你是我女儿，我还会害你不成吗？我以前不让你谈，也是怕你像你妈——"他顿了顿，烦躁地挥挥手，"算了，以前的事不讲了。"

沈朗对上沈瑜的目光："我是想你找个家庭条件好的，这有错吗？你从小到大什么时候吃过苦？学舞、练琴哪个开销不大？我辛辛苦苦把你养大，不是为了让你找个穷小子吃苦的！"

沈瑜觉得爸爸完全在偷换概念。

"只是为了我不吃苦吗？"她问，"没有任何利益因素吗？"

她自己工作赚钱，也可以过得很好。她并不是要攀附谁生存，也讨厌把

142

感情和利益混为一谈。

沈朗被女儿一连几问弄得有些烦躁，语气也生硬起来："你有完没完？"

沈瑜抿唇。

沈朗低下头，重新翻开桌上的文件。

半晌，他听到轻轻的一声："完了。"

面前一阵风拂过。

再抬头，沈瑜已经出去了。

她没有摔门，看上去很平静，就像平时出门一样。

沈瑜没有直接回家，她在外面的商场里坐了一会儿平复心情。

手机里，谢新昭发来消息问她在哪儿，他来接她。

沈瑜回复他不用了，自己现在回去。

片刻，谢新昭回复：*好，我等你回来。*

沈瑜收起手机，起身回家。

打车到了小区门口，沈瑜下车，戴上帽子。刚走了没两步，路边有人快步走来，牵上了她的手。

沈瑜垂眸，看了看两人交握的手。他扣得很紧，腕表表面被晒得很热，贴着她微凉的手腕。

两人谁都没有说话。

一路牵着手回了家，沈瑜刚摘下帽子，转身就被谢新昭困在了门板和他的胸膛之间。

谢新昭单手抵着门，看着沈瑜的目光锐利而迫人，眉宇间有隐隐的不安。

"你在躲我吗？"

沈瑜摇头："没有。"

谢新昭定定地看了她几秒，喃喃自语："是吗？"

他弯腰，变成几乎和沈瑜平视的姿势。

"那你现在亲我。"

沈瑜只迟疑了那么一小会儿，立刻引来对方更加急躁的催促。

"小瑜！"

沈瑜睫毛一颤，唇轻轻覆在了他的唇上。

谢新昭没有动，一眨不眨地盯着沈瑜。

她闭着眼，睫毛纤长秀气，呼吸轻轻浅浅的，蓬松柔软的黑色长发垂至胸前，额前的碎发用一枚白色珍珠发夹夹着，白皙瘦弱的手腕上缠着一个黑色发圈。

她只是将嘴巴贴过来，并没有动作，似乎是像以前的每一次那样，等待

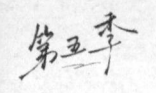

他的主动。

谢新昭抵在门上的手收回来,覆在沈瑜纤细的后颈上,像以往那样亲她。

沈瑜已经闭着眼睛,只在他吻得越来越深的时候颤了颤睫毛,依旧温柔地放纵了他的侵占。

她这么乖,他们这么亲密,可谢新昭依然觉得不够,他索性将人抱起来。沈瑜猝不及防,差点向后摔倒,她连忙抱住谢新昭的脖子。

"抱紧我。"谢新昭拍了拍她。

沈瑜不知道是因为被这样抱着还是因为这个亲吻,脸颊染上了一层红色。

谢新昭将人抱到沙发上,按住她的背不让她动。

两人分开的时候,嘴角都有些湿。

谢新昭用指腹抹她的嘴角,低声问:"为什么不要我去接你?"

沈瑜的呼吸还有些急促,她想了想,解释:"因为我还要去爸爸那儿。"

谢新昭没说话,只定定地盯着她。

过了一会儿,他握着她的手,试探性地问:"找叔叔有事?"

沈瑜的表情有些迟疑,她对自己和爸爸的谈话有些难以启齿。

片刻,她问谢新昭:"为什么你之前就觉得我爸会同意我们?"

谢新昭轻笑:"因为没有反对的理由啊。"

他反问她:"为什么要反对?"

沈瑜抿了抿唇,没有说话。反对的理由可以有很多啊。可是好像因为谢家的背景,这一切都不成问题了。

谢新昭却从她的表现中猜到几分,食指勾了勾沈瑜微翘的嘴唇,低声问:"因为叔叔不高兴吗?"

沈瑜犹豫片刻,诚实地点头:"我心里有点不舒服……"

谢新昭亲亲她的眼睛:"就因为这个,一大早就跑去舞蹈教室了啊?"

沈瑜心口有点酸,伸手抱住他。

"对不起,我不是针对你。

"我昨天刚明白过来,脑子还有点混乱。"

谢新昭听她说脑子乱,将人抱得更紧。他在她耳边喃喃自语:"不要因为这个躲我。"

沈瑜点点头,轻声说"好"。

晚上,沈朗回来得很早。一顿安静的晚饭之后,沈朗再次敲门进了女儿的房间。

沈瑜见到爸爸,没有太意外。

"有事吗爸爸?"她语气平静地问。

沈朗关上门走进来。

他酝酿了一会儿，缓缓开口："沈瑜啊，你还小。很多事可能你还不理解，以后等你有了自己的事业、家庭、孩子，你就会明白。年轻的时候，你看什么都觉得简单，对自己的能力也充满信心。等你进了社会就会知道，有很多事是身不由己的……"

沈朗语重心长地说了一长段教诲，沈瑜安安静静地听着，没有打断。

直到沈朗说完，她才开口："爸爸到底想说什么？"

沈朗张了张口："为了让你们安心读书，爸爸公司的很多情况都没和你们说。你知道公司去年几乎亏损了吗？"

沈瑜神色微动，她确实从没有关注过爸爸公司的情况。

"那你又知道，大公司的一个订单就可以撑起我们家公司一整年的利润吗？"沈朗盯着女儿。

沈瑜皱眉："可这些……"

"是，这是爸爸的事。"沈朗打断她，"你现在不理解爸爸，爸爸不怪你。但你这个男朋友是你自己挑的吧？恋爱是你自己要谈的吧？这总不是爸爸逼你做的吧？"

沈瑜抿唇，低低地"嗯"了一声。

沈朗舒了一口气，语气温和："我也没要你做什么，就是要你和新昭好好相处而已。公司的事，爸爸有分寸，不会让你为难的。"

沈瑜沉默。

她也不知道，爸爸说的算不算数。

沈朗拍拍她的肩："好了女儿，别想那么多。你就正常和新昭好好交往就行了，以后那些话可不要再说了。"

沈瑜一愣，没反应过来："什么话？"

沈朗叹了一口气："就你下午和我说的，什么分手和张董的儿子在一起。小孩子家家的，别赌气啊。"

沈瑜点点头。

"行了，我去忙了，记住爸爸的话。"

沈朗又叮嘱了几句，开门出去了。

沈瑜顿了顿，坐回了书桌前。

两人谁都不知道，与沈瑜房间窗户相邻的另一间房的阳台上，有个少年在角落里站了很久。

后面的几天，沈瑜不知道是不是自己的错觉，谢新昭身上那种若有似无的异样感越来越强了。

谢新昭平时就很爱亲亲抱抱，眼下这种情况变得更加严重了。

沈瑜在家的时候，两人几乎都黏在一起。沈瑜有一次试探性地问他这样会不会太黏了。

谢新昭的眼睛暗了暗，低声问："不喜欢吗？"

"不是不喜欢。"

沈瑜刚说完，嘴唇又被他含住了，后面的话到底是没说完。

晚上，沈瑜拿上抽屉里的观音玉坠去找谢新昭，他却不在房里。

沈瑜在家里找了一圈，最后在花园里找到了他。他穿着黑色的T恤坐在椅子上，几乎和黑夜融为一体。他手里似乎在摸着什么东西，清瘦的背影看上去寂寥又孤独。

沈瑜慢慢走到他身后。

"谢新昭。"

背对她的人一僵，缓缓回头，神色惊讶。

沈瑜笑了笑，向前两步，却在看到他手里的东西时蓦地一怔。

他手里的不是什么抱枕或小动物，而是一盆仙人球。

沈瑜睁大了眼睛，不可置信地盯着他的手。

天色太暗了，看不太清。

谢新昭顺着她的目光低头，飞速地把仙人球放到地上。

他双手虚虚握拳，看向沈瑜的目光惊慌又无措。

夏日的晚风燥热，天气很闷。沈瑜却像被一阵冷风吹过，脊背发凉，鸡皮疙瘩都冒了出来。

"你在干吗？"她几乎是用气声问。

谢新昭仓促地起身，眼里的慌乱更加明显："小瑜。"

他几步冲到沈瑜面前："我刚刚在发呆。"

沈瑜愣愣低头："打开手我看看。"

谢新昭的手一颤，没有动作。

沈瑜又抬眸看向他的眼睛："给我看一下。"

谢新昭听话地抬手，缓缓摊开手掌。

他的掌心和指腹被仙人球的刺戳出了很多深深浅浅的洞。

有些深的，已经在往外渗血。

沈瑜脑子"嗡"的一声，有些眩晕。

"我刚才真的在发呆。"

谢新昭有些着急地想用手拉她，又担心自己的血把她弄脏，手伸了一半又缩回去。

他手慌脚乱地安慰："你别害怕。"

他怕她觉得自己是个疯子。

下一秒,沈瑜拉住了他的手腕。

"跟我上去上药。"

沈瑜一路沉默地拉着谢新昭进门、上楼。

打开自己房间的门后,她松开手,径直走到柜子前找消毒药水和棉签。

谢新昭一直安安静静的,像个做错事的孩子。

他关上门,乖乖地在椅子上坐下。

沈瑜打开台灯,转到谢新昭的方向。谢新昭老老实实地将手摊到桌面上。

沈瑜俯身,仔细用蘸了消毒药水的棉签涂抹谢新昭深深浅浅的伤口。

他手上的洞实在太多,涂完以后大半个手心和大部分指腹都成了棕色。

好在这次流的血不多,也很快就止住了。

消毒的过程中,谢新昭乌黑的眼睛盯着沈瑜,一声不吭,似乎一点疼痛也感觉不到。

沈瑜处理完这一切,将东西都收好,这才将目光重新落回谢新昭的脸上。

他微仰着头,灯光下的目光柔和得像只小狗,神色乖乖的,很怕她生气似的。

沈瑜吐出一口气,轻声说:"以后别这样了。"

谢新昭愣了几秒,点点头。

"我刚才没注意。"他低头,看着自己的手。

这么短短的时间里,他手上的药水已经干了。

沈瑜有点无奈:"你不疼吗?"

怎么会有人发呆的时候玩仙人球啊?

谢新昭拉住沈瑜的手,表情真诚:"想事情的时候就感觉不到疼了。"

沈瑜抿抿唇,还是不能理解。

这得有多入神,才一点疼痛都感觉不到啊?她垂下眼打量谢新昭,隐隐觉得和他最近的反常有关。

下一秒,谢新昭直接抱住她。

"别这样看我。"

男生的气息隔着一层衣服熨帖着沈瑜的腰部皮肤。

依然是清新的海洋气味,一截白皙的脖颈上方是短而柔软的黑色头发。

沈瑜顿了顿,伸手摸了摸他的头发,安抚似的。

"谢新昭,我有东西送你。"

"什么?"谢新昭满眼期待地问。

沈瑜从口袋里拿出一个红色小盒,有些脸热地递给谢新昭。

谢新昭很是惊喜地打开:"为什么送我这个?"

沈瑜把吊坠拿出来，小心翼翼地挂在谢新昭的脖颈上。

她看着谢新昭的眼睛，轻声说道："希望观音可以保佑你无灾无难，平和顺遂。就算有不开心或者不如意的事，也能很快逢凶化吉，快乐无忧。"

谢新昭安静地和她对视，半晌没有说话。

忽然，他伸手抓住沈瑜的手腕，用力一拉。

沈瑜猝不及防地跌坐在谢新昭的腿上。她是侧着身子坐下的，肩膀重重地撞到了谢新昭的胸口。

片刻，他平息了呼吸，将沈瑜换成正对自己的姿势。

"小瑜。"

他低声说："比起观音，我更想要你的。"

谢新昭拉过她的手，放在他的心口。

橘黄色的灯光下，少年五官轮廓清俊，表情虔诚又认真："如果你和我分手，它就会坏掉。"

沈瑜的手心在发热，衣服下的心脏强烈有力地跳动着。

她的心脏忽然也重重一颤。

这一刻，少年的心跳仿佛就在她的掌心中，而她只要动动手指，就能拿捏他的生死。

沈瑜送的吊坠似乎起到了安抚作用，谢新昭看上去很开心，一直戴着它。

第二天，他拉着沈瑜出去，非要也给她买一个吊坠。

"鱼好呀，代表富贵有余。小姑娘这么漂亮，一看就是有福气的。"

柜台的售货员瞄了一眼柜前的两个人。男帅女美，年轻高挑，动作和语气都很亲昵。弯腰挑选时，两人的肩膀自然亲密地靠在一起。而其他时候，男生的目光几乎都没有离开过女生。

她笑了笑，补充道："而且鱼也寓意着金玉良缘，感情美满。"

果然，这句话戳中了谢新昭。

"就买这个吧，小瑜？"

两人的手牵在一起，他捏了捏沈瑜的手心。

付过钱后，这玉坠就一直挂在沈瑜的脖子上没有拿下来。

买好玉坠，已快到午餐时间。两人打算就在商场里找一家餐厅吃饭。

坐电梯上到五楼，电梯口就有一家奶茶店。

"我去买饮料，你在这儿等我。"谢新昭说。

他走开没多久，沈瑜的手机响了。

看到屏幕上的来电显示，她蹙了蹙眉，接通。

"喂，爸爸？"

沈朗的声音听起来中气很足，也很开心："新昭有没有和你讲啊？"

"讲什么？"沈瑜望着谢新昭的背影，不解。

沈朗的语气有点意外："没和你说吗？新昭的父母今天来西澜了。"

沈瑜眉心一跳，望向奶茶店。谢新昭刚付好钱，正在一旁等着饮料。她有点不明白，谢新昭的父母不是要离婚了吗？怎么会忽然来西澜？

"他们已经到了，我们作为东道主得请人家吃饭。中午就在金辉酒店，你和新昭直接过来吧。"

沈朗又简单交代了几句，要沈瑜一会儿不要太冷漠之类的。

挂断电话后，沈瑜看见谢新昭握着两杯果茶向这边走过来。

"怎么了？"谢新昭将其中一杯递给沈瑜。

沈瑜轻声说："你父母来了。"

谢新昭皱眉："什么？谁告诉你的？"

"我爸刚才打来电话，要我们中午去金辉酒店一起吃饭。"沈瑜如实说道。

"你等我打个电话。"谢新昭掏出手机拨了个号码。

那边迟迟没有人接。谢新昭看着手机屏幕，眉心皱得更紧。

沈瑜喝了几口酸酸甜甜的西柚味果茶，微凉的手心抓住谢新昭的手腕。

"你不知道他们过来吗？"

谢新昭摇摇头，心口沉了沉。

"那我们走吧。"沈瑜晃了晃他的手腕。

谢新昭迟疑着点点头。

"小瑜。"他反手握住沈瑜的手，表情有点凝重，"如果我父母……"

谢新昭一顿，看着沈瑜黑白分明的眼睛，他喉头一堵。

"算了，没什么。"

沈瑜点点头，没有多问。

两人打车去金辉酒店的路上，谢新昭一直很沉默，望着窗外，不知道在想些什么。

沈瑜则同沈松源发了消息，得知他和陈秧也快到了。

两人到达沈朗所在的包间时，里面已经是一派和乐融融、相谈甚欢的景象了。

包厢里，坐在主位的夫妻就是谢新昭的父母。男人穿着衬衫西裤，风姿俊朗，眼睛亮而有神。坐在他旁边的女人长发微卷，妩媚漂亮，身材苗条，看起来是不符合年纪的年轻。谢新昭的长相像爸爸多一些，只有肤色和妈妈一样白皙。

沈瑜只在很小的时候见过两人，这次猛一相见，只觉得非常陌生。

两人进来时，包厢里的人停止了交谈，齐刷刷地向门口看过来。

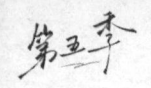

沈朗招呼道:"沈瑜,还不快过来打招呼。"

沈瑜点点头,走近一点,礼貌地叫了一声:"叔叔阿姨好。"

谢新昭的爸爸点了点头。

倒是谢新昭的妈妈看着沈瑜,勾了勾嘴角。

"你好。"

沈瑜有些惊讶,这个和善漂亮的女人和自己记忆里发脾气摔东西的人相差太大了。

"行了,坐。"

沈朗指了指沈松源旁边的位置。

沈瑜点点头,在弟弟旁边坐下。而谢新昭则是和他妈妈空了一个位置坐下,同自己的父母全程没什么交流。

见人到齐,沈朗示意服务员可以上菜了。他掏出烟盒,问谢云蔚抽不抽烟。

谢云蔚摆手:"有女士在,抽烟不好。"

"好好好。"沈朗把烟盒收起,脸上依旧堆着笑。

沈瑜没有看那边,但她可以想象到爸爸谄媚的样子。

她抿唇,心里隐约有些不适。

就在这时,她感觉到对面投来了一道打量的目光。沈瑜抬头,同谢新昭妈妈的目光撞个正着。

对面的美贵妇一身旗袍,眉毛细长、红唇、白肤、黑瞳,看起来像一朵艳丽的牡丹。她看向沈瑜的目光中有来不及收回的打量。

沈瑜还没有细看,对面就已经淡淡转开了目光。

正式开席后,不善应酬的人总算有了其他事做。

整个吃饭过程中,除了沈朗过于热情,其他人的话都不算多。一向话痨的沈松源也没有了在家的轻松,低下头闷声吃饭。

沈瑜的位置正对着谢新昭的妈妈。她安安静静地吃着菜,没有感觉到什么异样。

只除了,偶尔从对面飘过来的眼神。

结束了午餐,沈朗热情地邀请谢云蔚夫妻到家里做客。

"抱歉,我太太坐飞机累了,需要休息。下次吧。"

谢云蔚身材高大,是常年健身的样子,看起来颇有压迫感,讲话声音深沉,有股不怒而威的味道。

沈朗也只好作罢,看向谢新昭:"那新昭呢?是跟我们回去还是和爸爸妈妈一起?"

"我不走,你们先回吧。"谢新昭礼貌地回答。

沈朗应"好"。

几人客套地道了别之后，沈瑜同家人一起上了车。

沈朗喝了酒，这次是陈秧开车。

"夫妻俩都保养得很好，看起来才三十来岁，哦？"她瞥向副驾驶的丈夫，多少有点羡慕。

沈朗低低应了一声。

"妈！你也很年轻！"后座的沈松源立马安慰。

陈秧笑了两声，自嘲道："我哪能和人家比。"

沈瑜没有说话，转头向车窗外望去。

酒店门口停着一辆黑色商务车，谢新昭一家三口站在旁边，门童替他们打开了车门，请他们上车。

沈瑜转回头，问副驾驶的爸爸："爸爸，谢新昭爸妈为什么忽然来西澜？"

沈朗摆手："不知道。来看儿子不行吗？"

看儿子……沈瑜皱眉，再回头，那辆商务车已经不见了。

另一边，谢新昭跟着父母去了下榻的酒店。进了套房，何宁娴将包包挂在衣架上，对着镜子抹口红。

谢新昭看向一旁的爸爸，语气平淡地问："你们怎么来了？"

谢云蔚的语调同样冷淡："来看你。"

若不是相似的长相，这对话任谁听起来都不像父子俩。

谢新昭不信，但也没深究。

"你们不离婚了？"

镜子前的何宁娴动作一顿。透过镜子，她和谢云蔚对视了一秒，又很快移开，若无其事地整理鬓发。

谢云蔚蹙眉："过来。"

何宁娴抿唇，施施然走到谢云蔚身边。

谢云蔚手臂搂住妻子的腰："你妈已经想通了。"

谢新昭半信半疑地看向何宁娴。何宁娴的肢体有些僵硬，但还是点点头。

谢新昭眯了眯眼："为什么？怎么想通的？"

"不关你的事。"谢云蔚冷冷地回应。

谢新昭皱眉，望着两人，开口："既然是来看我，现在看过可以走了。"

何宁娴："不走。"

谢新昭有些烦躁不安："为什么不走？"

谢云蔚看了看妻子，淡淡地开口："你在沈家叨扰这么久，我们还没谢谢人家。"

谢新昭不太信，但父母显然是不打算和自己说实话了。

他沉默几秒。

"行，你们不走，我走。"说罢，他转身离开了套房。

房间内，何宁娴绷着脸，语气轻淡："别忘了你答应我的事。"

"当然。"谢云蔚笑了笑，搂着妻子的手没松，另一只手在妻子的唇上抹了一下。

何宁娴刚涂好的精致口红瞬间被破坏，嘴角也残留了红色印子。

谢云蔚皱眉，低声道："我不是说过，不喜欢这支口红的味道吗？"

何宁娴气得发抖，推开他去补妆。

镜子里的谢云蔚将染了口红的拇指放在唇边抿了一下，声音不轻不重："好像也习惯了。"

何宁娴脸色通红，将手里的口红砸了过去。

"神经病！"

谢新昭在酒店大堂坐了好一会儿，依旧想不明白父母忽然到访的理由。

过了半晌，他起身打车回了沈瑜家。

沈松源去补课了，沈朗和陈秧在自己的房间休息。谢新昭径直去了沈瑜的房间。

吴老师带队比赛去了，她今天正好休息。

正在桌前看书的沈瑜听到声音，合上书本起身。

"你回来了。"

谢新昭"嗯"了一声。

他走过来，卸了力般地抱住沈瑜，将头埋在沈瑜的脖颈里。因为父母的突然到来而产生的焦虑和不安在她熟悉的体温和气味中消减了一些。

沈瑜没有多说什么，伸手抱住了他。

两人静静地抱了很久。

两天后，谢云蔚在沈朗的热情邀请下来到沈家坐了一会儿。

做客时，谢家夫妻表现得一如既往的大方得体，何宁娴还夸赞了沈瑜漂亮优秀。

事后，沈瑜有些困惑地问谢新昭："他们看上去感情挺好的，可是之前你不是说他们要离婚吗？"

谢新昭眼神闪烁，没有直接回答，只含糊地说他们不离了。

沈瑜还要说话，搁置在一旁的手机响了几声。

她站起来，走到一边看手机。

刘元元发来一长串语音消息。沈瑜点了语音转文字，渐渐蹙眉。

刘元元在微信里说她昨天去学校见老师，提起了毕业视频的事。这个视频在网上很火，老师也挺高兴，后来两人就聊到了沈瑜。

老师问刘元元是不是和沈瑜很熟，刘元元说是，于是老师给了她一袋东西要转交给沈瑜。

沈瑜打字问她：什么东西？

刘元元：不知道，包装好的礼物，一会儿我拍个照给你。你什么时候有空，我们约个饭顺便给你？

沈瑜明天正好也没有舞蹈课，便约了刘元元中午吃饭。

发完消息，沈瑜回头，正对上谢新昭一眨不眨的眼睛。

"谁找你？"他的神色还有些紧绷。

沈瑜如实说了："刘元元。我明天中午和她一起吃饭。"

谢新昭点头，不经意地问："就你们两个吗？"

"对。"

谢新昭扯扯嘴角："早点回来。"

沈瑜点头应"好"。

说不清是什么原因，她没有提前告知谢新昭礼物的事，想等明天见到刘元元再说。

回到自己房间时，刘元元正好发了照片过来——一张卷起来裹上透明纸的海报，还有一个包装好的礼物盒。

刘元元：我没打开，不知道是什么。

刘元元吐槽：其实，我觉得你不要也行。但是老师给我了，我留着又难受，所以还是给你。你自己决定是留下还是扔掉。

沈瑜对于毕业后，寄到学校的礼物有些摸不着头脑，只说明天见面再说。

第二天上午，两人约在商场门口见面。

刘元元穿着牛仔连衣短裤，两条长腿露在外面，头发剪成了齐耳的长度，看上去利落潇洒。

两人找了个环境清幽的餐厅坐下。沈瑜先拿出了礼物盒，拆开包装。

一个黑色的首饰盒露了出来。刘元元睁大了眼睛，从对面改坐到沈瑜的旁边。

"怎么是这个？"

沈瑜摇摇头，迟疑了一下打开盒子，里面是一枚女式戒指。

刘元元眼尖，皱眉："这不可能是谢新昭送的吧？"

"不是。"沈瑜立刻否认，"啪"一下合上了。

"再看看海报。"刘元元用眼神示意。

沈瑜点头，冷静地撕开封口。当整张海报缓缓展现在两人面前时，刘元

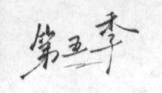

元吸了一口气。

"啊?"沈瑜也愣住了。这张大海报里的人不是别人,正是沈瑜。

两人对视了一眼,都有些不明所以。

"这不是我视频的截图吗?"刘元元皱眉,小声说。

这张海报里的沈瑜穿着校服,头发扎成了马尾,独自一人骑着自行车穿梭在一中的校园里,青春朝气。

这是刘元元视频里的一幕,被人截下来做成了海报。

沈瑜表情镇定,三两下把海报卷起来搁置在一边。

"你不会是有了什么狂热粉丝吧?"刘元元猜测。

沈瑜一手遮着额头,用力揉了揉。

"这个人之前还送过我一条项链。"她有些苦恼,"这种礼物要怎么办?"

刘元元家里和娱乐圈沾边,这种事也听过不少。

"其实这事在娱乐圈还挺常见的。"刘元元蹙眉,"粉丝也会送礼物给自己喜欢的明星。"

沈瑜眉头拧在一起,有些无力地说:"可我不是明星啊。"

刘元元拍拍她的肩:"不只是明星,网红也有很多。"

她安慰道:"你想想,以后你肯定是要在剧院演出的吧?这种事少不了的。你不知道,有些土豪送礼可夸张了,比起来这种海报就是小孩子玩意儿。"

沈瑜抿着唇,没有说话。不可否认,这些礼物勾起了她一些不太好的回忆。

"我觉得你不用太在意。"刘元元观察她的神色,继续安慰,"你想,反正再过十来天我们都要去上大学了,那时候肯定不会收到这些东西了。"

沈瑜点头,缓缓舒了一口气。

刘元元的话听上去很有道理,她心里的紧张也消散了不少。

"行了,以后还有东西寄到学校,我给你收,别想了啊。"刘元元又回到对面坐下。

沈瑜弯唇:"嗯,谢谢。"她将桌上的菜单递过去,"看看想吃什么,我请。"

刘元元笑嘻嘻道:"那我可不会和你客气。"

沈瑜也笑:"好啊,别客气。"

吃完饭出来,两人在商场里逛了一会儿。

天气炎热,商场是个不错的避暑地点。

两人在里面吃吃逛逛,时间很快过去。

沈瑜光吃下午茶就很饱了,早早地发消息给谢新昭说自己晚上不回家吃饭了。

谢新昭那边过了片刻，回了一个"好"字。

等两个女生逛好，沈瑜到家那会儿已经是日薄西山了。

红色夕阳坠在天际，将落不落，彩霞漫天，天空好像一幅绚丽的五彩画。

谢新昭坐在花园的摇椅上，手里捏着手机但并没有玩，颇有些百无聊赖的样子。

几乎是从沈瑜进门的那一瞬间起，他的目光就没有离开过沈瑜。

沈瑜站在原地，一时没有动作。

她怔怔地和谢新昭对视，恍惚想起自己从A市艺考回来，他就是这副样子坐在这里。

安静而沉默，是等待的姿态。

沈瑜迈步走到他面前站定，声音有些轻："你在干什么？"

谢新昭掸了掸裤腿上的细小灰尘，站起身，语气淡淡地开口："等你。"

那一刻，沈瑜心里忽然就笃定了自己的猜测。

不管是春天的午后，还是夏日的傍晚，他做的都是同一件事——等自己回家。

沈瑜仰头看他，夕阳下的神色温暖："吃饭了吗？"

"没有。"谢新昭安静了几秒，又道，"没人陪我吃。"

表情冷淡又无辜，听着有点可怜。

沈瑜觉得可爱，很想笑，她用空着的那只手去拉谢新昭："好，我现在陪你吃。"

今天家人都不回来吃饭，难怪谢新昭像只守门的大狗狗一样坐在花园里。

谢新昭乖乖地任由沈瑜拉着进门，余光瞥到沈瑜手里的东西，随口问道："你手上拿的什么？"

沈瑜"哦"了一声，抬了抬手。

"是老师要刘元元转交给我的。"她简单地把事情讲了一遍。

餐桌上的饭菜是已经准备好的。

说话间，两人很快就把需要的菜热好了，面对面坐着。

谢新昭听沈瑜说完，眉头皱起来："是以前送项链的那个？"

沈瑜点头："嗯，应该是。"

谢新昭沉默片刻，忽然低声说："好烦。"

"怎么了？"沈瑜坐得笔直，有些不解。

谢新昭叹了一口气，拍拍旁边的凳子："小瑜，坐这边。"

沈瑜拿今天的他有些没办法，起身坐到谢新昭的左边。

下一秒，她的右手就被握住，轻捏了一下。

他微微侧头，半明半暗的轮廓流畅俊秀，眉宇间有些不爽："以后也会

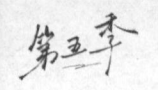

陪我吃饭吗?"

沈瑜轻笑:"可以啊。"

"是一直一直。"谢新昭语气沉沉地补充,"是很久很久。"

沈瑜反应了几秒,点头:"好。"

可谢新昭的嘴角只上扬了一秒,紧接着又追问。

他好像有什么不安,需要一遍遍地向沈瑜确认。

而沈瑜除了不断告诉他"会一直陪着你""不会喜欢其他人",没有别的办法。

吴老师比赛回来的第一天,沈瑜去舞蹈班去得比较早。她没想到,刚进去就碰到了一个没想到的人——谢新昭的妈妈,何宁娴。

何宁娴今天依旧是一袭短袖旗袍,身材凹凸有致,大波浪长发及胸,眉眼明媚动人。她今天的妆比上次见面时淡了些,显得没那么高傲华贵了。

沈瑜心里惊讶,表面上还是不动声色地问了声好。

何宁娴笑了笑:"你好,沈瑜。"

吴老师在一旁补充:"沈瑜啊,这位何女士找你。你们认识是吗?"

沈瑜说"是",又看向何宁娴,礼貌地问:"阿姨,您找我有事?"

何宁娴点头:"我们去楼下咖啡店说。"

沈瑜应"好"。

她和吴老师请了假,同何宁娴一起下楼。

打从两人从舞蹈教室出来坐电梯,不断有路人的目光落在两人身上。

夏日天气炎热,电梯里更显得闷热逼仄。

沈瑜怕何宁娴不习惯,主动提出可以换个地方。

何宁娴侧头,精致的嘴唇轻轻一弯,语气轻飘飘的:"算了吧,谢新昭一会儿不是还要来这儿接你吗?"

沈瑜抿唇,点点头,对何宁娴对自己行踪的了如指掌,倒也没有太惊讶。

两人乘电梯到三楼,何宁娴走在前面,率先进了一家连锁咖啡简餐店。

"包厢。"她直接对前台说。

服务员带着两人到了里面的一间包厢。何宁娴点好单,放下手机看向对面的沈瑜。

"知道我为什么来找你?"

沈瑜静静地和她对视,镇定地猜测道:"为了谢新昭吗?"

何宁娴轻笑一声:"还挺聪明。"

今天来找沈瑜,这小姑娘的表现挺出乎她意料。不卑不亢、冷静淡定,没有小女生的胆怯和害怕,长相也是打眼的清纯漂亮。看着安安静静的,却让人忍不住将目光往她身上放。

自己的猜测得到证实,沈瑜垂下眼,盯着桌上的竖牌发呆。

为了谢新昭,是已经知道他们在一起了吗?

何宁娴气定神闲,漂亮的眼睛眯了眯:"开门见山地说,我想让你们分手。"

沈瑜脊背一僵,手指扣进掌心。

她迟迟地"哦"了一声:"原因呢?"

何宁娴不答反问:"你们在一起多久了?"

沈瑜:"没有多久。"

"所以,你没发现他和其他人不一样吗?"

何宁娴的话音落下,沈瑜一怔,抬头:"什么意思?"

何宁娴轻呵一声:"我猜我来找你,你大概把我想成不赞同儿子恋爱的恶婆婆了。"

她自嘲:"也许说出来你也不信,但我真的是为了你好。"

沈瑜张了张口,正要说话时,门口响起了敲门声。

紧接着,服务员端着餐盘进来了,她将甜品和茶放下:"您点的餐品齐了,慢用。"

"谢谢。"

服务员离开后,何宁娴给两人分别倒了茶,将其中一杯推给沈瑜。

沈瑜小声道谢,将自己的问题又问了一遍:"您为什么说谢新昭和别人不一样?"

何宁娴看着窗外沉默,过了会儿才淡淡地开口:"那在你心里,谢新昭是什么样的人呢?"

沈瑜想了想,说:"他很好啊,正直善良,看上去高冷但其实很好相处,也很乖。"

除了有时候会有些黏人。

对面的何宁娴在她一开口就转过头看她,轻笑。

等沈瑜说完,她更是边笑边摇头。

"好相处?乖?"何宁娴笑吟吟的,"小妹妹,你确定说的是我儿子?"

沈瑜的目光沉了沉,有点不高兴了。他们母子相处又不多,为什么何宁娴一副笃定儿子性格的样子?

"阿姨,您真的了解谢新昭吗?"沈瑜忍不住问。

何宁娴一愣,目光意味深长:"这问题该我问你,你真的了解他吗?"

沈瑜自然是认为自己比对方要了解一些,可对方明显是另有深意的样子。

迟疑几秒,她还是点点头。

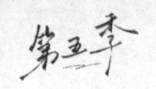

何宁娴的声音提了起来:"你知道他心理有问题吗?你知道他本来应该出国读书吗?你知道他为了接近你偷偷做了什么吗?"

沈瑜脊背忽然发凉,脸色苍白:"什么?"

少女无措惊慌的神色反倒让何宁娴镇定下来了。

"很惊讶吗?如果你见过他偏执、阴暗的一面,还愿意和他在一起吗?"

"为了达到目的,他可是会不择手段的。他可以为了让你心软伤害自己,以后也同样会为了达到自己的私欲,而选择伤害你。"

沈瑜睫毛颤了颤,声音很轻:"我不信。"

"不信?"何宁娴笑了,"恋爱中的少女总是听不得别人的劝告。"

"你自己想想,他有没有带着受伤的手找过你?"

"或者简单点,你可以和他吵一架,看看他会怎么样?"

沈瑜的脸色不太好看。

在何宁娴说话的时候,很多个瞬间闪过她的脑海。

何宁娴的话还在继续:"在一起久了,他的控制欲会越来越明显。他会控制你的时间、你的朋友、你的一切。你只会越来越窒息,也越来越想逃离。到那时,他会想办法用其他东西留住你,让你想分也分不掉。恶心得很……"

"可他从来没有伤害过我。"沈瑜坚持,一双眼睛定定地看着何宁娴,"您为什么要提前预想这样的结果呢?"

"因为——"何宁娴一顿,脸色也沉了下来,不再笑吟吟的,她稍稍倾身过来,声音也放得很低,"这病会遗传。"

她神色严肃正经,声音也低得如同在讲什么鬼故事。

沈瑜冷不丁被吓到,肩膀情不自禁地颤了下。

"什么?"

何宁娴坐回位置,看了看表:"还有两分钟。"她向沈瑜笑了笑,"等着吧。"

包厢里安静下来。

沈瑜看着手机屏幕上的时间一点点走过,心也莫名地提了起来。

两分钟之后,包厢的门被人从外面打开了。

何宁娴轻笑了一声:"看,你男朋友的神经病爸爸来了。"

门口的谢云蔚听到"神经病"几个字,眉心皱了皱,但并没有说什么。

"该走了。"他淡淡地开口。

何宁娴看向愣怔着的沈瑜,她挑了挑眉,完全是无所谓的态度:"不想像我这样,就早点分手哦。"

说完,何宁娴拿上包款款走向门口,回头微微一笑:"账我付过了,你可以慢慢吃。"

直到上楼跳舞时，沈瑜依旧有些回不过神，对何宁娴说的话持半信半疑的态度。

可她想不出何宁娴专门过来用这个骗自己的理由。

下课后，沈瑜照例同谢新昭一起回了家。她表现得同平常一样，暂时没提及自己和谢新昭妈妈见面的事。

路过院子里的花园时，沈瑜余光中瞥到地上花盆里的仙人球，心里"咯噔"一下。

那晚谢新昭坐在这里摸仙人球的画面过于深刻，她至今忘不掉自己看到那一幕时惊讶慌神的心情。

怕自己的情绪太明显，沈瑜主动提出看电影。

她挑了一部很有名的爱情电影。

电影里的男女主角相识于微时，女主角的梦想是成为明星，男主角则想开一间爵士酒吧，两人在追求梦想的过程中互相吸引，却也因为追求梦想在现实的磨合下分了手。

电影结尾，已经成了大明星的女主角和丈夫走进了男主角开的爵士酒吧，男主角弹奏了两人初相识的曲子。

台上台下，物是人非。

两人都实现了自己的梦想，可身边已经不是当初陪着自己追梦的那个人了。

沈瑜看得心里闷闷的，叹了一口气。

谢新昭关掉电视，忽然问沈瑜："如果是你，也会做一样的选择是吗？"

他指的是女主角为了成为大明星去另一座大城市发展。

沈瑜点头："对。"

她眨眨眼："你呢？"

谢新昭摇头："不会。"

他问："爵士酒吧为什么不可以开在巴黎呢？"

"我不知道。"沈瑜也没有完全看仔细，凭感觉猜测，"对他来说这真的很难吧……"

话音落下，两人都沉默下来。

片刻后，谢新昭起身："我去切西瓜，吃吗？"

沈瑜点点头，说"好"。

看着谢新昭的背影，她顿了顿，跟了上去。

厨房里，刚从冰箱里拿出来的半个西瓜被搁置在案板上，表面微凉。

谢新昭抽出水果刀，熟练地切开西瓜。

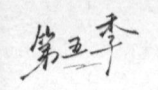

"谢新昭。"沈瑜轻轻叫了一声，走到料理台边。

谢新昭"嗯"了一声，对沈瑜笑了笑。

"这边热，去客厅等吧。"

沈瑜没有动，轻声开口："我今天见到你妈妈了。"

谢新昭皱了下眉，握着刀的手用力，切开的西瓜一下弹开好远。

他放下刀，神色有些紧绷："她和你说什么了？"

沈瑜默默将刚才弹出去的那片西瓜移过来，和其他的西瓜片排列好，仰着头看他。

"你可以告诉我，叔叔阿姨之前为什么要离婚吗？"

谢新昭一顿。

从他有记忆起，父母的关系就不太好。

妈妈何宁娴是何家的千金小姐，长得漂亮，脾气也骄纵。印象中的妈妈经常在家对爸爸谢云蔚发脾气。

那时候谢新昭以为父母和他一些同学的家长那样，是没有感情的商业联姻，两人可能各玩各的。

可并不是。

后来他才知道，是爸爸暗地里使了手段才娶到妈妈的。

谢新昭和父母的关系一直不好，只有爷爷对他还算亲切。

爷爷说他的名字是爸爸取的，意思是"新的希望"。

小时候的谢新昭还不懂自己名字的意思，是到很后面他才明白，所谓"新的希望"指的是父母的关系。

在他出生前，两人的关系就不太好了。他只是爸爸想要挽留妈妈、维系婚姻关系的一个工具罢了。

然而，这并没有什么用。谢新昭的出生在妈妈眼里大概是多余的。

她恨谢云蔚，也不喜欢谢新昭。但不知道为什么，两人依旧维系了这么多年的夫妻关系。直到今年，何宁娴又闹着要离婚。

至于沈瑜问的，为什么要离……

谢新昭重新拿起刀，转过头继续漫不经心地切西瓜。

"他们感情不好。"他仔细将西瓜切成一个个小块，放入透明的水果碗里。

沈瑜的心沉了沉："那现在为什么不离了？"

谢新昭顿了顿，状似不经意地解释："谢家和何家的商业合作很多，没那么容易分开。"

这话半真半假。谢新昭知道爸爸不愿意离，但最后是怎么留住妈妈的，他也不确定，只猜测是这方面的原因。

沈瑜定定地看着他的侧脸，轻声反问："是吗？"

谢新昭侧头，看见沈瑜眉心微蹙，不太相信的样子。他心口一缩，迫切地问道："我妈和你说什么了？"

沈瑜抿唇，犹豫了一会儿，说："好像……她和叔叔结婚之后过得不太开心，叔叔的控制欲比较强……"

谢新昭眉心一跳，声线紧张："她为什么会突然和你说这个？"

沈瑜将叉子插在西瓜块上，摇摇头。关于他妈妈所说的谢新昭的事，她没有说出来。

谢新昭吸了一口气，转身要走："我去问她。"

"不要。"沈瑜拉住谢新昭。

她叉了一块西瓜递到谢新昭嘴边，眼睛亮亮的，示意他吃。

谢新昭顿了一下，低头咬住西瓜，三两下吃掉。

"你不要为了我去找阿姨。"沈瑜轻声说，"我觉得她其实没什么恶意。"

谢新昭脸色不太好看，但在沈瑜的目光下，还是点点头答应了。

沈瑜松了一口气，抱着水果碗和谢新昭一起去了楼上自己的房间。

两人分食一碗西瓜。

大部分时候，谢新昭都不动作，等沈瑜喂他才会张口咬掉叉子上的西瓜。

沈瑜这么喂了一会儿，忽然停下来。

她放下叉子，单手托腮看着谢新昭。

谢新昭挑眉："不吃了？"

他伸手去摸沈瑜的肚子，平平的。

沈瑜摇头："我想问你一个问题。"

谢新昭："什么？"

沈瑜的表情很认真："你同意叔叔阿姨离婚吗？"

谢新昭睫毛眨了眨，低声说："同意啊，为什么不同意？"

沈瑜稍顿，语气也轻快了些："也就是说，你也不赞成叔叔的做法，支持阿姨离婚是吗？"

谢新昭静静地与沈瑜对视。她神色期待，眼睛里却带着一丝忐忑和不安。

谢新昭的睫毛颤了颤，低低地"嗯"了一声。

沈瑜弯弯唇角，移动胳膊，身体主动离谢新昭更近了些。

她眼睛微微睁大，目光清润透亮："所以，你不会变成另一个叔叔对吗？"

谢新昭的心蓦地一沉，忽然什么都明白了。

他知道妈妈为什么要找沈瑜，知道沈瑜为什么会问起这个。他的心顿时酸酸涩涩，好像被泼了一杯又苦又涩的茶。

妈妈就这么讨厌他吗？就这么不愿意沈瑜同他在一起吗？

谢新昭一时分不清，妈妈到底是恨爸爸还是恨自己。他的手抚上沈瑜的

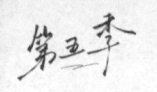

胳膊，在沈瑜那道伤疤上来回摩挲。

沈瑜有点痒，躲了一下。

谢新昭动作一顿，抑制不住地把沈瑜拉坐在自己腿上。

他将头埋在沈瑜的脖颈里，恋恋不舍地来回轻吻。

"不会。

"小瑜，我不会让我们的关系变成那样的。"

他的声音很低，灼人的气息渐渐从她脖颈处来到了她的嘴唇上。

谢新昭这次吻得很温柔，声音也轻柔得像飘浮的云朵："我永远不会伤害你，你也不要因为我父母离开我好不好？"

说这话时，谢新昭眼尾泛红，呢喃的语气近乎哀求。

沈瑜无法拒绝这样的他。在何宁娴和谢新昭之间，她选择相信谢新昭。

"好。"沈瑜抱住少年清瘦的脊背，肯定地点了点头。

谢新昭父母是在两天后走的。

走之前，何宁娴又来舞蹈教室找了沈瑜一次。这次的对话很简短，何宁娴问沈瑜是不是告诉谢新昭两人见面的事了。

沈瑜说"是"，又问："您怎么知道的？"

"当然是谢新昭告诉我的啊。"何宁娴说到这里，语气一顿。这是她第一次见自己儿子红眼睛。

沈瑜愣了愣："谢新昭去找您了？"

何宁娴轻笑："当然啊，你不会以为你告诉他，他却没有任何反应吧？"

——"你就不该生下我。"

这是谢新昭离开前丢下的最后一句话。他面无表情，语气毫无波澜，像一潭死水。

想到这里，何宁娴的心脏还是不可避免地抽痛了一下。

她没有那么铁石心肠，可她还是觉得，谢新昭越是这样，就越是危险。

何宁娴看向沈瑜，语气平淡地阐述："你还是不相信我。"

沈瑜想了想，认真地道："阿姨，我不是不信您。可我也相信谢新昭，他不会伤害我的。"

何宁娴轻哼："你就这么相信谢家人啊？他们可从小就会骗人了。"

沈瑜安静了几秒，没有说话。

"行，我知道你也听不进去，我们加个联系方式。"何宁娴提议。

沈瑜加好了联系方式，还是有些不解："阿姨，为什么您要特意过来和我说这些？"

她对何宁娴来说只是一个陌生人，谢新昭再怎么样也是她儿子，没有必要为了她和儿子闹得不愉快。

何宁娴愣怔了几秒，耸肩："谁知道呢？可能就是不想有另一个人走我的老路吧。"

何宁娴走后，沈瑜一个人想了许久。

她忽然不知道，应不应该把这次同何宁娴的见面告诉谢新昭。

索性当作无事发生。

到了晚上，沈瑜忽然接到一个陌生号码打来的电话。

"沈瑜，我是路航。"对面开门见山地说。

沈瑜一直没有加路航的联系方式，自然也没有他的号码。

自从谢新昭和路航打架之后，路航也没有再和沈瑜有过交集。

"有事吗？"沈瑜有些惊讶。

"有点事，想和你当面说。"对面的声音不疾不徐。

沈瑜顿了顿："可以告诉我是关于什么的吗？"

路航停顿了一会儿，说出一个名字："徐玖，还记得吗？"

沈瑜的心重重一跳，脸色白了一瞬。

她怎么会不记得，一股凉意从脊背升了上来，连声音都不自觉放轻了："他怎么了？"

片刻，路航叹了一口气："明天出来说吧，电话里说不清。"

假期就剩最后几天了，沈瑜的舞蹈课也差不多结束了。

她想了想，同路航约在了舞蹈教室附近的地方，打算明天早点下课去找路航。

要挂电话时，沈瑜忍不住叫了一声："路航。"

路航："干吗？"

"能不能告诉我，你要说的，是不是不太好的事？"沈瑜胸口闷沉沉的，总有一种不太好的预感。

路航顿了几秒："也不是，你也不用太担心。"

沈瑜半信半疑，应了声后挂断电话。

也许是受这通电话影响，这一晚沈瑜睡得并不安稳，半梦半醒地醒过来一次，看时间还不到凌晨五点。

沈瑜重新闭上眼睛，这下才彻底睡实了。

然后，她做了一个梦。她梦到自己收到了一个礼物，打开，里面是一颗血淋淋的心脏。

她吓得将礼物扔到地上，一抬头看见徐玖站在不远处冲着自己笑。

他瘦得只剩骨架，胸口一个大洞，鲜血不断地从洞口涌出来，看上去分外诡异恐怖。

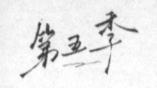

下一秒，徐玖的脸忽然变成了谢新昭的。

他往前走了两步，伸手要抓自己。

沈瑜惊叫一声，彻底被吓醒了。

一睁眼，映入眼帘的就是谢新昭的脸。

梦境和现实交错的一瞬间，沈瑜吓得浑身哆嗦了下，往里躲开了谢新昭的触碰。

谢新昭的脸上闪过一丝惊讶和受伤，手僵在了半空中。

几秒之后，他握成拳的手慢慢放下来，唇角抿着，眼神晦暗不明。

这个空隙，沈瑜也反应过来。她张了张口解释："我刚才做噩梦了，现在已经好了。"

谢新昭眼睛漆黑，声音很低："梦到谁了？"

沈瑜的喉头有点堵。她隐去了最后梦到他的事，只说梦到了高一时闹自杀的那个人。

谢新昭的脸色好了点，可依然有点难过。

"你刚才躲我。"他定定地看着沈瑜，声音平静地叙述。

沈瑜张了张口，柔声道歉："对不起，我可能是以为自己还在做梦。"

"做梦梦到我……所以要躲？"谢新昭无法接受。

他最介意的，是沈瑜看见他那刹那间的躲避反应，不管是不是在梦里。

"……对不起。"沈瑜揉着自己的额头，很有耐心地再次解释，"我可能是一时头昏，把你当成他了。"

谢新昭沉默，怎么会把自己当成那个人？他们又不像。

他想和沈瑜争辩清楚，可看着沈瑜的样子，他最终还是什么都没说。

沈瑜抬眼看他，小声问："生气了吗？"

谢新昭抿唇，声线低低的，有点紧："我说过的，不喜欢你推开我。"

明明没什么表情，莫名就是好委屈的样子。沈瑜的心像被针戳了一下，酸酸软软的。

沈瑜想了想，主动勾起他垂在床边的手。

下一秒，她被人用力紧紧扣在了怀里。谢新昭轻叹了一口气，又冷起声音威胁她："不许再推开我了，不然我——"

他脑子里冒出了很多不合时宜的想法，可鉴于两人前几天的谈话，他不敢说。

"你什么？"沈瑜好奇。

对上沈瑜的目光，谢新昭的眼神暗了暗，嘴上却轻描淡写：

"我哭给你看。"

沈瑜从舞蹈教室下来，在一楼临街的奶茶店找到了路航。

他的头发剃得更短了，五官轮廓显得更为落拓凌厉。

路航将桌上那杯西柚绿茶推到沈瑜面前，眉峰微挑，玩笑道："这次没买错吧？"

沈瑜点头，轻声开口："谢谢。"

她拆开吸管插入杯中，轻抿了一口。

再抬起头，路航的手放在桌上，神色懒懒地看着她。他眉峰微挑，开口："你现在和谢新昭在一起？"

沈瑜抬眸，表情淡淡地点点头："嗯。"

路航背靠着椅背，低笑了一声："难怪他那天莫名其妙地跑来和我打架，肿了好几天才消。"

沈瑜抿唇，有些不好意思。

好在路航也没有再在这问题上纠缠，紧接着问了她另一个问题："那你猜我是怎么知道你们在一起的？"

沈瑜想了想，摇摇头。

路航正了正神色，进入了今天的正式话题："我从徐玖那儿知道的。"

"什么？"沈瑜皱眉，彻底愣住了。

"没想到？"路航在手机屏幕上点了几下后，将手机推给沈瑜，"要不是我看到，我也想不到。"

沈瑜半信半疑地接过手机，看到上面的内容后，脊背一凉，后颈的汗毛都竖了起来。

这是徐玖的朋友圈。

路航看着对面的沈瑜，第一次在她脸上看到了类似于惊慌的神色。

"我就是觉得他不太正常，想提醒你一下。"

沈瑜深呼吸了一口气，轻声道谢。

路航倒是开起了玩笑："反正依我的经验，你男朋友也挺能打的。有他保护，你也不用太紧张。"

沈瑜的神色有些茫然，勉强勾了勾嘴角，又问："那你知道他现在的情况吗？"

"不清楚。"路航嘴里叼着吸管，话锋一转，"不过你想知道，我可以找朋友问问。"

沈瑜点点头，说："谢谢你。"

路航轻笑："不客气。你还要上去吗？"

沈瑜摇头："不去了。"

她看了看时间："一会儿谢新昭就要来了。"

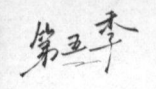

路航稍顿,点头。

"行,那我走了。"他起身要走,沈瑜也跟着站起来。

两人一起走到了门外。

路航和沈瑜道了别。

他不知想起了什么,忽然转身,吊儿郎当地看向沈瑜。

路航低头靠近沈瑜的耳朵,声音有点轻:"哎,沈瑜,要是你觉得现在这个男朋友不靠谱,可以考虑我。"

沈瑜愣了愣。

对方直起身,笑嘻嘻地挑了下眉。

然后几乎是刹那间的事,沈瑜被人用力往后一拉,身边一道黑影掠过,带起一阵风。

"你干什么?"谢新昭挡在她面前,厉声质问。

而回应他的,是路航的一声冷笑。

接下来,沈瑜没有来得及看清事情是怎么发生的,一黑一白两道身影已经打了起来。

沈瑜一惊,连忙跑去拉人。

"别打了!"

夏日烈日炎炎,地面烤得发烫。两人在日光下几乎成了幻影。

她尝试去拉人,可男生的力气太大,只摸到了一手的汗水。

"谢新昭,别打了!"沈瑜只能叫谢新昭的名字。

两人完全没有停手的意思,似乎听不见她的话。

沈瑜又气又急,提高了音量:"再不停手,我生气了!"

果然,这句话很有用。

穿黑色衣服的谢新昭愣了一下,转向沈瑜。他抿唇,慢慢地垂下手。

几乎是同时,路航一个拳头没收住,打到了谢新昭的下巴上。

挨了一拳的谢新昭没有动,只吐掉了嘴巴里的血腥味。他面色冷凝,走过去拉住沈瑜的手腕就走。

沈瑜没有回头看路航,乖乖地跟着谢新昭离开。

一路上,谢新昭一言不发,眉眼如同在水中浸过,格外湿润清亮。他喘息声粗重,胸口也因为剧烈的呼吸而起伏着。

沈瑜看出他情绪不稳,咬了下唇没有多说什么。

两人到家的时间还早,家人还没有回来。

谢新昭脸色紧绷着,一回来就去洗澡了。沈瑜坐在他的房间里,安安静静地等着。

没过几分钟,谢新昭带着一身凉气回了房间。

他换了一件干净的白色T恤，下面穿了一条深色中裤，头发湿漉漉的，还在往下滴水，下巴处红了一片。

沈瑜起身，轻声道："有没有哪里破了要消毒？"

谢新昭目光沉沉地看着她，没有说话。

"没有？那我走了。"沈瑜叹了一口气，她也不知道事情怎么就变成这样了。

刚走了两步，她的胳膊被人拉住了。

谢新昭从后面拉住她，轻松地将人往自己身边一带。

她的目光怔怔地落在谢新昭脸上红肿的地方，眼眶泛了红。

"你不要为了我打架好不好？"

谢新昭安静几秒，点头："好。"

他伸手，指腹在她的眼角轻轻拂过，喉头动了动，声音低哑："你别生我的气。"

谢新昭这会儿很乖地扬起脸，模样温和顺从。

"小瑜，帮我涂药。"

沈瑜点点头，也收起了别的心思。她俯身，仔细将几处破的地方涂上消毒药水，又小心地贴好创可贴。

谢新昭一动不动，安静的目光落在她身上。

她睫毛颤了颤，抬眸的那一瞬间，谢新昭的心脏几乎被击穿。

"小瑜，为什么你会出现在那里？"

沈瑜直起身子，轻声说："先等一下，我去拿冰块给你冰敷。"

她转身离开，没有给谢新昭说话的机会。

再回来，是两分钟之后。沈瑜用一条薄毛巾裹住冰矿泉水，按在了谢新昭红肿的下巴上。

谢新昭被冰得吸了一口气。

"我自己来，这个太冷了。"他接过沈瑜手里的冰水，老实地按在自己的脸上。

沈瑜低头，抽纸擦了擦冰凉的手。她倚着书桌，看着谢新昭的眼睛："路航找我，是有事和我说……"

简单地说完徐玖的事，房间里陷入了沉默。

谢新昭皱眉，过了一会儿才说："他人现在在哪儿？"

沈瑜摇头："不知道。"

谢新昭看着沈瑜，开口的声音有点哑："小瑜，过来。"

沈瑜怔怔，慢慢地移了两步走到他膝盖前。

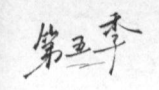

手腕忽然被冰凉的手抓住，人也被拉到了谢新昭的腿上。

她扭头，静静地看着谢新昭。他的眉眼依旧清俊漂亮，脸上贴着的创可贴丝毫没有影响他的颜值。

谢新昭的手臂牢牢圈着她不让她动，另一只手随意掀起衣摆在脸上胡乱擦了一通。

"这件事我来查，你别怕。"谢新昭抬手，理了理沈瑜的肩带。

沈瑜眼睛清亮，点点头："好。"

"我可以保护你的，小瑜。"谢新昭静静地看着她，语气平静，"以后再要去见谁，你提前告诉我一下好不好？"

听到沈瑜肯定的回答，他的心才稍稍放松了些。

晚上，手机铃声响起，谢新昭瞥见是妈妈来电。

他按下静音，没有接。

屏幕熄灭后，手机铃声又锲而不舍地响起。

谢新昭皱眉，接了起来。

他还没有开口，那边就直接命令："和沈瑜分手吧。"

谢新昭气笑了："凭什么？"

何宁娴顿了顿，语气平静："我在你电脑里看到了你的备忘录。"

谢新昭的心重重一跳，呼吸有一瞬间的停止。反应了几秒，他恼怒地质问："你翻我的电脑？你还懂不懂隐私？"

"隐私？"何宁娴笑了，"你们谢家人懂隐私吗？"

谢新昭呼吸急促，胸口剧烈地起伏，说："那是你和我爸的事，别算到我头上来！"

何宁娴的语气依旧平静："你觉得我信吗？你看看你自己写的东西，你自己信吗？或者说……我告诉沈瑜，你觉得她信吗？"

谢新昭握紧了拳，骨节作响。他连续几次深呼吸，仍然无法缓解自己的情绪。

何宁娴继续说道："哦，你自己也知道，她不喜欢偏激的人对吗？她能接受你不正常的心理和感情吗？"

"你到底想怎么样？"谢新昭咬着牙问。

在这一刻，隐私被看到的恼怒被另一种恐慌代替了。妈妈说的话，是他的死穴。

何宁娴的声音不疾不徐："没什么啊，就是让你分手。反正如果沈瑜知道，结局也不会变。不如你体面点离开，给她留个好印象。"

她顿了顿："理由我都找好了。你就说自己要去国外读书，决定和她分开。

看沈瑜的样子，她应该也不会赖着你。"

"不可能。"谢新昭一口拒绝，挂断了电话。

要他主动和沈瑜分手，这怎么可能？

他死也不会离开小瑜的。

谢新昭坐在椅子上喘气，呼吸有些急促。

他确实大意了。他也没有想到，妈妈为了阻止自己和沈瑜，竟然能做出找人黑进他电脑的行为。

谢新昭倚靠在椅子上，只觉得一切荒谬极了。

他们一家人都是变态。

另一边，何宁娴被挂了电话，气得直接把手机摔到床上。

在一边看书的谢云蔚抬头，淡淡地瞥了她一眼。何宁娴无意间和他的目光对上，火气立马撒到了他的身上。

"我怎么说的？你儿子跟你一样，都有病！"

何宁娴气冲冲地走到床边，拿过自己的手机，发了几张图片给谢新昭。

谢新昭点开妈妈的微信，僵住。

——不想沈瑜看到这些照片就早点分手，你还能保留点形象。

——给你几天时间。

谢新昭手指颤了颤，点开下面的图片。

一直没有人知道，他的电脑里有一个文件夹专门放着和沈瑜有关的一切。

从小到大的，只要他能找到的。

他的备忘录里零星地记录了些只言片语，全是隐秘而不可告人的心事。

而现在，这个文件夹被妈妈发现了……

谢新昭只翻了几下就不再看，关掉屏幕，把手机扔到了桌上。

他望着天花板，脊背一阵阵发凉。

烦躁，慌乱，害怕。

这段时间本来就在隐隐作祟的不安感达到了顶峰。

他像是在汹涌的海上漂浮的人，不知海底蛰伏的怪兽何时会出现。而现在，怪兽浮出了水面，张开血盆大口等着一口将他吞噬。

这天晚上，谢新昭失眠了。

第二天早上，沈瑜看到谢新昭眼下的青色，愣了愣，问谢新昭是不是没睡好。

谢新昭沉默地点点头。

"你中午陪我睡会儿好不好？"

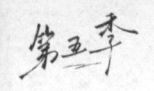

"好。"沈瑜很难拒绝男朋友的撒娇,一口答应。

今天的谢新昭好像格外黏人。

一整个上午,两人都待在一起。

两人各自占据了谢新昭房间的一角,各做各的。

可有那么几个瞬间,沈瑜在看书的空隙中总能感觉到一道沉沉的目光。

可等她抬眸看过去,却什么也没有。

午后,谢新昭坐在床头,拍了拍里面的位置。

"过来。"

沈瑜被他紧紧从后面搂住。少年的手臂箍住她的腰,温热的气息喷在她的后颈处。

沈瑜不太习惯这么被人抱着,不自然地动了动身子。

"你要说话算数,会一直陪着我。"

沈瑜心跳快了几分,忍不住轻声开口:"谢新昭,你到底怎么了?"

沈瑜的话音落下,房间里一片死寂。

片刻,谢新昭扯了扯嘴角,眼睫低垂:"我没怎么。"

沈瑜抿了抿唇,耐心地说:"刚才路航……"

她才开口,谢新昭的目光立刻向她投过来,透亮的、警惕的,还有些紧张。

"他打电话来说,他几个朋友都不清楚徐玖现在的情况,他会继续帮着问问。"沈瑜说完,眨了眨眼。

谢新昭的脸色暗了暗,语气平淡中又带着些傲娇:"这个我也会查,要他好心?"

昨晚他睡不着,索性查起了徐玖的资料。

沈瑜点头:"嗯,我和他说不用麻烦了,我们这边会自己查的。"

谢新昭的嘴角抽了抽,有种想往上扬的趋势。

"你和他说了?"

沈瑜的声音平静又轻柔:"对,我说我男朋友会解决的,不麻烦他了。"

听到"男朋友"的时候,谢新昭的眼睛眨了眨,有光似的。

等沈瑜说完,他眼角眉梢间是止不住的开心。

"哦。"谢新昭点点头,又忍不住笑。

总会有那么一个人,三言两语就能主宰你的情绪。难过和开心,也就是她一两句话的事。

沈瑜不是一个喜欢刨根问底的人。她暂时按下了心里的疑虑,以为自己拒绝了路航,这事也就过去了。

第二天晚上,沈瑜夜里起来去卫生间,路过谢新昭的房间时,她无意中看到门缝下隐约透出的光。

沈瑜脚步一顿,按亮手机看了一眼时间。

凌晨两点多。

沈瑜从卫生间回来,谢新昭的房间里还亮着灯。门缝下那昏暗的一条光线,像暗夜里的一道沟。

沈瑜站在门口,心神微漾。不知道他是忘记关灯了还是没睡,她把自己的手机调成静音,尝试着发了一条消息过去:睡了吗?

房间里传来手机振动声。

没一会儿,沈瑜的手机屏幕亮了,来了新信息。

谢新昭:还没。你怎么还没睡?

沈瑜手指顿了顿,不答反问:你怎么还不睡?

谢新昭很快回过来:去完卫生间就睡。

看完消息的那一瞬间,房门正好打开。沈瑜抬头,和愣怔在门口的谢新昭四目相对。

昏黄的灯光从房间里倾泻而出,少年清俊挺拔的身影立在门口,半明半暗的光线模糊了他的轮廓。

沈瑜握着手机立在原地,眨了眨眼睛。

她有些不确定地问:"你还睡不着吗?"

夜色里,两人对话的声音很轻。

沈瑜的眼睛里隐隐透着担心,语气听起来也温柔。

谢新昭垂下眼,低声道:"嗯,睡不着。"

他看向沈瑜,扯扯嘴角:"没关系,过会儿就好了。"

沈瑜半信半疑:"那你把手环戴上。"

谢新昭乖乖点头,说"好"。

沈瑜的心这才放松了些,在谢新昭的催促下回了房间。

第二天,沈瑜醒来得很早。

吃早餐时,谢新昭姗姗来迟。他套了一件宽松的白色T恤,头发长了点,洗脸时随意一抓,有点乱,发梢带着湿。

谢新昭习以为常地用左手吃东西,右手去拉旁边沈瑜的手。

沈瑜的左手被温热的掌心握住,垂在餐桌下。

她低头看了一眼,放下手里的饭团,抬起他的手腕,沉沉地看过来。

手环上显示,睡眠时间是 3 小时 40 分钟。

沈瑜素净白皙的一张脸上没什么表情,看着他的目光清亮干净,好像在无声地质问。

——怎么会这样?

谢新昭叹了一口气，解释："我真的回去就躺床上闭眼睛睡了。"他还有心情开玩笑，"不信你晚上来看。"

沈瑜唇角抿着，没有说话。

她转回头，继续安静地吃着饭团。

她眼睫垂着，神色怔怔地考虑着什么。

"谢新昭，你要不要提前回 A 市？"

今天是 8 月 23 日，距离开学也就几天了。现在他失眠，沈瑜的第一反应就是换一个环境试试。

谢新昭愣怔，眉头皱起来："你在赶我走吗？"

沈瑜摇头，动了动唇："一起。"

谢新昭眼睛一亮："我们一起去 A 市吗？什么时候？"

沈瑜点头，声音轻而肯定："今天。"

沈瑜用一个上午的时间收拾好东西，下午就同谢新昭一起飞去了 A 市。

飞机上，谢新昭非常有兴致地和沈瑜计划着行程。

"你想去哪里玩？"

"你想吃什么？有个饭店好像还挺火的，我查一下我们去吃。"

"住酒店风景好一点，能看到江。但是你不喜欢的话，我们可以住家里。"

"你还想做什么？"

沈瑜侧头，笑盈盈地看着他。

"我想要……"她顿了顿，伸手捂住了谢新昭的眼睛，轻轻往下一抚，"谢新昭好好睡觉。"

话音落下，谢新昭的睫毛颤了颤，扫过沈瑜的手心，有点痒。

下一秒，她的手腕被人拉下来，谢新昭定定地看着她。

沈瑜抿了抿唇，低声说："我会看着你的。"

谢新昭心口仿佛被重物砸出了一个小洞，酸涩和感动从里面汩汩而出。

他咽了咽口水，声音有点哑："你是因为这个才提前来的吗？"

沈瑜点点头。

她知道谢新昭一定是有什么心事，可不知道具体是什么。

虽然家里白天大部分时候也没人，但毕竟不太方便。

A 市是谢新昭熟悉的地方，提前来这里给他换个环境，也许会好一点。

到了 A 市，已经是晚上了。

谢新昭没有带她去酒店，而是打车去了市中心的一处住宅。门锁是密码的，谢新昭毫不避讳地告诉了沈瑜。

"我们这几天住这里好不好？"

沈瑜对住宿没什么要求，点头说"好"。

这套房是一间大平层，装修简洁大气，以黑、白、灰为主色调。看得出来平时不住人，房间里东西很少。房子应该是有人定期打扫，很干净整洁。

沈瑜从行李箱里翻出换洗衣服时，谢新昭已经把洗澡需要的东西都准备好了。

"你去洗，有需要的再叫我。"

沈瑜有点想笑："知道了，你去收拾吧。我又不是小孩子。"

这个澡洗得很快，等沈瑜出来时，谢新昭已经不在了。

沈瑜穿好睡衣，用毛巾包着头发，没有看到吹风机。

她四处找了下，听见谢新昭在主卧浴室洗澡的声音。

而两人的行李箱也都被他搬来了房间。沈瑜看着一黑一白的两个行李箱，沉默了一瞬。

几乎是同时，浴室里的水声停了。

再过了几分钟，谢新昭换了干爽的黑色T恤出来，眉眼间仿佛都带着水汽，有种雾蒙蒙的少年感。

他见到沈瑜，笑了笑："找吹风机？"

沈瑜轻轻"嗯"了一声。

谢新昭于是折身回去，再回来时，手里拿着一个黑色的吹风机。

"你坐，我帮你吹。"

他指了指镜子前的凳子。

沈瑜犹豫了一下，乖乖地在镜子前坐好。

谢新昭利落地弯腰、插电。他把沈瑜头上的毛巾拿下来丢到一边，低头按下开关。

房间里顿时响起了"嗡嗡"的风声。

说起来奇怪，他是第一次帮女生吹头发，可做起来却很熟练。

他低着头，表情认真柔和。手指在沈瑜及腰的长发中来回穿梭，动作可以说得上是温柔。

沈瑜怔怔地看着镜子里的男生。

他低着头看不清神色，只能看见他白皙的皮肤和利落分明的轮廓。

吹好头发后，谢新昭把吹风机放置在床头柜上。

"小瑜，晚上陪我。"

沈瑜脸颊发烫，轻轻"嗯"了一声。

然后，她被人抱起，移到了床上。

卧室里只有一盏昏暗的灯火，谢新昭的眼睛却很亮。

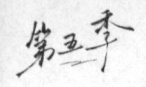

"现在你可以睡觉了吧？"沈瑜低声问他。

谢新昭说好，反手关了灯。

听他说要睡了，沈瑜放下心来。

生物钟使然，她很快就睡着了。

也或许是换了个环境，沈瑜睡得并不安稳。

睡梦中，胸口始终有一种闷闷的感觉，不太舒服。迷迷糊糊地，她睁开眼，想看看谢新昭睡没睡。

没想到，她一睁眼就对上谢新昭的目光。

他的手臂搭在自己的腰上，一双眼定定地看着自己。他目光专注，不知道在想些什么。

沈瑜的睡意霎时消了大半。

"怎么还没睡啊？"

沈瑜拉起他的手腕看时间，现在已是夜里两点了。

谢新昭长长的睫毛垂下，看不清眼神。

他的声音有些低："这么晚了吗？我没注意。"

沈瑜的心跳蓦地快了起来。

她轻声问："所以我陪着你也没有用吗？"

"不是！"谢新昭立刻否认，神色有些慌，"我就是看你看得没注意时间。"

沈瑜眨眨眼，有些不解："我不是一直在吗？"

谢新昭低低应了一声："这是我们第一次一起睡觉。"

夜色里的声音格外低柔，沈瑜的心脏像被猫咪的爪子轻轻挠了一下。

她想了想，觉得也许是最近暑假，两人天天黏在一起的缘故。等开了学，谢新昭有了新的朋友和环境，也许就会好一些了。

这样想着，沈瑜对几天后的Ａ大生活充满了期待。她戳了戳谢新昭的胸口，手立马被人握住。

她抬眸，小声问谢新昭："快要开学了，你高兴吗？"

谢新昭垂眸，手指从她的指缝中穿过，变成十指紧扣。

"没什么感觉。"他眼皮微抬，看向沈瑜，"你很期待吗？"

沈瑜点头："嗯。"

对她自己而言，能考进Ａ大的舞蹈学院本身就是一件非常值得高兴的事了。

"以后可以经常去Ａ市的剧院看表演，也能遇到更多的专业老师和同学。"

大城市剧院的舞剧演出比西澜多很多，也有名很多。沈瑜的梦想之一，就是可以登上Ａ市大剧院的舞台当Ａ角。

谢新昭点头，握住沈瑜的手紧了紧。

"接触到更多的人……会喜欢别人吗？"他状似漫不经心地问。

沈瑜顿住，忽然起了逗弄他的心思："如果呢？"

谢新昭的睫毛颤了下，慢慢抬起。

"真的会？"他的声音很轻，脸上没什么表情。

沈瑜刚要否认，谢新昭忽然倾身过来，吻住了她的耳朵。

"就算你对其他人……"他的声音模模糊糊的，听不太清楚，"……留在我身边就好。"

沈瑜的心口重重一颤。她避开他的唇，有些不敢置信地看着枕边人的眼睛："你是说，我可以同时喜欢两个人？"

谢新昭看着她，心狠狠地抽痛了一下。

他忍着心里的妒忌和酸涩，定定地看着沈瑜："前提是和我在一起。"

沈瑜张了张唇，喉头被堵得说不出话来。

下一秒，她的眼睛被人盖住了。

谢新昭的吻跟着落在了她唇上。

黑暗中，沈瑜安安静静地接受着他的亲吻，心里在胡思乱想。

他忽然转变态度，这不对劲。

心脏跳得很快，"怦怦怦"的，剧烈又清晰。

这个晚上，她真真切切地感觉到——他们之间的感情有点儿问题了。

第二天早上，沈瑜醒来时谢新昭已经不在了，手机里静静躺着他的消息：*我去买早饭，厨房有烧好的温水。*

沈瑜扎起头发洗漱，望着镜子里的自己发呆。

洗漱好，她一边往厨房走，一边发消息给何宁娴。

她简单地说明自己同谢新昭来 A 市了，想找个时间同她聊聊。前提是，不让谢新昭知道。

何宁娴：*好，我来安排。*

沈瑜舒了一口气，放下手机，倒了一杯水。

谢新昭的房子在三十二楼，从窗户可以俯瞰周边的繁华地段。

这个点，城市开始苏醒，马路上的人和车渐渐多了起来。

沈瑜望着远处高高低低的建筑出神，门口传来了按密码锁的声音。

她握着杯子走到客厅，正遇上买好早饭回来的谢新昭。

"醒了？"见到沈瑜，他挑了挑眉。

沈瑜点点头，走到餐桌前。

谢新昭买的是红豆粥、流沙包和蟹粉小笼，全是沈瑜爱吃的东西。

沈瑜眉心跳了跳，问他："这附近也有蟹粉小笼？"

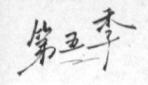

谢新昭勾了勾唇角:"不在这附近,有一段距离。"

沈瑜轻轻应了一声,坐下吃早餐。

刚吃过早餐,谢新昭的手机就响了起来。

沈瑜的心脏跳了跳,抬眸看向谢新昭。他皱起眉,任手机响了一会儿才接起来。

那边不知道说了什么,谢新昭看了沈瑜一眼,"嗯嗯"了几声。

他没说两句话就挂断了电话。

"我爷爷要我中午回去吃饭。"谢新昭皱眉,"他知道我回来了。"

沈瑜表面镇定地点头:"嗯,那你去吧。"

谢新昭迟疑了一下,到底是没有开口要她一起去。

"好,我尽量早点回来。"

沈瑜明白这是何宁娴安排的,也做好了中午去见她的准备。

中午,谢新昭刚出门,何宁娴的车就到了楼下。沈瑜穿了一条黄色连衣裙,匆匆下楼。

何宁娴载着沈瑜就近去了一间会所。

到了包厢,她熟练地点了些菜,让服务员关上门。

只剩下两个人时,话题才正式开始。

"说吧,怎么想起来找我了?"何宁娴挑眉。

沈瑜望着何宁娴精致的脸,轻声开口:"阿姨,如果您觉得叔叔那样是一种病,为什么不让他看医生呢?"

有病找医生,这不是基本常识吗?

何宁娴笑了一声:"医生?他可不觉得自己有病。"

沈瑜垂下眼,沉默地盯着面前的茶水。

"正好,我本来也想找你。"何宁娴在手机上点了几下,递给沈瑜,"你看看这个。"

沈瑜接过手机,呼吸一紧。

这是几张电脑里的笔记照片,内容类似于日记,零零碎碎地写了些句子。

——她生气了。

——差点被小瑜发现,好险。

——仙人球不好用,还是刀好使。

…………

沈瑜的睫毛颤个不停,心跳又乱又快。

——以后要种没有刺的蔷薇。

看到这句时,沈瑜眼眶一热,胸口又闷又酸。

发现谢新昭失眠,她来见何宁娴时就已隐隐做好了心理准备。所以看到前面这些文字时,沈瑜并没有那么惊讶。

她深吸了几口气,将手机还给何宁娴。

"可以看得出来吧?这都是谢新昭自己写的,不是我捏造的。"何宁娴的声音很平静,"据我所知,你高一时学校就有个闹着要自杀的人给你造成了很大的困扰。你不会想和这种偏激的人在一起吧?"

沈瑜定了定神,抬起头看着何宁娴。

"阿姨,他不会的。"沈瑜脑子转得很快,热切地看向何宁娴,"阿姨,或许看医生有用呢?"

何宁娴叹了一口气:"没用的。如果你一定要试,你和他分手后,我带他去国外治。"

沈瑜沉默,半晌才开口:"我走了,他不会听您的话的。"

何宁娴反驳:"你不走,他也不会跟我去,他只会伪装成一个正常人。"

沈瑜没有说话。

门外响起敲门声,服务员送午餐来了。何宁娴点了很多菜,沈瑜却没什么胃口。

"阿姨。"她怔怔地看着何宁娴,"是不是谢新昭只要交女朋友,您就会阻止?"

何宁娴愣了愣,轻笑着打量沈瑜:"小姑娘,你倒是真关心我儿子。"

对面的人皮肤白到发亮,长发及腰,眉清目秀。比起同龄的小姑娘,她的五官轮廓要流畅明晰些,加上总是安安静静的,给人一种清冷孤傲的感觉。

学舞的女生高挑清瘦,长相、身材、气质都非常出众。看起来如山顶雪一样的人,竟然也会关心人。也难怪自己的儿子被迷得神魂颠倒的。

"当然不是。假如以后他正常了,或者交上自己没那么喜欢的,我才懒得管。"何宁娴语气淡淡,夹了一只虾给沈瑜,"尝尝,这个虾很鲜。"

"谢谢。"

沈瑜闷闷道谢,安静地吃虾。她心不在焉地吃着,脑袋里有些乱。

这个午餐,两人没吃太久。

何宁娴也不逼她,只是把谢新昭最内在的一面赤裸裸地摆在了沈瑜面前,要她考虑清楚。

沈瑜回到家时,谢新昭还没有回家。

他回来时,已经是一个小时之后了。他脸上红红的,隐约带着些酒气。

谢新昭搂过沈瑜亲了一下:"陪爷爷喝了点。"

沈瑜点点头,听到他说:"我要爷爷帮忙找那个人了,应该很快就可以找到了。"

他的眼睛亮亮的,嘴唇很红:"你别担心。"

沈瑜的鼻尖有点发酸:"嗯,我不担心。"

她推他去卧室:"你去睡会儿。"

"那你陪我。"谢新昭不由分说地拉过沈瑜。

两人一起躺在床上。

谢新昭抱住沈瑜,喟叹道:"好像抱着你就很容易睡。小瑜,我真的不能没有你。"

听到这句话,沈瑜的心脏忽然跳得厉害。

她定定地看着谢新昭,轻轻出声:"你说的这些是哄我开心的对吗?"

——"如果我们分开,我宁愿下一秒就死掉。"

——"如果你和我分手,它就会坏掉。"

…………

这样的话,就像刘元元说的,是哄女朋友的情话吧?

谢新昭眼里有丝困惑。

沈瑜的神色出现了一丝慌乱和急迫,眼睛里满是恳切和期待。

"就算我们会分开,你也会活得好好的对吗?你不会因为这个做什么傻事对吗?"

这一瞬,空气好像凝固了。

两人对视着,谁都没有开口。

看到谢新昭的眼神从不解到了然,沈瑜的心提到了嗓子眼。

半响,谢新昭喉头滚动,闭了闭眼睛。

"是。"他的身体紧绷,声音低沉,"我是哄你的。"

他不能,让沈瑜觉得自己是和徐玖一样的疯子。

不能让她以为,自己在用死亡威胁她什么。即使他真的这么想。

在A市的这几天,沈瑜过得很充实。除了每天固定的练舞,谢新昭会领着她在A市到处玩乐吃喝。

只可惜,沈瑜想看的舞剧要等到十月才巡回到A市,未能成行。

白天的丰富多彩常常会让沈瑜觉得,他们一切正常。可到了晚上,入睡困难依旧是个问题。

沈瑜几乎每天都熬不过他,先一步抵不住困意睡着。

第二天醒来,查看他手环上记录的睡眠状况是第一件事。

沈瑜表面上不显,可情绪却随着他的睡眠情况反反复复。

如果他睡得不好,沈瑜往往就会陷入一股低潮的情绪里。

若他睡得好,沈瑜一整天都会比较开心,暗自幻想着是不是从这一天起就会好了。

可事实往往不是。

爸爸沈朗来的那一天，沈瑜提前同谢新昭说好，会和爸爸一起住在酒店。

谢新昭顿了顿，点头应好。

沈朗不是一个人来的，他还带来了沈松源。

沈松源补考过了，开学时间又没到，便趁机来A市玩一下，顺便去A大参观一下。

谢云蔚得知沈朗一家来了，非常大方地请一家人在集团旗下的酒店住下。

他给沈家一行人安排了一个套房。正好两个卧室，沈瑜一间，沈朗和沈松源一间。

吃过饭之后，谢云蔚一家人告辞回去。

刚进到卧室，沈瑜的电话响了，是谢新昭打来电话叫她下楼散步。

沈瑜同爸爸说了一声，坐电梯下楼。

出了电梯进大堂，她一眼就看到了谢新昭的身影。

他穿着白衬衫和黑裤子，相比平时正经了几分。头发梳得整齐，五官俊朗温和。他长身玉立地站在那儿，好像远山上一棵青翠挺拔的树。

几个在办入住的女生时不时将目光瞟向谢新昭。他浑然不觉，对着沈瑜微微一笑，踏步而来。

沈瑜在这个笑容里失神了一瞬，仿佛看到了那个刚来家里的乖乖崽，脑子里莫名想起了"人生若只如初见"这句话。

"想什么呢？"谢新昭已经走过来，手自然地牵过她的。

"没什么。"沈瑜笑了笑。

酒店坐落在江边，两人出酒店大门时，潮热的气息扑面而来。

两人牵着手，沿着江堤散步。

沈瑜抬眸看他："我还以为你和家人一起走了。"

谢新昭抿唇，低声道："你都不想我的吗？"

江边灯火明灭不定，他的眼睛好像也沾染了江水的晶莹潮气，明明暗暗的，神秘又漂亮。

沈瑜张了张口，还未出声，额头便迎来了一个吻。

夏夜的暖风将江水的湿意送来，远方传来了江上船只的汽笛声，悠长的调子，仿佛随着江水荡漾。

"可我刚出包厢就开始想你了。"男生喃喃着。

他总是这样，直白而赤诚地表达喜欢。

少年的爱意滚烫而热烈，如夏日江边暖融融的风将沈瑜包围。

沈瑜鼻尖有点发酸，伸手抱住他清瘦的腰。

她的声音很轻,几乎淹没在潮水声中:"如果你晚上还是睡不着,我们去看医生好不好?"

这几天两人天天腻在一起,这是来 A 市后第一次不在一起睡。

沈瑜担心他的睡眠,忍不住说出了看医生的要求。

话音落下,谢新昭的身体一僵。

"小瑜,我很正常。"他语速有些快地解释,"我只是……最近和家里吵架了。过几天就好。"

明明暗暗的灯火落在他脸上,神色并不清晰。

沈瑜定定地同他对视了一会儿,点点头。

两人在江边走了很久。

到了晚上十点,谢新昭才依依不舍地把她送回酒店。

晚上十二点,沈瑜发了一条消息给谢新昭,问他睡没睡。

那边久久没有回应。

沈瑜以为他顺利地睡着了,心里的石头落地,很快也睡下了。

第二天早上,在酒店用过早餐后,沈瑜同爸爸和弟弟一起去了 A 大。

一行人到的时候,谢新昭已经等在那里了。

他主动接过沈朗手里的行李箱,领着几人往舞蹈学院走去。

这两天是报到日,校园里挂满了各个学院的横幅,穿着红色马甲的志愿者遍布校园,热情地为新生和家长们服务。

"哇,A 大果然不一样。"沈松源新奇地四处张望,发出了一个学渣对学霸世界的感叹。

"哪里不一样?"沈朗问。

"气质不一样。"沈松源两眼放光,"在这里,我有种自己是国家栋梁的使命感。"

沈朗被逗笑,薅了把他的卷毛:"德行。"

说话间,几人走到了舞蹈学院的报名登记处。

A 大的舞蹈学院是有名的美女云集地,即使这样,沈瑜来的时候,学生会负责报到接待的同学们还是被惊艳了一下。

小巧精致的一张脸,骨骼流畅自然,皮肤白皙耀眼,乌黑浓密的长发及腰,气质清冷干净。明明只穿了简单的 T 恤和背带裤,却莫名让人移不开眼。

填好表格之后,沈朗和沈松源去领东西,沈瑜和谢新昭先行去了宿舍。

大一女生宿舍在靠近学校大门的位置,离教学楼比较远。

到 307 宿舍时,里面只有一个女生和一个瘦黑的中年妇女。女生同样很瘦,黑黄皮肤、大眼睛,看着有些怯生。沈瑜向她点点头,找到自己的床铺。

宿舍是四人间，上床下书桌的布置，各人互不打扰。沈瑜不是第一次住校了，利落地从背包里翻出清洁用品。

谢新昭放下行李箱，正要帮着收拾，手腕忽然一热。沈瑜抓着他的左手腕，微微蹙眉。

"你的手环呢？"

谢新昭若无其事："忘戴了。"

沈瑜静静地看了他几秒，松开了手。

后面的时间里，两人默契地收拾起了宿舍，谁都没提这一茬。

沈朗和沈松源没多久也来了宿舍。

沈朗一来就同另一个家长攀谈起来。沈松源一边甩着抹布当二人转的手帕玩，一边试图加入两人的谈话。

短短时间里，沈朗很快了解了沈瑜的舍友是她同班同学，名叫周乐，家里离A市很远，是镇上唯一考上A大的学生。

"不错！优秀！"沈朗笑了笑，简单地把沈瑜的情况也说了。

"以后就是同学了，互相关照。"

两个家长相谈甚欢，沈瑜则专心致志地铺床。她住校惯了，这次又有帮手，没花多长时间就收拾好了。

几个人一起在A大食堂吃了饭后，沈朗便带着沈松源回去了。

沈瑜则和谢新昭在A大多待了一会儿。

没看到谢新昭的手环，沈瑜心头一直有种隐隐的沉闷。两人坐在有空调的奶茶店里，她犹豫了下，向谢新昭伸出了手。

"可以把你的手机给我看一下吗？"

谢新昭二话不说，把手机放进她手里，开玩笑道："查岗吗？"

沈瑜摇头，安静地低头点开了健康APP。

与手环同步的记录显示在屏幕上。

——昨晚的睡眠时间断断续续，加起来只有三个小时。

沈瑜脊背有些发凉，动作顿住。

谢新昭见她停下，好奇地一瞥，也僵住了。

沈瑜抬头，定定地和他对视。

谢新昭顿了几秒，镇定地拿走手机，解释道："昨天有点不习惯。"

沈瑜的心里忽然升起了一股无力感。

她吸了一口气，点头。

后面的时间里，沈瑜更加安静了。

下午三点半，她决定去和刘元元会合了。

谢新昭把沈瑜送到地铁站，欲言又止。

沈瑜道了一声"再见"，进了地铁站。

地铁走走停停，在城市中穿梭。

地铁的小屏幕上正放映着一部青春电影的预告。

屏幕里，男女主角一起看流星，女生正对着流星许愿。

看着电影女主角的脸，沈瑜忽然想起自己曾经许过两次愿望，全部和谢新昭有关。

一是希望他平安，二是希望他快乐。

可是怎么办？和自己在一起，他似乎两样都做不到。

沈瑜觉得，真正的爱情应该会让人变成更好的自己。

连刘元元都说自己和谢新昭在一起后变得有"人气"了。

可是他呢？和自己在一起后，他没有变得更好，状态反而更糟糕了。是不是自己做得不够好？

沈瑜陷入了自责中。她有点不知道该怎么办，第一次，产生了分开的念头。

理智上认为要破釜沉舟分开试一试，情感上却又舍不得。心脏被继续和停止两种情绪不断拉扯，拧成了麻绳。

剪不断，理还乱。

地铁上的人来来往往，上上下下。

透过面前陌生人潮的缝隙，沈瑜怔怔地望着荧幕上的电影预告发呆，只觉得这世间情感，数爱情最磨人了。

第六章

发送失败的信息

沈瑜和刘元元约在地铁口的大众书局碰面。

两人坐在靠窗的位置，窗外正对着街角。这里是 A 市的繁华地带，马路上车来人往。

沈瑜单手托腮，转向刘元元。

"我问你一个问题。"沈瑜仔细考虑着措辞，"如果……你面前有两条路。一条是正确的路，一条是你内心想走的路……"她眨眨眼，黑白分明的眼睛看着刘元元，"你会选正确的还是选自己想要走的？"

刘元元皱眉："要是我，肯定会跟着自己的心走。"

话音落下，桌上的号码牌响起来，红灯闪烁。

沈瑜一顿，和刘元元一起去拿饮料回来。

刘元元："那你呢？"

沈瑜还没来得及回答，两人之间的对话就被一个电话打断了。

刘元元眼尖，看到了屏幕上的名字——谢新昭。

"还是这么黏人啊。"她调侃道。

沈瑜扯扯嘴角，走到一边接起电话。

谢新昭问她这里什么时候结束，他来接她。

沈瑜顿了顿："我也不确定，结束了我自己回学校吧。"

谢新昭："不，我有事想和你说。你来我这儿好不好？"

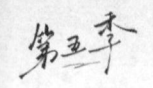

沈瑜安静了几秒没说话。

"真的有事。"谢新昭似乎怕她以为自己使小性子,补充了一句。

"好,正好我也有事想和你说。"

沈瑜吐出一口气,答应了。

择日不如撞日。优柔寡断不是她的作风,索性快刀斩乱麻。

同刘元元吃过晚饭后,沈瑜被谢新昭接回了家。

回去的时候正值高峰,有些堵车。

路边高楼灯火辉煌,车子走走停停,街道上的车灯首尾相连,好似一条蜿蜒的红橙色纽带。

沈瑜心事重重,望着车窗外蔓延的灯火发呆。谢新昭不知在想些什么,一路上也没怎么说话。

到了家里,沈瑜弯腰换好拖鞋,一抬头,发现谢新昭倚在墙边,目光静静地看着自己。

沈瑜望向他,轻声开口:"不是有事要和我说吗?"

"嗯,但是不急。"谢新昭伸手,理了理沈瑜的头发。

"先吃点水果吧。"

沈瑜张口欲拒绝,他已经先往厨房的方向走了。

她脚步顿了下,也跟了过去。

谢新昭打开冰箱,从里面拿出两个苹果。

沈瑜忽然想起来,这是前两天自己和谢新昭一起散步回来买的。自己不在的这两天,他好像一点也没动。

谢新昭弯腰,仔细冲洗手里的苹果。灯光下,他的手指修长,骨节分明,动作间,隐隐透出手背上青筋的轮廓。

这么漂亮的一双手,做这种微不足道的小事都很养眼。

沈瑜怔怔地看着他的动作,开口提醒:"冰箱里的水果你记得吃,不然会坏。"

谢新昭动作不停,随口道:"坏了就扔掉好了。"

沈瑜顿了下,点点头。

"嗯,坏了就不要好了。"即使本能地会因为它曾经的价值而舍不得,可这并不会影响决定。

东西坏了,就应该丢掉。

坏掉的感情,也应该被丢弃。

谢新昭洗好苹果,抽出水果刀削皮。黑色的刀柄架在虎口处,手背上青色脉络随着削皮的动作似乎跳了下。

"对了。"他不经意地开口,"你不是也有话和我说吗?"

沈瑜："嗯。"

谢新昭削皮削得很熟练，且果皮未断，整圈整圈地松松围在苹果身上。

半天没有等到下一句，他抬头看向沈瑜。

也是这一瞬间，沈瑜下定决心。

"我们分开一下吧。"

谢新昭脸上的笑意凝固了，手一抖，果皮断了，落在料理台上。

谢新昭皱眉，用了几秒才反应过来她的话。

"什么？"他左手一滑，苹果"咚"的一声掉落。

他的表情很难形容，声音低低的。

"你在开玩笑吗？"

"这一点也不好笑。"

他自问自答，握着水果刀的手无法控制地隐隐发颤。

沈瑜的心狠狠一抽，还是望着他，肯定道："没开玩笑。"

然后，她看见谢新昭的眼眶瞬间红了。

"为什么？"谢新昭几乎是用气声在问，"你不喜欢我了吗？"

不是说好了会一直陪着我的吗？

沈瑜张了张口，说不出话来。

谢新昭握着水果刀的手抖得更加厉害了。

他安安静静的，就用那双通红的眼睛看着她，嘴角紧抿，脸部肌肉不受控制地跳动。

他没有掉泪，可表情比哭还要难过。

沈瑜怀疑，只要自己说不喜欢了，他会毫不犹豫地把刀尖转向他自己，插进去。

斟酌再三，沈瑜再次开口："我只是觉得，我们可以分开试一试，说不定你的情况会好些。"

"我不要。"

谢新昭扔下水果刀，走过来抱住沈瑜。他的力气很大，恨不能将人扣进身体里。

"我不分手。"

"小瑜，我不想分手。"

谢新昭被这突如其来的话弄蒙了，他不知道该怎么挽留，只会翻来覆去地说着几句话。

"不要离开我。"

"求你。"

沈瑜的眼眶和鼻尖都在发酸，她吸了吸鼻子："可是——"

"没有可是。"她的话被人慌乱地打断。
"给我几天时间,我可以好好睡觉的。"
谢新昭的唇在她的脖颈处胡乱地亲吻,低声恳求。
"别走,宝宝。"
沈瑜的身体颤了下,垂在身体两侧的手抱住少年的腰。她的心酸酸软软,眼底发热。
面对这样的谢新昭,她狠不下心来。
谢新昭察觉出她的软化,手臂更加用力。
"我还有事没和你说。"
"什么事啊?"她抬头,眼睛潋滟,泛着粼粼波光。
谢新昭低声道:"查到徐玖的下落了,他也在A市上学。"
沈瑜神色顿时一凝。

两人坐在沙发前的地毯上。
谢新昭打开手机按了几下,递给沈瑜。
"你看是他吗?"
沈瑜接过来,看着手机里的照片皱眉。
她有些困惑地看向谢新昭:"有点像,可又不太像。"
她眯了眯眼回忆:"他以前不长这样。"
谢新昭点点头:"他脸上动了刀,也改名字了。他现在叫徐修瑾。"
沈瑜愣了愣,心口莫名有些慌。
"他改名和动刀不一定是为了你,别怕。"谢新昭安慰道。
沈瑜点点头,下一秒,她被他扳过身体,与他面对面。
谢新昭的眼眶依然有些红,一副心有余悸的模样。
"我会保护你,睡眠也会好,上学以后,你可以随时查。"
沈瑜怔怔地看着他,没有说话。
谢新昭的声音低低的:"说好的,十月我们还要一起去剧院看舞剧呢。"他的声音抖了一下,"好吗?"
沈瑜顿了几秒,点点头,妥协了。
她承认,自己也放不下,舍不得。
谢新昭的心情大起大落,整个人无法安稳下来。他俯身亲她,呢喃着请求:"不要丢下我,宝宝。"

第一次提分手,以沈瑜的心软告终。
第二天,沈瑜在谢新昭家待到中午。她叮嘱谢新昭记得抽空去理发,自己则出门和沈朗、沈松源一起吃了午餐。

吃完饭之后,沈朗和沈松源要去机场,沈瑜独自一人回了学校。

再次回到宿舍,宿舍里的人已经到齐了。

除了昨天来的周乐,另外两个舍友一个叫姚窕,一个叫赵存存,都是A市本地人。

姚窕身高一米七五,大长腿、大波浪,御姐范十足。赵存存笑起来有一对小梨涡,长相偏可爱。

看到沈瑜,姚窕上下打量了几秒,笑着说:"原来就是你啊。昨天你来报到时的照片在群里传开了,说我们系来了一个仙女。"

昨天新生群里发了不少照片,其中一张就是沈瑜的。照片上的女生肤白似雪,黑色长发柔顺飘逸,虽只露出了侧脸,却气质清冷出尘,有种"犹抱琵琶半遮面"的朦胧美。

周乐:"等你们看到她的男朋友,会更惊艳的。"

"真的?"赵存存两眼放光,"很帅吗?"

周乐点点头:"超级帅。"

昨天还有点怯生的人似乎已经融入了环境,开起了玩笑:"在我们镇起码也是个镇草。"

姚窕吹了声口哨:"我以后肯定也要找个帅的,不然亲都亲不下去。"

话音落下,其他几人都笑起来。

聊天时,沈瑜的手机响了一声,剪好头发的谢新昭发来了自己的自拍照。

他的头发剪短了些,看上去清爽干净,眉眼清俊,轮廓分明。光看正面的话,依旧是三好学生的模样。

可他的侧面发型却极为特别,耳朵上方的头发剃得很短,用推子推了一个字母"S"的形状,好像一个文在头皮上的图腾。

沈瑜怔住。

他的下一条消息立刻发过来:好看吗?

沈瑜顿了顿,回复:挺特别的。

谢新昭:你喜欢就好。

几天后的开学典礼,谢新昭作为新生代表上台发言。

他是空着手上去的,白衫黑裤加身,身姿修长挺拔,端的是一表人才、玉树临风的模样。

"大家好,我是来自明远学院的大一新生谢新昭……"

谢新昭全程脱稿,声音清冽,一张脸棱角分明,眉清目朗。

沈瑜听到了旁边女生的窃窃私语。

明远学院是A大的王牌学院,隶属于商学院。比较特别的是,他们可以

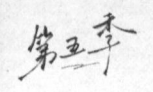

选修 A 大的所有专业。培养出的是精英中的精英，录取条件自然也极为苛刻。

明远学院的新生们仿佛自带光环，每一次开学演讲的新生代表也都出自这个学院。

谢新昭发言时，不少同学拿出了手机拍他。

沈瑜旁边的女生像发现了什么新大陆似的，小声惊呼了一下。

"你看他头发上好像有个字母。"

"真的哎！"

旁边的女生不断拉近镜头，聚焦在他左耳上方的位置。

"是个 S。"她很肯定地说。

"什么意思？"

"Super？"

"Star？"

"Stay？"

几个女生讨论起来。

沈瑜望着台上的人怔怔发呆。隔着重重人海，那是只有自己知道的爱意表白。

"……'大学者，研究高深学问者也'。你我今日有幸相聚在 A 大，以后也将是各行业的栋梁。愿诸位校友同我一起，风雨兼程，不负荣光。"

谢新昭话音落下，向台下鞠了一躬，潇洒下台。

台下爆发出了如雷的掌声。

沈瑜的眼睛有些发热。这样的谢新昭，才是他本应该的样子，年少有为，意气风发，有挥斥方遒的志气和壮志凌云的理想。

这番漂亮励志的演讲宣言很快随着谢新昭本人在 A 大引发了一场热烈讨论，他的照片以光速在校内论坛和表白墙等地方刷了屏。

谢新昭本人很低调，没有人知道他是万航集团的公子，校园网上只有他漂亮的成绩单和英俊得过分的证件照。外表清俊淡漠，为人高冷，却有一个与之形象十分不搭的发型。

"我发现，帅哥就算留个非主流发型也是帅的。"姚寙翻着表白墙上的照片，感叹了一句。

周乐后知后觉地走过去瞄了一眼，吸了一口气。

"这，这不是……"她震惊地看向沈瑜。

沈瑜正站在床边拉筋，一只脚站在地上，另一只脚高高跷在爬梯上呈 180 度。对上周乐的眼神，她点了点头。

敷着面膜的赵存存走过来，拍了下沈瑜的屁股。

"这么积极练功？"

"原来她们一直说的新生代表是你男朋友啊！"周乐捂着嘴巴，有些激动，"我说呢！我们学校这么多大帅哥吗？"

这话一出，其余两个舍友愣了。

"谢新昭是你男朋友啊？"姚宛惊讶。

沈瑜淡定地"嗯"了一声。

姚宛霎时明白了："那他头上的'S'指的是你？"

沈瑜点点头，不动声色地换了一条腿压着。

宿舍里沉默了几秒，然后爆发出了巨大的惊叫声——

"快点把恋爱故事从实招来！"

…………

伴随着欢乐的宿舍生活，军训也随之展开了。

A大的军训很严格，沈瑜必须住在宿舍，应对随时可能抽查的教官和突如其来的集合命令。

平时她会趁着和谢新昭吃饭的时间，抽空查看谢新昭的睡眠状况。

令沈瑜欣慰的是，他的睡眠竟然真的好了起来。

军训时间持续到九月底。这期间，只有一个中秋节假。

临放假那天下午正好大雨，军训只能取消。

同学们为了这多出来的半天假欢呼雀跃，整个大一宿舍楼都洋溢着快乐的气息。

沈瑜也简单收拾了几件衣服，计划去谢新昭那里待几天。

差不多收拾好的时候，宿舍的门被人敲响了。

"沈瑜在吗？"门口的女生说，"有个男生叫你去北门。"

沈瑜："好，谢谢。"

"哇哦，男朋友来接啦。"赵存存打趣。

沈瑜这几天已经习惯了她们的玩笑，一笑置之。她背着包下楼，打上伞往北门走去。

今天的雨有些大，雨声喧嚣。主干道上停着些来接人的车子，路上的行人不多，掩映在各色伞下，看不清面容。

沈瑜穿着凉鞋往北门的方向走，即使她万分小心，脚踝还是被溅到了些许雨水。

快走到北门时，她停下脚步，忽然意识到不对。

谢新昭接她从来都是等在宿舍楼下，就算是司机来接，也可以直接开进学校。

下雨天，他不可能让自己打伞走到北门。

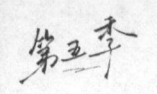

沈瑜低头看着自己发白的双脚，心跳蓦地快了起来。

几乎是同时，她听见身后有人在叫自己的名字。

沈瑜脊背一僵，回头，看到了一张和噩梦中三分像的脸。整容后的徐玖鼻子变高了，开了双眼皮，下巴也尖了。

沈瑜四肢发凉，想尖叫，喉咙却被堵住了似的叫不出声。

她只能怔怔地看着徐玖向自己走近两步。

他笑着说："原来你喜欢这种长相的。"

沈瑜捂住了嘴巴，后退两步。

她这才惊觉，徐玖根本就是照着谢新昭的五官在调整，甚至，连他头上的 S 字母也被复刻了。

这一幕，几乎和她曾经的噩梦重叠了。

沈瑜知道大庭广众之下他不敢对自己怎么样，可她还是惊恐地睁大了眼睛，身体不可避免地颤抖起来。

就在沈瑜腿软到几乎要站立不住时，旁边忽然驶过一辆黑车，车子一个紧急刹，停在徐玖旁边。

下一秒，车门打开，谢新昭从后座上下来。

他没有打伞，手臂直接抡向徐玖，他卡住徐玖的脖子，从后面把徐玖往车上拖。

徐玖反应不及，手里的伞掉落在地，眼睛很快被雨水打湿，手脚并用地挣扎起来。他的脖子被卡住，只能发出"嘶嘶"的声音，双腿无力地蹬着。

沈瑜还没有反应过来，车上的司机也下来，帮着谢新昭将徐玖推上车。

随后车门一关，车子扬长而去。

两人看都没看沈瑜，整个过程不超过一分钟，快得好像没有发生过任何事。

沈瑜站在原地，脸色苍白，心跳得很快。

直到黑色的车子消失在校门口，她才如梦初醒。

沈瑜颤抖着从包里拿出手机，一遍又一遍地拨打谢新昭的电话，意料之中的没有人接。

沈瑜定了定神，握着手机急忙往校外跑去。

站在门口，她想了想，往西跑去。

北门的西边有一条隐秘的小巷，平时没什么人。

沈瑜跑得很急，伞面几乎挡不住迎面而来的雨。

终于，她在巷口发现了黑车的踪影。顾不上地面上的水洼，沈瑜撑着伞径直往巷子里冲。

往里跑了五十米左右，沈瑜脚步一顿，怔怔地看着眼前的场景。

徐玖像块破抹布一样躺在地上，头被司机按在地上，一副鼻青脸肿的模样。

谢新昭的白色衣服被雨淋湿，黏在身上，胸襟处还沾了血迹。他一脚踩在徐玖的背上，手里拎着一根棍子，眼神狠厉又冷酷。

沈瑜张了张口，声音轻而颤抖："谢新昭。"

谢新昭回头，眼神在看到她的一瞬间变得柔软下来。

像是想起了什么，他的脸上闪过一丝慌张，快速扔掉手里的棍子。

大雨滂沱，整个世界都安静了。

隔着丝丝雨幕，谢新昭的表情看起来有些难过，声音仿佛也被雨水淋湿，变得模糊不清。

"宝宝，对不起，我又打架了。"

被发现了，谢新昭下意识地向沈瑜道歉。

沈瑜眼眶一热，视线变得模糊。泪眼蒙眬中，谢新昭向她走过来。

他全身湿透了，走近了看，身上有泥点和血渍混在一起的痕迹，白色衣服变得又皱又脏。

司机留下来处理徐玖的事，谢新昭开车带沈瑜回家。

雨天如烟似雾，车水马龙的街景被氤氲得模糊。

一路上，两人谁都没有说话。

到家后，谢新昭将身上乱糟糟的衣服脱掉，露出清瘦结实的上半身。

沈瑜跟在他后面准备换鞋。

"等一下。"谢新昭出声。

他在玄关蹲下，解开沈瑜的鞋扣。他的头发湿漉漉的，被他进门前随手一撸，水滴摇摇欲坠，耳朵上方的S显得湿蒙蒙的，看不清晰。

他的脖颈修长白皙，黑色线绳上的观音吊坠一晃一晃。肩膀宽阔结实，脊背一条深深的竖沟，再往下是精瘦的腰身。

谢新昭一条腿跪在地上，将沈瑜的脚放置在膝盖上，用脱下的衣服仅剩的干净地方擦拭沈瑜的脚。

这双脚，现在实属算不上好看，甚至有些狼狈。脚底沾着雨水湿漉漉的，脚侧被溅到泥点显得脏兮兮的。

沈瑜有些不好意思地缩了缩脚，脚腕却被人紧紧抓住，又往回拽了拽。淋了雨的皮肤偏冷，还有些泛白。

男生的手心温热，低着头安静地擦拭她脚的动作温柔又仔细。

沈瑜怔怔地看着他的后颈，蓦然被这一刻的脉脉温柔弄得鼻尖发酸。她张了张口，最终还是什么都没说。

谢新昭为她擦好了脚，从鞋柜里抽出家居拖鞋给沈瑜穿上。粉色的家居鞋，和他的是情侣款式。

谢新昭抬起头，对上沈瑜的眼睛。

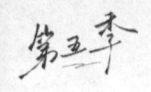

"你的脚好冷，泡一下吧。"

沈瑜眼睛发红，睫毛颤个不停，嘴唇抿着，说不出话来。

谢新昭起身，手指抹上她的眼角，嘴角试图扯开一个笑："怎么了？"

沈瑜吸了一口气，忽然伸出手，扑进他怀里。

谢新昭愣了下，下意识要扯开她："我身上脏。"

沈瑜抱住他不放，脸贴着他的胸口。

他的后背还有未干的雨水，手心碰到一片湿凉。胸口皮肤微凉，玉观音坠在沈瑜的耳侧。

沈瑜的手臂紧了紧，声音颤抖："你会不会有事？"

谢新昭身体僵住，心脏狠狠抽了一下。

不是那个人有没有事，也不是那个人怎么会在A大，更不是怪他打架。

他的小瑜最关心的还是他。

谢新昭咽了咽口水，哑声道："不会。"

沈瑜仰起头，泪眼蒙眬的。

"真的？"

谢新昭再也忍不住，声音哑到不行："我去洗澡。"

沈瑜顿了顿，拎着包去了卧室。

沈瑜走到床头柜前，想看看手环在不在里面。

打开抽屉，她蓦地一怔。抽屉里不是手环，而是一瓶药。

沈瑜呼吸一窒，拿起药瓶看说明。

——是安定。

沈瑜的腿一软，坐在了地板上。她握着药瓶的手微颤，将东西放回了原处。

原来他一直都没有好。

就像何阿姨说的，他只会在自己面前伪装成一个正常人。

沈瑜胸口堵得难受，有种熟悉的无力感。她捂着心口好一会儿，这才慢吞吞地起身。

她将包拎出了卧室，当作自己没有进过这间房。

谢新昭出来时，沈瑜正坐在阳台的摇椅上，透过落地窗怔怔地望着外面的雨发呆。

及腰的长发披着，白衫长裙，背影清瘦单薄。配合上窗外阴沉的天色和连绵的雨幕，有种孤独和脆弱的氛围。

他大步走过来，俯身在沈瑜的脸上亲了一下。

"下雨天有什么好看的？"

沈瑜侧头望着他，没有说话。

他换了身干净的衣服，头发也简单吹了吹，蓬松柔软。眉眼依旧干净漂亮，是清新的少年气。

走过来时带着一身的凉气，像是洗了冷水澡。

沈瑜转回头，手抠进了裙子，尽量保持平静。

"随便看看。"她的声音很轻，神色迷茫朦胧。

外面的天色阴沉沉的，雨水打在窗户上，发出不轻不重的敲打声。

沈瑜怔忪的脸隐约映在玻璃上，雨水潺潺，看上去是一张流泪的模糊面容。

谢新昭的心脏骤然一紧。

洗了个澡的时间，现在的沈瑜看上去似乎和刚才不同了。

他不知道原因，心里却本能地一慌，产生了一种类似于上次被提分手时的无措和慌乱。

谢新昭蹲下来，握着沈瑜的手。

沈瑜低头看着两人交握的手，鼻尖微红地转向他。

"我该怎么办啊？"她轻声问。

他们应该怎么办呀？除了分手，好像怎么样都不对……

谢新昭连忙拥住她。

"没事，宝宝。"

他小心翼翼地猜测："是在担心那个人还会找你吗？"

他甚至不想提那个人的名字。

沈瑜的神色微微一凝，其实她一点都没有想起徐玖。

但眼下她不知道如何说，便轻轻点了点头。

谢新昭退开些，揽着她的肩，低声和沈瑜说了原委。

今天司机来的路上有些堵车，到A大晚了些。谢新昭到沈瑜的宿舍楼下时，正好碰到她的舍友，她们很奇怪地说沈瑜几分钟前就下楼了。

他立刻就想到了徐玖，要司机往北门开。正巧，在路上遇到了两人。

谢新昭轻拍她的背，安慰道："没事了。我们已经拿到证据，会把他送到警局。"

沈瑜下巴抵在他坚实的肩膀上，轻轻点了点头。

晚上，两人照例睡在一起。

沈瑜眼睁睁地看着谢新昭在她面前打开了床头柜的抽屉，从里面拿出手环戴上。

——里面空荡荡的，已然没有了那瓶安定。

那天晚上，谢新昭抱着她睡得很好，可沈瑜却听着窗外的雨声失眠了。

这场雨缠绵了很久，中秋三天的假期，雨就断断续续地下了三天。

Di wu ji

细雨霏霏，如茫茫迷雾，像极了他们乱成麻的感情。

这三天里，沈瑜表现得一切正常，可谢新昭还是敏感地察觉到了异样。

他问了几次沈瑜是不是有心事，沈瑜摇头说没有。

谢新昭内心焦虑，只当她是担心徐玖的事，打了好几个电话问进度。

可沈瑜真的太不对劲了。应该说，她这几天太乖、太安静了，吃饭的时候乖，休息的时候乖，亲密的时候乖……

她习惯用那双水灵灵的眼睛看着他，安静不说话。每到这时候，谢新昭的心脏都像被针狠狠扎过，泛起细细密密的疼和胀。

她像一阵清风，随时都会离他远去似的。

握不住，也抓不紧。

这几天，谢新昭黏沈瑜黏得紧，几乎到了见不到她就要找的地步。

假期的最后一天，两人一起在家里吃了午饭。

天色暗沉，连绵的雨天让地面湿漉漉的，空气中满是潮湿。

沈瑜吃过饭，一个人默默地在卧室里收拾背包。

她面色平静，心跳却乱到不行。明明已经做好了决定，可到了这一刻，还是很难面对。

拉上背包拉链的时候，谢新昭从门外进来了。

"外面下雨，我们等会儿走吧。"

沈瑜转身看向谢新昭，轻轻开口："谢新昭，是不是我说什么你都会答应啊？"

谢新昭笑着点头："是啊。小瑜想要什么？"

沈瑜吸了一口气，神色平静："我想分手。"

谢新昭的表情瞬间僵住。

沈瑜抿了抿唇，轻声补充："这次是真的。"

这平淡无波的话像一把刀，狠狠插进了谢新昭的心脏。他喉咙似被情绪堵住，半晌才找回自己的声音。

"为什么？"他的声音轻颤，快速在脑子里搜刮原因，"因为我打人了吗？"

他几步走过来，神色慌乱地抓住沈瑜的肩。

"我答应你的事没做到，是因为这个吗？你不喜欢我打人，我以后——"

沈瑜鼻尖一酸，摇摇头，打断他："不是这个。"

窗外雨声潺潺，世界变得一片混沌。屋内的光线昏暗不明，谢新昭难过的表情却那么清晰。

他的喉结动了动，声音沙哑："那是为什么？"他红着眼睛，神色有些崩溃地质问，"我们不是才开始吗？"

我们还没有一起看舞剧，一起去图书馆自习，一起打水，一起毕业，成为人人羡慕的一对。

我们不是才刚刚开始恋爱吗？怎么就要结束了？

房间里很安静，只有窗外淅淅沥沥的雨声。

沈瑜无法回答谢新昭的问题。

是啊，他们的恋爱好短暂。明明一起经历了好多事，可仔细算算，也就一个夏天的时间。

谢新昭蹙眉，喉结动了动，艰难地又问了一次："为什么？"

沈瑜垂下眼，抿唇道："我看到你的安定了。"

话音落下，谢新昭吸了一口气，喉头里难以抑制地发出一声哽咽。

他转身，用手揉了下眼睛，径直走出卧室。

沈瑜抬头看向窗外。天际一声惊雷，乌云滚滚，天色竟一下黑得如夜晚一般。

手机响了两声。

几分钟前，她给何宁娴发了信息，请对方务必带谢新昭去看医生。

现在何宁娴回复了：好，我会想办法。

沈瑜的手指颤了颤，回复：谢谢阿姨。

何宁娴：司机已经告诉我打架的事了。出国和看病我这边负责，你不用担心。

沈瑜回了个"好"，拎着包走到客厅。

窗外的天已然成了深灰色，风声呜咽咆哮，雨水淋湿玻璃，视野模糊。

谢新昭佝偻着背坐在地上，他躲在沙发和茶几的角落里，双手掩面，肩膀隐隐颤抖。

沈瑜眼底一热，胸口被酸胀感涨满。她放下包，走到开关前，欲开灯。

谢新昭似乎知道她要干什么，声音沙哑地阻止："别开灯。"他的声音里隐隐带着哽咽，"请你不要开灯。"

谢新昭不想让自己的狼狈和难堪在灯光下无所遁形，想在黑暗里保留最后一点体面。

沈瑜放下手，慢吞吞地走过去。

她在谢新昭面前蹲下，拉下他掩面的手。

谢新昭的手心里是湿的，眼睛通红。他安静无声地流着泪，神色无措又茫然。

"我已经把所有时间都用来挽留你了。"

"可是怎么办？"

他的睫毛是湿的，眨了眨，又落下一串泪来。

"我好像，还是留不住你。"

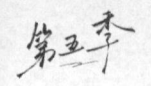

他是真的没有办法了，慌不择路到只能来问沈瑜这个当事人。

到底要怎么做？到底要我怎么做，才能留住你啊？

沈瑜鼻子一酸，眼泪也跟着落下来。

"对不起。"她只能连声道歉，"是我不好。对不起。"

可是，她真的没办法看他做伤害自己的事，不愿看到他宁愿吃安定也不肯和她说实话。

谢新昭胃里泛起酸水，呼吸急促："我不要对不起。"

沈瑜怔怔地看着他，轻声问："如果，你早就知道我会提分手，是不是在和徐玖打架的时候，会故意受伤？"

谢新昭一愣，渐渐了然。

他扯扯嘴角，竟是笑了。

"是。"

谢新昭盯着沈瑜清亮的眼睛，胸口被绳子勒住般疼痛。

"你知道了，觉得我是和他一样的疯子，害怕了？"

沈瑜吸了吸鼻子，声音颤抖道："我不想你因为我这样！不安、自残、失眠……还有什么？"

她的眉毛蹙起来，眼睛里有水光："好的感情应该让人变得更好，而不是这样……"

谢新昭肺里的空气好像被抽干，快要呼吸不过来了。他剧烈地喘息，身体微颤："对，我不够好，不配和你在一起。"

沈瑜摇头，看着他，认真地说："等我们都长大，成为成熟的大人，如果那时候你还愿意，我……"

谢新昭的脑子里"嗡嗡"作响，视线里出现了点点虚无的斑点。他的世界好像成了无声的黑白色。

沈瑜的嘴巴在一张一合，可他听不清声音。

头疼，喉咙疼，胃也疼。

谢新昭一手按住头，看着沈瑜的眼睛里闪过一丝倔强。

"这次你不要我，我真的会走。"

沈瑜的嘴巴还在说着什么，可他已经听不见任何声音了。

谢新昭的耳边"嗡嗡"声一片，额头青筋暴起，头痛欲裂。

他揪着自己的头发，试图保持清醒。可是没有办法，泪从充血的眼睛里流出来，口干舌燥，声音沙哑。

"我不是你养的一只狗，这次你不要我，我真的会走。"

他是穷途末路的嫌疑犯，试图用最后一点情感打动追杀他的警察。

然后，他看见沈瑜停顿片刻，点了点头。

谢新昭"呵"了一声，别过脸。

多可笑。

这个时候了，他居然还妄想用这种招数留住沈瑜。

忘了吗？她已经知道你是个疯子。

而她，最怕的就是疯子。难道你也想变成她的噩梦吗？

在这一刻，谢新昭彻底绝望了。

他明白，一切已经没有转圜的余地。

他将头埋在手掌里，肩膀抽动。

"你走吧。"

沈瑜没有动。

看着他这样，她无法做到无动于衷。

片刻，谢新昭抬头看向少女泛红的眼睛："还在这儿干吗？看我有多可笑吗？"

沈瑜心跳得很快，神色带着担忧和关心："你说过，就算我们分手了也会好好的。"

谢新昭神色稍顿，冷笑了一声："干吗？担心我自杀？"

这两个字果然是沈瑜的死穴。闻言，她身体一颤，眼神瞬间变得慌乱而害怕。

谢新昭喉头发疼，还是没忍心。

"说了是哄你的。"

沈瑜的眼皮颤了颤，依旧蹲在他的身边。

谢新昭定定地看着她："你现在是不是很内疚？"

沈瑜咬唇，点点头承认了。她觉得自己做了恶人。

房间里安静得迫人。

半晌，谢新昭冷冷地开口："那好啊。

"我要你觉得亏欠我。

"永远也忘不掉我。"

沈瑜回到 A 大时有点晚，同学们陆陆续续地已经到了。

天色阴暗，细雨飘摇，连续几天的雨水让校园的路面上多出不少小水坑。同学们被这连绵的雨天弄得心情烦躁，抱怨 A 市的天气。

神奇的是，这雨在晚上停了。

第二天天气放晴，军训继续。

早上起来换军训服时，沈瑜的舍友们在一旁抱怨。

沈瑜安静地换好衣服，没有说话。她的舍友们习惯了沈瑜的性格，也没

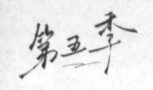

发觉出异常。

晚上，舍长姚窕从外面回来，径直走到沈瑜面前。

"沈瑜。"

沈瑜抬眸："怎么了？"

"之前迎新晚会你不是报了群舞嘛，"姚窕面有难色，"可以改成男女双人舞吗？和纪衡搭档。页页练舞时把腿摔了，跳不了。现在时间紧，也只有你可以顶了。"

沈瑜犹豫了一下，便同意了。

把精力集中在跳舞上，可以暂时让她不去想谢新昭的事。

后面的几天，沈瑜白天军训，晚上去练功房同纪衡排练。她尽量让自己忙碌起来，忙到没空想其他事。

舍友们也知道她分手了，识趣地不再提起谢新昭。

沈瑜曾联系过何宁娴，关心谢新昭的情况。

何宁娴说在处理出国的事，要她放心。

沈瑜道谢，手指一滑，停留在了谢新昭的头像上。

她没忍住，点了进去，这才发现他换了头像。

原先他的头像是一片璀璨的星空。那是他们偷偷从家里溜出去看流星时的那个夏夜拍的。

而现在，他的头像变成了夜晚的郊外。夜空中没有了星星，只有一轮残月。荒郊野地里站着一个人，背影萧索寂寥。

沈瑜顿了顿，退出微信，洗了把脸，换了套衣服去了练功房。

同天晚上，沉默了几天的人给沈瑜发来了消息。

——我想再见你一面，可以吗？

那天纪衡有事，沈瑜一个人坐在空荡的练功房里，久久没有回应。

片刻，那个黑色背景的头像又动了。

——我在你宿舍楼下等你。

——会等到熄灯。

沈瑜的心跳骤然一停。

现在是晚上七点，距离熄灯还有四个小时。

她反应了几秒，猛然起身。

她一路小跑着到了宿舍楼附近，才渐渐慢下脚步。

看到谢新昭的那一刻，她呼吸一窒，胸口发疼。

好久不见，他整个人瘦了一大圈，孤零零地坐在女生宿舍楼下的石凳上。

他穿着黑色连帽卫衣和黑色长裤，帽子扣在头上，挡住了大半部分的脸。

天色渐暗,他几乎和环境融为一体,灰蒙蒙的色调,让人难受。

沈瑜停下脚步,没有上前。

她咬唇,发消息给他:有事吗?我不想下楼。

谢新昭的手动了动。

他低头看向手机,手指在上面按了按。

聊天框里跳出一条新消息:就说几句话,想再看看你。

还有必要吗?既然决定分手了,就不能犹犹豫豫。

沈瑜走到距离他身后几米远的树后,忍着内心的酸涩回复他:不用了,你回去吧。

然后,她看见谢新昭低头看着手机久久没有动作。

半晌,手机再次收到消息。

他执拗地重复了一遍:我等你到熄灯。

沈瑜不再回复。

谢新昭也不再发消息过来。

他弓着背坐在石凳上,背影萧条,像一尊沉默的雕像。

校园里人来人往,有人路过时好奇地看向他,他恍然未觉。

八点多的时候,天空飘起了绵绵细雨。同学们飞奔着往宿舍赶,路上的人一下少了起来。

沈瑜收到舍友的消息,问要不要给她送伞。

沈瑜回复"不用",依旧默默地看着谢新昭。

他戴着卫衣的帽子,似乎没有感觉到这雨。偶有斜风刮过,衣服紧紧裹在身上,勾勒出比之前更加清瘦的线条。

细雨飘飘扬扬,如烟似雾。他好像身在迷雾之中,眨眨眼就会不见。

沈瑜躲在树后,始终没有上前。

这场秋雨没有持续太长的时间。

雨停的时候,夜已深,灯影朦胧,宿舍楼下只有零星经过的人。

姚宪问沈瑜怎么还不回来,要不要替她签到。

沈瑜说自己晚点回去,不用管。

十一点,宿舍楼熄灯了,楼上的宿舍一片漆黑,只有楼道里的灯还亮着光。

沈瑜动了动自己站到发麻的双腿,看着前方依旧一动不动的身影。

不是说好十一点吗?怎么还不走?

又过了不知道多久,有晚归的女生叫宿管阿姨来开门。

女生上去后,正欲关门的宿管阿姨发现了坐在外面的谢新昭,走过来问:"你是谁啊?怎么还不走?"

谢新昭沉默。

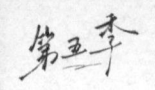

宿管阿姨有点生气了:"你再不走我叫保安了。"

谢新昭动了动,看向女生宿舍楼。

一片漆黑。

他不知道自己在期待什么。

像是一个怀着侥幸心理的赌徒,明明已经输得很惨了,却妄想着也许下一局就会赢。

明明沈瑜已经拒绝了见面,他却总想着再等一下,也许再多等一会儿,她就会下来。

赌徒不会赢。

他也不会。

谢新昭动了动唇:"我走。"

他起身,戴着帽子,双手插兜,离开的背影高瘦萧索。

他走得不快不慢,身影渐渐消失在茫茫夜色中。

沈瑜目送他的背影消失,才返回宿舍。再一次被叫起来的宿管阿姨很不满,对着沈瑜好生教育了一通。

沈瑜默不作声地听着,眼圈一点点红了。

"行了行了,你这姑娘别哭啊。"

"这么晚回来不危险啊?快上去吧。"

沈瑜道歉,点点头,上楼了。

回到宿舍,她一头栽倒在床上,连续打了几个喷嚏。

淋了一场潇潇秋雨,沈瑜发烧了。

她缺席了第二天的军训,直到中午才起床。沈瑜的舍友们给她带了一份清粥,面色担心地看着她。

一个上午,谢新昭昨晚坐在石凳上的照片已经传开了。

学校表白墙上好几个人问坐在女生宿舍楼下的帅哥是谁。

照片模模糊糊的,他穿着一身黑,露在外面的脚踝清瘦白皙,戴着帽子的脸看不清晰,但挺拔的鼻梁和利落的下颌线也足以让人心动。更不要说这样独坐几小时等待的痴情行为。

于是很快,他的身份就被人扒出来了。

"你昨天没去见他啊?"周乐小心翼翼地开口。

沈瑜额头上贴着退热贴,坐在桌前小口小口地喝着粥。

她摇摇头,病容苍白。

"为什么啊?他看上去好可怜哦。"赵存存问。

沈瑜放下勺子,安静了好久才回答:"我怕我见到他,会忍不住开口叫他留下来。"

沈瑜心里明白,只要自己开口,他就会留下。甚至,或许他本身就是来要自己挽留他的。

几个舍友对视一眼,噤声不语。

沈瑜的语气平平淡淡的,说出来又觉得好伤感。

喝完粥,沈瑜打开手机打算给舍友转饭钱。

打开微信,她却蓦地一愣。

谢新昭今天早上给她发了消息:小瑜,你真的好狠心。

他抱怨着她的无情,却又在两分钟后发来了新的信息:可是怎么办,我还是舍不得你愧疚。

沈瑜的心脏快速跳动着,目光移到最后一行信息上。她睫毛颤个不停,眼底发烫。

他说——我原谅你对我的抛弃了。

分手时冷冰冰地说要让自己歉疚,可真正到了最后,他还是舍不得给自己心理负担。

他临走前做的最后一件事,是让自己毫无负担地生活下去。

沈瑜心头酸涩难忍,一直含在眼眶的泪滴落下来,晕在告别的留言上。

下午,沈瑜的身体好了些,提前到了练功房。

恰逢饭点,里面一个人都没有。做了一些基础的热身动作之后,沈瑜打开音乐,开始练习自己的那部分。

这支舞名为《雨》,讲述了一对恋人在雨中结缘,最后又在雨中分手的故事。除了一些托举动作和双人旋转动作,这个舞的难点之一是要用到油纸伞。音乐声响起,沈瑜手握一把撑开的油纸伞,翩翩起舞。

熟悉的音乐今天听起来格外感伤,沈瑜的眼泪止不住地往下流。她没有管开了闸的泪腺,动作未停。

搭档纪衡到的时候,看到的就是沈瑜一边落泪一边跳舞的场景。

那会儿已是傍晚,夕阳西下,天空弥漫着橘色晚霞。余晖落在沈瑜白绿色的长裙上,给她染上了一层淡淡的金。而她动作柔美,裙摆翩跹。长睫被眼泪浸透,湿漉漉的,脸上还有两道未干的泪痕。

光与影交错,她像一只流泪的精灵。

纪衡心里一动,站在门口没有出声。

练习这么久,他从未见沈瑜的情绪有这么大的波动,也自然不会认为沈瑜会因为这出舞落泪。

音乐声结束,沈瑜将伞合上。她用伞撑着地,剧烈地喘着气。

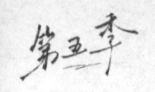

"沈瑜。"身后突然传来一道声音。

沈瑜脊背一僵,快速擦了擦泪。

她转过身,纪衡的脸出现在视线中。

屋顶上的灯光落在他脸上,形成一个光晕,晃动着看不清表情。沈瑜垂下眼,深呼吸。

纪衡向前走了几步,望着她开口:"我没办法理解有人会和你分手。"

沈瑜刚入学就引起了男生们的讨论,也很自然地知道她男朋友就是开学典礼上的新生代表,可后来没多久就听说她分手了。最近,男生那边更是传出谢新昭在办理出国的事。

沈瑜愣怔了几秒,有些意外他竟然知道自己分手了。

她扎着丸子头,下巴很尖,清瘦的脸颊上还有未干的泪痕,眼睛里却很平静,看上去楚楚可怜中又带着些倔强。

纪衡心里一动,忍不住说:"为了一个要出国的人伤心不值得,你那个男朋友——"

他的话被抵在胸口的伞柄打断了。

沈瑜反手握着伞面,将伞柄抵在纪衡身前。像一把剑,横亘在两人中间。她仿若拿着剑的女侠,小脸绷着,眼神冷若冰霜。

"我们的事轮不到你说话,请你闭嘴。"她的语气没什么波澜,听上去却有种莫名的威慑力。

纪衡愣半晌,轻轻颔首。

沈瑜慢慢放下伞,低声道:"你没资格说他。"

话音落下,她干脆利落地将伞扔给纪衡,就要离开。

纪衡叫住她:"你不练了?"

沈瑜回头,唇线抿着。

"抱歉,我现在有点生气,没办法和你一起练。我们今天各自练吧,明天再一起。"

纪衡还没有反应过来,沈瑜就已经离开了。

他看着沈瑜的背影消失在门口,笑了一声。

他被骂了,可竟然一点也不生气,甚至觉得沈瑜坦诚得有点可爱。

在后来的好长一段时间里,人人都说沈瑜看起来高冷难接近,但接触下来人也挺好的,没女神架子,脾气也好。

每次听到这种言论,纪衡都会想起那天傍晚在练功房的沈瑜。

窗外流云似火,女生的脸因为练舞而涨得泛红。她拿伞抵着自己,神色冷如寒冰。

印象里,沈瑜就生气过这么一次,只是因为自己说她的前男友不值得她哭。

国庆节，沈瑜没有回家，继续留在 A 大练舞。

那会儿听说谢新昭的退学手续都办好了。

他在 A 大只短暂地出现了一下子。除了身边的人，大多数人并不知道两人的关系。

沈瑜的生活照旧，并没有受到什么影响。

假期后的某一天，沈瑜忽然收到沈松源的微信：姐，昭哥换微信了吗？

下面是一张截图。

沈松源发消息过去显示"对方无法接收"。

沈瑜愣住。

她点开谢新昭的主页，发现多了一行"对方已经删除账号"的字样。

她顿了顿，回复沈松源：不清楚，你打他电话吧。

想了想，她又加上了一句：我们已经分手了。

意料之中的，沈松源很快发来了消息轰炸。

沈瑜不愿意多说，简单回复了几句。

沈松源大概是意识到问失恋的人太多不好，也识趣地不再多说。

只是在当天晚上，他又发过来一条消息，告诉沈瑜一些谢新昭的消息：他的手机号也变空号了。我联系不到，算了吧。

沈瑜没有再回复。

嗯，算了。

12 月 1 日是舞蹈学院迎新晚会。

那天的大学生活动中心挤满了人，不仅座无虚席，连过道都站满了人。

最后学生会不得不派人守在门口，严厉查票进场。

舞蹈学院的男生环顾一周，很满意自己学院人气的火爆，他看向旁边戴着鸭舌帽站在过道上的黑衣男生，找人搭话。

"哥们，你不是我们系的吧？"

谢新昭顿了顿，摇头。

男生了然地笑了笑："幸好你来得早，这会儿已经不给没票的人进了。"

说话间，沈瑜和纪衡上场，台下爆发出了热烈的掌声。

那个男生热情地向谢新昭科普："这是我们学院的院花和院草，好看吧？"

谢新昭沉默。

那男生有些小骄傲："他们很牛的，以后你想看他们表演，肯定得买票进剧院了。"

谢新昭低低地"嗯"了一声。

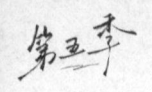

那男生见他兴致缺缺，也就不再说话，专心看起了表演。

这支舞以伞串起了两人相识、相恋和分开的过程。爱情故事哀婉凄美，表演流畅动人。

舞蹈结束，沈瑜和纪衡对着台下鞠躬，掌声轰鸣。

谢新昭怔怔地看着台上的沈瑜。

她依旧漂亮、纤细，表情淡淡，看不出任何异常。相较于自己的寝食难安，她的状态要好多了。

这是抛弃与被抛弃的差别吧？或者是爱与不爱的差别。

这是谢新昭心底一直不愿意也不想承认的一点。

沈瑜大概本来就没有多喜欢他，也许那时只是感动于他的付出，答应与他在一起试试。

她发现他的真面目，选择分手是正常的，也是必然的。

至于分手时的歉疚，不过是对于被抛弃者的同情罢了。

你不能妄想抓住清风，就像你留不住夏天。

夏天过去，他们也结束了。

第五个季节，第十三月，星期八，第二十五小时，第六十一分钟……

有些爱和感情，仿佛坠入了这些不可能的时间缝隙里，让人看不到任何希望。

沈瑜下台前，向观众席望了一眼。

那目光遥遥一瞥，如梦似幻。

谢新昭隐在前方一个高胖男生背后，压下帽檐避开视线。

如今，他连一个"校友"的名分都没有了。

十几岁的年纪，爱和恨都滚烫。

在这一刻，谢新昭承认，自己是有些恨沈瑜的。

为什么自己难受得快要死掉，她却依旧可以云淡风轻。

那天，沈瑜和纪衡的双人舞毫无悬念地得了一等奖，欢呼的时候谢新昭已经不在了。

晚上，文艺部的人请大家一起出去吃饭唱K。沈瑜被舍友拉着一起去了。

吃饭结束，一行人去楼下唱K。来的人几乎个个是麦霸，话筒轮换不停。

沈瑜一个人坐在角落里，安安静静地听他们唱歌。

刚才吃饭时她喝了点果酒，这会儿头又有点晕了，恍惚想起表演完时，总觉得观众席有一道熟悉的视线。可等她换完衣服出来，那种感觉又消失了。

也是，怎么可能呢，今天是他的生日，应该和家人一起庆祝才是。

哦，不对。他能和谁庆祝呢？自己才是本应为他庆祝生日的人。

沈瑜想起这些，忽然有点难过。

"沈瑜，要不要唱歌？"姚宛隔着人问她。

沈瑜摇摇头，握着手机的手出了汗。

"七岁的那一年，抓住那只蝉，以为能抓住夏天。十七岁的那年，吻过他的脸，就以为和他能永远。"

歌声飘进耳朵，沈瑜怔怔地看着 MV 发呆。

好可惜。

相逢太短，连一首《生日快乐歌》还来不及唱。

下一秒，几个男生撕心裂肺地唱起了大合唱：

"有没有那么一种永远，永远不改变。拥抱过的美丽，都再也不破碎。"

在这震耳欲聋的音乐声中，心脏也随着节奏快速地跳动。沈瑜心里涌上一股难以言说的情绪。

她解锁手机，给谢新昭的空号发了一条消息：生日快乐。

发送进度条走到一半停了下来，像是遇到了什么阻碍。

然后"嗖"的一声，短信下一行提示小字——

发送失败。

第七章

重逢

七年后，冬。

沈瑜接到刘元元的电话，开车去机场接她。

刘元元如今是圈内小有名气的导演。她刚参加完国内的一个电影节活动，顺道过来找沈瑜叙旧。

她一上车就"嘶嘶"了两声："哇，好冷。"

沈瑜将空调开大了些，笑道："你穿得太少了。"

两个人一个跳舞一个拍片，这几年很少能聚在一起。

晚上，沈瑜简单做了几个菜招待刘元元。

刘元元啧啧称奇："你怎么还有空学做菜的啊？"

沈瑜解释："有演出的时候吃饭时间常常不固定，有时候团里订的餐吃不惯，就学着回来自己做些了。"

这话说得有些轻了。实际上是这几年因为作息不规律，她的肠胃变得很脆弱，吃得太油腻或者吃了一点不干净的东西就会胃痛。只要有可能，她都是尽量在家里吃。

刘元元点点头，表示理解。

"哎，对了。过几天不是你生日嘛，怎么庆祝？"

沈瑜的生日特别好记，是圣诞节。好久不见的刘元元打算给沈瑜庆祝一下。

沈瑜顿了顿："那天我还得排练，回来估计很晚。不用管我。"

她平时是不过生日的,也很少会想起自己的生日。偏偏她的生日太特别,每到这个时候,商家们就开始紧锣密鼓地打起了广告,堂而皇之地告知她——她的生日要随着圣诞一起来了。

"这么随便的吗?"刘元元皱眉盯着沈瑜。

沈瑜回家后脱掉外套,只身着一条米色的毛衣裙,收腰款,勾勒得腰臀线妩媚动人。

眼下,沈瑜的神色映在融融的灯火下,平静宁和,似乎已经习惯了不过生日的生活。

她的身材是极吸引人的,可是看脸,又觉得对她有想法都是亵渎。

刘元元心里一动,问道:"最近那个姓周的还在追你吗?"

刘元元也不知道那人叫什么,只知道是个土豪老板,在一次活动上对沈瑜一见钟情,从此开始了热情的追求。

说起这个,沈瑜也有些无奈。

"是的,我已经不知道要怎么说了。"

沈瑜每次演出,只要他有空就会去看,每次必带玫瑰花。就算他有事不来,花也一定会到。

她拒绝了无数次也没有用。

刘元元"啧"了一声:"可能要见到你交男朋友,他才会死心。"

沈瑜心神微微一漾。

纪衡也说过相同的话,甚至主动提出可以充当这个"男朋友"的角色。

作为那一届最出色的两个毕业生,两人是同时被招进歌舞剧团的,现在依旧是搭档。

"哎,要不我给你介绍几个帅哥认识?"刘元元当即拿出手机,在微信列表里滑来滑去地物色人选。干这一行,最不缺的就是俊男美女,刘元元朋友圈里一堆。

沈瑜笑了笑:"不用了。我工作忙,也不想想这事。"

刘元元欲言又止,最终叹了一口气:"行吧行吧,反正你要是想认识新朋友了和我说。"

她挑了挑眉:"我手里的资源可多了。"

"知道了。"沈瑜盛了一碗汤给她,试图堵住她的嘴。

"来,喝汤。"

圣诞节那天,沈瑜的排练一如往常进行。

快结束的时候,排练厅的灯忽然熄灭,整个房间陷入了一片黑暗,有人惊慌地叫出声来。

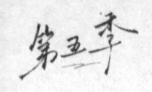

有人出声:"大家别慌,站在原地别动,我去检查一下。"

沈瑜眯了眯眼,努力适应黑暗。

下一秒,身后忽然传来动静,推车的声音和歌声一起传了过来。

"祝你生日快乐,祝你生日快乐……"

沈瑜回头。在荧荧烛火中,刘元元面带笑容,推着三层生日蛋糕朝这边走过来。

周围的同事们也非常配合地一起合唱起了《生日快乐歌》,每个人的脸上都带着祝福的笑容。

沈瑜的胸口涌上一股暖流,没想到刘元元还特意找到纪衡策划了生日。

一曲唱完,刘元元叫她许愿。

沈瑜点头,闭上眼睛许愿。

"沈瑜,许了什么愿啊?"睁开眼的时候,有人问她。

沈瑜笑着道:"许愿巡演最后一场顺利结束。"

"啊……好官方的回答,不给自己许许愿吗?"提问的人有些失望。

"你以为都像你,年年许愿遇到白马王子?"

"哈哈哈哈……"

一片笑声中,沈瑜吹灭了蜡烛。

下一秒,灯光大亮,同事们纷纷送上祝福。

"祝我们沈首席生日快乐,下一场演出圆满成功!"

"祝我们沈大美女年年有今日,岁岁有新朝。"

说这句的男生嘴瓢了一下,把"今朝"说成了"新朝"。

岁岁有新昭。

"新朝"……忽然间听到这两个字,沈瑜微微晃神。

片刻,她笑了笑:"谢谢大家。"

和同事们一起庆祝完生日,回到家已经是深夜了。

刘元元第二天要飞去别处,晚上赖在沈瑜的房间要和她睡。

关了灯后,刘元元小心翼翼地开口:"你是不是还在想着他啊?"

这个"他",不用明说也知道是谁。

沈瑜顿了顿,摇摇头。

刘元元抿唇,不太相信的样子:"真的吗?那今天你同事说错了'新朝',你为什么失神?"

沈瑜没想到,自己短暂的反应还是被刘元元发现了。

"真的没有,都过去这么久了。"沈瑜想了想,"我只是好像没办法喜欢上什么人了。"

刘元元沉默下来。

第二天，沈瑜去剧院排练。

午休时，她收到了刘元元临上飞机前的信息。

——不是没办法喜欢什么人，是你根本没有给别人机会。

——放下吧，沈瑜。

沈瑜看到消息愣了许久，回复她：好。

一月初，《拂晓》巡演来到了最后一站。在国内走了一圈，最后又回到了 A 市。

演出前，沈瑜在化妆室化妆。

这场演出结束后，年前就没有什么大的表演了。只是月中有一个业内的颁奖晚会，领导指定了她和纪衡去参加。

这本来也没什么，可偏偏，这场活动的大赞助商是万航集团。

沈瑜看着镜子怔怔出神。这种小活动，总不可能是谢家的人来吧……

正想着，思绪被化妆师出声打断："那位周老板又来啦？"

沈瑜顺着化妆师的目光看向一边的一大束红玫瑰。卡片上写着：祝沈小姐演出圆满成功。

化妆师笑道："他也是蛮有恒心的喏。"

"——谁蛮有恒心的啊？"

镜子里，纪衡高大俊朗的身影出现在门口。

化妆师干笑了两声，不再说话。

纪衡一眼看到那束玫瑰，心中了然。他微微俯身，对沈瑜说："廖老师说结束后请大家吃饭。"

沈瑜张了张口，纪衡先一步把话堵上："别人就算了，廖老师的面子不能不给啊。"

沈瑜扯扯嘴角："知道了，会去的。"

廖老师是沈瑜的领导，从沈瑜一进团就开始带她，关系亦师亦友。

《拂晓》这部剧也是他拍板定下沈瑜担任女主角，让沈瑜在业内斩获了一些名气。廖老师请客，她肯定会去。

《拂晓》的最后一场巡演回到了熟悉的 A 市大剧院，大家的状态都非常好，圆满完成了年前的最后一项工作。

结束后，一行人去饭店庆祝。

席间，沈瑜依旧吃得不多。

"这次我一定要敬我们沈首席一杯。"有人向沈瑜敬酒。

沈瑜笑了笑，端起杯子。

"行了，行了，沈瑜不太能喝，换饮料吧。"纪衡挡在她面前。

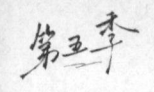

"哟，心疼啦？"其他同事意有所指地开起了玩笑。

两人在同事眼里算得上是舞团的金童玉女。

不仅是同学，还一直是搭档，默契十足，又都是单身。虽然两人一直对外说是朋友，但舞团里的人都感觉到了纪衡对沈瑜特殊的关照。

"没关系。"沈瑜不太想和纪衡扯上这种关系，浅酌了一口。

吃到最后，几个年轻人提议玩游戏。

很俗气的真心话大冒险。

桌上的圆盘上摆放着一个空酒瓶，瓶口对准谁，谁就要在真心话和大冒险里二选其一。

前几轮，沈瑜很安稳地躲了过去。

倒是纪衡被瓶口对准，他选择了真心话。

"桌上有没有你喜欢的人？"同事直接问。

纪衡面有难色，犹豫了一会儿选择不回答，拿起杯子将同事特调的"饮料"一饮而尽。

这行为可以算得上是另一种回答了。

其他人看着沈瑜，了然地"哦哦"了几声。

沈瑜面色平静，岿然不动。

可她也没安稳太久。

下一轮，瓶口对准了她。

桌上瞬间安静下来，所有人都直勾勾地看着她，目光中隐隐带着兴奋。

就连廖老师也饶有兴趣地抱胸："躲得过初一躲不过十五啊，沈瑜。"

同事开门见山："选真心话还是大冒险？"

沈瑜想了想："大冒险。"

"好，抽。"

旁人递过来一沓纸牌，要她抽。

沈瑜随便拿了一张递过去，纸牌翻过来——给前男友打电话表白。

同事们瞬间兴奋了，起哄声不断。

整桌欢腾下，只有沈瑜一个人面色怔忪。

"沈瑜有前男友吗？"

忽然，有人意识到这个问题，问了出来。在团里三年，没人见过沈瑜有男友。

有人好奇地看向纪衡，用目光询问他。两人做过四年同窗，该是很了解才对。

纪衡不露声色，定定地看着沈瑜。

沈瑜沉默了一会儿，坦然地承认了："有。"

一个轻轻的字落下，气氛瞬间安静。所有人的目光都落在沈瑜身上。

沈瑜面色冷静，翻出谢新昭的号码。

他刚出国的那段时间，沈瑜把这个号码当成树洞，经常会发一些心事过去。

近些年工作忙碌，她发信息也发得少了。

最近的一条，是去年十二月他的生日。

反正是个空号，打过去不算是欺骗同事，自己也能交差。

如果同事问起，用一句"很久没联系，不知道他换号了"也可以搪塞。

沈瑜想得清楚，放心地拨打了电话。

预料中"您所拨打的号码是空号"的语音提示没有出现，取而代之的是长长的"嘟嘟"声。

沈瑜怔怔地盯着屏幕，眉心微蹙。

现在很少打电话，她已经不确定拨打空号应该是什么样的了。

其他人则盯着沈瑜，屏息以待。

沈瑜这几年太清心寡欲了，用一句"冰山美人"来概括也不稀奇。

所有人都很好奇，她的前男友是谁，接到电话又是什么反应。

几声之后，电话被接通，沈瑜的大脑里忽然一片空白。

明明一个月之前，她发的"生日快乐"还显示发送失败。

这个号码有了新主人了吗？

她思绪乱糟糟的，没有出声，手机那头的人也沉默着。

这一刻，时间好像静止了。

片刻，那头传来了男人的呼吸声。

接着，响起的声音低沉好听，带着些许的试探意味。

"小——"

沈瑜平静的脸色因为这熟悉的声音瞬间变得慌乱，还没有反应过来，手指先一步行动——她挂断了电话。

桌上所有人都被这一幕弄得愣住了。

没有人提醒沈瑜要向前男友表白，更没有人要她去喝桌上的特调饮料。

向来是冷冷淡淡、没什么情绪起伏的人，第一次流露出了类似于"慌乱"的情绪。

沈瑜脑子里"嗡嗡"一片，心跳得很快。有一瞬间，她怀疑自己听见的那一声是幻听。

片刻后，沈瑜收起手机，抬头，却见大家全部直勾勾地盯着自己。

沈瑜反应了几秒。

"不好意思，我喝那个吧。"

趁着所有人没反应过来，沈瑜拿起那杯饮料，皱着眉头一饮而尽。

难闻呛人的味道直冲喉头，难以下咽。

沈瑜放下杯子，强忍住呕吐的冲动。

"不好意思，我先走了。"

她顾不上其他人的想法，拎着包去了洗手间。

干呕了几声又漱了口，沈瑜感觉好多了。对着镜子深呼吸了几次，她转身离开。

刚出洗手间，沈瑜一眼看到站在门口等她的纪衡。

纪衡面色平淡，没多说什么。

"走吧，我送你回去。"

沈瑜下意识地拒绝："不用，你留下玩，我打车回去。"

纪衡叹气，神色颇有些无奈："沈瑜，防备心不要那么重。"

沈瑜拢了拢身上的咖色外套，低声道："抱歉，我只是不想给你添麻烦。"

"你对我来说并不是麻烦。"纪衡意有所指地说。

在沈瑜要开口前，他笑着换了个话题："况且，我已经同其他人说了要走，现在再回去很没有面子的。"

沈瑜扯扯嘴角，点头。

"好，那谢谢了。"

两人一前一后出了饭店。纪衡去拿车，沈瑜在门口等他。

手机自那个电话后一直沉默，再没有消息。

沈瑜低头，忍不住解锁，再次点开通话记录。

谢新昭的号码。

通话时间26秒。

这26秒，起码20秒都是沉默。

沈瑜皱皱眉，再次产生了一种不真实感。

她有些怀疑，对面真的是谢新昭吗？还是另一个新主人？

对方也许说的并不是"小"，而是别的什么呢？

愣怔间，耳边传来一道喇叭声。

沈瑜蓦然回神，收回手机，坐上了纪衡的车。

纪衡心知肚明，沈瑜今晚的失神是为了什么。

席上这么多人，只有他知道谢新昭的存在。

那年他注意到沈瑜的时候，她已经是单身了。关于谢新昭，他只知道对方是明远学院的学霸，有一张足以媲美明星的脸。

纪衡想不通，十七八岁的感情，真的有这么大的影响力吗？

在A大，追求沈瑜的人可以用"络绎不绝"来形容。可她从来都是不假辞色，对谁都说想集中精力练舞，不想交男友。

一开始,纪衡还能为她找理由,是因为失恋不想谈。

直到一年又一年,毕了业,她依然这样。甚至在别人问起时,她学会了官方回答——"舞蹈就是我的男朋友。"

认识这么久,纪衡有很多个时间点可以问她。可不知为何,他本能地排斥在沈瑜面前提起谢新昭。

等红绿灯时,纪衡侧头打量沈瑜。

她靠坐在座位上,脸转向窗外,手里握着手机。一双秋水般的眼睛映在玻璃上,目光有些愣怔,似乎是在发呆。

纪衡思忖几秒,换了个话题切入:"看你今天不太舒服,明天要不休息一下吧?"

沈瑜回神,坐正了身子。

"不用。距离颁奖晚会也就几天了,我想再练习一下。"

纪衡笑了笑,没再坚持:"好。"

这是他最欣赏沈瑜的一点,她对工作的认真绝对担得上"劳模"称号。

到了沈瑜家楼下,纪衡停下车。

"沈瑜。"

沈瑜回头:"嗯?"

纪衡眸光闪烁,喉头动了动,最终还是没有多说什么。

"明天见。"

沈瑜点头:"好,明天见。"

因为那个无意接通的电话,沈瑜对于即将开始的颁奖晚会多了一份莫名其妙的情绪。

颁奖晚会是在A市电视台举办的,需要提前一天彩排。在后台等待的时候,有其他舞团的人认出了他们,过来搭话。

"我好喜欢你们的《拂晓》啊!"

"你们首演的时候我就知道,这部舞剧一定能成。"

…………

"谢谢。"沈瑜礼貌地道谢。

"哎,你们搭档多久了?"

一个叫沫沫的女生好奇地在沈瑜和纪衡两人之间来回打量。

纪衡笑道:"从大学算起也有七年了吧。"

"哇,这么久。"沫沫惊讶,"那你们默契一定很好,一会儿期待你们的表演啦。"

正当几人聊天时,后台的走廊上忽然传来一阵骚动。

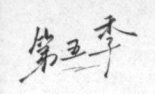

挂着证件的工作人员们神色紧张，来去匆匆，脚步声纷繁急促，一副如临大敌的模样。

正在候场的人也被这动静吸引，纷纷将目光投向门外的走廊。

沈瑜对这些不感兴趣，正要走到一边去化妆时，门外突然传来了一阵更加杂乱的脚步声。

走廊上呼啦啦来了好多人。几个保安模样的人走在前面，紧接着是电视台领导，姿态热情殷勤地对被簇拥着的人说着什么。

在"谁啊""是谁"的讨论声中，沈瑜鬼使神差的，向门口望了一眼，却只看到了一堆人。

隐隐能看到被簇拥着的人是个年轻男子，身材挺拔，个子很高，穿一身黑色大衣，皮肤很白。

沈瑜的心脏一颤。

怔忪间，一个工作人员走过来。

"下一组，《夏》准备了啊。"

"哎，美女。"刚才热情同沈瑜搭话的沫沫拉住工作人员，好奇地问，"刚刚那是谁啊，这么大排场？"

听到这话，刚才还很严肃的年轻工作人员脸上流露出了一种奇怪的情绪，似是想保持专业又忍不住从心里流露出一丝雀跃，还有一点小害羞。很像是学生时代小女生看见学校风云人物的样子。

"哦……"她拉长音调，向走廊那头看了一眼，声音尽量表现得平静，"是大赞助商来了。"

"赞助商？"沫沫眨了眨眼，"他们也要彩排？"

"那倒不是。"工作人员摇摇头，"就是过来看看，我们也是突然被通知的。"

她简单说了几句就不再停留，同下一组要彩排的人一起离开了。

沫沫回身，正好撞见沈瑜怔怔的目光。她耸肩："看来和我们没什么关系，不用紧张。"

沈瑜点点头："嗯，好。"

沈瑜上场彩排前在幕后看了一圈，观众席上只有电视台的一些工作人员和个别舞者。其余座位空荡荡的，并没有观众。

看到这里，沈瑜心口微微一动，说不清是松了一口气，还是有点失望。

其实她明白，谢新昭应该是有些恨自己的。毕竟他曾经那么卑微地挽留过自己。从他七年来从不联系的态度中也可以看出这一点。

也许是受那个电话的影响，她总是忍不住想到谢新昭。

意识到谢新昭不会在这里后，沈瑜吸了一口气，将全部精力放在彩排上。

两人选的是之前合作过的一个双人舞，相对简单娴熟些。多次的合作经验让两人无比默契流畅地表演完了双人舞。

表演结束，工作人员邀请两人和其他舞者留下一起吃晚饭。

"抱歉，我还有事。"沈瑜不太习惯这种聚会场合，也不想在外面吃饭。

"是啊，不用麻烦了。"纪衡也说。

工作人员面有难色："不是我们要请的，是赞助商谢先生想请你们。"

"谢先生？"纪衡一愣。

"对，万航集团的谢先生。"工作人员说到这里，脸色隐约有点泛红。

沈瑜还未搭话，工作人员忽然对着两人身后叫了一声：

"谢先生。"

沈瑜脊背一僵，只觉一道极有存在感的视线落在了自己身上。

她心脏一跳，不自觉地握紧了包带，转动僵硬的脖子回头。

猝不及防，又好像在意料之中，对上了谢新昭的目光。

时间好像静止了。

原来，记忆里的那个少年已经到了会被人称作"谢先生"的年纪。

他一身黑色大衣，身材看着比之前要清瘦了些。几年不见，五官轮廓褪去了青涩，线条越发明晰深刻。头发长了些，梳得很整齐。鼻梁上架了一副金边眼镜，镜片后的眼睛浓黑如墨，看着她的眼神很平静，又好像有很多情绪。

沈瑜眨了眨眼，惊讶于自己对他昨日今朝的不同竟然如此熟悉。

时间似乎过得很慢。

空气很安静。

周边没人讲话，似乎都在等谢新昭开口。可他只是定定地看着沈瑜，不发一言。

直到刚才的工作人员忍不住，出声提醒："谢先生，他们有事想走。"

谢新昭喉结微动，目光闪了闪。

"吃饭吗？"他问，声音低低的，有点好听。

纪衡拦在沈瑜面前："不好意思，我们——"

"吃。"沈瑜打断纪衡的话，迎上谢新昭的目光。

沈瑜的话音落下，纪衡愣了下。

谢新昭脸颊的肌肉微动，嘴角向上扯出一个弧度又很快落下。

"一会儿见。"礼貌的一句话之后，他微微颔首便离开了。

一起吃饭的，除了谢新昭和电视台领导，还有几个彩排后没走的舞者，沈瑜刚认识的沫沫也在其中。

"沈瑜，你真的要去？"谢新昭走后，纪衡又问了一遍。

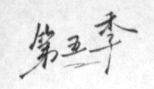

沈瑜转向纪衡，点点头。

"为什么不去？"她目光平静，看不出波澜。

因为他是你前男友啊！

诚然，过去这么久，谢新昭的外表同新生演讲时的样子已经不太一样了。可姓谢，同样出色傲人的外表和年纪，加上沈瑜的反应，足以让纪衡确认，这就是沈瑜的前男友。

只是纪衡有些意外他的身份，学校里也从没有人提起过他是万航集团的公子。

沈瑜抿唇："如果你不想去的话，我……"

"去。"纪衡打断她的话，"干吗不去？"

他也好奇，想看看两人对彼此的态度。

沫沫被排在了最后一组彩排，她没有车，便同纪衡商量一会儿坐他的车走。沈瑜今天没开车来，也打算一起。

于是等沫沫彩排完，一行人一起前往餐厅。

纪衡的车在停车场，两个女生站在电视台门口边聊天边等纪衡。

等待中，一辆黑色迈巴赫缓缓从电视台内部车库驶出来，车牌是瞩目又吉利的一串"6"，看上去豪华又贵气，气派非凡。

黑色车辆徐徐开来，在两人身边停下。

后车窗打开，一张熟悉又陌生的脸出现在视野里。

谢新昭的皮肤很白，凸起的眉骨让他看起来多了些冷漠，高鼻薄唇，下颌线清晰流畅。看起来养尊处优的一张脸，气质俊秀出尘。

沈瑜的心颤了颤。

只见谢新昭的目光落在她身上，语气礼貌清淡："坐车吗？"

和他之前问沈瑜"吃饭吗"的语气如出一辙。

沈瑜摇摇头，婉拒了。

"不了，和朋友说好了。"

谢新昭点头，车窗又升了上去。

车子驶出一段距离后，一旁的沫沫才从愣怔中反应过来。

她不可思议地看向沈瑜："你认识他啊？"

沈瑜顿了顿，轻声道："以前认识。"

现在还认识吗？沈瑜有点不确定了。

谢新昭确实很有钱，可他以前住在家里时，沈瑜并没有觉得他和自己有什么不一样。

而现在，他出入坐着加长版豪车，来电视台也是众星拱月，还被人尊称一声"谢先生"。

这是谢新昭的另一面,是她未曾见过的,有点新奇,也有点陌生。

这个点,A市有些堵车。到达吃饭的餐厅时,其他人已经到了。
这是一家私房菜馆,白墙黛瓦的二层别墅小楼,院内一道窄窄流水景观围绕,绿植繁茂,环境雅致幽静。
私房菜馆内部的布置同样很费心思。假山、小桥、流水、白雾袅袅,桌与桌之间以棕色雕窗相隔,几乎一步一景,让人仿佛置身于江南山水间。
店面布置得精巧,包厢相对一般大饭店要小一些。
这样优雅精致的环境,似乎并不适合这么一大群人聚餐。浩浩荡荡一行人进去,空间便显得逼仄了些。
沈瑜他们到包厢时,只剩下三个靠近门口的位置了,转盘上有三杯挨在一起的茶水。
纪衡自觉坐在了上菜位,将里面的位置留给沈瑜和沫沫。
谢新昭自然是坐在主位上,旁边是热络的电视台领导和助理模样的男人。
"谢先生喜欢江南菜啊?"电视台领导大腹便便,热情地同谢新昭搭话,"这家店的厨师是地道西澜人,开了才两年,没想到你刚回国都知道这……"
谢新昭的反应是一贯的冷淡,只简单回应了几个字。
在回答的同时,他手上也没闲着,骨节分明的手指按在转盘上,轻轻转动,腕表的黑色表面在灯光下折射出不同角度的光线。
沈瑜眼睁睁看着那三杯茶水从靠近纪衡的位置渐渐远离,绕一周,到了她的面前。
转盘停了。
这个动作太微不足道,仿佛只是举手之劳。其他人都没有在意。
注意到的,只有他们刚来的三个人。
沈瑜拿下一个杯子,抬眸看向对面。
头顶灯光大亮,他鼻梁上的镜片有些反光,眼神模糊不清。
沫沫被这小小的绅士举动彻底收买,拿下茶杯的同时偷偷同沈瑜咬耳朵。
沈瑜下意识又看向对面。
谢新昭的手已经垂至桌下,表情淡淡地同旁边人应和一二。
就在这时,包厢的门被服务员敲开。
两个服务员进来,将几碟冷菜和几瓶酒放到桌上。
"你们喝什么饮料?"纪衡看向沈瑜和沫沫的方向,出声询问。
"明天还要跳舞,今天最好不要喝酒。"他补充道。
纪衡的声音不大不小,说话时,谢新昭那边的聊天似乎正告一段落,没人说话,于是这话便像落在盘里的珠子,清脆明晰地落入众人耳朵里。

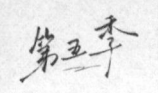

几乎是同时，一道不紧不慢又很难忽视的目光投向了这里。

桌上，与纪衡相熟的人开玩笑："我们纪帅哥真是体贴。"

然后，沈瑜听到对面传来了很轻的一声笑，像是在附和，又似乎是在取笑。

沈瑜垂下眼睫。

片刻，当服务员端着一扎刚榨好的西柚汁过来时，沈瑜才明白他在笑什么。

"你好，你们的西柚汁。"

沫沫不明所以，看向纪衡："你已经点了？"

纪衡摇头："还没。"

他站起来，倾身拿过沈瑜和沫沫面前的玻璃杯。

西柚汁落在沈瑜面前，沈瑜轻声道了谢。

"好喝吗？"对面一直不怎么说话的人忽然出声。

沈瑜怔怔地看向他。

旁边的沫沫已经浅尝了一口，小声嘀咕："有点苦。"

旁边正在上菜的服务员笑着解释："因为我们是鲜榨的不加糖，想尽量保持西柚的原味，所以可能会没有外面的甜。不过很健康，女生可以放心喝。"

沫沫皱了皱鼻子，应了一声"哦"。

"纯的都苦。"有人接话，"我女朋友减肥，在家弄的那个鲜榨蔬菜汁……"他皱眉，"简直是黑暗料理啊。也不知道怎么喝得下去的。"

于是话题便引到了其他地方，再没人在意最开始的那一句"好喝吗"。

店里上菜的速度还可以，很快就上齐了一桌菜。

沈瑜本身不爱吃外面的东西，此刻也没什么胃口，吃得便更少了。她动筷比较少，西柚汁倒是喝了不少。

"你不觉得苦吗？"沫沫小声问。

沈瑜："还好。"

确实有点苦，大概是白丝没有去干净。只是沈瑜习惯了这个味道，也不会觉得难以接受。

两人说话间，一碟炒鳝丝被转到了沈瑜面前。

沈瑜眼皮微抬，一只按着转盘的手落入眼帘。

手指葱白如玉，指节清晰，手背凸起的青筋如青色的山脉高低起伏。

沈瑜顿了顿，夹了一筷子。

按在转盘上的手不动声色地移开了。

最后的糕点是蟹粉小笼和奶黄核桃包。

这两样是店里的特色，非常受欢迎。当看到奶黄核桃包再一次轮到自己面前，沈瑜抬眸向对面看过去。

谢新昭和旁边的中年男人聊着她不太明白的话题，一只手垂下，另一只

218

手放在转盘上。看似漫不经心的样子,一个眼神都没给她,似乎只是随手转过去。

这时,沈瑜已经吃不下了。

她叹了一口气,同旁边的沫沫交代自己要去洗手间,起身离席。

洗手时,沈瑜洗得很仔细,将手指一一擦干,她径直往外走。

"沈瑜。"脚步被这略有些陌生的称呼叫住。

沈瑜转头,撞上谢新昭的幽幽目光。

他站在走廊边靠窗的位置,旁边是店内的假山和石头。

光线昏暗,白雾缥缈。

他的五官轮廓隐在其中,看不清晰。

沈瑜默默打量他,没有开口。

她到饭店后脱掉了大衣,只剩修身毛衣和高腰牛仔裤。

假山流水的白雾飘到身上,带来习习凉意。

谢新昭抿唇看了她半晌,突然伸手拉着她的手腕往自己身边一拉。

他的手心微凉,似乎在这里站了挺久。他没有用力,只是带着沈瑜一同向走廊里移了移,远离假山处喷出的雾。

停下来时,两人的距离近了些。

谢新昭松开手,垂眸看她,声音不冷不热:"你就没有话要和我说吗?"

两人这会儿离得近,沈瑜能看见谢新昭黑长的睫毛和紧抿着的唇。

他脱掉了黑色大衣,里面着一件浅灰色的衬衫,修身的款式勾勒出清瘦挺拔的身形。他的面容气质比之前成熟了些,肩膀也宽了,但看着却比原来清减了些。

沈瑜怔了怔,有些不明白他问这话是什么意思。

她顿了顿,问了一个自己最想知道的问题:"你现在失眠好了吗?"

谢新昭浑身一颤,腮边肌肉隐隐在抖,喉结滚动,声音晦涩:"现在关心这个不觉得晚了点吗?"

沈瑜抿唇,点点头。他果然还是介意当年的事。

"还失眠吗?"她望着他,坚持又问了一遍。

谢新昭垂在身侧的手握成了拳,嘴唇微动:"没有。"

看见沈瑜松了一口气的神色,他心口一疼,忍不住刺她:"你是不是很庆幸?更加觉得离开我是正确的决定是不是?"

沈瑜默了默。

"你好了就好,我回去了。"

沈瑜转身欲走,忽然听到背后的声音。

"你要说的就是这个吗?"

沈瑜一愣，回头。

谢新昭眼神幽幽："为什么打我电话？"

他在沈瑜怔忪的眼神中进一步追问："打了又为什么挂掉？"

沈瑜安静了一瞬，如实回答："是和同事玩游戏输了的惩罚，我没想到会接通，如果给你带来困扰，我很抱歉……"

谢新昭在听到"玩游戏"几个字时脸已经黑了，到了"我很抱歉"时，他忍无可忍地打断。

"原来是这样。"他嘴角扯出一抹笑，"我就知道，你怎么会想起我来。"

沈瑜张了张口，还未说话，他已经率先离开。

错身而过的瞬间，他的衣袖擦过沈瑜的手臂，如一股风掠过，一触即离。

后面的时间里，沈瑜再没有同谢新昭有过交流。

饭局结束后，沈瑜和沫沫一同坐纪衡的车回家。

纪衡先把沫沫送回家，再送沈瑜。

沫沫下车后，纪衡沉默了片刻，开口："沈瑜，你到底想怎么样？"

沈瑜有些意外："我没想怎么样啊。"

纪衡压了又压，语气还是透出些急躁："那你为什么要和他一起吃饭？"

谢新昭明里暗里对沈瑜的照顾和对自己的敌意他都看在眼里。

"你们已经分手这么久了，还有联系的必要吗？"

沈瑜沉默几秒，轻声道："我只是想看看他想做什么。"

"哦？"纪衡反问，"那他想做什么？是想和你复合吗？"

沈瑜摇摇头："不是，他大概挺恨我的。"

纪衡叹了一口气。

车里的气氛安静沉闷。

一直快开到她的住处，沉默了很久的纪衡才又开口："虽然我也不知道你们之间发生了什么，但我想告诉你，我说过的话始终有效。不管是对'周老板'还是'谢先生'。你需要帮忙，可以尽管找我。"

这种话，沈瑜听到不止一次了。

她衷心地道谢："谢谢。但真的不用，我不想麻烦你。"

纪衡"嗯"了一声："别那么快拒绝，也许会有用呢。"

沈瑜顿了顿，只好点头。

第二天是正式的颁奖礼。

这一次，观众席座无虚席。而最前面的，除了A市舞蹈界的几位领导，还有本次颁奖晚会的几个赞助商。

谢新昭不在，万航集团的代表是一个经理级别的中年男子。

"你说那位谢先生奇怪吧？正式颁奖不来，彩排跑过来干吗？不过倒是让我们白蹭了一顿饭。"

沫沫没看见谢新昭，有些失望地同沈瑜说。

沈瑜应和地笑了笑。

沫沫吸了一口气，像是想起了什么："对了，你们昨天见面有没有加个微信啊？以后说不准能用上呢。"

"没有。"沈瑜摇头。

这个是实话，他们两人谁都没有提起重新加回微信的事。

后面的几天，沈瑜一直没有见过谢新昭。

直到一月底，谢新昭忽然打了个电话过来。依然是之前的那个号码，沈瑜反应了几秒才接起来。

那边似乎没意料到她会接，沉默了片刻。

一时间，两人谁都没有说话。

片刻后，那边才低低开口："过年回家吗？"

沈瑜"嗯"了一声："过几天回。"

"哦。"

又是一阵沉默。

过去了太久的时间，两人似乎总找不到说话的正确方式。

半晌，谢新昭才又开口："明天可以一起吃饭吗？"似乎是怕沈瑜拒绝，他立刻补充，"有事和你说。"

沈瑜："好。"

那边顿了一下，低声道："明天见。"

"明天见。"沈瑜轻声回。

没有人挂电话。

隔着无声的电波，两人的呼吸声清晰可闻。

当手机传来一声振动时，沈瑜才如梦初醒，挂了电话。

房东先生发来消息，说他打算年后将这套房产出售给孩子置办新房，要沈瑜尽快找新住处。

沈瑜从毕业后就一直住在这里。这里离舞团近，车位也多。房东先生对她还不错，三年间只涨过一次价。

是以沈瑜也没有多说什么，答应房东会尽快找房子搬走。

第二天中午，沈瑜穿了身粉色上衣配米白色长裙，外加一件灰蓝色毛呢大衣。

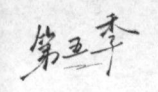

长至腰间的黑色头发披下来,脸上是特意化过妆的,眉眼更显清丽,粉色上衣给她添了几分平时不太有的娇俏和活泼。

沈瑜出门前,难得地对着镜子犹豫了一下,思量自己这身打扮是否过于特别了。

可是她并没有时间考虑太久,思绪很快被手机铃声打断。

谢新昭打来电话:"我在你小区门口等你。"

他不给沈瑜拒绝的机会,直接挂断了电话。

沈瑜不习惯被别人等,急匆匆地拿过一个白色小方包,穿上高跟鞋出了门。

踩着高跟鞋一路急匆匆地赶到小区门口,她一眼就看见停在路边显眼的黑色卡宴。

下一秒,谢新昭从驾驶座里下来,绕到另一边的副驾驶给她开门。

他今天穿一身深灰色外套,里面是白衣黑裤,鼻梁上架着一副墨镜,头发不像上次那样梳得齐整,看起来随意洒脱了不少。

他早早为沈瑜开了门,一只手臂懒懒地搭在车门上,面向沈瑜,姿态闲适随性。

隔着距离和墨镜,其实沈瑜看不到他的眼神。可莫名地,她总觉得谢新昭墨镜后的视线在静静打量自己。

沈瑜走近,在墨镜里看到了两个蓝粉色的自己。

"谢谢。"她道谢。

谢新昭的嘴角勾了勾:"不用客气。"

他等沈瑜坐进去,关上车门,才又返回驾驶座。

沈瑜没有问他是怎么知道自己地址的,谢新昭也没有问。

这次谢新昭带她去的是 A 大附近的一家餐厅。这家餐厅开了很多年,非常受 A 大学生的喜欢。

沈瑜有点意外:"你也知道这家店?"

谢新昭的语气淡淡的:"高三暑假时知道的。"

沈瑜默了默,慢慢琢磨出了他的画外音。是因为要到 A 大上学,查了很多攻略和资料吧?

沈瑜心脏一跳,看向驾驶座的男人。中午的阳光刺眼,他戴着墨镜,神色淡漠,语气也平静。似乎只是阐述一个客观事实,并没有什么别的意思。

感觉到沈瑜的目光,他侧头,不动声色地换了个话题。

"你来过吧?"

沈瑜点点头,"嗯"了一声。

谢新昭的手握着方向盘,状似无意地问:"和同学?"

"对。"

说话间，他手上忽然急打方向盘，车子快速转向，急停下来。

沈瑜猛地向前倾了一下，又弹回座位。

"抱歉。"谢新昭道歉，"刚刚有辆电动车。"

"没关系。"沈瑜摇摇头，不太在意。

这个点，大部分学生已经放假回家，用餐的人比平时要少。

在这里吃饭的大多数是大学生，他们两个进去，便显得有些格格不入。

老板娘热情地递来菜单，笑道："是不是从 A 大毕业的啊？"

"是。"沈瑜礼貌地点点头。

老板娘看了看两人，眼里闪过一丝困惑，正要说什么的时候，谢新昭开口："我们先看看吧。"

"哦，好，两位慢慢看。"

老板娘走开后，谢新昭将菜单递给沈瑜。

"你点吧，那天的菜色好像不合你口味。"

沈瑜眼睫眨了眨，目光越过菜单看向谢新昭。他没什么表情地看着自己，语气稀松平常。

沈瑜抿唇，没有多说什么。

她简单点了几个菜，看向谢新昭："可以吗？"

谢新昭点头："可以。"

这一顿饭吃得并不是很舒服。

饭店里其他桌不是情侣就是朋友，热闹亲昵，话题不断。

相较而言，他们这桌的氛围清冷得多。加上两人明显的"社会上班族"打扮，在大学生聚集的小餐厅里显得有些怪异。

不知是过于特殊的气场还是两人显眼的外表，吃饭期间，有不少打量的目光落在两人身上。

沈瑜毕业后就没有来过这家店了，不知为何，原本觉得美味的菜如今吃到嘴里竟然变得寻常普通。重油重盐的烧法让沈瑜不敢多吃，怕自己的肠胃承受不住。

谢新昭可能也吃不惯，只吃了一点点，那些让其他顾客大快朵颐的招牌菜剩了好多。

一顿饭就这么冷冷清清地吃完了。

回去时，谢新昭一路将沈瑜送到了楼下。

"你的口味变了。"他忽然说。

以前她很喜欢核桃包，那天却一个都没吃，其他曾经喜欢的菜也吃得很少。今天他特意选了她大学时期常来的餐厅，她依旧吃得不多。

毕业这三年，是谁改变了她的口味？

谢新昭心口发闷，针刺般地疼。

沈瑜一怔，却见谢新昭侧眸盯着自己，嘴角带着意味不明的弧度。

沈瑜张了张口："不是，我只是吃不下了。"

谢新昭轻嗤一声，看样子并不相信。

"七年，变了也很正常。"

他的话听起来别有深意。

沈瑜皱了皱眉，有点看不懂谢新昭了。

说话句句刺她，举止间却又处处透着关心和熟稔。

沈瑜在心里叹了一口气，同他告别："再见。"

谢新昭沉沉地看着她，眼睛浓黑如墨："什么时候？"

沈瑜一愣："什么？"

"我问你，什么时候'再见'？"谢新昭盯着她，耐心地又问了一遍。

沈瑜迟疑了，这让她怎么说？

谢新昭的目光落在她身上，似乎势必要一个答案。

沈瑜叹气："我不知道，抱歉。"

谢新昭那一刻的眼神应该是失望吧？沈瑜没有看清，他已经别过头，冷淡道："你走吧。"

沈瑜的手在胃部按了按，轻声说"好"。

下车坐电梯上楼时，胃部不适感越来越重。

回到家，沈瑜在沙发上躺了一会儿，不适感依旧没有缓解，只好起身去找肠胃药。

在药箱里翻了几下才想起来，药之前就吃完了。这段时间自己一直在家做饭吃，肠胃没有不适，便没有买新的药。

沈瑜叹气，只好再次下楼去药店买药。

刚出小区大门，沈瑜脚步一顿。

那辆卡宴还停在路边，车门紧闭，看不清里面。

沈瑜顿了顿，绕到车前。透过前窗玻璃，她看见谢新昭倚着座位，双眼紧闭，像是在休息的样子。

只是他休息得并不安稳，眉头紧锁，看起来有点不高兴。

沈瑜没有打扰他，走到小区门口的药店买了药。

回来时，谢新昭的车依旧停在那儿。

沈瑜捏着药盒，犹豫片刻，敲了敲他的车窗。

下一秒，谢新昭睁开眼睛，淡淡地瞥过来一眼，眉眼中有未散去的焦躁。

看到窗外是沈瑜，他明显一愣。

他推开车门下车，直直地望向沈瑜手上的东西。

"这是什么？"

沈瑜抿唇："肠胃药。"

谢新昭一愣："肠胃药……刚才吃坏肚子了？"他说着，下意识就要伸手去摸沈瑜的腹部。

沈瑜退后了一步，摇摇头。

"可能是有点油了。"

谢新昭因为她退后的举动胸口一堵，又听她这么说，心里更加烦躁。

"你不爱吃，为什么不说？我们可以换一家。"

沈瑜事事礼貌迁就的态度并不会让他好受，只会让他一次又一次地确认，沈瑜现在完全把他当作陌生人。

沈瑜顿了几秒，黑白分明的眼睛里有些困惑："你生气了？为什么？"

谢新昭有点无语："……没气你。"

他气自己选的餐厅不好总可以吧？

沈瑜眨了眨眼，轻声开口："是我自己想和你吃饭，你别气了。"

听到这句话，谢新昭愣了一下。

片刻，他扯开嘴角笑了一声。可那神情，似乎并不太高兴。

"小瑜，你现在会哄人了。"谢新昭莫名其妙地说了一句，盯着她的眼神实在看不出赞许和夸奖。

"谁教你的？"他低声问，语气有些迫人，"你又哄过谁？"

沈瑜一时没理解他莫名的情绪，想要说话时又被他打断。

"算了，我不想知道。"谢新昭冷冷地开口。

行吧，不说就不说。

重逢之后，两人不过只见过两次，沈瑜却似乎已经习惯了他的阴阳怪气。

她没有计较，劝他道："你快回家吧。"

谢新昭面色一沉："这么急着赶我走吗？怕谁看见？"

沈瑜沉默。

这会儿起了风，沈瑜被风一吹，胃里更加难受。

她点头："行，那你待着吧，我上去了。"

"等一下。"谢新昭叫住她，"我可以上去看看吗？"

沈瑜迟疑了一瞬，刚刚不是还在不高兴吗？怎么现在又要上去了？

谢新昭垂眸睨她："不方便？"

"不是。"沈瑜摇头，"那你跟我来吧。"

谢新昭锁好车，跟在沈瑜身后。

沈瑜住的小区很普通，年轻人、老人各占一半。从电梯上去，两人遇到了一个带小孩回来的妇女。

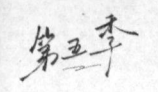

那妇女见到她，热情地同她打招呼："今天休息啊？"

沈瑜笑着点点头，算是回应。

妇女旁边小男孩的目光在沈瑜和谢新昭之间来回打量。

"情侣。"他忽然开口，像是刚学会这个词语急着运用似的。

沈瑜一愣，反驳："不是的。"

那妇女连忙拍了孩子一下，小声训斥："哎呀，小孩子别乱说话。"

电梯门开了，沈瑜向妇女点点头示意，率先出了电梯。

谢新昭不紧不慢地跟在她后面，表情淡漠。

沈瑜拿钥匙开了锁，从鞋柜里拿出一双男士拖鞋给谢新昭。

谢新昭盯着那拖鞋看了半晌，灰色的，简单款式，样子很新，看起来不像常穿的样子。

他张了张口，想说自己不穿别人的鞋。可话到嘴边，他还是选择闭嘴，一言不发。

沈瑜的房子是比较普通的两室一厅的户型，阳台、主卧朝南。她将家里收拾得很整齐，即使是他这样突然来访，也不会觉得混乱邋遢。

客厅里绿萝的藤蔓长得很长，阳台上也摆放着几盆花花草草。

这会儿阳光很好，金灿灿的，很有生活气息。

"你坐一下，我去倒水。"沈瑜指了指沙发，自己走到厨房。

她给自己接了一杯温开水，又拿了一个新马克杯给谢新昭接水。

回来后，她将谢新昭的杯子递给他，自己抠出药片咽下。

谢新昭一眨不眨地看着她动作。

沈瑜吃好药，撞见的就是他安静的眼神，眼里似乎包含了很多情绪。

见沈瑜看过来，他又淡淡地移开了目光，不给她看清的机会。

"你平时这会儿要做什么？"谢新昭没有看她，只淡声开口。

沈瑜："睡觉。"

如果没有工作，她习惯在中午小憩一会儿。

"那你睡呗。"谢新昭接着道。

沈瑜愣了愣："你要走了吗？"

谢新昭转头看她，扯扯嘴角："干什么？怕我趁你睡着偷你东西还是对你行不轨之事？"

沈瑜叹气："没有。"

自重逢后，两人之间似乎总是沉默，偶尔开口，他也是夹枪带棒的。

谢新昭抿唇："那你睡。"

哪有强迫别人睡觉的？可到底是不舒服的胃占了上风，沈瑜还是妥协了。

"行吧，那我睡了，你自便。"

沈瑜说着，自行去了主卧。

卧室的门"啪"一声关上，只留下谢新昭一个人在客厅。

谢新昭独自在沙发上坐了一会儿，又去卫生间转了一圈。很好，没有男性用品。

他走回来，默默推开主卧的门。

沈瑜已经睡着了，衣服不知何时换成了家居服。她睡相很好，老老实实地盖着被子。她的脸有些苍白，右手隔着被子放在自己的小腹处。

谢新昭怔怔地看着沈瑜，慢慢靠近。

没有了我，你就是这么照顾自己的吗？

他想过，假如沈瑜现在过得不好，自己可以尽情用她以前的言辞来挖苦和嘲笑。毕竟自己恨她，应该幸灾乐祸才对。

可真的到了这一刻，他内心深处产生的，竟然是本能的心疼。

谢新昭叹了一口气，将沈瑜的手放入被子中，为她掖好被子。

其实那天在电视台彩排，他是和电视台里的人一起看的。

她和纪衡在舞台上配合默契，他站在一边，像是回到了大一时看迎新晚会的场景。

那个电视台领导似乎同沈瑜的舞团很熟，见他一直看着两人的表演，低声同他介绍起两人来。

"这两人是舞团里出了名的金童玉女。"

谢新昭一怔："金童玉女？"

"是啊，据说两人是在一起了。"那人比了个手势，"不过面上没承认，因为他们舞团原则上是不让内部谈恋爱的，怕感情会影响合作嘛。不过我听说是在一起的，两人搭档好多年了，你看他们多默契……"

一起读书、一起跳舞、一起毕业、一起进舞团……看上去确实安稳又顺利，是世俗人眼中的幸福生活。

谢新昭沉沉地看着沈瑜，心潮涌动。

这就是你想要的吗？他就是那个你认为会让彼此更好的人吗？

谢新昭心中酸涩，长长地吐出一口气。

他好想摇醒沈瑜问她，那个纪衡到底哪里好，他连你爱喝什么都要问。

沈瑜醒来后，谢新昭已经不在了。

手机里有房东发来的消息，催她记得找房子，自己年后就要将房子挂出去出售了。

沈瑜吃了药，已经好了大半。

趁着空闲，她索性去楼下的中介处看房子。

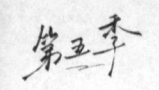

如果可以,她还是想在本小区租房子,一来这里离舞团不远,二来也住习惯了,搬家方便些。

沈瑜到中介处时,遇到的是一个刚毕业的年轻男生,姓叶。小叶在系统里查了查,遗憾地告诉沈瑜,小区里目前没有合适的房源。

本小区的房源比较抢手,目前两室的房子只有单间出租,需要和别人合租,而三室一厅的房子对沈瑜来说有些大了。

又过了两天,沈瑜忽然收到了小叶的消息:姐,我这儿有一套房子,租金和地段都合适,装修得也非常好。您今天有空吗?我带您去看。

沈瑜有些惊讶,问他是哪里。

小叶报出小区的名字:水云新城。

沈瑜顿了顿,回复:好。

于是,两人约好下午两点在水云新城北门碰面。

这两天降了温,天气很冷。沈瑜穿上短款羽绒服,开车去了约定地点。

到水云新城北门时,小叶穿着工作服正瑟瑟发抖地来回张望。见她来了,他高兴地摆摆手,坐上了副驾驶。

"姐,咱们直接开进去。"

小叶同保安说了个房号,保安又同业主确认了下,这才放两人进去。

"这里安保比较好,物业也负责。"小叶不忘推荐。

沈瑜点点头,没有多说什么。

直到她在指点下,一路开进小区里的另一个大门,在一栋小楼前停下。她愣住:"走错路了吧?这是别墅区。"

小叶解开安全带,冲沈瑜笑了笑:"没错没错,就是这里。"

沈瑜的心莫名一跳,也跟着下了车。

小叶推开院门,映入眼帘的是一片打理得很好的花园。

沈瑜双手插兜,默默打量周围。

这个季节,花园里依旧郁郁葱葱,花香扑鼻。花园旁是一个宽大的遮雨棚,下面搁着一套黑木桌椅,即使是下雨天也可以在这里观花喝茶。

穿过花园,小叶在大门密码锁上按了几下,门开了。

"姐,您看看,这里装修得是不是很好?"

沈瑜环顾一周。

房子的装修是简约大气的风格,以白、灰为主调,落地窗玻璃干净透亮。

小叶带着沈瑜往里走,打开一楼卧房的门。

"姐姐,您看看这房间可以吗?平时这里没有人,整个一楼都是您的。您觉得怎么样?"

沈瑜没有说话,过了半响才说:"那二楼呢?"

"二楼……"小叶顿了顿,"二楼是房东的,不过他不太来。"

"不太来……"沈瑜喃喃重复,将目光投向外面的花园。

这也是不常住的人打理的吗?

"姐,我知道您不想合租,但这房子的性价比真的很高。这个地段,这个小区,还有这个装修和配套。房东他不怎么住,你们也不太见得着面。"

沈瑜扯扯嘴角,问小叶:"房东不太来,看来还别的住所。他这么有钱了,为什么要出租这个一楼的房子呢?"

小叶对答如流:"您也看到了,姐姐,这不是他人不在,没人帮着打理花园嘛。他租房的条件之一就是租客要爱干净,平时能帮他打理一下花园。"

沈瑜点头:"哦,这样。"

这个理由不太站得住脚,但也可以勉强接受。

小叶面色雀跃,趁热打铁:"姐,您觉得怎么样?要不咱就定下来租这个?这房子自带车位,您也不用烦了。"

沈瑜摇摇头:"我还有一个问题。"

小叶:"您问。"

沈瑜看着小叶,定定出声:"这位房东……是姓谢吗?"

话音落下,空荡的客厅里一阵沉默。

小叶到底还是年轻,脸上闪过一丝不自然,笑得有些尴尬。

"姐姐,这个我也不太清楚呢。因为这个房子不是我维护的,如果您想知道,我之后问问同事再告诉您?"

沈瑜轻笑着摇头:"不用了,我不租这个。"

小叶一愣:"为什么啊?"

沈瑜看着他,认真地问:"难道我看起来真的很好骗吗?"

"哈?"小叶干笑两声,"没有啊。"

沈瑜叹了一口气:"这个世界没有天上掉馅饼的事。如果有,一定是上面有人扔的。"

话音落下,二楼忽然传来一声低笑。

沈瑜和小叶同时抬头。

楼上其中一扇门被人推开,一道修长清隽的身影从里面走出来。

谢新昭站在栏杆处,垂眸向小叶扬了扬下巴,低声道:"你先回去吧。"

小叶点点头,脸上堆笑。

"好嘞,那两位自己聊聊,我先走了。"

小叶走后,沈瑜站在楼下,仰头看向谢新昭。

他穿了一件黑色外套,头发依旧打理得一丝不苟。左手搭在栏杆上,腕表换了一块,深蓝色的表盘,有点复古的颜色,有种中世纪欧洲的格调。小

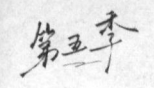

指上戴着一枚有些宽的银色戒指，非常简单的款式。

和那天约饭时不同，他像是从工作场合回来，又成了那个有些陌生的"谢先生"。

谢新昭低头睥她，右手轻轻转动左手的尾戒。

"小瑜，你变聪明了。"他没什么情绪地说完，不紧不慢地踩着楼梯下来。

沈瑜望着他，有些无奈。

"不是我聪明，是你太明显了。"

在这个社会，哪有这样的好事？在她需要租房的时候，立刻有符合条件甚至超出她期许的房子奉上。

在看到花园的那一刻，沈瑜几乎是立刻想起十八岁的夏天，两个人坐在西澜的院子里，自己吃着西瓜听他计划未来的样子。

进来后，那种莫名其妙的直觉便更加强烈了……

沈瑜抬眼看向二楼，轻声问谢新昭："二楼是什么房间？"

谢新昭双手背后："当然是我的房间。"

"还有呢？"沈瑜问。

谢新昭笑了一声："干什么？不是给你一楼的房间了吗？你想要二楼的？"

沈瑜抿唇："我只是问问。"

"你想知道，自己住进来看。"谢新昭盯着她说。

沈瑜沉默了片刻，摇头。

"我找找其他房子吧。"

他刚回国，两人的关系也有些尴尬，沈瑜不想在这么不清不楚的情况下住进来牵扯不清。

谢新昭的脸色瞬间沉下来。

房间里静得可怕。沈瑜恍然不觉这气氛有什么不对，兀自告别："你应该还要去公司，我先走了。"

转身时，一只手更快地抓住了她的手腕。

沈瑜回头，对上谢新昭晦暗深沉的眼睛。

"你不想住这儿，是因为我吗？"

不等沈瑜回答，他又自嘲一笑："你放心好了，我平时不住这儿，碍不着你的眼。"

"不是……"沈瑜张了张唇，不知该如何解释。

"那是什么？你想和别人住？"谢新昭面无表情地说着，手上的力道却不自觉加重了些。

沈瑜手腕一痛，贴着尾戒的皮肤微凉。

她想了想，缓和了语气："那我考虑一下吧。"

谢新昭的嘴角松了松。

"嗯。"他手上的力道松了松，却依然扣着沈瑜的手腕不放。

他很不想承认，自己依然眷恋着同沈瑜的接触，即使只有手腕这么点大面积的肌肤相贴。

沈瑜静静地看着他："还有事吗？"

谢新昭喉头动了动，松开她，抬起手看了看手表。

"不早了，一起吃晚饭吧。"

沈瑜一愣，确认般地望向他的手表。

她倾身过来，头发拂过谢新昭的手臂，带来一阵清新的花香味。

只不过一秒，沈瑜抬头。

"现在才三点。"

一双清明干净的眼睛里明明白白写着"别蒙我"几个字。

"三点也不早了。"谢新昭轻咳了一声，"你平时都怎么吃？"

他说完，下意识地皱了皱眉。

太久没见，什么话说出口都成了陌生。

沈瑜倒是没太在意，如实道："一般在家吃。"

"在家……"

谢新昭回忆了一下，以前的沈瑜似乎只会泡面。

他的眉头皱得更深："你现在会做饭了？"

沈瑜点点头："算是会吧。"

谢新昭"哦"了一声，心口顿时被一股酸酸涩涩的感觉填满。

在那些他不曾参与的时光里，那个什么都不会的少女已经悄悄长大了。

"那晚上你做给我吃。"谢新昭不死心地说。

沈瑜愣住了。

谢新昭抿唇："不行吗？以我们之前的关系，一顿饭都不可以吗？你和他一起吃过那么多顿了，就不能和我吃吗？"

沈瑜疑惑了一秒："谁？"

谢新昭沉沉地看着她，半晌才吐出两个字："纪衡。"

沈瑜张唇："可我们是——"

话说了一半，她的唇被谢新昭用手捂住了。

"别说了，不想听。"

他自己提起的话题，说起来又不高兴了。

沈瑜眨眨眼，点了点头。

谢新昭于是松开手："走，去买菜。"

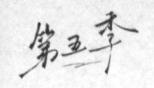

他不容置疑地先迈步走了。

沈瑜跟在他后面出了门。

一到户外，冷风袭来，沈瑜的头发被吹得乱飞。她今天出门没有带皮筋，只随手理了理。

谢新昭的车不在这儿，两人是坐沈瑜的车去的。

超市离这里不远，开车也就十来分钟。

到了那里，沈瑜停好车，听到谢新昭低低的声音："你现在开车也很熟练。"

"嗯？"沈瑜侧头看他。

谢新昭抿了抿唇，解开安全带下车。

沈瑜皱眉，有些不确定他刚才是否不高兴了。

下车后，再见他，他的面色已经恢复了正常。

"走吧。"谢新昭走在前面，给第一次来这里的沈瑜带路。

这是两人第一次一起逛超市。明明是郎才女貌的一对，走在一起却有种淡淡的距离感。

沈瑜在生鲜区挑东西时，一个转头，谢新昭便不见了身影。她没有在意，挑了一条鱼。

直到买完蔬菜和肉，谢新昭才从另一头不紧不慢地走过来。

他将手里的饮料放入购物车，开口道："买完了吗？"

沈瑜点头："差不多了，你还有什么想吃的吗？"

谢新昭摇头："你决定就好。"

结账时，谢新昭抢在沈瑜前面付钱，沈瑜也没有和他抢，走到旁边整理东西。

她这才发现，谢新昭还顺手买了两根皮筋。

黑色的，没什么装饰，是沈瑜一贯用的那种。

沈瑜手心捏着塑料包装，怔了两秒。

"你刚才是去买这个？"

谢新昭"嗯"了一声，走过来一手拎起袋子。

"走了。"

沈瑜顿了顿，跟了上去。

回到家已是下午五点，天色微暗。

沈瑜脱掉羽绒服挂在衣架上，走到厨房里四处打量。

这间厨房很大，各类餐具和厨具一应俱全，个个都是崭新的，似乎没有人用过。

冰箱里也是空荡荡的，只有几瓶可乐和矿泉水。

沈瑜将买回来的蔬菜、鱼、肉一一拿出来，简单计划了下先后处理顺序。

谢新昭站在厨房门口，定定地看着忙前忙后的沈瑜。

她里面穿着修身的米色毛衣和高腰牛仔裤，纤细窈窕的身材一览无余，头发依然黑而茂密，柔顺地垂在背后。

冬日天色昏暗，只有厨房里的一盏灯火。

暖黄色的光照在沈瑜身上，添了几分脉脉温情。

在这一刻，他彻底做了个决定。他不管沈瑜现在是谁的女朋友，都一定要把她抢回来。

专注在晚餐上的沈瑜并不知道谢新昭就在自己身后。

她想起冰箱里的可乐，计划着做鸡翅时用一点。从冰箱里拿出可乐放到料理台上，她关上冰箱门，往后退了一步。

不想，后背撞上一个紧实坚硬的胸膛。

沈瑜一愣，下意识就要回头。

"别动。"一双手按在她的肩膀，微微用力阻止了她的动作。

沈瑜侧头，余光中看到谢新昭原本空荡荡的右手腕上多了一根黑色皮筋。

"我帮你把头发扎起来。"低低的声音从头顶传来。

两人的距离很近。

沈瑜的脊背几乎贴着他的胸膛，像是被他抱在怀里的姿势。沈瑜有些不自在地往前动了动。

谢新昭的手从沈瑜的肩膀上移开，握住她头发。沈瑜的头发很多，也很柔顺。

谢新昭用手梳了几下，有些笨拙地将皮筋套进去。他的动作很慢，也很认真。

两人的身影隐隐约约映在银色的冰箱表面上，看起来模糊又亲昵。

沈瑜动也不动地任他动作，心跳在这场漫长的拉锯中不知不觉地加快。

"谢新昭。"她轻声开口。

"嗯。"谢新昭简单地应了一声，没有抬头。

他是真的不太会扎，在沈瑜手里那么听话简单的皮筋，到了他手里却不是那么一回事。

沈瑜望着冰箱映出的英俊面容。

"上次吃饭，你不是说有事情要和我说吗？"

说是有事要说，结果吃完了饭也没说是什么事，后来自己的胃不舒服，也忘了这事。

话音落下，谢新昭的动作一顿，没有出声。

沈瑜见他不回答，也就不再多问。

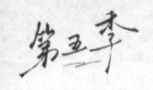

谢新昭默默将沈瑜的头发扎好，双手搭在肩上将她转了个方向。

沈瑜变成了背靠冰箱面对着他的姿势。她微仰着头，面容干净清丽，看向谢新昭的目光有些不解。

谢新昭按在沈瑜肩上的手微微用力，另一只手往上，将一缕遗落在外的头发捋到她耳后。

温热的手指擦过沈瑜的耳朵，像是划过了一道微弱的电流。

男人深沉晦涩的目光对上她的，似是笑了下。

"你的聪明怎么时隐时现啊？"

"我能有什么事？只不过想和你见一面。"

沈瑜的心脏一跳，愣怔在原地。

下一秒，谢新昭"啧"了一声。

"你这是什么表情？我想找你叙旧不行吗？"

"行……"沈瑜眨了眨眼，"可是你也没有叙啊。"

如果没记错，那天的饭几乎是在沉默中吃完的。

谢新昭乌沉沉的眼睛里闪过一丝笑意。

"那你是想和我叙吗？"

沈瑜顿了顿，轻声问："可以吗？"

自重逢以来，谢新昭对她的态度一直有些怪。

沈瑜不知道自己哪句话就会惹得他沉默或是不开心，很多事都没有问。

"可以。"

谢新昭退开几步，走到水池前拧开水龙头洗手，随口问道："这些都要洗吗？"

沈瑜顺着他的目光看过去，轻轻"嗯"了一声。

她走过来，同谢新昭一起处理食材，话题就这么暂时搁置了。

有了谢新昭打下手，沈瑜做菜的速度快了很多。

六点多的时候，燃气灶上只剩一锅正在炖的鱼汤了。沈瑜站得笔直，盯着奶白色的鱼汤发呆，直到感觉到旁边一直有道不容忽视的目光。

她转头，说："你可以先去餐厅，一会儿就好了。"

谢新昭拒绝："不，我要留在这儿。"

话音落下，沈瑜放置在料理台上的手机响了一声。

谢新昭回头，正好看见屏幕上纪衡发来的信息：*我过年准备去美国，要不要一起去玩？之前……*

后面的字没有显示出来。

谢新昭心口一窒，眼睁睁看着沈瑜眼疾手快地一把拿过手机。考虑了几秒后，她拨过去一个电话。

谢新昭的胸口像被一根绳子紧紧勒住,快要喘不过气来。

他一眨不眨地盯着沈瑜。

沈瑜似乎这才想起他的存在,抬眸看过来,神情中有些小心翼翼和欲言又止。

谢新昭懂了,沈瑜是觉得他在场不方便讲话。

他扯扯嘴角,识趣地离开了厨房。

坐在餐厅里,厨房里的声音听不太清晰,只能隐约听见她温和的语气和几声"嗯""好"之类的应和。

谢新昭垂眸,盯着餐桌上的菜发呆。

沈瑜做的都是些家常菜,简单、清淡、健康。

这些,那个人都在他之前尝过了吧?

谢新昭紧紧捏着手机,在这一刻,发现自己还是疯狂地嫉妒。

嫉妒自己不在的这几年里,陪着她的另一个男人。

沈瑜从厨房出来,看到的就是谢新昭坐在椅子上的身影。

他双手摆在桌上,灯光下的皮肤显得越发白皙,手背上凸起的脉络很是清晰。上身只穿了一件衬衫,衬得人清瘦而沉静。

他孤零零地坐在那儿,莫名地有些寂寥。

有一瞬间,沈瑜忽然觉得他有点像被主人抛弃的小狗,安静沉默地坐在门口。

她张了张口,想要说些什么,又似乎无话可说。

片刻后,沈瑜低声提醒他可以吃饭了。

谢新昭抬头看她,点了点头。

两人吃饭时都不喜欢说话。

"你过年去哪儿?"谢新昭状似无意地问。

沈瑜:"回西澜。"

谢新昭语气平静地问:"不去美国?"

沈瑜一愣,抬头,只见谢新昭一眨不眨地看着自己,眼神深沉晦暗。

原来他看到了。

沈瑜摇摇头:"我不去,是纪衡要去。"

"哦。"谢新昭点点头,没有多说什么。

吃过饭后,谢新昭摘掉了尾戒,同沈瑜一起收拾碗筷。依旧是没什么话的样子。

沈瑜犹豫了一会儿,问他:"这几年,你在国外怎么样?"

谢新昭手上的动作一顿,问她:"你觉得呢?"

沈瑜抿唇："你说过你现在不失眠了。"

"对啊。"谢新昭没什么表情地看着她，"我不失眠，过得很好。你想听我这么说是吗？"

沈瑜被这似是而非的回答弄愣了。

半响，她摇摇头，换了个话题。

"那叔叔阿姨呢？"

谢新昭轻笑："你关心的人还真多。"

沈瑜抿唇，不知为何又从他的话语中听出了些阴阳怪气的味道。

她放下手里的盘子，不管了。

"不想说就算了。"

她刚走了一步，手腕再次被人拉住。

"我爸妈现在还可以。"

沈瑜回头，看见谢新昭脸上无奈的表情。

"我都告诉你，好了吧？"

沈瑜点点头，可她已经不太想待在这儿了。

"饭吃完了，我该回去了。"

谢新昭没有动作，依旧拉着她的手。

沈瑜垂眸，看向他拉着自己的左手，蓦地一顿。

她这才发现，谢新昭左手的小指看上去有些不自然。

沈瑜一愣，抬头对上谢新昭沉沉的眉眼。

"你的手指怎么了？"

谢新昭松开手："没怎么。"

沈瑜皱眉，伸手去抓他的小指。

她的手指很软，皮肤微凉，主动握上来的那一刻，谢新昭的手颤了下，乖乖地配合了她的动作。

沈瑜小心翼翼地抓着谢新昭的手腕，低头仔细观察他的手。

他的手指很漂亮，修长白皙，骨节分明又不会过分凸出。眼下，他左手的手指自然垂下，微握成了拳，只有小指孤零零地半直半弯，指节也比其他手指凸出些。

沈瑜眉心紧皱，用另一只手的两指抓着他的小指，来回伸直、弯曲了几个回合。

谢新昭垂眸，静静地盯着沈瑜的侧脸，没有出声。

沈瑜抬头，声音有些紧绷："怎么回事？"

他左手的小指好像无法正常地屈伸。

谢新昭扯扯嘴角，声音有些苦涩："没什么，骨折过而已。"

"怎么会骨折的?"沈瑜定定地看着他,声音有些轻。

谢新昭顿了顿,不动声色地移开目光:"你不用知道。"

沈瑜安静了几秒,松开他的手。

"好。"

第二天上午,沈瑜接到了刘元元的电话,问她过年有什么安排。

沈瑜如实说了自己准备回西澜。

刘元元停顿了几秒:"你年后有时间吗?我有个朋友拍电影,其中有一段女主角跳舞的情节,想找个专业的舞蹈演员替一下。"

沈瑜愣了愣:"舞替吗?"

"嗯。"刘元元有些心虚,"报酬肯定没问题,当然,我知道你也不缺。就是我这个朋友要求太高,女主角被他骂哭好几次了。也是巧了,那天我们一起吃饭提起这事。我问了下女主角的身高和体重,一看,嘿,不是正好同你差不多嘛,"

刘元元顿了顿,又道:"当然如果你不愿意就算了,我就让他放弃。"

沈瑜:"电影里是什么舞?"

"就是古典舞,具体是啥我也不清楚呢。反正是个古装,大制作。"刘元元说。

"可以是可以,但我得看一下拍摄周期,因为我年后蛮忙的。如果有空就去帮忙。"沈瑜想了想,回答。

同刘元元达成口头协议后,沈瑜年前提前了两天回到西澜。

回去那天,是沈松源来车站接沈瑜的。

沈松源不是读书的料,成年后没有继续升学,而是和朋友一起开了店,从烧烤店到奶茶店,又到现在的洗车店,目前客源稳定,生意还算可以。

沈朗前两年把父母接了过来,三代人住在一起,摩擦是少不了的。于是他计划将这套别墅卖掉,换成两套房。

沈瑜自毕业后就忙着在舞团跳舞,回家的次数不多,现在同爸爸和继母的相处越发客气。

除夕那天下午,沈瑜和沈松源一起去外面买了些东西回来。

两人一起给家里换了春联和贴画。正忙的时候,沈瑜的手机响了一声。

谢新昭发来消息,问她在干吗。

沈瑜顿了顿,拍了张门上的年画娃娃照片过去。

下一秒,谢新昭也发了一张照片过来。

他的手张着,修长干净的手指中间是好几个红彤彤的红包。

沈瑜蓦地笑了:你要发的吗?

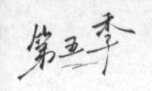

谢新昭：对。要不要？
沈瑜回他：我要的话，你给吗？
谢新昭：你要什么，我没给？
沈瑜一愣。
却见他火速撤回了那条消息，重新发了一条过来：给啊，你来拿。
后面跟着一个勾手的表情。

另一边，谢新昭家里正是一派热闹欢腾的景象。
小朋友们在客厅里来回追打跑跳，大人们聊天的聊天，帮忙弄年夜饭的弄年夜饭。
唯独谢新昭一个人坐在单人沙发上，懒洋洋地同沈瑜聊天。
几个小朋友看到了他手里的红包，跑过去找他拜年。
"叔叔，新年快乐！"
"恭喜发财，红包拿来！"
"叔叔，祝你身体健康，发大财。"
谢新昭点点头，像发糖一样把手里的红包分发出去。
直到有个稍微大一些的小女孩跑来，笑嘻嘻地大声道："叔叔，祝你新年快乐，年年有余！"
谢新昭低笑了一声，从口袋里掏出一个红包，递给小姑娘。
宁宁开心地大笑，拿着红包蹦蹦跳跳地走了。
旁边差不多年纪的男生听到她的话，嘲笑道："宁宁你笨死了，每年都是这一句。"
宁宁做了个鬼脸："你知道什么呀。只要你和叔叔说年年有余，他就会给你一个超级大红包。就像芝麻开门一样，你懂吗？"
小姑娘抬头挺胸，表情有些小骄傲。
"你才笨呢，连这个都不知道。"

"姐，你发什么呆？"沈松源的话将沈瑜拉回现实。
她放下手机，望向阳台外。门口的花园因为长期无人打理变得荒芜，又变成了堆放杂物的地方。
"听爸爸说，打算换房子了？"
吃饭时她也听爸爸说想换房子了，并打算给沈松源也买一套。
沈松源点头。他的头发剃得很短，身材壮实了很多，衣服还是一如既往的花花绿绿。
"对。年后有几个新楼盘，你要不要多留几天参谋一下？"

沈瑜怔了怔："不用了，你们决定就好。"

一转眼，沈松源也从那个卷毛小屁孩变成了大人模样，已经到了买房子为成家做准备的年纪了。

沈松源张了张嘴："姐，你要不要买房子？"

沈瑜稍顿，认真思考起来。

在收到房东消息的时候，她还真这么考虑过。自己买了房子，也就不用害怕会被房东赶出去了。

片刻，沈瑜点点头。

"嗯，我回去考虑一下。"

沈瑜又收到了谢新昭的消息，依旧是他的照片——一只空荡荡的手。

骨节分明，手指修长葱白，手腕露出一截灰色衬衫的袖口和棕色的腕表带。如果没有刚才的消息，沈瑜甚至怀疑他是故意在给自己秀手。

沈瑜：红包发完了？

谢新昭：发完了。

两条消息几乎是同时出现在聊天框里。

下一秒，谢新昭又发来一条消息：你想要就还有。

沈瑜一顿，故意逗他：有多少啊？

谢新昭：自己回来看。

沈瑜笑了一声，还真把自己当小孩吗？她才不要红包。

沈瑜在西澜没有待太久，年假没过完就回了 A 市。

回去前，沈朗将沈瑜叫到书房，认真地同她谈了谈以后的规划。

"你回去自己注意点，别太拼了。买房的事自己看着点，钱不用你操心。"

沈瑜心里微动，怔怔地看着沈朗。

她和谢新昭分手后，本以为爸爸会大发雷霆。结果他只是抽了很久的烟，并没有多说什么。

这几年她一直在外面，回家的次数不多，和家人见面也少。不知何时，爸爸的鬓角隐隐有了白发。

"嗯，谢谢爸爸。"

回到 A 市时已是下午。

沈瑜下了飞机，在等着拿行李箱时收到了谢新昭的消息：今天下雪了，你怎么回家？有人接你？

沈瑜看了看空荡荡的传送带，低头打字：没有。打车。

下一秒，谢新昭的信息跳了出来：等着。

沈瑜还没有反应过来，他的电话已经打过来了。

她接起来，"喂"了一声。

在飞机上长时间没说话，沈瑜的嗓音有点哑，声调像是黏在了一起，加上她一向温和清淡的声线，这话说出来就像是松软的棉花糖，听上去有些撒娇的意味。

谢新昭顿了几秒才开口："你在哪儿？"

沈瑜清了清嗓子："在等着拿行李。"

说话间，旁边同她一起等行李的人说了一声"来了"。

沈瑜望去，看见一件件行李正被传送带传送过来。

谢新昭"嗯"了一声："我在机场外面等你。"

沈瑜惊讶："你已经到了？"

"对。"谢新昭懒洋洋地应声。

不知道是不是沈瑜的错觉，她觉得谢新昭的心情好像，还挺不错的。

"哦，先挂了，我拿行李。"

沈瑜挂掉电话，找到自己的行李箱拖着往外走。

到达出站口时，她一眼便看见站在人群中的谢新昭。

他今天穿得很休闲，白色卫衣加黑色外套，身材清瘦挺拔，显得很有少年气。

他双手插兜，眼睛直直地望着出站口，头发乌黑松软，五官俊秀，下颌线利落流畅。

这个瞬间，沈瑜觉得眼前的谢新昭和七年前的少年重合了。

她眨眨眼，拖着行李箱走过去。

谢新昭很快迎上来，自然地接过她的行李箱。

沈瑜有点想笑。不是说在外面等的吗？为什么又进来了？

沈瑜这么想，也这么问了出来。

谢新昭垂眸睨她："怕你找不到路。"

沈瑜点点头："哦，谢谢。"

到了大厅门口，谢新昭忽然停下。沈瑜还没有反应过来，只觉得眼前一黑，头顶被戴上了自己的外套帽子。

沈瑜怔怔地抬头，对上他漆黑如墨的眼睛。

谢新昭俯身，拉紧了沈瑜帽子两边的系绳，低声说："外面在飘雪。"

两人离得很近，沈瑜能清楚地看到他凸起的眉骨、漆黑纤长的睫毛，还有眼皮上方浅浅的褶皱。

她的呼吸暂停了几秒才反应过来。

"那你呢？"她轻轻开口。

白皙干净的一张脸被帽子围住，头发松松垂下，模样有点呆呆的，也很可爱。

谢新昭的手还拉着她的帽绳，胸口像被挠了一下。

第二次了，在沈瑜刚才接听他的电话说"喂"的时候，他的心就开始发痒了。他早早开了车过来接人，又怕撞到沈瑜和其他男人在一块儿。

知道沈瑜是一个人准备打车回去，他忍不住在心里骂了纪衡，更多的是抑制不住的开心。

他发现，自己比想象中的还要想见到沈瑜。

谢新昭深深地看着沈瑜，喉结动了动。

"我不用。"

沈瑜点点头，说"好"。

跟在谢新昭后面出了大门，冷风迎面而来，胸前的长发被吹得乱飞。

沈瑜把手伸进口袋，快步跟着谢新昭。

谢新昭的车停在不远处。他先用车钥匙开了锁，示意沈瑜上车。

等他放好行李箱过来，沈瑜已经把帽子放了下来，正对着镜子整理头发。

谢新昭坐上车，带过来一阵凉风。这么一会儿的时间，他的眉毛和头发上就有了层薄薄的雪，沈瑜自然地抽出一张纸巾递过去。

谢新昭一顿，没有动作。

沈瑜睁大了眼睛，有些疑惑地又将纸巾向前递了递。

谢新昭这才垂眸，缓缓接过纸巾。

他的手指被风吹得通红，冷冰冰的。沈瑜的手不经意碰到，被冻了一下。

"好冷。"她说，"你还可以开车吗？"

谢新昭打开空调，笑着擦眉毛上的雪："还不至于。"

他问："好了吗？"

沈瑜指了指他的头发。

谢新昭嫌麻烦，直接把卫衣上的帽子扣上去胡乱蹭了几下，又拉下帽子，随性得很。

沈瑜轻笑："你刚才怎么不戴？"

耍酷。

谢新昭没回答，十指搭在方向盘上。

他启动车子，状似无意地问："你考虑好了没啊？"

沈瑜一时没反应过来："考虑什么？"

"房子。"谢新昭言简意赅。

沈瑜顿了顿，说自己打算买房。

谢新昭点头："那不影响啊。住我那里，你随时可以搬走，不用考虑租

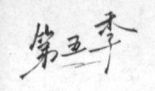

期的事。"

沈瑜安静下来，没有说话。

其实她明白，相较于其他房子，谢新昭那里各方面的条件都很好。

可是……

她抬眸看向谢新昭，神色犹疑。

"你，是不是……"

谢新昭打断她："我说过我不住那儿，你不用担心遇到我。"

沈瑜咬唇，她不是想问这个。

"我只是正好有这个房子，平时也用不上。"谢新昭以为她害怕和自己扯上关系，心口一疼。

他自嘲地笑了一声："你大可以放心。当初是你抛弃我，我怎么可能再死缠烂打？"

话音落下，车厢里瞬间沉默。

沈瑜坐得笔直，望着窗外发呆。

时间一分一秒地过，两人各自想着事情，都没有说话。

就这么一路到了沈瑜的住处。

外面还在飘雪，谢新昭索性将车开进地下车库，在沈瑜单元楼的电梯附近停下车。

"谢谢。"沈瑜轻声道谢。

"不用。"谢新昭也下车，帮她把行李箱从后备厢拿出来。

沈瑜接过行李箱，低声说："那我上去了。"

"等一下。"谢新昭叫住她。

他绕到她面前，忍不住解释："我只是想让你放心住进去而已。"

恰逢过年期间，车库里的车位大多数是空的。车库显得大而空旷，一点声音似乎都会被无限放大。

沈瑜抬眸看他，抿了抿唇。

"你这几年还好吗？"

谢新昭神色淡漠，漆黑的眼睛盯着她，反问："你觉得呢？"

沈瑜乌发白肤，目光干净清澈。

她迟疑了下，轻声说："我觉得你好像瘦了，是不是没有好好吃——"

"饭"字消失在了谢新昭突如其来的拥抱里。

沈瑜猝不及防地，被人用力一拥，跌进了一个坚实的怀抱里。

行李箱随之歪了下，往旁边滑了滑。

谢新昭一路上忍耐的情绪在此刻控制不住地爆发而出。

他死死扣住沈瑜薄瘦的脊背，将头埋进她的脖颈里，呼吸间满是女生清新的香气。

"你觉得我瘦了吗？"他低声问。

沈瑜四肢有些僵硬，轻轻"嗯"了一声。

谢新昭侧头，唇几乎贴着沈瑜的皮肤，声音带着紧绷："是真的在关心我吗？"

说话间，他的呼吸打在沈瑜的脖颈上。

沈瑜安静了几秒，承认了。

"对。"

第八章

\ 依赖

刚回到 A 市，沈瑜就马不停蹄地投入到演出排练中。

二月底，A 市有一个艺术节，《拂晓》作为 A 市剧院去年的重点舞剧，需要参加开幕式的演出。

沈瑜的生活瞬间忙碌起来，被一次次的排练和会议占满。

可能是受那晚的气氛影响，她最终答应了谢新昭搬去他那里，等自己买了房子再搬走。

那天晚上，她说了"对"之后，谢新昭压在她身上的力道霎时加重，几乎要将她的骨头压裂。

近乎窒息的拥抱中，她感觉到了谢新昭身体的颤抖。

关于那个晚上，沈瑜最后记得的，是他起伏的脊背，和蛰伏在耳畔又重又急的喘息。

自那天后，两人没怎么见面，谢新昭只在她搬家的那天出现了一下。

正如他所说，他不怎么住水云新城。

沈瑜平时忙工作，别墅有阿姨定期来打扫。

等她回家时，每每迎接她的都是整洁如新又空荡的房子。

只有一天，沈瑜轮休，在阳台晒太阳时正好遇到来打扫的阿姨。阿姨见到她，也是愣了一下，随后礼貌地笑了笑。

沈瑜回了一个笑，看着她上楼打扫。

等阿姨下来时,她忍不住问:"阿姨,你在这儿打扫多久了?"

阿姨腼腆地笑了笑:"不久,去年十二月才开始的。"

去年十二月……算算差不多是自己遇到谢新昭的日子。

沈瑜顿了顿,又问:"这里平时没人住吗?"

阿姨摇头:"没有,你是第一个。"

她知道这房子的主人是谁,也知道这种有钱公子哥交漂亮女朋友都是一个接一个。也许不同的女朋友有不同的房子住,互不干扰。

见到沈瑜,阿姨理所当然地把她当成了房主的某一任女朋友,或许是连女朋友都算不上的"玩伴"。

她在这附近做这行很久了,见过许多有钱人家的奇葩事。这种根本不算什么,她也不会多嘴。

沈瑜"哦"了一声,抬头看向二楼。

"那二楼朝西的那间房是做什么用的?"

听到这话,阿姨的神色有些诧异。

这姑娘看起来干净清纯,没想到连二楼都不能进。

见沈瑜一脸真诚无辜,她又觉得有些同情。

"朝西……"阿姨下意识地抬头看了一眼,摇头,"你说一直锁着的那间啊?我也不知道,那间不用打扫。"

沈瑜怔住。

自从住进来后,二楼的那间房就一直锁着,像是一个被尘封了很久的盒子,让人忍不住想打开看看里面有没有秘密。

原来,阿姨也不知道那间房里是什么样的。

半晌,沈瑜轻声道谢:"好,谢谢。"

天气渐渐回暖,沈瑜年后的第一场演出也拉开了帷幕。

艺术节每两年举办一次,嘉宾不仅有市领导、各宣传文化单位领导,还有各界社会名流,旨在宣扬文化、推广各类艺术。

演出前,沈瑜在后台同其他人一起做准备。

忽然,有个工作人员急匆匆地推开门,喊了一声:"沈瑜是哪位?"

正要做发型的沈瑜一愣,回头应道:"是我。"

工作人员点头,让开了一个身位,只见一个捧着一大束花的男人走进来。

"沈小姐,这是您的花。"

花是鲜艳的红玫瑰,一条粉色彩带上写着"预祝沈小姐演出成功"。

沈瑜只一眼就知道是周老板送的。

她不好难为一个工作人员,便抿唇道:"你放门口吧。"

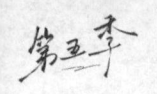

沈瑜回过头继续化妆。

于是，那男人将花放在一旁的椅子上。

后台的化妆室人多嘴杂，喧嚣声大。不一会儿，那束花就被人丢到一边，拿走了椅子。

另一边，受邀来参加开幕式的谢新昭正在贵宾室接受其他几位嘉宾的恭维。

万航集团旗下涉猎的行业很广，尤其是深耕酒店业。他这次回来，主要是负责正在进行的主题乐园项目。

他早在上大学时就开始接触这个项目，目前万航乐园一期已经快要完工，正在收尾阶段。如果顺利，大概年底可以正式对外开放。

谢新昭知道，这些人嘴上夸他，实际上对他一上来就负责几十亿的项目心里估计也打着小九九。近几年，这种场面他见得多了。

在一连串的"年轻有为"的赞扬声中，谢新昭随便找了个理由离开了。

沿着走廊往外走，他站在拐角处的窗口透气。

伴随着一阵脚步声，几个化了妆的女生一起走来，像是要去洗手间。

几人说说笑笑，一个熟悉的名字飘入了谢新昭的耳朵。

"沈瑜又收到周老板的花了啊？"

"那可不，那么大一束呢。她哪次演出没有花啊？"

"那人可执着啊，起码送了有一年了吧？"

谢新昭侧头，皱眉。后面的声音有点小，他索性跟了上去，装作也要去洗手间的样子。

"可是纪衡不是……"

"哎呀，那有什么啊。美女不管是不是单身都不缺追求者的，就是结了婚也不一定安全。"走在右边的女生言之凿凿。

"听说他们内部都在开玩笑，想免单就约沈瑜一起出去。"

"什么意思啊？"

"笨！就是沈瑜在外面吃饭会有男人帮着买单。"

中间的女生惊叹地"哇"了一声："大美女的待遇就是不一样。"

…………

后面的话谢新昭没有再听。洗完手，他面无表情地回去了。

会场上。

随着主持人一段官方又冗长的祝福词后，艺术节正式开始。

这次前来观看的人除了前排嘉宾，还有普通市民。

沈瑜的节目在第三个，是舞剧《拂晓》的选段。

第二个节目快要结束时,谢新昭听到身后人的说话声。

"下一个就是沈瑜了。"

"《拂晓》?"

"嗯。"

"老周啊,不是我说你,怎么一见到那位沈小姐就像个毛头小伙子似的?"

实话说,两个人的声音很小,但谢新昭对沈瑜的名字格外敏感,一下就听出来了。

他凝眉,忍不住回头。

身后是两个老板模样的男人,看上去三十多岁,西装革履。那个姓周的头发梳得光亮,圆脸,身材适中,腹部微微发福。

此时,他满脸春光,眼睛里洋溢着愉悦和快乐的情绪。

见谢新昭回头,他笑着点了点头,算作招呼。

谢新昭僵了下,也点点头,然后一脸淡漠地回过头。

这么几秒的时间,第二个节目已经结束。

主持人正在报幕。

伴随着一阵空灵悦耳的音乐声,《拂晓》开始了。

舞台背景是晨间的山间竹林,溪水潺潺。白雾缭绕中,几个穿着淡蓝色裙子的女生上场。

几个女生打扮娇俏,动作轻快,仿佛一群在山林中游玩的仙女。

在这几个女生中间,沈瑜无疑是最显眼的那个。

她的动作标准灵巧,裙摆翻跹间,少女的不谙世事和清灵感拿捏得非常到位。

表演的是《拂晓》选段,并没有纪衡的身影,只有女生的群舞和沈瑜的独舞。

谢新昭一眨不眨地盯着沈瑜,只觉得这舞的表演时间太短了点。

表演结束,台下响起了热烈的掌声。

"你知道吗?沈小姐不仅长得漂亮跳得好,还是学霸。听说她高考分数很高,不走艺术生也能上名校。"

那位周老板又开始同朋友夸起沈瑜,言辞间颇有些骄傲。仿佛证明了沈瑜同其他人不同,他的脸上也能增光似的。

谢新昭一直觉得进了社会还提中学那些优秀事迹挺没劲的,可到了沈瑜这儿就不一样了。

他笑了笑,在心里附和着说"是"。

可下一秒,他就笑不出来了。

"哎,沈小姐答应出来吃饭了。"

周老板很高兴:"我先走了。"

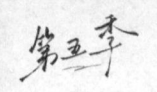

他的朋友有点无语:"瞧你那样。"

谢新昭低头,发消息给沈瑜:晚上一起吃饭?

沈瑜大概在忙,过了会儿才回复:今天不行,约了别人了。

谢新昭轻呵一声,她倒是坦诚得很。

沈瑜被同事拉出来前,还不知道一起吃饭的有周老板。

进入餐厅,见到周老板,沈瑜愣了一下,很快被女同事拉着坐下。

她看了看女同事,不知道对方是怎么和周老板认识的。

"沈瑜拜托啦,就一顿饭。"女同事小声说。

这一年多来,周老板不知道送了多少次花,可平时他举止很是有礼,怕唐突她似的。

是以沈瑜虽然苦恼,对他本人却没有对之前追求者那样的讨厌。

沈瑜叹气,打算坐一会儿就走。

一共四个人,两男两女。

吃饭前,周老板当众表演了调酒,赢得了一片叫好声。他调了两杯鸡尾酒,沈瑜和女同事一人一杯。

沈瑜顿了顿,接过酒。近几年,她偶尔也会喝酒,但是不多。

酒喝了大半时,沈瑜觉得脸有点发热。她借口去了洗手间,在里面多待了一会儿,又洗了一把脸。

再回来时,桌上只有周老板一个人了。

"沈小姐,他们两个去外面透气了。"周老板面色有些紧张地解释。

几个人的位置在靠窗的角落,环境静谧。

沈瑜点点头,索性和他说清楚。

她礼貌地表达了对周老板的感谢,然后告诉他以后不要送花了。

"沈小姐。"对面男人的额头似乎都要冒汗,"我是真的很欣赏,也很喜欢你……"

他的脸色有些涨红:"如果你是单身,为什么不可以——"

"我不是。"沈瑜打断他,"我有男朋友。"

对面的男人瞬间蔫了,支吾了起来:"有男朋友了啊……"

沈瑜起身:"谢谢你的喜欢,但是留给别人吧。我还有事,先走了。"

"哎,沈小姐。"周老板也站起来,"我送你吧。"

"不用了。"沈瑜拒绝。

"可是你——"

"——没听见她说有男朋友了吗?"

周老板的话被人打断。

沈瑜只觉得自己的胳膊被人一拉，整个人瞬间落入一个熟悉的怀抱里。

她愣怔地仰头，眨了眨眼："你怎么在这儿？"

谢新昭一身黑色的休闲外套，头戴着鸭舌帽，脸上有口罩，只露出一双明亮幽黑的眼睛。

他垂眼，看不出神色。

谢新昭并没有回答沈瑜的问题，望了她一眼又收回目光。

他冷冷地看着比自己矮了大半个头的男人，语气也淡漠："人我带走了，用不着你操心，以后也别来烦她。"

他懒得多话，将沈瑜椅子上的包拿上，揽着沈瑜走了。

沈瑜一路跟着他到了他的车上，才反应过来，又问了一次："你怎么在这儿？"

谢新昭没好气地把帽子扔到车后座，又摘下口罩。

"在这儿吃饭不行吗？"

沈瑜觉得自己的头有点晕。

"你来吃饭，戴帽子和口罩做什么？又不是明星。"

谢新昭气笑了："对，你才是大明星，哪儿哪儿都有追求者。"

他倾身过去，将沈瑜的安全带扣好。

动作间，谢新昭闻到了一股淡淡的酒味。

"喝酒了？"他低声问。

谢新昭的手还撑在沈瑜的座位旁，半俯着身悬在沈瑜上方。

车里没有开灯，昏暗光线下的轮廓越发明晰利落。

沈瑜没有听清。

"嗯？"她的声音很轻，像是从鼻腔发出来的，低低的，带着轻柔的转音，听上去多了些婉转动人的调调。

谢新昭的喉头顿时发痒。他盯着她的唇好一会儿，才勉强克制住自己亲上去的想法。

他坐回位置，重重地吐出一口气。

开车回去的路上，两人都很安静。

快到水云新城的时候，谢新昭才忍不住低声道："还男朋友，你的男朋友呢？"

你被一个男人纠缠的时候，他人呢？

沈瑜没有出声，头靠着椅背，眼睛闭上，像是睡着了。

谢新昭看了她一眼，抿唇。

停好车，他再次倾身过去，快速将沈瑜的安全带打开，然后走到另一边，打开车门。

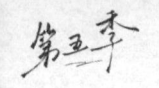

他调了调副驾驶的座椅,伸手去抱人。

在即将碰到沈瑜的一瞬间,她睁开了眼睛,眼神有些迷茫。

谢新昭一顿,静静地和她对视。

沈瑜眨眨眼,又闭上了。

谢新昭的心重重一颤,就这么信任他吗?

他低头靠近,低声叫她:"小瑜?"

"嗯。"沈瑜用手背抵着额头,又睁开了眼睛。

"喝多了?"

谢新昭站在车外,一手搭着她的椅背,一手撑着座椅。

沈瑜的眼睛有些迷蒙,声音很轻:"没有,就一杯。"

说话间,两人的呼吸很近,气息交融,有淡淡的酒味。

谢新昭垂眸,盯着沈瑜微张的唇,又靠近了两寸。

沈瑜睁大眼睛,似乎忘记了反应。

逼仄安静的空间里,一切的感官都在放大。

男人低垂着的纤长睫毛颤抖着,靠着她肩膀处的腕表微凉,挺拔优越的鼻骨在脸颊上落下阴影,下颌线流畅。

每一个细节,都变得清晰又暧昧。

沈瑜怔怔地看着谢新昭离自己越来越近,屏住呼吸。然后,唇上传来了柔软温柔的触感。

见不到人的时候,谢新昭还可以用学业和工作麻痹自己。

一旦有了接触,就像河堤被撕开一道口子,思念和欲念如山洪暴发般决堤而出。

那天的拥抱之后,他为了让沈瑜相信自己的话,忍了很久。今天好不容易见了面,他控制不住自己向她靠近。

沈瑜是他的瘾,也是他的药。

看沈瑜并没有拒绝自己的靠近,谢新昭便彻底不顾了。

他已经太久太久没有和沈瑜亲密了。

沈瑜今天演出完就卸掉了舞台妆,一张脸素净白腻。喝了酒的缘故,她的脸颊微微泛红,眼睛迷蒙含水,像暗夜里一闪一闪的星。

谢新昭知道这样不对。

是,他卑鄙,他无耻。可是,他不想忍。

吻到沈瑜的那一刻,他的头皮瞬间发麻,心口酥痒,灵魂仿佛都在震颤。

刚开始,谢新昭只是贴着沈瑜的唇,没有动作。他低垂着眼,睫毛颤抖。

沈瑜的眼睛睁大,神色有些诧异。

她眨了眨眼,并没有拒绝。

"小瑜。"谢新昭低声叫她。

心脏因为她此刻的乖巧和准许软成了烂泥,又因为害怕而变得酸涩难忍。

搭在椅背上的手受不了地捂住沈瑜的眼睛。

"小瑜。"

"我是谁?"

沈瑜刚在车上小憩了一会儿,这会儿头还有点昏沉。

偏偏那人并不打算放过她,用牙齿轻轻咬她的唇,又问了一遍:

"小瑜,我是谁?"

"谁在和你接吻,嗯?"

眼睛被温热潮湿的手心盖住,让她处在一片漆黑中。

她呼吸重了几分,想要在缺氧的混沌里找一个依靠,便抬起手臂,胡乱地抓住他的衣服。

"别闹,谢新昭。"嘴唇被堵着,话说得模模糊糊。

谢新昭一颤,移开了遮在她眼睛上的手。

沈瑜眯了眯眼,对上他的目光。

谢新昭的眼睛黑沉沉的,翻滚着她看不明白的情绪。下一秒,他吻得更加用力,身体几乎压在了沈瑜的身上。

沈瑜觉得自己可能真的喝多了,酒意上头。她缩了缩肩膀,手心紧紧攥着谢新昭的衣服。谢新昭穿着休闲的外套,里面却是很正式的白衬衫,款式修身,面料挺括。他甚至连领带都没解开。

沈瑜的思绪忽然清明了一瞬。

她张了张唇想要说话,却只能发出含糊的呜咽声。

她只好用力偏了偏头。

谢新昭一时没反应过来,唇落在了她的脖颈上。

沈瑜深吸了几口气,从驾驶位和副驾驶位的中间往后看。后座上除了他刚刚丢过去的帽子,还有一件黑西装。

沈瑜略一思索,回过头去,猝不及防地对上谢新昭幽深晦暗的眼睛。

他还保持着探进车的姿势,一手撑着座椅,一手扶着椅背。

沈瑜整个人像被他和座椅包围了。

她顿了半晌,轻轻开口:"你今天在开幕式?"

谢新昭点点头,微微退开些。

沈瑜"哦"了一声,漆黑的睫毛垂下,兀自想着事情。

沈瑜的薄呢大衣敞着,里面是一条黑色修身连衣裙,衬得脖颈和胸口白得发光。她坐在座椅上,看上去纤细小小的一个,让人心生怜惜。

谢新昭一顿,手伸到她的颈后。

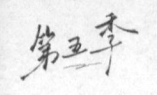

"抱你回去？"他低低地问。

沈瑜一愣，快速推开他。

"不用。"她越过谢新昭，匆匆下了车。

敞开的大衣衣摆在夜色下随风摇曳，露出一截笔直白皙的小腿。

沈瑜一路急匆匆地回了房间，脱掉外套躺在床上。

她听到了外面锁车的声音。

是了，这是谢新昭的家，他今天肯定是回来住了。

沈瑜躺在床上，心脏跳得又快又乱。

今天昏了头，模模糊糊地同谢新昭接吻了，明明他们的关系还不明朗……

正懊恼时，包里的手机响了起来，是今晚一起吃饭的女同事打来的。

沈瑜接起来，"喂"了一声。

"沈瑜你没事吧？"女同事的声音有些着急。

沈瑜困惑："没事啊，我已经到家了。"

"哦。"女同事松了一口气，"吓我一跳，我发你好几条消息都没回。"

沈瑜有些尴尬："我在车上没听见。"

"那就好。"女同事放心了，"我回到桌上一看你人都不在了，就剩周老板一个人在那儿。他说你被男朋友接走了，我还愣了一下。你有男朋友了啊？什么时候？"

沈瑜一时不知道该怎么说，支吾了两声。

"哎，你早说我就不约你出来同周老板吃饭了。"女同事叹气，又八卦兮兮地问，"不会是纪衡吧？"

沈瑜一怔，否认："不是……"

女同事"哦"了一声，没有多说什么，客套了几句后挂了电话。

手机还没放好，铃声又响了起来。

看是廖老师来电，沈瑜一愣，连忙接通。

"沈瑜啊，还没睡吧？"

沈瑜："没有，廖老师有事吗？"

廖老师顿了顿："是有点事。童絮，你知道吧？"

沈瑜："嗯，知道。"

童絮是知名的舞蹈家，也是沈瑜的师姐，她自然是知道的。

廖老师："童絮正在苹果台录制一档舞蹈节目。她看了你的《拂晓》，特别喜欢，想邀请你当一期嘉宾和她跳一支双人舞。"

沈瑜有些惊讶："童絮邀请我吗？"

童絮目前是大众眼里最知名的舞蹈家之一，她能看上自己，实在超出沈瑜的预料。

"对,她不知道你的联系方式,让我先同你说声,之后具体情况会有她的助理再联络你。"廖老师说到这儿顿了顿,"沈瑜啊,这是一个很好的机会,要把握啊。舞剧在很多人眼里还是小众艺术,能上电视让大家进一步认识舞蹈,推广舞剧,这是我们应该做的……"

这种话,廖老师说过不止一次了。去年他就想推荐沈瑜去参加某台举办的舞蹈大赛,沈瑜因为《拂晓》的排练拒绝了。

如今再次提及,沈瑜不好再推拒。

"嗯,如果时间上没问题我会去的。"

通话间,沈瑜的门被人敲了敲。

沈瑜一边接电话一边开了门。

谢新昭站在门口,手里端着一杯水。

沈瑜指了指耳边的手机,示意他把水杯放在床头柜上。

谢新昭点点头,走进来放下杯子。

沈瑜挂断电话时,谢新昭还没有走。

她的头发因为刚刚躺在床上乱了几分,看着好像一个蓬松可爱的瓷娃娃。

谢新昭忍不住,走过来伸手给她顺了顺。他的手抚上她头发的瞬间,沈瑜一个激灵,刚才在车上那些旖旎的片刻瞬间涌入脑海。

她抬眸看向谢新昭,灯影下的眼睛里好像映着融融水光。

沈瑜咽了咽口水,鼓起勇气问:"你刚刚……为什么要亲我?"

某种程度上说,沈瑜一直是比较单纯的,体现在谢新昭说什么她都会相信,不管是以前还是现在。

重逢后的几次见面,他次次宣称不会怎么样,看似只当沈瑜是旧识,可又总做些让人误会的事。

沈瑜不是没有怀疑过,可每次才提起就被他堵住了话。

他说自己没有那个意思,她也不能自作多情吧?

可现在,沈瑜实在忍不住了。

她平时性格比较淡,但主动提起这种事还是免不了紧张,心脏跳得厉害,屏住呼吸等他回答。

谢新昭垂眸盯着沈瑜,心里也在思量。

半晌,他叹了一口气,投降了。

"你说为什么,小瑜?"

沈瑜张了张唇,不知如何回答。

"是,我还喜欢你。"谢新昭声音无奈,带着妥协,"你先别拒绝我……"

谢新昭双手捧着她的脸,微凉的腕表贴着她发热的脸。

沈瑜的手心微湿,垂在身侧没有反应。

灯光下,谢新昭的皮肤很白,低垂的睫毛在眼睑处打下一层密密的阴影。他面容清隽温和,神色专注,眼睛里仿佛只能看见沈瑜一个人。

"小瑜,不要想那么多,你也不讨厌我亲你对不对?"

谢新昭的声音很低,在这样安静的环境下有种蛊惑人心的力量。配合他温情脉脉的脸,足以让任何一个女人心软。

"你不要急着定义我们的关系,顺其自然,好吗?"

沈瑜的睫毛颤了颤,眼里闪过一丝困惑。

谢新昭眼神暗了暗,他的动作轻柔,神色虔诚又殷切。

"你不用做什么,只要知道我一直在你身边就好。"

沈瑜混沌的大脑有些转不过来,勉强理解了谢新昭的意思。

大概是两人刚重逢,不用那么快决定要怎么样,顺其自然发展就好。

沈瑜现在也确实有点乱,轻轻"嗯"了一声。

谢新昭想起了什么似的,伸手摸向她的肚子。

"在外面吃饭有没有不舒服?"温热的手心贴着沈瑜平坦的小腹,顺时针揉了揉。

沈瑜下意识抓住他的手往外推:"没事,就一点点。"

即使这样,谢新昭的表情还是很严肃。他将沈瑜抱到床上,坚持给她揉了一会儿。

他手心温热,动作又轻又柔。

沈瑜渐渐从不好意思变成了有点享受。

"他照顾不好你。"谢新昭低声说。

"什么?"沈瑜有些犯困,没有听清,向谢新昭看过去。

谢新昭抿着唇,眼神幽深。

"没什么。"他吐了一口气。

第二天,沈瑜到单位时觉得有些不对。

同事们似乎都用一种新奇的眼神打量她,等她望过去,他们又纷纷回过头装作没事。

沈瑜有些不明所以,却也没太在意,照往常一样练舞。直到中午,在排练厅的沈瑜接到一个电话。

"沈小姐,谢先生要我给你送午餐,你现在方便下来吗?"

沈瑜一愣,谢新昭?

她连忙答话:"哦,我马上下来。"

沈瑜挂了电话,快步往外走。

下了楼,只见门口站了一个穿着西装的中年男人。他站得笔直,手里拎着一个浅绿色的保温饭盒。

见到沈瑜,男人挥了挥手,向前走了几步,将饭盒递过来。

他语气恭敬地说:"沈小姐,这是你的午餐。"

沈瑜接过来,迟疑了一下。

"是谢新昭让你来的吗?"

男人点点头:"对,你慢用。"

沈瑜道了谢,拿着饭盒去了食堂,找了个位置坐下。她打了个电话给谢新昭,那边很快接通了。

"小瑜?"

猛然听到他的声音,沈瑜的反应竟然慢了半拍。顿了顿,她轻声开口:"为什么要给我送午餐啊?"

"昨晚不是还不舒服吗?"谢新昭声线温和,"是家里阿姨做的,放心吃吧。"

沈瑜的心蓦地一热,喉咙有些干,半晌才挤出了"谢谢"两个字。

谢新昭被逗笑:"你和我客气干什么啊?"

沈瑜一时哑口无言,支吾着以"要吃饭了"为借口挂断了电话。

刚放下手机,沈瑜的对面便坐下了一个人。

"谁啊?打电话还害羞呢?"

沈瑜抬眸,是团里和自己关系比较好的师妹明希。明希同为A大舞蹈学院的学生,比沈瑜晚两年进团,年初才刚被评为领舞。两人在学校就认识,关系不错。只是两人平时在团里的工作不同,不怎么会碰面。

沈瑜说"没有",低头将饭盒打开。

卤牛肉、荷兰豆炒虾仁坚果、蒸鸡蛋、清炒时蔬,还有一份燕窝。

全是沈瑜平时爱吃,且吃起来没有负担的菜。

红、绿、黄、白等颜色配在一起,让人食指大动。

明希"哇"了一声,向沈瑜挑了挑眉。

"男朋友送的吧?我都听说了。"

沈瑜愣怔了几秒:"听说什么?"

"还不就是你有男朋友的事嘛!"明希意味深长地笑了。

"据说那位周老板伤心欲绝,深夜在朋友圈emo呢。"

沈瑜夹起一只虾仁,摇头:"我不信。"

虾仁晶莹剔透,虾线处理得很干净,个头很大,也很入味。

沈瑜慢慢咀嚼着虾仁,心想可以找机会问问阿姨是怎么调的汁。

明希"哈哈"笑了两声:"好啦,我乱说的。不过,今天早上大家就在说,我们沈美女有男朋友了。我猜啊,伤心人可不止周老板一个。"

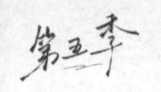

沈瑜顿了半晌，发现自己陷入了谎言陷阱里。

如果这时候否认自己没有男朋友，那昨天对周老板的拒绝就变成了空话。可如果承认自己有男朋友，又要面对同事们好奇的追问。

明希的眼睛亮晶晶的，忍不住问："他是不是很帅啊？"

沈瑜"嗯嗯"两声，埋头吃饭，只希望同事们不要再问这些问题了。

然而，这是不可能的。

午休时，纪衡找了过来，表情有些奇怪。

"他们说你有男朋友了？还给你送了午餐？"

沈瑜犹豫了片刻，说了实话。

"嗯……是拒绝周老板的借口，你先别说。"

纪衡反应了几秒，扯扯嘴角。

"以前我提了几回，你怎么不用这个借口呢？"

沈瑜抿唇，解释道："我说过不想麻烦你。我们平时是搭档，我不想把关系搞得太复杂。"

纪衡吸了一口气，咄咄逼人："那他呢？你就愿意麻烦他了？你们关系不复杂吗？"

沈瑜无话可说。

纪衡看着沈瑜，脸色不太好看。

"沈瑜，我只是想提醒你。他那样的家庭，你要考虑清楚。如果你只是谈恋爱，那你也想想清楚，当初你们为什么分手，这些问题还存不存在。"

沈瑜顿了几秒，声音淡淡："我知道。"

纪衡叹了一口气，半晌才有些无力地说："我没什么别的意思，就是提醒你不要重蹈覆辙。"

下班回到家，在别墅外看到谢新昭的车时，沈瑜并不太意外。

她开门进去，闻到了香浓的莲藕汤味道。餐桌上摆着一块深蓝腕表和一副金边眼镜。

沈瑜微微一怔，走到厨房。

谢新昭一身衬衫西裤，头发梳得光亮，十足的精英范打扮，同脖颈上挂着的格纹围裙十分不搭。

他的背影高大挺拔，专注地对着一锅冒着热气的汤。

似乎是知道沈瑜来了，他回头："你回来了？"

沈瑜应了一声，走到水池边默默洗了手。看到旁边做好的黄鱼，她有些惊讶。

"你会做菜吗？"

上次两人一起吃饭,他给自己打下手,明明还是很生疏的样子。

谢新昭将燃气灶的火调小了点,眼睫低垂:"刚会。"

简单的两个字,像锤子一样砸在沈瑜心上。

她怔怔地看着谢新昭,眉眼清朗。

"中午的菜好吃吗?"他问。

沈瑜点头:"好吃"。

谢新昭低笑了两声,走近伸手抱她。

她"哎"了一声,被他抱到了料理台上坐着。

"以后都阿姨给你做饭,不吃食堂了。"谢新昭的眼睛漆黑明亮,神色被灯光晕染得暖融。

他一只手撑在沈瑜身侧,另一只手抚摸沈瑜的小腹。沈瑜冷不丁被他的手碰到,下意识地缩了缩小腹。

"可……"

话没说完,他低头快速地亲了下来。

沈瑜反应不及地任他亲了几秒,在他试图撬开唇的时候偏过头去。

谢新昭的唇划过她的皮肤,停留在颈侧。

沈瑜没有看他的脸,只听到他一声短促的喘息,接着是极致的安静。

厨房里只有汤水煮沸的声音,连呼吸似乎都暂停。

沈瑜垂下眼,手指微微用力扣着手心。上次是喝多了,可今天的她是清醒的。

片刻,沈瑜开口叫他的名字:"谢新昭。"

谢新昭低低应了一声。

沈瑜转头看他,表情很认真:"你现在真的不失眠了,对吗?"

谢新昭撑在沈瑜身侧的手臂有些僵硬,线条紧绷。

两人都知道,沈瑜问的到底是什么。

他垂下眼,掩饰掉因为沈瑜刚刚的退缩而产生的躁郁,低声说道:"嗯。真的。"

再抬眸,他笑了一声:"不信的话,晚上和我一起睡?"

"别闹。"沈瑜推开他,从料理台上下来。

这天晚上,沈瑜第一次吃到了谢新昭亲手做的菜。味道竟然很不错,看不出是新手做的。

谢新昭听到评价后问她:"要不要雇我?"

沈瑜摇头:"不要。"

谢新昭看上去有点失望,顿了顿又道:"很便宜的。"

沈瑜被逗笑:"便宜是怎么算呀?"

谢新昭做了个口型:"亲、我。"
沈瑜噎住。
"开玩笑的。"谢新昭笑了笑,起身收拾碗筷。
沈瑜"嗯"了一声,帮着将碗筷送进厨房。
——"你不想麻烦我,你就愿意麻烦他了?你们关系不复杂吗?"
中午纪衡的话不合时宜地涌入脑海。
沈瑜看着谢新昭在洗碗机前的背影,怔怔出神。谢新昭对自己来说,确实是很特别的存在。
也许在潜意识里,她一直都是这么想的。所以她才愿意接受他或明或暗的照顾和关心。他说自己好了,就应该是好了吧?
察觉到自己下意识偏向谢新昭的说法,沈瑜咬了咬唇,转身出去了。
第二天上班时,沈瑜接到了童絮本人的电话。
童絮在电话里表达了对沈瑜的欣赏。她简单地介绍了一下自己正在录制的节目,然后非常诚恳地邀请沈瑜来当一期自己的嘉宾。
"好。"沈瑜没有多问,直接同意了。
童絮有些意外,笑了一声:"这么快就答应吗?"
"能和师姐合作是我的荣幸,我相信你。"
沈瑜没有多问双人舞的具体内容,对童絮有种天然的信赖。
童絮顿了顿,说:"好,一会儿我让助理给你订票。时间可能有点急,咱们要合体练一下。"
沈瑜:"好。"
收到信息后,沈瑜和单位请了假,下午就马不停蹄地飞去了苹果台所在的樱城。
上飞机前,沈瑜同谢新昭发信息简单说了情况,只是没来得及收到他的回复,就将手机关了机。
另一边,开完会的谢新昭看到消息已是半个小时之后了。
他立刻打电话给沈瑜,得到的只有"您所拨打的电话已关机"的机械女声。
谢新昭将手机扔至一边。

沈瑜下飞机后,被童絮的助理慧慧直接接往苹果台。
路上,谢新昭打来电话。
在此之前,他的回复很正常,说自己知道了,要沈瑜落地后说一声。
沈瑜一落地就被慧慧接上,只来得及发个消息,没一会儿,他就打来电话。
电话里,谢新昭的声音低低的。
"你已经到了?"

沈瑜轻轻"嗯"了一声:"正在去苹果台的路上。"

谢新昭叹了一口气:"怎么这么突然?"

沈瑜解释说领导之前有说过,是自己没和他说。

电话里一阵沉默。

"你要在那里待多久?"谢新昭问。

沈瑜:"嗯……可能一周。"

又是一阵沉默。

就在沈瑜打算挂掉电话时,她听到谢新昭略有些迟疑的声音:"是……一个人吗?"

沈瑜愣了一下,不明白他话里的小心翼翼源自哪里。

"是一个人,怎么了?"

"没事。"谢新昭的语气似乎放松了些。

又叮嘱了几句要她注意饮食和安全的话,两人结束了通话。

到了苹果台,慧慧停好车,领着沈瑜坐电梯去了位于十六楼的排练厅。

慧慧推开一扇门,开心道:"嘉宾来啦。"

站在一旁的童絮立刻迎上来,热情地给了沈瑜一个拥抱。

"你来,我真是太高兴了。"

童絮比沈瑜大五岁,是沈瑜的学姐,主攻现代舞。

童絮是明艳大气的长相,长鬈发,五官艳丽,眼睛是妩媚的狐狸眼。同沈瑜是两种完全不同的风格。

这也是她挑上沈瑜的原因之一。

眼下,童絮的长发被随意绑了起来,头戴一顶鸭舌帽,素面朝天,上身只穿了一件紧身背心。

即使这样,她的五官也依旧明艳突出。

"我太喜欢你的气质和长相了。之前看《拂晓》就和同事说这主演太美了。"

沈瑜被前辈夸得有些脸热:"师姐,你才厉害!我们都非常崇拜你。"

童絮笑:"好了,我们别商业互夸了。"

她示意沈瑜坐下,一边把平板里的视频播给沈瑜看,一边和沈瑜谈起自己的想法。

"这次节目组要求是双人舞嘛,我一下子就想到了你了。"

她仔细向沈瑜介绍这支舞的创意和编排。

"我的想法是我们一红一白,可以代表两种性格截然不同的女生,也可以是同一个人'内我'和'外我'的对话……"

沈瑜边听边点头。

"这个想法好棒,最后我们对视而笑,可以当作是和自己的和解。"

第五季

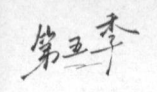

"对!聪明!"童絮很高兴。
沈瑜听完整个构思也挺开心的。
"行,我们现在开始吗?"
童絮有些意外:"这么积极吗?你刚下飞机,要不要休息会儿?"
沈瑜摇头:"不用,舞蹈第一。"
童絮赞许地笑了笑:"好!"

来到樱城的第一天,沈瑜在排练厅练到了凌晨。
除去彩排和录制的时间,沈瑜的排练满打满算也就五天。她是跳古典舞的,这次时间紧,又是现代舞,对她来说是一个不小的挑战。
好在童絮除了是个很好的舞者,也是非常好的朋友和师姐。沈瑜同她的合作非常融洽愉快。
排练中途,时不时会有节目组的人来拍花絮,偶尔也会有其他组的人过来打探情况。
在这个过程中,沈瑜在童絮的介绍下认识了不少同行前辈,获益良多。
就这样,经过几天的排练后,正式录制的那一天到了。
这节目的名字很简单,就叫《舞者》,初始参加人员是十二个,经过比拼和淘汰,最终决出冠军。
童絮是一开播就最受关注的嘉宾之一,她也没有让大家失望,一路的表现都无可挑剔。
这一场半决赛的要求是双人舞,很多女参赛者都选了男嘉宾来搭档。男舞者力量大,身材高,可以很容易做出托举、旋抱等让人目眩的动作。
只有童絮另辟蹊径,找了一个同样漂亮的女搭档来,令所有人好奇又期待。
沈瑜今天一身纯白色舞裙,脸上妆容很淡,只重点描了眉眼,又贴了些闪闪发光的银粉。头发被挽成了工工整整的发髻,显得脖颈修长漂亮。
童絮则身着红色舞裙,头发同样也扎了起来,烈焰红唇,展现的是完完全全的成熟撩人。
前面几组表现得都可圈可点。快要上场时,童絮问沈瑜紧不紧张。
沈瑜摇摇头:"不紧张。"
童絮笑:"那就好,我们发挥出排练的水平就 OK 了。"
沈瑜点点头,粲然一笑。
主持人在舞台前报幕:
"让我们有请下一组表演,来自童絮和她的搭档——《双》。"
两人在台下热烈的掌声中上了台。
开场时,她们分别站在舞台的两侧。一开始的音乐很舒缓,两人分别表演了一段独舞。随着音乐节奏的加快,她们也渐渐接近,开始了双人舞。

一个是极致的明艳妩媚,一个则是极致的清冷纯白。

舞蹈和眼神暧昧交缠,她们似朋友,似情人,又似敌人。

当两人交错着互相扯散对方头发的那一瞬间,观众席爆发出了巨大的赞叹声。

最后,两人定格,近距离地对视而笑。

观众的掌声和惊叹声几乎要把屋顶掀翻。

灯光大亮,主持人笑着上台。

在例行问了下这支舞的创意和表达后,主持人将目光转向沈瑜。

"听说这是你特意请来的师妹。"

童絮笑道:"对,是我们A大的师妹,沈瑜。"

沈瑜接过话筒,简单地做了自我介绍。

主持人笑道:"其实大家可能不知道,沈瑜以前有一个非常火的视频。你们中间可能不少人用过沈瑜的照片当头像或者壁纸。"

台下传来了好奇的骚动声。

主持人也不卖关子:"大家请看大屏幕。"

沈瑜惊讶地转过头。

屏幕上播放了一段刘元元拍的毕业视频。一小段视频后,是几张沈瑜的截图照片。

"原来是她!"

"这视频我还下载过。"

"爷青回了。"

"这个以前超级火的啊!好帅好美。"

…………

台下响起了观众的窃窃私语。

沈瑜怔怔地看着屏幕,七年前的记忆如潮水般涌上心头。她盯着一张自己和谢新昭的合照,心口涌动着自己也说不清的情绪。

后面主持人又说了什么,她记不太清了。

采访结束后,沈瑜和童絮一起回到了后台。

这晚,童絮毫无疑问拿了最高分,沈瑜作为帮跳嘉宾也很高兴。

两人和慧慧以及编舞老师一起吃了顿大餐庆祝。

吃饭间,童絮有些奇怪地问沈瑜:"节目组和你说了吗?我都不知道他们把你以前的视频找来了。"

沈瑜也摇头:"完全不知道,我看到也很惊讶。"

慧慧挥手:"嗐,现在节目就是这样啊,催泪回忆的一把好手。"她冲

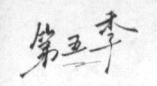

童絮努努嘴,"你小心,指不定决赛给你请出什么人来。"

童絮哈哈大笑。

几人边吃边聊,一直快到十一点才散场。唯一没有喝酒的慧慧负责送三人回去。

沈瑜第一个被送回酒店。

下车前,慧慧有些担心地问:"一个人可以吗?看你的脸有点红。"

沈瑜点头,催促道:"不碍事的,你们快回去吧。"

她下了车径直往酒店里面走。穿过大堂时,忽然听到有人叫她。

"小瑜。"

沈瑜今天喝得有些多,头晕晕的,见到谢新昭的那一刻,她甚至以为是出现了幻觉。

眼前的谢新昭西装革履,鼻梁上还架着眼镜,像是刚从工作场合走过来的。

沈瑜目光懵懂,语气里有她自己都没反应过来的惊喜。

"你怎么来了?"

谢新昭走近,揽着沈瑜往电梯的方向走。

"来找你。"他说。

沈瑜抬眸看着他坚毅流畅的下颌线,心里一颤。

吃饭时大家聊起那个毕业视频,她一直神游在外。因为她发现再看到七年前的影像,自己的心跳居然比表演时还要快上几分。

不管是七年前还是七年后,她的心似乎只会因他而悸动,这是沈瑜刚刚才明白的事实。

"几号房?"谢新昭揽着她,低声问。

"啊?"沈瑜反应了几秒,"8106。"

进入电梯,谢新昭按了"8",另一只手依然揽着她的肩。

酒店的电梯很大,沈瑜却觉得闷热逼仄。

到了房间,沈瑜插上房卡,还没有来得及说话,人就被谢新昭压在墙边。

下一秒,炙热的吻覆了上来。

这一次,沈瑜没有躲。

"喝香槟了吗?"谢新昭一下就尝出来了。

沈瑜模模糊糊地应了一声:"今天师姐拿了第一,庆祝一下。"

谢新昭望着她酡红的脸,伸手关了大灯,只留下一盏昏黄的小灯。

房间里的气氛瞬间变得暧昧迷蒙。

"喝多了吗?"他吮着她的唇问。

沈瑜唇瓣发麻,小声说:"好像是的。"

她的头现在还晕晕乎乎的。

谢新昭心脏一抽，隐隐发酸。难怪今天这么乖。

他有些悲哀地想，自己好像只能趁她酒醉时才能好好亲她，这些亲密都像是偷来的一样。

接吻间，谢新昭的眼镜碰到了沈瑜的鼻梁。

沈瑜眨眨眼，稍微退开些："为什么你有时候戴眼镜，有时候不戴？"

谢新昭被她这孩子般的模样逗笑，心脏却疼得更加厉害。

"工作时会戴一下。"

沈瑜："哦。"

谢新昭又问她："你喜欢我戴还是不戴？"

沈瑜眯了眯眼，上下打量。

"都很好看。就是戴眼镜时，会觉得有点陌生。"那是她不熟悉的"谢先生"。

谢新昭盯着她波光粼粼的眼，喉结动了动。

他死死压抑自己的情绪，说出口的声音依旧带着苦涩："可你不是不喜欢以前的谢新昭吗？"

沈瑜一怔，小声解释："我那时候只是觉得，好的感情应该让人一直进步，变得更好，这才是正确的。所以……"

她的声音越来越小，最后干脆消音。

他的胸口像被绳子勒住般难受，声音低哑："现在还这么觉得吗？"

见沈瑜张唇，谢新昭又不想听了。

他知道答案，不然她不会选择纪衡。

"宝宝，你和他分手吧。"他忍不住开口。

像是被一盆冷水从头浇下，沈瑜蓦地一愣："什么？"

沈瑜一个激灵，瞬间从暧昧的气氛中抽离。

谢新昭停在她颈侧的唇僵了几秒，缓缓退开了些。

沈瑜皱眉，以为是自己听错了。

"你让我分手？"

谢新昭垂着眼，"嗯"了一声，声音低低的。

"他不够关心你，也照顾不好你。你不要他了吧？"

沈瑜愣了："谁？"

谢新昭抿唇，并不愿多谈。

沈瑜心里隐隐冒出一个名字，惊讶："你说纪衡？"

谢新昭吸了一口气，索性承认了："是。"

他定定地看着一脸不可思议的沈瑜，胸口又闷又堵。

果然清醒了就不愿意了吗？所以那天在家里才会回避自己的吻，第二天又急匆匆跑来这里。

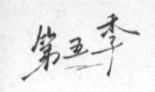

沈瑜怔怔地和他对视，混沌的大脑渐渐想起了一些事。

她终于反应过来自己之前隐隐觉得不对的地方了。

难怪自己和周老板吃饭那晚，他说不要急着定义两人的关系。

难怪他言语间偶尔会提及纪衡，语气也不自然。

难怪他会在电话里问自己是不是一个人来樱城……

那些自己不理解的小心和怪异原来都建立在他认为自己有男朋友的基础上！

沈瑜一阵头晕目眩，双腿发软。

她吸了一口气，转头按亮了灯。

房间里瞬间大亮，谢新昭略苍白的脸色和晦暗如墨的眼睛一览无余。

沈瑜定了定神，走到书桌前的椅子上坐下。

她看着依然站在门口的谢新昭，冷静地开口："我没有和纪衡交往。"

谢新昭眼睛一亮，神色却还有些蒙。

沈瑜努力控制自己的情绪，盯着他，一字一顿地说："我们从来没有在一起过。"

谢新昭一顿，嘴角控制不住地向上拉扯。他快步走过来，眼角眉梢间都是愉悦。

"真的？"

沈瑜点点头，表情却一点也不开心，甚至是很严肃。

她伸出腿，抵住要靠过来的谢新昭。

"为什么你认为我和纪衡在一起？"

谢新昭的小腿被她抵住，站住不动。

他低垂着眼，目光静静地和沈瑜对视。

"你说过你有男朋友。"

沈瑜蹙眉，想起来了。

"那是我为了拒绝周老板才这么说的。"

谢新昭："在电视台那次，你们团的人说的。"

沈瑜张了张唇，欲言又止。

确实，团里的人有时候会拿自己和纪衡打趣。被别人误会，也不是一两次了。

"还有你大四时，你们的同学也这么说。"谢新昭又扔下一个炸弹。

沈瑜放下腿，不解："大四？你怎么会知道？"

谢新昭眼神闪烁，又往前走了两步。

沈瑜瞬间明白："你来过 A 大？"

谢新昭"嗯"了一声。

那也是个冬天,他趁着假期回国。他逛了 A 大的校园网,知道沈瑜周五在学校有晚会演出。

那个晚会在户外举办,大冷天的,沈瑜等人穿着单薄的舞裙,背后露出一片白皙薄瘦的脊背,漂亮的蝴蝶骨清晰。

那时候,沈瑜在学校已经很有名了。

论坛上有关她的消息不少,很多人说她和纪衡考上了同一个舞团,早就在一起了。

一舞结束后,沈瑜下台,纪衡立刻给她披上了外套。沈瑜抬头向纪衡笑了笑,两人一起离开。

谢新昭站在冷风中,定定地看着两人的背影,心脏渐渐变得麻木又冷硬。

但是,现在的谢新昭很高兴。

"小瑜。"他笑着说,"不管那些了好不好?"说着就要俯身抱抱沈瑜。

沈瑜摇头,站起来往后退了几步。她皱眉,定定地看着谢新昭:"如果我有男朋友,我们这样……"

沈瑜顿了顿,忍不住开口:"那在你眼里,你是什么?我又是什么啊?"

胸口闷闷的,有点喘不过气来。沈瑜想起以前他误会自己和路航,说喜欢两个人也没关系。

怎么会没关系啊?这明明是很大的问题!

谢新昭愣了下,向前走了几步。

"小瑜,我——"

"你觉得我有男朋友了,还会和你这样吗?"沈瑜打断他,睁大的眼睛里满是不可思议。

他怎么会这么想?如果真的误会了自己有男朋友,不是应该和自己保持距离吗?怎么能亲自己啊?

谢新昭停在她面前,眼睫轻颤。

"我以为你们现在感情淡了。"

他想过,纪衡这个男朋友做得确实不够格。沈瑜看上纪衡,大概也是志趣相投,符合她那套"共同进步"的逻辑思维,两人的感情可能并没有太深。所以他今天才会在刺激下要她分手。

沈瑜倒吸了一口气:"就算感情淡了就能这样了吗?在你眼里,我就是这样不负责任的人吗?"

她有点生气。一是觉得谢新昭不够了解自己,二是对他把他自己放在这样卑微的位置上感到生气又心疼。

"好,是我不对。"谢新昭显然和沈瑜不在同一个频道,他被"沈瑜没有男朋友"这个巨大的喜悦冲击着,一时根本想不到别的。

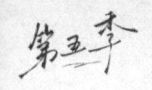

他嘴角带着笑，灯光下的神色很温柔。

"小瑜，你对我还是有感觉的对不对？"谢新昭伸手抬起沈瑜的下巴，作势欲亲。

沈瑜歪头，躲过了他的吻。

"小瑜！"谢新昭皱眉，语气变得有些焦躁。

沈瑜的表情有些冷淡，语气也很平静："你回你自己的房间吧。"

谢新昭愣住，脊背发凉。

"为什么生气？"

沈瑜叹了一口气，抬头定定地看着他。

"你真的不明白吗？这样是不对的。"

"可这不是误会吗？"谢新昭不明白。没有男朋友，两人的关系不是可以顺理成章地更进一步吗？

沈瑜第一次感到词穷。

"这种想法就不对啊！"她吸了一口气，只觉得胸口更堵了，"我觉得我们都需要冷静地想一想。"

她自己现在的情绪也有点不稳，不想在这时候和他争辩。

谢新昭脸上彻底没了笑意，脸色一点点沉下来。

"好。"他没有多说什么，转身离开了房间。

谢新昭走后，沈瑜揉了揉脸，一头栽倒在床上。

手机铃声响起，过了一会儿，她才接起来。

"美女，最近有空不啦？"刘元元的声音从电话那头传来。

沈瑜"嗯"了一声："什么事？"

刘元元笑了两声："还不就那事嘛，你有空的话可以来帮忙吗？估计一两天就好。"

沈瑜手指在额头揉了几下："哦，可以啊。是在影视城吗？"

刘元元："对！你什么时候来？我去接你。"

沈瑜："明天吧。我现在在樱城，去那儿挺方便的。"

"你在樱城？有巡演吗？"刘元元好奇。

"没有，在苹果台录了个节目。"沈瑜有点累，简单说了几句就挂断了电话。

第二天，沈瑜下楼吃完早餐，直接办理了退房。她买了最近的一班高铁票去找刘元元。

刚坐上高铁，沈瑜接到了谢新昭的电话。

"你在哪儿？"他的语气有些冷。

沈瑜如实说了："我去影视城有点事。"

谢新昭的呼吸重了几分,低声问:"那我呢?"

沈瑜:"你忙完了就回去吧。"

"忙?"谢新昭自嘲地笑了一声,"我忙什么?又回哪儿去?我说了是来找你的。"

真的那么生气吗?气到不打招呼就走?

沈瑜安静了几秒:"可我真的有事……"

谢新昭沉默片刻才冷冷地吐出一个字:"行。"

他挂断了电话。

沈瑜看着手机,默默叹了一口气,闭着眼睛假寐。

直到下车见到刘元元,沈瑜的情绪才好了些。

刘元元亲自开着剧组的车来接沈瑜,连同行李一起送去了拍摄地附近的酒店。

路上,刘元元简单地同沈瑜说了电影的剧情和沈瑜需要替的舞。

沈瑜静静听着,时不时地应和一声。

刘元元停下来,皱眉:"你怎么了?看着脸臭臭的。"

沈瑜长了一张清冷的脸,本来看着就高冷,如果她心情不好,看上去便更是冷若冰霜。

沈瑜"啊"了一声,反应过来。

"没事,就是有点心烦。"

"什么事啊?"刘元元关心道,"工作上的吗?"

这么些年,沈瑜的生活里只有工作,刘元元下意识便觉得是舞团那里出了问题。

让她意外的是,沈瑜竟然摇头说不是。

"那你还能烦什么?"刘元元不解。

沈瑜犹豫了一会儿,将自己和谢新昭最近的事情简单说了一下。

她有点不确定,是不是自己真的有问题。

刘元元听完,嘴巴半天没合上。

沈瑜转头看向刘元元:"我就是有点气他把自己放得那么低。"

七年前这样,七年后还这样。那他们的分手有什么意义啊?

刘元元叹气:"唉,感情不就这样吗?爱得多的就是输家啊。张爱玲都说了,爱一个人就是低到尘埃里。"

沈瑜抿了抿唇,轻声道:"嗯,回去后我会和他好好聊聊的。"

"好呀。"刘元元笑,对此表示乐观,"我看哪,你是逃不出他的手掌心的。"

去酒店放了行李,沈瑜马不停蹄地同刘元元一起去了片场。

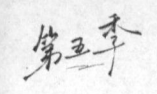

在那里，沈瑜见到了电影的导演王徽。王徽三十来岁，年少成名，为人很傲气。

见到沈瑜，他上下打量了一遍，点点头："可以。"

"那是，我闺蜜跳舞一流好吧！"刘元元在一旁接话。

王徽没搭理她，伸手招来助理带沈瑜去见舞蹈老师和化妆师。

沈瑜来的第一天，午饭都没顾得上吃，只简单吃了些面包。她同舞蹈老师顺了一遍舞，磨合得差不多就被拉去化妆、做造型。

电影里女主角跳舞的场面一共三个，沈瑜今天只来得及拍一个。

等到结束，已是晚上八点多了。剧组其他人还没有收工，她被大发慈悲的王徽先放了回去。

沈瑜换下戏服，打了一辆车回酒店。早春的夜晚有风，吹在身上有些冷，沈瑜裹紧外套，匆匆往里走。

踏上酒店的台阶时，她余光瞥到一个清俊挺拔的身影，脚步一顿。

沈瑜望着逐渐走近的谢新昭，心跳不自觉加快，攥着外套的手放了下来。

她的脸颊忽然有些发麻，讷讷开口："你怎么来了？"

谢新昭低头，白皙修长的手拉住她的外套，缓缓将敞开的拉链拉上。

沈瑜怔怔地看着他的动作，完全没有了反应。

谢新昭一直将拉链拉到最上面，抬眸，幽深的目光盯着沈瑜的眼睛。

他似叹了一口气，神色有些无奈。

他真是没用，才一天不到就忍不住了。

"我来道歉。"

影视城在靠海的城市，早晚温差有点大。

谢新昭的眼睛漆黑幽深，似乎蕴含了很多情绪，他喉结动了动，再次开口："我知道我之前的行为不对，别生气了好吗？"

沈瑜不知道自己的脸是不是被风吹得有些僵和麻，长发也在夜风中飞扬。

她怔怔地看着谢新昭，过了半晌才找回声音："你什么时候来的？"

"下午。"

谢新昭还穿着昨天的衣服，只是没有戴眼镜。清俊的一张脸在夜色下越发显得轮廓分明。他的下巴隐隐冒出了青青的胡茬，眼睛下方多了圈淡淡的青色，看上去有种风尘仆仆的疲惫。

沈瑜的心重重一跳："你就一直等在这儿啊？"

谢新昭点点头，承认了。

沈瑜安静了几秒，叹了一口气，真的是拿他没办法。

"走吧。"

谢新昭嘴角勾起,跟上她。

此时已是十点了,沈瑜也就没有邀请谢新昭进房间。

"你昨天好像没休息好,今天早点睡。"沈瑜站在门口,轻声叮嘱。

谢新昭眼神闪烁,欲言又止。

沈瑜愣了愣,不解:"还有事吗?"

谢新昭摇头:"那……晚安。"

沈瑜:"晚安。"

关上门后,她眯了眯眼,贴在猫眼上。

谢新昭还站在门口,并没有走。他低着头,不知道在想些什么。

片刻,他笑了一下,这才转身离开。

沈瑜转身,去洗手间卸妆。

洗好脸,她抬头看着镜子里的自己,莫名想起刚才谢新昭那一笑,不自觉地也笑出声来。

第二天,沈瑜早早去了剧组。

她昨天已经同导演说好,今天早点拍完回去。请假了一周多,团里已经催得不行了。

沈瑜到剧组时,大部分演员还没有来,只有剧组的工作人员正在做一些前期准备工作。

沈瑜一到就换上了戏服,坐在镜子前做妆造。妆化到一半时,门被人从外面推开。

一个年轻的长发美女气冲冲地走进来,哈欠连连。她身后跟着一个助理模样的年轻女生,同样一脸疲倦。

这人沈瑜认识,是电影的女主角陈茉,也就是自己替身的"正主"。

陈茉一来就坐在一把椅子上,语气不爽地抱怨:"今天又没有晨戏,那么早开工干吗啊?"

化妆室里的其他人都噤声,没人接话。

陈茉又瞥向助理:"可微,帮我买杯咖啡。"

那个叫可微的助理应声,又急匆匆地出门了。

十几分钟后,可微带了一杯咖啡回来。她将咖啡递给陈茉,又附在陈茉耳边小声说了几句。

陈茉喝着咖啡,轻飘飘的目光落在沈瑜身上,上下打量着。

沈瑜和她位置相邻,自然也感觉到了。只是她还在化妆,不能乱动,就没有回看过去。

化好妆后,沈瑜被带到了导演面前。即将要拍的是女主角在舞台上表演

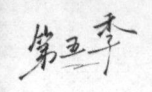

水袖舞惊艳众人的一场戏。

趁着导演和其他演员讲戏的时候，沈瑜独自在旁边热身，又练了一会儿。

今天她的状态很好，只拍了一条就过了。

喊卡后，沈瑜才发现陈茉妆化了一半，双手抱胸，坐在导演旁边同他一起看回放。

走得近了，沈瑜听到王徽的声音。

"你看沈瑜的面部表情就很到位，你多看看，一会儿就这么演。"

陈茉小声嘀咕："她又不是专业演员。"

王徽提高了音量："谁说的？人家是国家一级演员！你是吗？"

陈茉不说话了。

沈瑜抿了抿唇，走开了。

之后的时间里，她一直待在化妆室，准备下一场舞蹈。

快到中午时，陈茉的助理可微急匆匆地跑回来，拿了补妆的粉饼和口红就跑。

"什么事啊？"有人好奇地问。

可微摇头，不愿多说。

没过两分钟，一个工作人员刷手机时忽然惊呼一声："和陈茉在一起的帅哥是谁啊？"

她说着将手机翻转过来。

照片有点糊，隐约能看出一个男人侧着脸和陈茉站在一起。

男人的身材修长挺拔，侧脸线条俊朗利落，看上去是个非常年轻的帅哥。

"一看就是高富帅。"

"可能是陈茉的男朋友来探班吧，你看她这么开心。"

…………

其他人叽叽喳喳地议论起来，都说要出去看一看。

沈瑜不经意间瞥过去一眼，登时心口一跳。她抿抿唇，也跟着其他人出去了。

化妆师看到她，友好且了然地笑了笑："你也好奇陈茉旁边的男人啊？"

沈瑜顿了顿，点头。

她是有点好奇，谢新昭竟然和陈茉认识吗？

陈茉和谢新昭站在拍摄的院子里。几人走出大门时，正好看到谢新昭没什么表情的一张脸。

站在后面的沈瑜忽然有些踌躇，胸口也有点闷，不知道自己该不该走过去。

她想了想，拿出手机准备先发一条消息。正低着头打字时，前方忽然多了一道阴影，周边也一下静得出奇。

沈瑜抬头，怔怔地对上谢新昭英俊的脸，顿时有点尴尬。

他双手背在身后，低头瞄了一眼她的手机，轻笑一声："我就在这儿，你发什么消息啊？"

沈瑜眨了眨眼，脸颊有些发热，只觉得周围十几双眼睛恨不能把自己和谢新昭盯出窟窿。

沈瑜："我……"

她的话被陈茉打断："你们认识啊？"

陈茉站在不远处，一脸的惊讶。

沈瑜点点头，又看向谢新昭："你们也认识吗？"

陈茉："我和谢先——"

"不熟。"谢新昭的眼睛一直看着沈瑜，"很早以前吃过饭，和其他人一起。"

沈瑜："哦。"

陈茉的目光在两人之间来回打量，忍不住问："你们在交往吗？"

看起来也不太亲密嘛。

沈瑜摇头："没有。"

"嗯。"谢新昭点点头，表情很坦然，"我还没追到。"

话音落下，周围响起了深深浅浅的抽气声。

沈瑜被围观得有些尴尬，带着他走到一边。

"你怎么会来？"

谢新昭上下打量她的装扮，笑了笑："给你带了午餐。"

沈瑜了然，将自己的进度告诉他："午饭后，我再拍一场戏就可以回A市了。"

这下谢新昭倒是有点意外："不休息一晚吗？"

沈瑜摇头："不了。舞团还有好多工作，我已经好多天没有和大家一起排练了。"

四月份有一个业内著名的奖项评比，市里选送了《拂晓》去参加比赛。后面还有新一轮的巡演，事情很多。

谢新昭知道她对工作的认真，也没多说什么。

"那我现在买机票，我们下午一起回去。"

沈瑜点头应"好"。

兢兢业业地拍完戏，她简单地卸了个妆，同谢新昭一起离开。

临行前，陈茉笑着同两人道了别。

沈瑜有点意外，也和她说了再见。

"好，有空联系。"陈茉笑着挥挥手。

打车去机场的路上，谢新昭问她："你和陈茉关系好？"

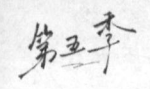

沈瑜一怔，摇摇头："没说过话。"

她迟疑了下，还是忍不住开口："她应该只是在和你告别吧。"

这话听起来有点别扭，不应该这么说的。

正懊悔的时候，她听到谢新昭轻笑了一声。

"你是不是有话想问啊？"

沈瑜侧头，见他背靠着座椅，眼角眉梢噙着笑意，神色慵懒放松。

她连忙转回头，摇头否认："没有啊。"

她从口袋里拿出手机，打开微信。

没过一会儿，她的袖口被人拉了拉。

"小瑜。"

沈瑜正低头给刘元元发消息告别，抽空"嗯"了一声。

"我和陈茉就是几年前一起吃过饭，当时还有其他人一起。今天我们也没说两句，她问我来这儿干吗，我说找人。后来就看到了你……"谢新昭将自己和陈茉之间的事解释了一遍，严谨细致得好像在进行工作总结汇报。

沈瑜的目光从手机上抬起，怔怔地看着他。

谢新昭有些好笑："知道了？"

沈瑜呆呆地"哦"了一声。

两人回到A市，已经是晚上八点多了。

回到家里，沈瑜立刻洗了个澡。吹头发到一半时，门被人敲响了。

沈瑜放下吹风机去开门。

她换了身奶白色的家居服，半干的长发披着，一张脸白里透红，黑白分明的眼睛好像蕴着水汽。整个人好像是清晨最清澈透亮的、藏在雾里的露珠。

她半干的头发将衣服染湿了些，隐约透出里面的白色蕾丝。

谢新昭愣了几秒，目光在她胸口停留一秒就移开。

"出来吃水果？"

沈瑜点头："好，等我一下，我吹完头发就去。"

吹好头发，沈瑜披了件外套走到花园里。

今晚的月色皎洁，星光熠熠，微风荡漾。

花园里的桌椅被人打扫得很干净，桌上摆放着菠萝和车厘子。昏黄的灯光下，谢新昭笑着向她挥了挥手。

树影摇曳，绿植上缠绕了一圈彩灯，仿佛金色的星星从空中坠落在这里。

沈瑜弯了弯唇，走过去在谢新昭旁边坐下。

A市的天气比影视城要温暖些。微风吹在身上不觉得冷，反而很舒适。

沈瑜将一片菠萝送入嘴里，清凉沁脾。

经过连续几天紧张的排练比赛和拍摄，这会儿沈瑜有种无事一身轻的放松感。

谢新昭将水果往她那里推了推，仔细观察她的神色。

"小瑜，你还生气吗？"

沈瑜愣了一下，放下叉子。她转头看着谢新昭，理了理被风吹乱的头发。

"你很担心我生气吗？"

"对啊。"谢新昭的目光深邃安静，"怕你生气，不要我了。"

他洗过澡，身上有淡淡的沐浴清香。头发松松软软地垂着，显得乖巧温顺。

灯影朦胧，将他的神色照得干净又无辜。

沈瑜的心重重跳了一下。

"可是你知道我为什么生气吗？"

谢新昭"嗯"了一声，声音低缓："因为我以为你在有男朋友的情况下还愿意和我接吻，玷污了你的人格，败坏了你的道德品质……"

沈瑜眉心跳了下，阻止他："也没有这么严重……"

谢新昭不说话，静静地看着她。

沈瑜就在这目光中败下阵来。

"以后你有疑问，可以问我啊。"她还是觉得这误会太离谱，认真澄清，"我要是有男朋友了，肯定不会喜欢其他人的。"

谢新昭安静了几秒，蓦地笑了，眉眼清俊温柔："嗯，你说得对。"

他笑得好看，沈瑜却莫名觉得这笑似乎另有含义。她倏地起身，说："我不吃了，你吃掉吧别浪费。"

沈瑜回了房间，谢新昭一个人在花园里坐了会儿。

他吹着风，慢慢将沈瑜剩下的菠萝和车厘子吃掉。

忽然就觉得，今晚的月色真好。

第二天上午，谢新昭开车送沈瑜去舞团。

回来上班的第一天，沈瑜的心情很不错。

反倒是纪衡，一直沉着脸，心事重重的样子。在做热身运动时，他心神不宁差点撞到旁边的人。

"小心点，怎么魂不守舍的？"同事避开他，玩笑道。

纪衡愣了一下，低声说了句"抱歉"。

沈瑜一向不爱管别人的闲事，可当纪衡第二次走神漏拍的时候，她还是停下来，关心地问了一句："没事吧？要不要休息一下？"

纪衡怔怔地看着沈瑜容光焕发的样子，张了张口，欲言又止。

沈瑜见他这样，神色也不禁认真起来："怎么了？"

纪衡摇摇头："没事，中午吃饭时说吧。"

沈瑜迟疑了下，点头说"好"。

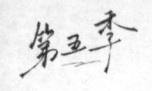

这天的中午,谢新昭照例送了午餐过来。沈瑜拿好午餐去食堂找纪衡。

两人找了个靠窗的位置坐下。

纪衡没有急着动筷,目光怔怔地落在沈瑜面前的饭盒上。荤素搭配,食材丰富又营养,色香味俱全。

他的喉结动了动,抬眸看向沈瑜:"这几天在外面感觉怎么样?"

沈瑜如实道:"有点累,也挺充实的。"

"累吗?"纪衡语气平静,"看你挺开心的。"

沈瑜一愣,不明白他的意思:"嗯?"

纪衡扯扯嘴角:"没什么,节目什么时候播?"

沈瑜摇头:"我也不知道,好像下个月吧。"

她顿了顿,迟疑地问:"你今天心情不好吗?"

纪衡轻笑:"如果我说不好,你又能怎么办呢?"

沈瑜皱了皱眉,确定今天的纪衡不太对劲。

"不好意思。"纪衡低下头,默默吃饭。

"没关系。"

沈瑜一向不喜欢勉强别人,见纪衡并不想多聊,她也就安安静静地用起了餐。

下午,排练继续。

《拂晓》里面有一个高难度动作,是女主奔跑向男生,男生将女生托举在肩上,再旋转下来。

这一小段舞蹈里,女生几乎是挂在男生身上做出一系列舞蹈动作。主要体现少女初识感情,对恋人依赖又欢喜的心情。

这段舞蹈,沈瑜和纪衡不知道表演过多少遍了。

每一次,纪衡在下面都托得很稳,可以让她安心地将自己的舞蹈动作做到最好。

沈瑜怎么也没想到,这一次普通的练习会出现意外。

沈瑜甚至记不清这意外是怎么发生的,只知道在做完一个转体动作后,本应及时托在自己背后的手臂不知为什么慢了一拍。

她甚至来不及提醒,眼睁睁地看着自己从纪衡肩膀上摔下,"砰"的一声落在了地上。

沈瑜眼前一黑,臀部传来了剧烈的疼痛。

她睁开眼睛,看到所有人都一脸惊慌地跑过来。

纪衡怔了一下,蹲下身看着她,额头上满是汗珠。

"怎么样?"

"可以动吗?"

"赶紧叫医生来啊。"
……………
周围嗡嗡的议论声不断。
沈瑜疼得几乎讲不出话来，面色白得像纸，额头直冒冷汗。
她躺在地上，向想要抱她的人摆摆手。
"别动。"
沈瑜用气声，从牙缝里挤出几个字。
"我尾椎那儿好疼。"
纪衡的脸一下子惨白起来，四肢冰凉。他的脑子里一片空白，几乎想不起来自己刚才是怎么回事。明明做过千百次的动作，怎么就没接上呢？
最后，沈瑜被同事送去了附近的医院。
拍片结果出来，尾椎骨轻微骨折，需要静养至少一个月。
知道结果后，纪衡在病房外懊恼地甩了自己一个巴掌。他和沈瑜认识这么多年，知道沈瑜因为跳舞受过很多伤。如今又因为他自己的失误让沈瑜身上多添了一处骨折。因为这个，她甚至有可能赶不上四月份的评奖。
纪衡站在门外，忽然就没了面对沈瑜的勇气。
纪衡，你到底在干什么啊？
他问自己。
今天早晨上班时，他看见路边停了一辆名车，下意识往里面一看，看到了沈瑜和一个年轻男人。
他脚步顿住，一眼便认出那是沈瑜的前男友。
他看见谢新昭解开自己的安全带，倾身到沈瑜面前。
那一刻，他全身发凉，双脚像定住了一般，眼睛死死地盯着车内的两人。
吃饭时，他有几次话到嘴边，想问他们是不是复合了，却都没有问出口。
可能潜意识里觉得，他不问，那沈瑜的回答就依然停留在上一次的"没有"。
可当下午排练时，在沈瑜笑着向他跑来的那一瞬间，他忽然又想起了上班时看到的那一幕。
沈瑜看到谢新昭是不是也是这么笑的？
莫名其妙想到这一点，他脊背蓦然一凉。
就这么一个晃神的工夫，再反应过来时，已经接不上沈瑜了，只能眼睁睁看着沈瑜从自己身上跌落。
沈瑜神色有点蒙，也有些惊讶。
一切都发生得太快了。
等他反应过来，沈瑜已经摔到了地上。
因为做的舞蹈动作速度很快，她下坠得也是又重又快。摔到地上的她立

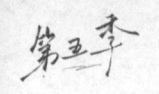

刻就疼出了眼泪，脸色苍白，嘴唇也一下没了血色。

纪衡到现在都难以忘记沈瑜落下时那个瞬间惊讶的眼神。

她真的太信任他了。这个认知让他更加难过和难以原谅自己。

纪衡懊恼着，还是打算再进去看看沈瑜。

刚准备推门，走廊那头跑过来一个急匆匆的身影。来人身着衬衫和西裤，身材高大挺拔，神色焦急担忧。

纪衡停下动作。

谢新昭并没有注意到纪衡，急匆匆地进入了沈瑜所在的病房。

沈瑜住的是双人病房，另一张床住的是一个中年妇女。

此时，沈瑜身边只有她的一个同事。

沈瑜趴在床上吊着点滴，脸侧对着窗户，眼睛闭上，似乎是已经睡着了。

看到沈瑜苍白的脸，谢新昭的心被狠狠扎了一下。

"你是……"沈瑜的同事好奇地看向他。

谢新昭这才转头，礼貌地说："谢谢你们送她来医院，后面的事交给我就好了。"

沈瑜的同事见他年轻英俊，衣着讲究，心里一动。

"你是沈瑜的男朋友吗？"

他"嗯"了一声，承认了。

同事的眼睛一亮："原来沈瑜中午的饭都是你送的啊！"

谢新昭点点头。

"那你注意一下点滴，她最近只能趴着或者侧卧。"

谢新昭说"好"。在仔细问了一遍事情经过后，他将同事垫付的医药费还了回去。

同事走后，谢新昭打了个电话给在下面停车的助理，要他办一下转院的事。

做好这些，他坐在沈瑜床前，怔怔地看着沈瑜发呆。

她还穿着练功服，脑袋后的发髻松松的，发丝从皮筋里掉落在脸颊上。清瘦苍白的一张脸，看上去可怜又孱弱。

谢新昭伸手，将她的头发轻轻捋到耳后，叹了一口气。

沈瑜也不知道自己怎么就睡着了，醒来时，已是落日时分。

睁开眼，沈瑜猝不及防地对上了一双布满红血丝的眼睛。

谢新昭背对着窗户坐在床前，余晖给他的头发染上了一层淡淡的橘红。他怔怔地看着自己，忧心忡忡的模样。

她反应了几秒，才想起来自己给谢新昭发过消息。

谢新昭见她醒了，立刻倾身过来，关心地问："感觉怎么样？"

沈瑜的声音很轻:"还好,就是趴得有点难受。"

她不习惯趴着睡,总觉得胸口憋得慌。

谢新昭有些心疼,顿了顿才哑着嗓子说:"疼吗?"

沈瑜摇头。

她一开始太疼了,医生给她上了止痛药,这会儿大概还有药效在,并没有感觉很疼。

谢新昭张了张唇,还要说话时,病房的门被人推开了。

他看过去,顿时闭嘴,喉结滚动了下。

纪衡的脸色不太好看,慢吞吞地走到沈瑜面前。

谢新昭之前听同事说过事情经过,这会儿见了纪衡也没好脸色。

他站起来,目光暗沉沉地在两人之间打转。

纪衡往前走了两步,低头问沈瑜:"现在还疼得很吗?"

沈瑜目光清亮,摇头:"用了止痛药好多了。"

纪衡点点头,转头看了看谢新昭,欲言又止。

谢新昭接收到他的信号,并没有理。

他轻嗤一声:"有悄悄话不能让我听到吗?"

纪衡面露尴尬。

他沉默几秒,看着沈瑜,吸了一口气,郑重地道歉:"对不起,是我失误了才害你摔下来。这次都是我的责任,医药费和误工费我会负责的。"

沈瑜愣了愣:"纪衡,跳舞配合上有失误是很正常的,你不用太自责了。"

纪衡摇头,神色懊恼:"是我的错。"

"嗯,还有精神损失费,也一起赔了吧。"谢新昭在旁边幽幽开口。

"谢新昭。"沈瑜皱眉,叫了一声。

谢新昭抿起唇,不再说话。

沈瑜又看向纪衡:"后来我想了想,那个时候我应该及时用腿勾住你,也许就不会摔了,或者说不会摔得这么重。事情发生了,一味自责也没用,我们都好好总结一下经验教训,以后不再犯就好了。"

认识以来,沈瑜很少主动说这么长的话。此时她说话的音色温和,听不出对他的责怪。

这样的沈瑜让纪衡更加难受。

沈瑜她根本就不知道,自己那时候想了些什么乱七八糟的事。

那样的走神让他难以启齿,更不敢面对到了此时还安慰自己的沈瑜。

纪衡的眼圈瞬间有些发红。他张了张口,喉头却像被堵住似的说不出话来,最后只留下一句"好好养病",落荒而逃。

纪衡走后,谢新昭依旧脸色不好地盯着门口,目光沉沉,神色不满。

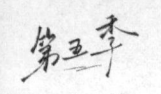

手机铃声响了,他接起,边说话边看了看沈瑜。

挂了电话,谢新昭才再次走到沈瑜面前坐下,语气颇有不满:"他害得你受伤,你对他那么客气干什么?"

沈瑜抿了抿唇:"他又不是故意的。他已经很自责了,我再怪他,怕影响他以后跳舞的心态。"

如果一个舞者跳舞时怕三怕四,那还谈什么职业?

谢新昭的胸口堵着一口气:"你倒是想得周到。"

不知道想到了什么,他重重地吐出一口气,语气幽幽的:"对别人都那么好,对我就那么狠心。"

沈瑜一愣,伸手拉了拉他的袖口。

谢新昭低头看着她白皙修长的手,心口一颤。

"干什么?"

"你胡说。"沈瑜的目光清澈干净,语气认真,"我明明对你最心软了。"

谢新昭发誓,自己之前确实是在不高兴。

可当沈瑜主动拉住他的袖子,干净漂亮的眼睛凝视着他,一本正经地说话时,谢新昭的心瞬间就软成了泥。

"哦。"

谢新昭想控制,可嘴角根本抑制不住地上扬。

他反握住沈瑜的手,低声道:"刚才我助理来电话了,一会儿我们换个医院。"

沈瑜一愣:"还要转院啊?"

她的手背上打着留置针,皮肤有些凉。

"嗯。"

谢新昭用温热的手心焐着她的手:"那边条件好一点,这里人太多了,不太方便。"

沈瑜眨了眨眼。不太方便什么,她一时没想明白。

谢新昭见她没答应,又摸摸她的头,柔声补充道:"我已经办好手续了,乖。"

沈瑜顿了顿,点点头。相较于别人,接受谢新昭的好意要容易得多。

没过多久,谢新昭的助理来了。

半天不到的时间,沈瑜就被送去了一家私立医院,住进了单人病房。私立医院的环境相较于之前老院区的公立医院要好得多。

单人病房很宽敞,电视、微波炉、小冰箱等家电一应俱全。

沈瑜住进来的时候是晚上了。也许是止痛药的药效过了,她刚住进来尾椎骨就开始疼。

从小练舞的缘故，沈瑜一向很能忍痛。她的手紧紧拽着床单，闭上眼睛试图睡觉，想着睡着了也就不痛了。

可是没用，从身体内部传来的痛折磨得她硬生生出了一头的冷汗，完全没有睡意。

和医生谈完话的谢新昭进来，首先看到的是闭着眼睛的沈瑜。

走近了才发现，她的睫毛在颤抖，脸色发白，嘴唇紧抿着，额头也起了一层薄汗。

谢新昭心里一紧，连忙俯身问道："怎么了，小瑜，很疼吗？"

沈瑜掀开眼皮，眼睛里蒙了一层水光。

她有些说不出话来，轻轻点头。

"我去找医生。"谢新昭立刻跑了出去。

不一会儿，他带着一位中年女医生来了。

医生检查之后，给沈瑜开了止痛药。她耐心地解释："最近一周是急性期，会比较疼。一般三天之后会缓解的。"

谢新昭道了谢，连忙给沈瑜喂药。

沈瑜吃了药，可情况并没有好转多少。她依旧痛得厉害，一点也不敢动。

谢新昭见她依旧冷汗淋漓，忍不住又去找了值班医生。

医生再次过来，也有点无奈。

谢新昭看着沈瑜面色苍白、没什么精神的样子，心疼得不行。

他是了解沈瑜的，她表现出来五分疼，实际上可能有十分疼。

谢新昭的眼睛都红了，转向医生急声问道："她疼得厉害，你们再想想办法啊！"

医生无奈，只好给沈瑜开了一支针剂。

这之后，沈瑜的痛感才有了些缓解。

谢新昭坐在床头，拿毛巾给她擦汗。

"好点了吗？"

沈瑜点点头，对上谢新昭的眼睛。

他眉心蹙着，眼睛里的红血丝明显，看上去比她这个病人的状态还要差。

沈瑜心口蓦地一酸，轻声说："你快休息吧。"

谢新昭抿唇："你先睡。"

沈瑜知道自己不睡他也不会睡，只好乖乖闭上眼睛。

刚才折腾得累了，这会儿只觉得疲惫，很快有了困意。

在睡着的前一秒，她忽然很庆幸——幸好这一刻，有他陪在自己的身边。

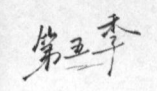

沈瑜住院的这几天,谢新昭将办公地点搬到了医院。除了必要的一些外出,他几乎泡在了医院,其他事都由助理代为处理。

周末的时候,廖老师、明希还有好几个同事一起来医院看沈瑜。

沈瑜其实是有些尴尬的。才短短几天时间,她已经分外怀念可坐可跳可跑的日子了,而不是像如今,连平躺都是奢望。

她现在大部分时间都是侧卧,要不就是趴着,见客人的姿态着实谈不上美观。

同事们来的时候,谢新昭也在。他礼貌地和所有人打了招呼便出去了,将位置留给沈瑜的同事们。

临走前,他低头和沈瑜嘱咐了一句:"有事叫我。"

沈瑜点点头。

谢新昭走后,沈瑜顶着这个尴尬的姿势让大家坐下。

一番客套的慰问和交流之后,几个同事先出去了,留下廖老师和沈瑜两人。廖老师是代表舞团来慰问沈瑜的,要她安心养病,有什么需要的和他讲。

沈瑜看向廖老师,认真地提了个自己的想法:"老师,我还想参加下个月的比赛。"

廖老师愣了下,面色犹豫:"沈瑜啊,这事不能勉强。下个月你能恢复吗?"

沈瑜抿了抿唇:"我伤得不重,应该可以的。"

廖老师叹气:"你可以,我都不确定纪衡可不可以。"

沈瑜一怔。

廖老师无奈道:"他一直挺自责的,这几天也请假了。我看他那状态,有点悬。"

沈瑜抿唇。

受伤那天看到纪衡,她就有这样的预感,听到廖老师的话,也不是很意外。

她想了想:"改天我再和他聊聊。"

廖老师有些感叹:"你们俩从进团就是我带的,一直配合得很好。"他皱眉,双手一拍,很是无奈,"怎么就发生这事了呢?"

廖老师摇头叹气:"我问纪衡,他也说不出来什么,只会一个劲地自责,有时候真像着了魔似的。"

两人说了会儿话,廖老师就告辞了。

"我不打扰你休息了,你专心养病,其他事不用操心。"

沈瑜点点头,目送廖老师离开。

没过一会儿,她收到了明希的信息:师姐,我先走啦。你好好休养!

沈瑜回了个"好"。

很快，明希又回了消息过来：姐夫真的巨帅啊啊啊！快告诉我，哪儿找来的？国家能分配我一个吗？

沈瑜被这小女生的信息逗得一笑。

这一笑，扯到了后背，尾椎骨刺痛了下，沈瑜忍不住"嘶"了一声。下一秒，一个温热的热水袋贴上了她的后背。

沈瑜回头，对上了谢新昭的脸。

"又疼了？"他坐在沈瑜身后，隔着一层衣服给她热敷。

这是医生教的缓解疼痛的方法，这几天，他经常这样做。

沈瑜："没事，不小心扯到了。"

她轻声道："这两天已经好多了，不用帮我热敷了。"

"嗯。"谢新昭应了一声，把热水袋固定在她的尾椎处，又用大靠枕撑住沈瑜的背，这才绕到她的前面来。

沈瑜低头给明希回完消息，抬头时眼睛亮晶晶的。

"我同事夸你帅。"

"哦。"谢新昭没什么起伏地应声，很难得的臭屁，"这很正常吧？"

沈瑜又想笑，但她憋住了，换了个话题。

"我什么时候能出院啊？"

谢新昭："这几天还要输液。"他像哄小孩似的摸摸沈瑜的头，"再过几天吧。"

沈瑜点头："好，听你的。"

谢新昭笑了笑。他能感觉到，这段时间沈瑜对自己格外依赖和信任。

而他，享受这样的依恋。

第九章
对你的爱也没变

在医院又住了几天之后,沈瑜出院回家静养。

在阿姨和谢新昭的照顾下,她恢复得很快。

养伤两周后,沈瑜开始在床上做一些踝泵运动。

三周后,她便尝试下床,简单活动。

刘元元一直到杀青了才听闻沈瑜受伤的消息。她第二天一早就从影视城飞到A市,直奔沈瑜家。

刘元元到的时候,沈瑜站在花园里迎接她。刘元元见她站着,吓了一跳,几步跑过来。

沈瑜笑了笑:"没有那么严重。"

话是这么说,她还是在刘元元的搀扶下回了房间,躺在床上。

"你真是的,发生了这么严重的事居然不告诉我!"刘元元坐在单人沙发上,愤愤地控诉。

沈瑜解释:"我这个伤不重,你那么忙,告诉你也是白担心。"

刘元元叹气:"你啊就是这样,事事都怕给别人惹麻烦。"

沈瑜不想继续这个话题,笑着转了个话题:"别说这个了。你杀青了,那王导呢?他的电影拍得怎么样了?"

刘元元耸肩:"他比我杀青得还早呢。"

她顿了顿,忽然话锋一转:"对了,你还记得陈茉吗?她昨天曝了个绯闻,不过仔细想想也不奇怪了。在感情上，沈瑜确实可以称得上是白纸一张。

沈瑜顿了顿，点头。

其实在影视城片场，听到别人议论谢新昭和陈茉是一对的时候，也有一点异样的感觉。只不过那情绪消失得太快，她也没有在意。

看新闻，被拍到的时间是前天。

刚才她点开评论看了一下，大多是猜测两人关系的。

粉丝们说陈茉单身，两人最多是朋友关系。一部分路人言之凿凿地认为两人是情侣。

"这也很正常。不吃醋的感情就不是正常感情啦！"刘元元见她眉头紧锁，不禁宽慰道。

"等谢新昭回来你好好质问他！"

沈瑜安静了几秒："他们本来就认识，在片场的时候遇到过。"

刘元元立马同沈瑜同仇敌忾："那你更要问清楚了！"

沈瑜点点头："知道了。"

可她并没有找到机会问。

晚上谢新昭回来，主动和她交代了这件事。

"小瑜，我有一件事要告诉你。"

沈瑜的心沉了一下，微微抬眉。

"陈茉的事吗？"

谢新昭一愣："你看到了？"

沈瑜点点头，将刘元元今天来看她的事说了。

谢新昭的语气有些急："你别误会，那个新闻已经删掉了，我找她是有点事……"

他说到这里顿了一下。

沈瑜点点头："哦。"

她没有问是什么事。

谢新昭走近她，认真地道："是真的有点事。但是我现在还没弄清楚，等我查清楚了再和你说。"

沈瑜静静地看着他，平静地道："你的事不用什么都告诉我的。"

每个人都有自己的事情，她也没有小心眼到这种地步。

第二天，刘元元带了些东西来看沈瑜，又问起这件事。

听说沈瑜都没仔细问，刘元元吸了一口气："你就这么相信他啊？"

沈瑜点头说是。

刘元元顿了顿，忽然了悟："你想和他复合了？"

沈瑜没有直接回答，缓缓开口："我十八岁的时候觉得爱情应该是积都上热搜了。"

沈瑜听到这个名字,一愣。

只听刘元元继续道:"就是和一个男的在 A 市被拍了,不知道是不是男朋友。"

沈瑜眼皮莫名一跳:"能给我看看吗?"

刘元元说"好",打开热搜照片将手机递过去。

照片不太清晰,只拍到了侧脸。

陈茉戴着口罩,抬头看向旁边的男人,眼睛看上去是弯的,很开心的样子。

男人的脸被路边的树挡住了大半,戴着帽子和口罩,几乎什么都看不清楚。

"陈茉最近势头挺好的,这绯闻肯定有影响,估计今天就要发声明了。"刘元元在一旁补充。

沈瑜"嗯"了一声,将手机还给刘元元。

刘元元接过来,觉得沈瑜的表情不太对:"怎么了?"

沈瑜也不知道该如何描述自己的心情,顿了顿开口:"网上没人说男的是谁吗?"

刘元元摇头:"没有,没扒出来。难道你认识?"

沈瑜叹了一口气:"是谢新昭。"

刘元元惊讶:"啊?"

沈瑜点头:"是他。"

她对谢新昭太熟悉了,熟悉到一个背影都能认出来。

刘元元张了张口,忽然不知道怎么开口。

"这个其实也不能证明什么,你看他们俩离得那么远……"她急急忙忙,有些语无伦次地安慰。

沈瑜打断她:"你不用安慰我了,我相信他们没什么。"

刘元元霎时闭嘴。

沈瑜抿了抿唇,犹豫了一会儿才开口:"可我看到照片的第一反应还是不太舒服。"

是很陌生的情绪。

"这算是……"她看向刘元元的目光中带着困惑,"吃醋吗?"

刘元元愣了几秒,忽然大笑起来。

"当然算啊!"她被沈瑜的一本正经逗得不行。

"哦。"沈瑜没有管她的嘲笑,应了声就不再说话,低垂着眼睫不知道在想些什么。

刘元元忍不住八卦:"你是第一次有这种感觉吗?"

她真的太好奇了,和沈瑜认识这么久,从来没见她有这方面的困惑。

极的、向上的，会让你变成更好的人。如果一个人在这段感情里担心、害怕、难过、争吵，那这段感情就是不健康的，应该被舍弃的。我那时候排斥这样负面消极的更别说是极端的情绪。"

她说完，清亮干净的眼睛望向刘元元："这样是不是很奇怪？"

刘元元皱眉，不太能理解。

"那现在呢？"

"现在……"沈瑜思忖着开口，"现在我觉得，爱本身就无法被定义，它是多面的、包容的。"

她弯了弯唇，坦然地道："我想，再和他试一次。"

昨天那件事，让她彻底明白了。原来在感情里，所有人都一样。自己这样情绪稳定的人，也一样会因为喜欢一个人而难过失落。她不能要求谢新昭一直保持阳光积极的心态，这并不合理。

刘元元沉默片刻，蓦地笑了："可以啊，长大了。"

在感情方面，沈瑜确实和常人不太一样，现在她好像是刚学会了七情六欲的仙女，终于像一个恋爱中的女生了。

不过转念一想，刘元元又有些担心："如果他妈妈又来找你呢？"

沈瑜抿了抿唇："没关系的，我觉得阿姨不会反对的。以前我被徐玖……"

她顿了顿，接着道："因为他的事很害怕。"

"那你现在不怕了吗？"刘元元快速接话。

沈瑜摇头："徐玖被警察带走后，我好多年没有做过噩梦了。"

而且，把谢新昭和徐玖相提并论，对谢新昭来说也太不公平了。

一个只会自虐，连被分手都舍不得她自责；一个则是用自杀威胁她，在几年后还整容吓她。

她无比确认，谢新昭不会是徐玖，也不会是他爸爸。

他就是他。

刘元元走之前问了沈瑜最后一个问题。

——"你不怕他再因为你自虐吗？"

沈瑜低垂着眼，想了想如实道："我还没有想过。"她叹了一口气，"等我把比赛比完吧。"

"你还要比赛啊？"刘元元惊讶。

沈瑜笑着抬了抬脚："你看！我已经可以做些温和简单的动作了。"

刘元元："……行，你牛。"

与此同时，《拂晓》的排练依旧在继续。A角沈瑜受伤了，还有B角。

比赛那天到底是谁上，还有待商榷。

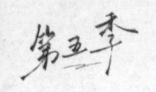

这段时间沈瑜虽然受伤请假,但她依旧时不时成为大家话题的中心人物。

休息时间,几个女生的话题从《拂晓》比赛一路转移到了沈瑜身上。

在谈及男朋友之后,有人又忍不住说起沈瑜以前的那些追求者。

"不瞒你们说,沈瑜男朋友去当明星也不夸张。"

"那和纪衡比呢?"有人忽然问。

说到纪衡,所有人都沉默了一瞬。

"我一直以为他们俩会在一起呢。"

"纪衡其实也不错,家里条件好,人也帅。但是……"

一般人说话,重点都在"但是"的后半句上。

那人没有说完,但大家都明白了。纪衡的条件很好,可比起沈瑜男朋友,好像又没那么好了。

门外,纪衡站着的腿有些僵。他今天是被廖老师叫来的,廖老师再次提出要他继续好好训练的要求。

纪衡低声应了,没什么情绪。

廖老师叹气,直言说是沈瑜又找他了,希望能和他赶上四月末的比赛。

纪衡愣了:"她还想比赛?"

"是。"廖老师提高了音量,指着他道,"她还想比!还想和你合作!"

纪衡胸口一颤:"她说的?"

"是!"廖老师叹气。

"她就不怕我再次把她摔了吗?"纪衡低下头,声音低沉无波。

廖老师恨铁不成钢:"舞蹈中发生配合失误太正常了。人家女生都没有说什么,你一个大男人别给我磨磨叽叽的。振作起来,好好训练!你们好好努力拿下这个奖,就是你对她最好的补偿!"

和廖老师聊了很久,纪衡再次走到熟悉的练功房门口,听到了同事们的聊天。

他定定地站了一会儿,转身离开。

一个人开车到了沈瑜家楼下,纪衡默默在车里抽了两支烟。

天色渐渐暗了下来,他空空如也的胃隐隐作痛。

纪衡打了个电话给沈瑜。

接通电话,纪衡忽然沉默。

"纪衡?"沈瑜的声音从听筒里传出。

纪衡眼眶一酸,下意识地吸了一口气,嗓子里的烟味顿时冲上来,呛得他咳嗽。

沈瑜等他咳嗽完,才又问了一句:"你没事吧?"

纪衡哑着嗓子说:"没事,刚刚呛了一下。"

他顿了顿，又问："你在家吗？想找你聊聊。"

在这个将暗未暗的傍晚，他忽然很想见到沈瑜。

沈瑜过了一会儿才回答："我搬家了，现在不住那里。如果你要聊，我们另约地点？"

"搬家了啊。"纪衡喃喃自语。

他忽然领悟："你和谢新昭住在一起？"

沈瑜承认了。在她看来，自己和谢新昭迟早会在一起，那也没必要特意解释说明什么了。

纪衡的胸口像被勒住了，在车里有种喘不过气的错觉。他深呼吸了几次，打开车门站在外面透气。

平复了一会儿，纪衡低声开口："我今天和廖老师见面，他说你还想参加比赛……"

后面的话，他没有说出来，停顿了几秒。

"嗯，对啊。"沈瑜没什么犹豫地承认了。

"所以你好好练习，我最近也开始在练舞了。等我好了，一起跳《拂晓》，争取给团里拿金奖回来。"

沈瑜的语气轻松，纪衡听在耳朵里，却只觉得苦涩。

"你还想和我搭？"

沈瑜有些诧异："你不会想撂挑子吧？"

纪衡的喉头干涩，艰难地道："……不会。"

"嗯，那之后练功房见。"沈瑜声音平静地说。

纪衡："……好。"

另一边，沈瑜挂断电话，一转头便对上谢新昭复杂晦暗的目光。

他喉结动了动，声音有些低："你还要和他合作？"

沈瑜："对。"

谢新昭皱眉："为什么？他害你受伤了！"

在他眼里，纪衡就算不被开除也不应该再和沈瑜合作了。

沈瑜轻笑，努力用轻松的语气安慰他："这种事挺正常的，而且我都快好了。"

谢新昭面色严肃，显然并不赞同她的说法。

"正常？这次是尾椎，下次呢？"他神色焦躁，语气有些急，"如果你伤到脊椎了怎么办？他这次会走神，谁知道下次会不会？"

沈瑜定定地看着他，努力解释："可是没有人从来不犯错啊。我们配合了这么多年，如果仅仅因为一次失误就不再合作，我短时间内也找不到适合的舞伴了。"

谢新昭的表情渐渐冷下来，缓缓开口："如果我不同意呢？"

沈瑜抿唇，没有回答。

谢新昭自嘲地摇头，转身上楼。

沈瑜怔怔地看着他的背影，胸口闷闷的。

"饭好喽。"阿姨从厨房里探身提醒。

"好。"沈瑜应声。

阿姨把菜端出来，问沈瑜："谢先生呢？"

沈瑜："在楼上。"

"要我去叫他吗？"阿姨又问。

沈瑜摇头，温声道："我去吧，你做好就可以回家了。"

阿姨："好。"

沈瑜顿了顿，慢慢走上楼。

她敲了敲谢新昭的房门，没有人回应。

沈瑜顿了几秒，拧开门把手进去。

卧室里空荡荡的，浴室灯开着，有"哗哗"的水声传出。

沈瑜想了想，索性在他的房间里等。她站在窗口盯着外面暗沉的夜色发呆，暗暗盘算着要怎么开口。

还没有想好，浴室的水声停了。

听到门被打开的声音，沈瑜回头，顿时一怔。

谢新昭上半身没穿衣服，只在下面围了浴巾，他的头发像是只被胡乱擦了几下，黑发东倒西歪，湿哒哒地往下滴水，脖颈和上半身的肌理也被滴上了水珠。他的身材瘦而不柴，肩宽腰窄，随着走路的动作，紧实的肌理也呈现出遒劲起伏的线条。

房间里没有开灯，他被水浸润的五官显得更加深刻清隽。脖颈上一根黑绳，胸口的玉坠隐约能看出熟悉的轮廓。

沈瑜愣了几秒，垂下眼睫，脸颊微微发烫。

这是重逢以来，她第一次看见谢新昭的身体，还有——身上的玉坠。

谢新昭原本走向衣柜的脚步一顿，转而走向站在窗边的沈瑜。

沈瑜看见他离自己越来越近，不由得屏住了呼吸。

直到谢新昭在她面前站定，沈瑜感觉到了一股凉气。

她抬眸，怔怔地盯着谢新昭的脸。

不知道是不是进了水，他眼里的红血丝好重。

"你洗冷水澡？"

谢新昭垂眸盯着沈瑜，语气平淡地"嗯"了一声。

呼吸间，沈瑜的鼻腔里满是他身上清冽的气息，熟悉的海洋味道。

心跳快了一瞬，她转移话题："该吃饭了。"

谢新昭一口拒绝："不想吃。"

沈瑜沉默，目光从他的眼睛下移到喉结，最后来到胸口。

她盯着被黑绳穿过的观音吊坠，轻声问："你一直戴着这个吗？"

谢新昭的胸口剧烈地起伏了下，没有回答。

沈瑜顿了顿，又抬眸对上他的眼睛。

"这一楼朝西的那间房是做什么的？"

谢新昭的眼神很暗，语气冷淡："空房而已。"

沈瑜抿唇："真的吗？"

她伸手，手心朝上："那拿钥匙给我看看。"

谢新昭沉默不语，一动不动。

沈瑜缓缓放下手，心里已经有了答案。她吸了一口气，看着谢新昭的眼神清亮澄澈。

"我知道你是为了我好，但是——"

她的话消失在了谢新昭突如其来的吻里。这个吻积攒了太多的情绪，又凶又猛。

一阵天旋地转，再回过神，沈瑜已经被放在床上，拖鞋碰到床沿，落到了地上。

她今天穿着的半身长裙被撩起，白皙修长的腿露了出来。

沈瑜面色一红，就要拉下裙子。

谢新昭按住她的手，目光落在她小腿的一道疤上。

"这是大学时伤的。"他转向沈瑜，"对吗？"

沈瑜愣了愣："对。"

话音落下，轻热的气息落了上去。

然后，他又移到她的膝盖处，灼热的呼吸喷洒在皮肤上。

"这是毕业那年伤的。"

像是一个精密的机器，谢新昭准确说出了沈瑜腿上曾经受过的伤。

最后，他抚上沈瑜的手臂，将宽大的袖子捋上去。

他低头，嘴唇在那处几乎看不出痕迹的地方摩挲。

沈瑜一阵战栗，听到谢新昭低哑的声音："这是五岁那年，替我挡花瓶留下的。"

"别说了。"

沈瑜的声音有点抖，她甚至想不起问他是如何知道得一清二楚的。

谢新昭顿了顿，悬空在沈瑜上方亲她。

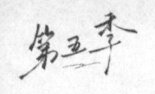

玉坠一晃一晃，随着动作不时打在沈瑜起伏的胸口上。

"谢新昭，你别太过分。"沈瑜的睫毛颤个不停，连声音都不成调。

谢新昭眼神幽深地盯着她。

"如果我偏要过分呢？"

沈瑜定定看了他半晌，闭上了眼睛。

第二天，沈瑜醒来时有点疲惫。窗前厚重的深灰色窗帘拉上了，屋内光线昏暗。

沈瑜低头，手轻轻搭上谢新昭的手臂欲把它挪开。

刚碰到，腰间忽然一紧，她整个人被人往后拉了一下。

"醒了？"身后响起一道懒懒散散的声音。

沈瑜一怔，低低应了一声。

"几点了？"她问。

谢新昭捞过一边的手机看了一眼："七点。"

说话时，他的手臂依旧揽着沈瑜的腰。

沈瑜伸手去推他的手："我要起床了。"

这个暧昧的环境她实在是待不下去了。

谢新昭低笑了一声，手臂一撑，从沈瑜身上翻过来，变成和她面对面的姿势。

"小瑜，你怎么一醒来就翻脸不认人啊？"

"我没有啊。"

"没有，那你急着起床做什么？"谢新昭心情很好，慢悠悠地说。

沈瑜顺着他的目光移到自己身上，脸上一红，快速套上衣服就往楼下跑。

谢新昭笑了两声，也起身下床。

昨晚手机没电自动关机了，沈瑜插上充电器，去卫生间洗漱。

再回来时，手机里蹦出了好多消息。

纪衡在朋友圈发了段自己在练功房的练习视频，留言：等你。

沈瑜笑了笑，点了个赞。

"小瑜，吃饭了。"门外传来一阵熟悉的脚步声。

沈瑜应声，放下手机走过去。

打开门看见谢新昭，她的目光在他的唇上停留了几秒，很快移开。

谢新昭一直看着沈瑜，自然也注意到了她的动作。

她换了套衬衫式的白色家居服，把自己遮得严严实实的。脸颊白里透红，眉眼清秀，黑长的头发披下来，看上去有种慵懒的娇憨感。

吃早餐时，原本坐在对面的谢新昭改坐在了沈瑜的旁边。

两人的手十指紧扣垂在两人中间，就像高考后的那个暑假一样。

一早上的时间，谢新昭的心情都非常好。

沈瑜想起纪衡的朋友圈，再次提出要看二楼的那间房。

谢新昭愣了几秒："小瑜，你什么时候这么有好奇心了？"

沈瑜抿唇，索性直接问道："是舞蹈房吗？"

谢新昭低笑了一声，没有承认："怎么就是舞蹈房了？"

沈瑜没有说话，只是将目光转向了阳台外的花园。

这是一个无声的回答。

——十八岁那年的约定，她也一直记得。

一个早上连续两次的回忆让谢新昭彻底没了脾气。

那点小别扭和自傲在沈瑜的面前总是一击就溃。

他拉着沈瑜上楼，翻出钥匙交给沈瑜。

沈瑜看向谢新昭，却见他扭过了头，不肯和自己对视。她低头将钥匙插进去，轻轻拧开。门被无声地推开，空荡荡的房间落入眼帘。

房间明亮宽敞，整墙的大镜子和所有练舞人都熟悉的把杆，房顶安装了几排灯。

落地窗外是郁郁葱葱的绿树琼枝，枝条随风摇曳，像在热烈地欢呼着什么。窗户把阳光筛成一格一格的平行四边形，落在浅木色的地板上。

房间里并没有沈瑜想象中的蒙灰，相反，窗户和镜子都很干净明亮，地板也很干净。

——"修一个比这更大的花园，再空出一个房间给你练舞……"

十八岁那年的话在耳边回响，沈瑜轻易地就想起了那个夏天，两人坐在花园里分食西瓜的场景。

眼眶蓦地酸胀，连腮边的肌肉都在泛酸。

沈瑜眨了眨眼睛，忍住想要喷涌而出的涩意。

"满意了？"谢新昭忽然开口。

沈瑜抬眸看他，眼神有些迷茫，满意什么？

谢新昭定定地看着她，声音有些低："是舞蹈房，你猜对了，高兴了？"

沈瑜没有那么高兴。她转身向前两步，主动抱住了谢新昭。

谢新昭的身体骤然一僵。

沈瑜纤长的手臂环绕住男人清瘦的腰，头埋在他胸口上。

她吸了一口气，轻声说："你身上的味道好像一直没变。"

简单的一句话，让谢新昭的胸口剧烈起伏，浑身的血液仿佛都在翻腾。

他的手臂瞬间绷紧，紧紧将她扣在怀里。

他低头埋在沈瑜的脖颈里，汲取她身上的体温和气味。

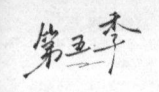

"小瑜。"

他叫她,声音有些酸涩:"我对你的爱也没变。"

这么些年,对她的感情像潮汐涨涨落落。

每一次潮落都伴随着潮涨,没有停歇。

潮汐不停,爱意不绝。

谢新昭上班后,沈瑜一个人在舞蹈房待了很久。

练习动作时,窗外忽然刮起了风。再过一会儿,一场春雨不期而至地落了下来。

绿植树叶在风中摇曳,越发显得翠绿欲滴,生机勃勃。

沈瑜下楼想要关窗时,正好遇到了来打扫做饭的阿姨。

外面的雨有些大,她额前的头发湿了大半,湿漉漉的裤子也黏在了腿上,看着有些狼狈。

见到沈瑜,她有些不好意思地笑了笑,解释道:"半路突然下雨,风也大。"

沈瑜见她裤子都湿了,主动问她要不要换一件。

阿姨连连摇头:"不用,你借我吹风机用下行吗?"

沈瑜说好,指了指卫生间。

"就在里面,你用。"

阿姨连声道谢。

沈瑜笑了笑,关好阳台的窗户。她坐在摇椅上,望着郁郁葱葱的花园发呆。

忽然想起,两人早上似乎并没有完全说清楚。

比如现在的关系,他的失眠,自己的比赛……

正思忖着,她忽然听到阿姨叫了一声:"姑娘。"

阿姨在家习惯叫谢新昭"谢先生",对她倒是一直很亲切地叫"姑娘"。

"哎。"沈瑜应声,起身走过去。

"姑娘,我看楼上那间房的门开着,要打扫吗?"

阿姨指了指二楼的舞蹈房。

沈瑜点点头:"嗯,打扫吧。"

她笑了笑,补充道:"我以后会用。"

阿姨愣了几秒。在她的印象里,沈瑜还处在"是一只金丝雀不能上楼"的状态。但她也不是多嘴的人,只讷讷地应了一声"好",没有多问。

"对了阿姨,那个房间你打扫过吗?"沈瑜忽然想起来。

阿姨想了想:"打扫过。前段时间天天打扫呢,后来你出院就……"

她的声音小了下去,沈瑜神色怔忪。

难怪舞蹈房比自己想象中的干净,原来是已经打扫过了。

谢新昭一边默默为她准备好舞蹈房，一边又锁着不肯在她面前暴露。这么别扭……大概还是在介意以前的事吧。

半晌，沈瑜对阿姨点点头。

"嗯，我知道了。"

他们才刚刚开始，这些事慢慢来吧。

这一场雨淅淅沥沥的，直到晚上还没停。

谢新昭下班回来，没有在客厅和一楼看到沈瑜。他想了想，洗了手直接上楼。

果然在舞蹈房见到了沈瑜的身影。

雨天天色昏暗，房间里开了一排灯。

沈瑜一身黑色紧身练功服，头发完全扎起，五官干净，皮肤透亮白皙。

音乐声中，她身轻如燕，进行着一些简单的翻跳旋转。从肩颈到足尖，没有一处的线条不漂亮。

谢新昭静静地站在门口，久久没有动作。还是沈瑜从镜子里发现了他，停下来关掉音乐。

谢新昭定定地看着她向自己走过来，低声开口："在这儿待了很久？"

沈瑜的眼睛很亮，嘴角弯了弯。

"嗯，谢谢你。"

谢新昭扯扯嘴角，问她："喜欢啊？"

沈瑜点头："喜欢啊。"

谢新昭嘴角上扬，只一瞬又落下，眼睛紧紧盯着沈瑜，语气中带着担心："还没好全就练，就这么喜欢跳舞吗？"

沈瑜心口紧了紧，声音温和镇定地解释："因为我还有比赛啊。"

此话一出，谢新昭果然沉了脸。

昨晚和今天早上被略过的话题再次被摆到两人面前。

谢新昭定定地和她对视，半晌长叹一口气。

"行，那你比完赛换人搭档。"

沈瑜重视舞蹈他知道，那比赛总可以换人了吧？

那个纪衡对沈瑜本来就不单纯，还害她受伤，他真的不想沈瑜再和纪衡合作了。

沈瑜沉默片刻开口："我不想换人。我们团队已经磨合很久了，今年还有几十场巡演，我不想因为自己的原因影响团队。而且，纪衡本来就因为这个失误很自责，如果我再要求换人，那他……"

谢新昭吸了一口气，脸色越发难看。

"要是我不答应，你是不是又准备不要我了？你重视他的感受，怎么就

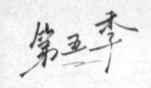

不重视我的感受？"

到了此刻，谢新昭已经分不清自己到底是在介意这件事本身还是在借题发挥些别的。

在沈瑜的心里，好像总是有很多东西比他重要。如果发生了什么事，自己肯定是被沈瑜最先抛弃的那一个。

沈瑜怔了怔，脸上流露出一丝不解："你在说什么呀？你们怎么会一样？"

谢新昭的脸部线条依旧紧绷，语气有点冷淡："哪里不一样？"

沈瑜哽了一下，垂在身侧的右手拇指在食指侧边摩挲。

这要她怎么说？

她咽了咽口水，看向谢新昭："纪衡是我同事，而且我从来没想过和他在一起。"

谢新昭依旧没什么表情："哦，那我呢？"

沈瑜脸颊有些发热，睫毛颤动了一下："昨天都那样了……还问。"

她的声音有点小。

谢新昭向前一步，凑近沈瑜。

"哪样？我又没——"

沈瑜一把捂住他的嘴，诧异地睁大了眼睛。顿了顿，她小声辩解："那是你自己停的。"

自己又没阻止，明明是他自己不要的，这会儿委屈什么呀。

谢新昭脸上的神色放松下来，被沈瑜逗笑出声。他伸手抓住沈瑜的手，握在手心里。

"因为你还没好，我怕弄伤你。"

"别说了！"沈瑜的脸彻底红了，快速打断他。

她想瞪他，眼睛却因为过于水润而显得毫无威慑力。

谢新昭喉头一紧，低下头想亲她。

几乎是同时，沈瑜吸了一口气，面色郑重地看向他。

"我把你当男朋友。"

谢新昭的动作顿时一怔，就这么悬在了半空。

沈瑜迟疑了下："嗯……你要是不想的话也可以——"

"我想。"谢新昭立刻打断她。

他漆黑的眼睛一眨不眨地盯着沈瑜，声音因为过于开心而变得有些哑："我当然想。"

沈瑜弯弯嘴角："嗯。"

她顿了顿，认真地道："那作为男朋友，是不是应该支持女朋友的工作？"

谢新昭喉头顿时一哽。

他一把搂住沈瑜，恶狠狠地吻下来。这个吻带着高兴也带着怒气，还有一些无可奈何。

"只给他一次机会。"他略有些不甘心地说。

沈瑜轻笑了一声，温声安慰："好，你放心，我会小心的。"

晚上，沈瑜自然而然地留在了二楼的卧室。

窗帘拉着，窗户没有关紧。

躺在床上，隐约能听见雨打枝叶的声音，滴滴答答的，在夜里莫名多了些诗意。

下雨的春夜应该是凉爽的，可沈瑜还是感觉到了热。

她侧身而卧，面对着窗户，谢新昭炙热的身躯紧紧贴着她的后背，胳膊和腿也非常不客气地缠上来，将她搂得密不透风。

伴着雨声，谢新昭的声音模模糊糊："再多喜欢我一点吧。"

在家里休养得差不多之后，沈瑜正式回到了舞团，开始和大家一起排练。

回来的第一天，所有人都对她的归队表示了热烈的欢迎。纪衡站在同事中间，代表大家给沈瑜送了一束花。

沈瑜接过花，道谢。

纪衡张了张口，欲言又止。

沈瑜阻止道："好了纪衡，再提那事就没意思了。"

纪衡愣住，点了点头。

四月末，两年一度的百合奖在A市正式举行了开幕式，舞剧的评选为期半个月。包括《拂晓》在内的入选决赛的八部舞剧中，只有三部可以获得百合奖。

半个月的时间里，八部舞剧将在A市大剧院进行展演，大众可以通过线上线下的方式购票入场观看。与此同时，为了进一步推广舞剧，主办方还和视频网站合作，将各舞剧台前幕后的一些花絮投放在网上，供大家点击观看和进一步交流。

《拂晓》的演出被安排在了五月份，排在八部舞剧中偏后的位置。

展演期间，沈瑜和其他同事一起观看了其他几部舞剧的表演。

这些年，舞剧的发展繁荣，呈现出百花齐放的状态，故事题材多样。其他作品或宏大或深刻或特别，每一个都非常有特色。这也让这场评选显得格外困难和有竞争力。

演出的时间在晚上八点，一场演出一个半小时到两个小时。等结束时，往往已经很晚了。

沈瑜白天忙着排练，晚上看展演，有时候还要和同事们开一些讨论会。

这段时间，她忙得不可开交，有时在谢新昭接她回去的路上就睡着了。

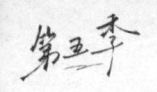

到了家中，谢新昭见她太累，自然也不会要求做些什么，只是每晚依旧抱得很紧。

时间长了，沈瑜渐渐也习惯了自己"人肉抱枕"的睡觉方式。

忙碌中，时间过得很快。

正式演出那一天，沈瑜早早和同事一起去A市大剧院做准备工作。

除了彩排和做妆造，和主办单位合作的媒体也对他们进行了拍摄和采访。

演出前，谢新昭站在剧院的大厅，双手插兜，默默地看着《拂晓》的海报。

《拂晓》海报是沈瑜的单人侧面特写，她的鼻梁挺直，骨骼流畅利落，自带一股清冷的谪仙范。和其他海报摆在一起，很特别也很吸睛。

"谢新昭。"旁边忽然传来一道声音。

谢新昭侧头，微微一顿。

陈茉一身连衣裙，脸上戴着墨镜，脚踩高跟鞋，和一个打扮富贵的中年女人站在一起。

"这是我妈。"她笑着说。

谢新昭点点头，算是打招呼，又礼貌地叫了一声"阿姨好"。

"你好。"陈茉妈妈亲切地笑了笑。

陈茉低头，小声说："妈，你先走，我和朋友有点事要说。"

陈妈妈离开后，陈茉看了一眼《拂晓》的海报，又笑吟吟地转向谢新昭。

"来看沈瑜的演出啊？"

谢新昭点头。

"追得这么紧啊？有必要吗？"陈茉有些不解，"就凭你的长相和条件，勾勾手指就一堆女生扑过来了。还是说男的都一样，越是不理自己的就越想得到？"

谢新昭皱眉，语气冷淡："我们俩的事和你无关。如果没事我就走了，我不想再被拍到。"

他转身欲离开。

"哎！"陈茉几步跟上来，要和他一起进电梯，"我当然是有事和你说。"

谢新昭言简意赅："说。"

"章江是我妈的同学，之前是搞艺术的。他家里挺有钱的，人也比较有个性。后来有了人脉，就做起了书画方面的生意，开了公司，也赚了不少钱……"

眼看电梯就要到表演厅，谢新昭没什么耐心地打断："这些我知道。"

这些都是能查到的东西。

陈茉一哽："……他老婆我又没见过，只知道结婚十几年了。听说感情挺好的，一直没孩子。但是他老婆不爱出门，我妈也不清楚她的具体情况。"

结婚十几年，没孩子……

谢新昭"嗯"了一声，道了声谢。

陈茉开玩笑："我刚看我妈对你印象好像挺好的，要不你假扮我男朋友我带你回家聊怎么样？"

谢新昭睨她，拒绝："不可能。"

陈茉："干吗？怕沈瑜吃醋啊？"

谢新昭："没必要。"

他垂下眼，摩挲着自己的尾戒。

他是怕沈瑜吃醋，但更怕沈瑜不吃醋。

八点，《拂晓》准时开演。

演出共100分钟，描述了一群仙女误入人间的故事，从不通世事的仙人角度窥探人间百态。太阳东升西落，天气寒来暑往，高山流水，快意爱恨。舞剧给观众展现了一幅瑰丽的人间画卷，观赏性极佳。

演出结束，沈瑜站在正中间，和其他舞蹈演员手拉手向观众谢幕。

台下的掌声经久不息。

结束后，沈瑜回到后台，迎接她的是一大束花。

"恭喜。"谢新昭不知道什么时候到了后台，把花递过去。他眼睛很亮，嘴角带着笑，"十八岁的愿望实现了。"

沈瑜笑着接过花，点头。

"先等我一下，我换了衣服就走。"

"好。"

沈瑜换好衣服，和谢新昭一起回了家。

路上，谢新昭的手机响了，一条消息跳了出来。

陈茉：你心上人跳得确实很好。

沈瑜怔了怔，看向谢新昭。

"她今天和她妈妈一起来看演出，我正好遇到。"谢新昭立刻解释。

沈瑜"哦"了一声，点头。

谢新昭看了看她，没有多说自己和陈茉的谈话内容。

一轮展演结束后，百合奖举行了闭幕式和颁奖典礼。

沈瑜作为主演，同纪衡以及其他同事一起参加了闭幕式。

这次的闭幕式采取了网络直播的方式，还有走红毯的环节。

沈瑜一身浅绿色露肩晚礼服，头发盘起，修长的脖颈和平直的肩膀一览无余。

她同纪衡走在前方，接受了一个简单的采访。

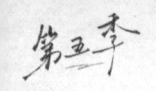

在一段官方的陈词之后，颁奖典礼正式开始。

第一个获奖的是一部讲述革命题材的舞剧。第二个获奖的则是根据某个历史人物生平改编的舞剧。连续两个获奖舞剧都不是自己，沈瑜心里也不由得紧张起来。

上一届百合奖举办时，她还是团里的新人，作为主演之一参与了另一个奖项的角逐。但那次，他们的表演连初赛都没过。

后来接触到了《拂晓》，沈瑜一直非常珍惜这次机会，对这一届的百合奖也非常期待。

"放心，我们可以的。"纪衡似乎是看出她的情绪，侧头低声安慰。

沈瑜看他一眼，扯扯嘴角笑了笑。

"最后一个获奖的舞剧——"主持人一顿，高声道，"让我们恭喜来自A市歌舞团的《拂晓》！"

热烈的掌声响起，大屏幕上播放起《拂晓》的选段。

沈瑜和其他几个主演以及主创起身，互相拥抱。

"恭喜。"纪衡礼貌地抱了下沈瑜道贺，"心想事成，愿望成真。"

沈瑜笑了笑："谢谢。"

给沈瑜颁奖的是一个中年男人，身材清瘦，戴一副眼镜，书卷气很重。

主持人念颁奖词时，沈瑜没太听清他的名字，只知道他的头衔是文联的一个荣誉职位。

沈瑜从他手里接过奖杯时，目光不期然地和颁奖嘉宾对上。

颁奖嘉宾的动作顿了顿，嘴角向上笑了笑。

不知道是不是沈瑜的错觉，她总觉得对方的目光里带了几分打量。

接过奖杯后，沈瑜看向旁边。

颁奖嘉宾已经开始同纪衡握手颁奖了，面带微笑，气质儒雅。

大概是看错了吧？沈瑜转回头，心里暗想。

获得了百合奖之后，沈瑜的工作变得更加忙碌了。

除了继续排练《拂晓》外，团里筹备了三年的另一部舞剧《霍乱》的主演也落在了沈瑜头上。

她就是在这种情况下接到谢新昭妈妈电话的。

何宁娴在电话里同沈瑜客气地叙了会儿旧，约她出来见面。

沈瑜没有多考虑就同意了。

这一次，何宁娴直接把沈瑜约在了家里。

沈瑜并没有告知谢新昭，独自带着礼物上了门。

何宁娴的住所位于Ａ市一座山脚下，与山间绿林相对，环境一流，别墅是中式建筑风格，带一个私家花园，大气雅静。

家中面积很大，装修也是中式古朴又富贵的风格，和外面的私人花园一脉相承。

沈瑜到的时候，家里只有何宁娴和帮佣阿姨在。

阿姨给两人倒了茶便走开去忙了。

何宁娴比七年前丰腴了些，看上去依旧年轻漂亮。

"我看到你获奖的新闻了，恭喜。"何宁娴先向沈瑜道喜。

沈瑜礼貌地说谢谢。

何宁娴仔细端详沈瑜，喝了口茶，慢悠悠地开口："你们又在一起了？"

她问得直接，沈瑜也索性点点头承认了。

"是的，阿姨，我们在一起了。"

何宁娴倒是不意外："嗯，猜到了。"

她盯着沈瑜，扬眉。

"你考虑好了？"

"想好了。"沈瑜肯定地说。

何宁娴沉默不语。

茶杯里飘起淡淡的白烟挡在两人中间，将她的面目晕染得模糊。

气氛静谧，只有花园树梢在风中"哗哗"作响。

沈瑜犹豫了一会儿，轻声开口："阿姨，谢新昭……他好了吗？"

"老实说，我不知道。"何宁娴摇摇头。

"和你分手之后，他不吃不喝了一段时间，我们谁说都没用。后来他爷爷把他骂醒，他也去了医院。你知道的，从表面上看他是没问题的。"

何宁娴扯扯嘴角："他现在成熟多了，也不可能让我看到以前那样的备忘录了。"

"所以——我才问你想好没有。"

沈瑜抿唇，目光坚定地看着何宁娴："阿姨，这一次，我不想放弃了。"

她想清楚了，不管在什么情况下，谢新昭从来都没有伤害过自己，他好像只是少了些安全感。如果自己可以让他有足够的安全感，他应该就不会做一些伤害自己的事了。

何宁娴怔怔地打量沈瑜。面前的女生长得纤弱漂亮，心理却远比自己想象中强大。

七年过去了，对方褪去了青涩，想法也更加成熟坚定了。

"阿姨，您也不用为我的未来担心。我对社交的需求不大，除了跳舞，感兴趣的东西很少。他的占有欲强对我来说并不算是太大的困扰。"沈瑜难得地笑了笑，"仔细想想，其实我们还挺合适的对不对？"

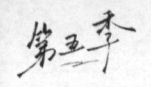

何宁娴怔住，扯扯嘴角："既然你想清楚了，那我也没什么话好说了。"
忽然之间，一个想法在脑中一闪而过。
"对了，不知道他有没有和你说过，他的小指……"
沈瑜一愣："他的小指不是意外骨折吗？"

晚上，灯光昏暗的房间里，人影晃动。
沈瑜盯着上方谢新昭的脸，莫名就想到了下午何宁娴的话。
她手指顺着他的手臂摸索着找到按在自己腰间的左手，在他小指的关节处轻轻摩挲。
谢新昭顺势牵住她的手，十指紧扣将她的手反按在枕头上。
"做什么？"他声音沙哑。
沈瑜侧头，瞄向他小指的指关节。
"我想看看那个戒指。"
谢新昭低笑了一声："真那么喜欢吗？"
他直接将小指上的戒指取下来，套进沈瑜葱白如玉的中指上。
沈瑜平躺在床上，黑长发流泻在枕头上，如上好的锦绣绸缎。床头柔黄的灯光照在脸上，面色柔和宁静。
她抬手将那枚戒指举到面前，仔细打量。
沈瑜眨了眨眼，没有说话。
片刻，她又拉过谢新昭的小指，在他的骨节处摩挲。
"怎么会骨折的？"她的声音带着缠绵后的倦和哑，听上去比平时多了几分温柔。
谢新昭一顿，没有回答："问这个干什么？"
沈瑜侧头看他，安安静静的，没有说话。
谢新昭若无其事，将戒指从她手上取下，重新套回自己的小指上。
"都过去这么久——"
"我今见到何阿姨了。"沈瑜忽然打断他的话。
谢新昭一僵，手无声地握紧，肌肉紧绷着。
"你知道了？"他问。
沈瑜点头："嗯。"
"之前我问你，你为什么不说？"
谢新昭自嘲地笑了笑："说什么？说我被你甩了，还要报复骚扰你的人？说我答应你不打架又没做到？"
他蓦地有些烦躁，抓了把自己的头发。
"我不想你觉得我还是个行为过激的疯子。"

沈瑜默了默。

她也是下午才知道，徐玖当时并没有做出什么实际的伤害行为，根本定不了罪。他出来后，谢新昭和他打了一架。

具体的何宁娴没说，但沈瑜猜也可以猜到。

总之，这以后徐玖就再没有出现。何宁娴说他一毕业就离开了A市，不会再回来了。

"我妈还说了什么？"谢新昭定定地看着沈瑜，眼神幽深晦暗。

见沈瑜安静沉默，他的声音也不自觉急躁起来："我妈是不是说我不正常，要你和我分开？"

沈瑜一愣，连忙主动抱住他安抚："没有，阿姨没有这么说。"

谢新昭安静几秒，低头亲沈瑜的唇。

"别再离开我了，我现在很正常……"

沈瑜张开唇，低低应声："不会离开你的。"

进入五月以来，天气渐渐升温。

沈瑜被一个火炉抱着，夜里有时觉得热，不自觉会往旁边移。

基本上，谢新昭每次都会察觉，也贴着她往旁边蹭。

她挪一寸，他也挪一寸。

沈瑜常常醒来，发现自己已经走投无路到了床边上。

这天，沈瑜差点翻到床下，困意被赶跑，有些睡不着。

她安安静静地侧躺着，并没有出声。

身后的人依旧很敏锐地察觉到了她的状态，低声道："睡不着吗？"

沈瑜说"是"。

"那聊聊天吧。"谢新昭说。

沈瑜稍顿，转身变成面对谢新昭的姿势，一双安静清润的眼睛看着他："聊什么？"

谢新昭静静地和她对视几秒，低低开口："小瑜，你还记不记得，我们去看流星的那晚，你说过什么？"

沈瑜凝眉，想了一会儿摇头。

"不记得了。"

谢新昭叹了一口气："是关于你妈妈的。"

沈瑜愣住，忽然反应过来。

那时候自己说，想要偷偷看看妈妈的现状。

"哦……"沈瑜面色淡淡地应声，心脏却跳得厉害。

"你找到她了？"

谢新昭稍顿，点头。

"你想见她吗？"

沈瑜思忖了一会儿，摇头："算了吧。"

这么长时间了，对于自己小时候被抛弃的事情，她已经放下了。她不知道，见到妈妈会不会打破现在安逸的现状。

谢新昭搂住她："好，那就不见了。"

沈瑜呼吸间是谢新昭身上的味道，莫名让人心安。

她"嗯"了一声，片刻后又忍不住问："她现在怎么样？"

谢新昭的声音清冽好听，响在沈瑜的头顶："她挺好的，嫁给了一个搞艺术的商人，生活富裕。没有孩子，外表很年轻。"

沈瑜的心跳渐渐在谢新昭的话音中变得平缓正常。

沈瑜一直沉默着。

不知过了多久，谢新昭听到怀里传来淡淡的一声：

"那就这样吧。"

就这样吧。谢新昭说不出这句话是无奈还是平静。

他的心脏被狠狠蜇了一下，又疼又酸。他搂紧了沈瑜，低头在她发顶印下一吻。

"我会一直在你身边。"

沈瑜鼻尖莫名一酸，也抱住了谢新昭。

第二天早上，沈瑜是被热醒的。

身后的人身体烫得像火，紧紧贴着她。

沈瑜一愣，意识到谢新昭的体温似乎不正常。

她皱眉，翻身下床，翻出温度计给谢新昭量了一下体温——果然烧了。

他烧得迷迷糊糊，整个过程中只掀开眼皮淡淡看了沈瑜一眼又闭上了。

沈瑜见他困得厉害，便没有打扰。

她先和单位请了半天假，简单洗漱后打算出门买退烧药。

刚要出门，二楼主卧的门忽然被人用力推开，门弹到墙上发出了重重的一声响。

沈瑜诧异地回头，只见谢新昭头发蓬松凌乱，脸色因为发烧而变得很红，眼皮沉重，眼睛里红血丝很重。

他看了眼在门口的沈瑜，皱眉。

他从楼上匆匆跑下来，在沈瑜面前站定。

"你去哪儿？"声音沙哑。

沈瑜一愣："去买药。"

谢新昭二话不说，一把将沈瑜纤细的身躯拥入怀里，下巴抵在沈瑜的肩膀。

"我刚刚做梦，你又扔下我走了。"

他睡得迷迷糊糊，做了个梦。

梦里沈瑜说他还是像以前那样，根本就没有好。她不要和他在一起了，借着要巡演的机会，她拎着行李就走了，只留给他一条分手的信息。

谢新昭在梦里急得不行，怎么给她打电话都打不通，发了好多挽留的消息全部石沉大海。

他想买机票去巡演现场找她，却怎么也查不到巡演的信息。他急得喉头冒火，被焦虑和恐惧一下子吓醒了。

醒来看到身边没有人，谢新昭瞬间慌了。

此刻重新抱着沈瑜，那股惊慌才稍微缓解了。

沈瑜紧贴着男生炙热发烫的身躯，心口被他烫得一热。

"做梦都是反的，没事。"

她也没有想到，自己有一天会像哄小孩一样哄人。

谢新昭没有回答，反而将她抱得更紧。

沈瑜微微叹气："我不出去了，在网上买吧。"

谢新昭稍顿，这才慢慢松开手臂。

沈瑜指了指卫生间："你先洗漱，我买药。"

谢新昭听话地点点头，转身去了一楼的卫生间。

沈瑜拉开餐厅的椅子，在外卖平台上买了药，然后起身去厨房，打算给谢新昭熬点粥。

刚将米淘好，客厅里便传来了谢新昭的声音。

"小瑜？"

沈瑜放下手里的事，走到厨房门口："我在这儿。"

谢新昭嘴里的泡沫还没冲掉，就这么怔怔地看着沈瑜。

沈瑜有些无奈，指了指嘴巴。

谢新昭面色一松，直直走过来，在厨房里漱了口。

"做什么？"他站在沈瑜旁边，声音还是有点低。

"粥。"沈瑜插上电源，抬头看他。

"难受吗？去休息一下吧。"

谢新昭抿唇看她，一双眼睛还是红红的。

"那你陪我。"

生了病的男人格外黏人。

沈瑜拿他没办法，盯着他喝完一杯水，又倒了两杯拿过去。

谢新昭躺在沙发上，眼睛一眨不眨地盯着沈瑜。

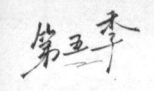

沈瑜给他盖了一条薄毯,轻声说:"你在这儿休息会儿,我要练会儿功。"

谢新昭点点头。

沈瑜便走到花园,在谢新昭能看到的地方练习基本功。

没过多少时间,药送来了。

沈瑜出门拿了药,回来盯着谢新昭吞下。

做好这一切,沈瑜又去厨房看粥好没好。

谢新昭头靠着抱枕,目光定定地看着沈瑜忙前忙后的身影。

她穿了件薄薄的针织长袖,修身款,腰身很细,头发松松地扎着,看上去既居家又休闲。

沈瑜盛好了粥放在餐桌上凉着,走过来用嘴唇碰了碰谢新昭的额头。

"还挺烫的,可能是受凉了,今天别开空调了。"

动作间,她脸颊边的碎发拂过谢新昭的皮肤,有点痒。

此刻的沈瑜和刚才的梦境形成了鲜明的对比,谢新昭心底一热,拉住沈瑜坐在沙发上。

"小瑜。"他定定地看着她,温热的手指在她的手背上摩挲。

"你走以后,我都不知道要和谁分享我的生活。"

这些年,他有很多个或喜或悲的瞬间,转头却不知道要和谁分享。在公司里好不容易做出点成绩,下意识想打给她。拿起手机才意识到自己为了破釜沉舟,早已删除了一切联系方式,没有后路。

谢新昭的声音酸涩,目光有一瞬间的迷茫。

沈瑜顿了顿,轻声开口:"我也是。"

谢新昭抿唇:"小瑜,你这个骗子,我才不会信你。遇到事情,你肯定最先扔掉我。"

说到后面,他的声音渐渐变低,脸也别向一边不看沈瑜。

沈瑜没有计较他的话,耐心温和地问:"那怎么才能证明呢?"

谢新昭缓缓转头,布满血丝的眼睛对上了沈瑜的。

"我不会信的,除非你一直陪着我。"

他目光坚定,一字一顿地说:"你要用一辈子的时间来证明。等我闭眼或者你闭眼,我就相信你。"

他烧得脸颊发红,说话时脖颈上青筋都暴了起来,胡子没刮,下巴青青的一片,模样看着有些憔悴可怜。

和谢新昭在一起久了,沈瑜听到这种话也不会觉得意外。

她叹气,心软地点点头。

"好,那你等着吧。"

沈瑜本来只请了半天的假，打算吃完午饭就去团里。

中午，阿姨过来做了饭。

谢新昭胃口不太好，只将就吃了一点就放下了。

沈瑜见他精神不太好，陪着他上楼睡下。

要开门时，身后传来一道低低的声音："你要走了吗？"

沈瑜回头，见谢新昭耷拉着头发，眼巴巴地看着自己。

她一顿："我出去倒点水。"

再回来时，谢新昭还保持着半卧的姿势，静静地看着她，好像一只在苦苦等待主人回来的小狗。

沈瑜将水杯放置在床头柜，又伸手摸了摸谢新昭的额头，还是很热。

整个过程中，谢新昭的眼睛一直盯着她转。

他没有说话，可那表情分明就是在说：我就知道，工作比我重要。

沈瑜迟疑了一下，心软了。

"我等一会儿再说吧。"

眼下离下午上班时间还有一会儿，她打算看看谢新昭的情况再决定。

话音落下，沈瑜的手机响了，是沈松源的消息。

他发来了一个短视频，镜头在沈朗新买的房子里拍了一圈：姐，什么时候回来看新房？

过年时还在讨论的房子，这会儿已经尘埃落定了，沈瑜没怎么思考地回复他：最近太忙了，有空会回去的。

这种官方回答常常发生，沈瑜也说不准自己什么时候有空。他们这一行，法定假期也不一定能休息。

沈松源大概也习惯了，并没有多说什么，又发了一条语音过来。

"姐，那你在Ａ市的房子呢？看得怎么样了？"

沈瑜：还在看。

沈瑜打完字回复，一转头对上谢新昭的目光。

他凝着眉，嘴唇也抿了起来。

"你在看房子？"

沈瑜点头："我以前和你说过。"

谢新昭一下坐直了身体："可现在我们已经在一起了……"他的脸色有点沉，"你是想和我分开住吗？"

是嫌他太黏人了吗？

沈瑜顿了顿："我们在一起和我买房子也不冲突啊。我是打算在舞团附近买一个，如果排练得晚可以在那里休息，方便一点。"

沈瑜的解释并没有让谢新昭的脸色好转。

他沉默许久,低声开口:"你是不是觉得我没有给你空间?是不是想自己待着不要我打扰?"

沈瑜一向冷心冷情的,其实心里根本就不像他这样喜欢两个人腻在一起吧?他要得太多,会让她觉得窒息吗?

沈瑜愣了愣,否认:"不是。"

"是吗?"谢新昭低低问,似乎并不信她。

沈瑜面色镇静地点了点头。她有些不确定谢新昭是生了病才会胡思乱想,还是借着生病的机会将心里话说了出来。

大概率是第二种吧。

沈瑜目光闪烁,正要说话时,手臂忽然被人一拉。

她一个踉跄,整个人跌进谢新昭的怀里,手上一松,手机摔到了床上,发出沉闷的一声响。

"小瑜。"

谢新昭的唇胡乱地在她的脖颈上乱蹭,手臂箍得很紧。

沈瑜被亲得浑身发热,伸手在他脑后的发茬处安抚地来回摩挲。

"睡会儿午觉吧。"

谢新昭低声道:"发烧出汗了就好了。"

洗好澡之后,沈瑜还是去了团里报到。

廖老师介绍了一个新人给沈瑜。

"沈瑜啊,这是我们团的新人李之由,也是你们A大的。正好今天有个讨论会,你带他一起参加,熟悉一下环境。"

"哦,好。"沈瑜应下来。

李之由是A大舞蹈学院的大四学生,已经和团里签了三方,就等着毕业后入职了。

"师姐。"李之由礼貌地叫沈瑜。他长相干净俊秀,白衬衫加宽松的裤子,看起来还有些学生气。

沈瑜:"你好,我是沈瑜,比你大四届。"

"嗯,我知道,师姐很有名。"李之由笑了笑。

沈瑜稍顿,点了点头。她带着李之由去了会议室,一路上顺便给他简单介绍了团里的情况。

进了会议室,沈瑜看到了一个熟悉的人——百合奖的颁奖嘉宾。

他坐在会议室的前排位置,前方一个白底黑字的立牌。

沈瑜这才知道他的名字——章江。

这样的讨论会,沈瑜他们一般是不用发言的。

她和李之由坐在一边，忠实地当着听众。

沈瑜中午经历了一场运动，枯燥的会议听得她昏昏欲睡。中间休息时，她只好泡了一杯咖啡提神。

李之由跟在她后面，也泡了一杯。

"师姐喜欢喝咖啡吗？"

沈瑜摇头："不喜欢。"

李之由"哦"了一声，点点头。

"那师姐喜欢喝什么呀？奶茶还是什么？"

沈瑜动作一顿，有些不太适应对方的热情。

"水，或者果茶。"她简单回答，点头示意了下便回了会议室。

刚进门，章江的目光遥遥瞥过来。

沈瑜一怔，礼貌地点头打招呼。

章江笑了笑，回过头去。

又是半场乏味的会议过去，到了下班时间。

沈瑜回到家，谢新昭已经提前做好了饭。

他今天休息，一身家居服，头发松松地落在额前，十足的居家打扮。

吃饭期间，沈瑜的手机响了几声。

李之由下午加了她的联系方式，这会儿在问关于舞团的事。

沈瑜回了几次之后，连谢新昭也注意到了。

"谁啊？"他挑眉。

沈瑜放下手机，"哦"了一声："是团里刚进的新人，大四学生。廖老师要我带一下。"

谢新昭蹙眉："男的？"

沈瑜："嗯。"

谢新昭倾身，目光瞥过沈瑜的手机屏幕。

男生的头像是他跳舞的照片。漆黑的舞台，只有一束光打在他的一身白衣上，有种潇洒又孤寂的感觉。

谢新昭坐回位置，目不转睛地盯着沈瑜。

"帅吗？"

沈瑜点头，有些好笑："挺好看的。"

谢新昭："哦。"

本以为这事就这么过去了，谁知晚上睡觉前，沈瑜听到耳边传来一声闷闷的问话：

"是我好看还是他好看？"

沈瑜愣了几秒，笑出声来。

谢新昭有些恼，在她耳朵上咬了一口。
"你，是你。"
谢新昭不动了，低低应了一声。
这答案是自己要来的，听到了也没那么高兴。

第二天，两人各自去了单位。谢新昭积压了一些工作，忙得不可开交时，助理敲响了门。
"谢总，沈小姐给您送了花。"
谢新昭下意识挥手："不要。"
助理应了声就要关门。
"等等——"谢新昭一愣，抬头望过去，"谁送的？"
助理的表情似乎是在憋笑："沈小姐。"
"拿过来。"谢新昭立刻道。
"是。"助理将一大束花送过来，摆在桌上后离开。
花束包装精美，里面夹着一张蓝色卡片。
谢新昭双指夹出卡片，打开，情不自禁地笑了。
是一句漂亮的手写字——任他们多漂亮，未及你矜贵。
即使心急如焚地赶完了工作，谢新昭回到家也已经有些晚了。
到家时，沈瑜正在客厅看童絮的那个舞蹈节目。
谢新昭衣服都来不及换，走过去俯身向沈瑜索吻，开心中又带着些对自己的不满。
"我总是很容易就被你三言两语哄好。"
"小瑜，你这个感情骗子。"
沈瑜觉得自己好无辜，她哪里就是感情骗子了。然而来不及开口，炙热的吻便又覆了上来，将她堵了个严严实实。
又一吻结束，谢新昭看着她的目光沉沉。
"小瑜，你要骗也只能骗我一个人。"
"不许对其他男人这样好。"

沈瑜觉得最近有些奇怪，好像自从知道了章江后，总能巧合地遇到他。
她也不清楚，这算不算是什么效应。
一次是在演出的舞剧院的后台，他是特邀的嘉宾来慰问演出人员；一次是在文联组织的活动上；还有一次是在团里排练时，有媒体安排采访，其中也有章江的身影。
沈瑜不是爱八卦的人，遇到了也只当是巧合，没有多想也没有多问章江的身份。

直到某个休息日，沈瑜在家收到了廖老师的信息。

廖老师要她后天和其他两个主创一起代表新舞剧《霍乱》去市里某酒店参加一个关于舞剧的讨论会，预计要留在那里晚餐。

沈瑜应下后，廖老师发来了会议的基本信息。

沈瑜打开，随意扫了一下，目光在一个名字上顿住——又是章江。

"怎么了？"

收到消息时，沈瑜正和谢新昭一起看电影。

见她凝眉，谢新昭敏锐地感觉到了异常。

沈瑜放下手机，摇头。

"没事。就是你觉不觉得，当你认识了一个人之后，好像总能在生活里遇到他？"

谢新昭笑道："正常。以前你不认识，看见了也不会在意。现在认识了，自然会注意到。"

沈瑜点点头："嗯，可能是吧。"

谢新昭给她喂了一颗草莓，状似无意地问："谁啊？"

一般人沈瑜根本也不会在意，能被她注意到，应该不会是普通同事。

沈瑜没太在意，咽下口中的草莓如实回答："你不认识，是我们得百合奖的颁奖嘉宾。"

谢新昭伸手去拿草莓的动作一顿，转头看向沈瑜，眉头微微蹙起。

"章江？"

沈瑜有点意外："你知道他？"

谢新昭目光闪烁，顿了下，才回答："嗯，我看过你们的颁奖。"

"哦。"沈瑜倾身，拿了两颗草莓。

她递给谢新昭一颗，将另一颗塞进嘴里。

刚嚼了两下，沈瑜蓦地停下，目光怔怔地转向谢新昭。

"不对。"她皱眉，口齿有些不清，"都过去这么久了，你怎么还会记得一个颁奖嘉宾的名字？"

谢新昭的记忆力是很好没错，但是她一提，他就立刻清晰明白地讲出名字，还是有些奇怪。

谢新昭动作微微一僵，没有说话。

沈瑜咽下草莓，试着猜测："和我有关是吗？"

一个颁奖嘉宾而已，谢新昭怎么会注意到他？

谢新昭叹了一口气："小瑜，我不想骗你。但……"

他停顿了下，搂住沈瑜："我有点不确定要不要告诉你。"

沈瑜皱皱眉，正色道："我过两天还要和他吃饭。你不说，他自己也会找我。"

说到这里，她心里已经隐隐有了猜测。果然，下一刻，谢新昭开口："章江的老婆以前叫余清。"

沈瑜怔住，面色渐渐冷了下来。

"小瑜。"谢新昭紧了紧自己的手臂，神色有些担忧地叫了她一声。

沈瑜"嗯"了一声，神色怔忡。

半响，她轻声开口："那他是不是知道我是谁？"

谢新昭想了想，点头："你觉得他在关注你的话，那就是。"

沈瑜安静片刻，"嗯"了一声。

知道章江是妈妈现任老公的消息后，沈瑜表现得一切正常，看起来并没有受到什么影响。

讨论会那天，谢新昭还是有些担心。

"如果你不想见他就不要去了。"

沈瑜摇头："见就见吧，没什么的。"

她也想看看，那位先生想做什么。

讨论会上一切顺利。

结束后，所有人留下来晚餐。沈瑜在同事旁边坐下，而章江则坐在了沈瑜对面的位置。

晚餐过程中，沈瑜一直安安静静地吃饭，没怎么参与大家的谈话。

"学舞蹈的是不是都吃得很少啊？怕胖要保持身材？"

对面忽然传来章江的声音。

沈瑜一愣，抬头，看见章江正笑着看着自己。

"不是。舞蹈演员活动量大，很多饭量也很大的。"章江旁边的男生接话。

章江"哦"了一声，向沈瑜的方向扬了扬下巴。

"我看小沈都没怎么吃。"

沈瑜一愣，连忙说自己在吃。

章江笑了笑，还是把话题放在她身上。

"小沈舞跳得这么好，真是年轻有为啊。"

沈瑜能看出来，章江的资历和地位很高。在这个饭桌上的人大多都对他毕恭毕敬，言语间也颇为崇敬和奉承。

所以，当章江把话题引到沈瑜这里来时，立刻得到了很多回应，旁人也跟着夸起沈瑜来。

沈瑜不太习惯，说了一声抱歉去了洗手间。出来时，不巧又遇上了章江。

章江面色和善，看起来只是在关心晚辈："小沈是 A 市人吗？"

沈瑜顿了顿，摇头："不是。"

章江："哦，那你一个人跑到A市来啊？还是和男朋友一起？"

沈瑜沉默了一瞬。

章江扯扯嘴角："我想你一个女孩子在这里工作挺辛苦的，有男朋友一起会好很多。"

沈瑜抿了抿唇。

她觉得以章江的能力，想要知道自己的情况易如反掌，何必在这儿套她的话呢？

但沈瑜并不想和章江有太多的牵扯，回答得客气又疏离："我在这儿挺好的，谢谢章老师关心。"

后面的时间里，章江识趣地没有再和沈瑜搭话。

直到晚餐结束，他才又礼貌地问沈瑜要不要送她。

沈瑜摇头，说自己男朋友已经来了。

章江笑着说好，目送她上了路边的车。

沈瑜上了车之后，表现得依旧正常。谢新昭看了她好几眼，问了一声："他和你说什么了吗？"

沈瑜靠在座椅上，吐出一口气："就问了几句我的情况，没说什么。"

谢新昭握住她的手，低声问："不开心吗？"

"也没有。"沈瑜否认。她说不清，就是莫名有点烦。

"现在还不想回家，我们转转吧。"

"好。"谢新昭应了。

沈瑜没有问要去哪儿，只是望着窗外发呆。

现在这个点还早，A市的街道很热闹。

灯红酒绿，车水马龙。两排绿树的枝叶向路中间延伸，几乎在空中将整条路笼在一片浓荫之下。

车子渐渐在路边停下，周围的景色很熟悉，不少穿着清凉的学生来来往往。

"A大？"沈瑜眨了眨眼。

"嗯。"谢新昭倾身将她的安全带解开，"走，下去散散步。"

初夏的晚上，天气还不是太热。

学校里的路灯昏黄，大概是临近期末，走在路上的学生大都背着包行色匆匆。

沈瑜今天开会，穿着衬衫和半裙，头发扎起，露出光洁的一张脸。谢新昭也是从公司过来，一样的白色衬衫和西裤。两人走在学校里显得有些格格不入。

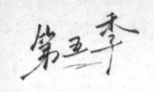

两人手拉着手,沿着校门口一路往里走,找了个石椅坐下。

沈瑜怔怔地想着章江的事,有些困惑地看向谢新昭:"他是什么意思?是想让我们见面吗?"

谢新昭摇头说不知道。

沈瑜凝起眉。

"小瑜,别想那么多了。你不想见就不见,想见就见。"谢新昭捏了捏她的手,"如果你不想和他们有牵扯,我可以替你出面。"

沈瑜怔了怔:"谢谢。"

谢新昭伸手将她搂进怀里,好笑道:"你和我谢什么啊?"

沈瑜靠在谢新昭的肩膀,抬头看向天空。

夜色好像一张巨大的幕布,皎洁的月光从宿舍楼上方探出头来,闪烁的星光和楼内窗口的灯光相互辉映。学生们说话玩笑的声音不时传来,让这夜色在安静中又带了几分喧嚣。

"谢新昭。"沈瑜望着天上的星星,轻声开口。

谢新昭"嗯"了一声。

"我以前总觉得,如果我小时候很乖很优秀,我妈就不会扔下我了。所以我总是很努力,什么都想做到最好……"

沈瑜没有看他,说话的语气平淡,侧脸线条流畅冷清,脸颊边几缕碎发。路灯下有细尘在她面前飞舞,平添了几分朦胧又柔和的氛围。

谢新昭的心从她说话起就揪了起来。

他总算明白,沈瑜心里那套价值观是怎么形成的了。

他紧了紧自己揽着沈瑜的手臂,忍不住说:"为什么要一定要很优秀呢?如果你努力上进获得成就能让你满足快乐,那就努力往上;如果这件事让你觉得累和难受,那就放过自己,当条快乐的咸鱼。"

"咸鱼?"沈瑜从他肩膀抬头,轻笑了一声,"那可能不适合我。"

她想了想:"我还是很喜欢跳舞。"

"那就跳,喜欢什么就做什么。"谢新昭立刻道。

他看着沈瑜,表情很认真:"小瑜,人生短短几十年,除了不记事的童年和动不了的老年,留给我们的时间就更短了。成功和优秀不是最重要的,开心才是。"

沈瑜怔住了。

片刻,她弯了弯唇,眼睛很亮:"那你呢?什么会让你开心?"

谢新昭想也不想地说:"和你在一起就开心。"

沈瑜定定地和他对视,蓦地沉默。

她望向左前方亮着灯的宿舍楼,莫名又想起分手的时候。

"那当时你一定很难过吧？"她怔怔地看着自己曾经住过的地方开口。

谢新昭顺着她的目光看过去，也想到了自己在楼下苦等沈瑜的那个晚上。

他没有回答，拉起沈瑜走到那天自己曾坐过的长椅边。

"那天下雨，我就坐在这里等了你好久。"

谢新昭的语气平平淡淡，又莫名有几分委屈。

沈瑜看着空空的长椅，轻易地回想起谢新昭一个人坐在这里时的落寞身影。

那晚的雨丝飘飘扬扬，周围是或用衣服或用书包挡着头奔跑的学生们。只有他一个人安安静静坐在这里，戴着帽子，仿佛隔绝了周围的世界。

沈瑜安静了片刻，低声道歉。

"你为什么不来？"谢新昭问。

一直到现在，他都对她那时的狠心耿耿于怀。

那天晚上，他抛下了所有的自尊，想告诉沈瑜自己不怪她了，只要她下来见一面。可沈瑜连最后一面都不肯施舍给他。

沈瑜抬头看向谢新昭，目光宁静而柔软："我怕自己会心软。"

谢新昭抿了抿唇，不解："心软什么？"

"心软……"沈瑜顿了顿，做了几年前就想做的事。

——她伸手抱住谢新昭，脸靠在了男生坚实的胸膛上。

在同一个地方，她抱着他，仿佛穿梭时空，抱住了当年那个在这里淋雨的少年。

虽然不知道能不能弥补，但沈瑜确定，这一次，她不会再让他一个人孤孤单单地等待了。

又是一年的夏天，校园里枝繁叶茂，蝉鸣声不绝于耳，晚风温和轻柔。

夏季似乎是个很适合恋爱的季节，心动和天气同样令人脸红。

耳边是谢新昭清晰而有力的心跳声，沈瑜深吸了一口气，轻声开口："重新恋爱吧，谢新昭。"

"好。"

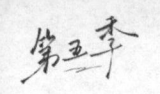

第十章

要和十八岁喜欢的少年结婚了

在那天晚餐之后,沈瑜有一段时间没有再见到章江。

六月份,《拂晓》开始了新一轮的巡演。沈瑜忙得脚不沾地,连续飞了好几个城市演出。

这期间,沈瑜的大学同学群里在热烈讨论着要办一次同学聚会。

毕业四年,沈瑜的同学们大多数从事着舞蹈行业的工作。有的和沈瑜一样进了舞团,有的回老家当了舞蹈老师,有的考上了公务员,也有的进了娱乐圈做相关工作……

大家的职业各不相同,天南海北的,平时很难见面。也是因为如此,大家在时间上也难以协调。

热闹地讨论了一周后,最后定在了九月中秋节附近。

看到群里这些消息的时候,沈瑜刚下了飞机,正打算坐车去酒店休息。

班级群里的讨论,沈瑜一向不太发言。

只是这一次,有人专门@了她,问她聚会来不来。

沈瑜想了想,答应按时参加。

到了酒店后,沈瑜给谢新昭打了个视频电话。

和谢新昭交往后,他总是不遗余力地介入到自己的生活中。

刚开始,沈瑜去外地只会发个消息告知。但谢新昭觉得不够,常常是一个电话或者视频就打了过来。

后来,她便渐渐习惯了每到一个新地方就打视频给谢新昭,哪怕只是简单说两句。

谢新昭那头立刻接起了视频,俊朗深邃的脸出现在手机屏幕上。

"你还在公司啊?"

这会儿已经是晚上十点了。屏幕上的人穿着一丝不苟的衬衫,鼻梁上一道眼镜架印出的浅痕,背后是深色的办公椅,一看就是在工作。

谢新昭低声应了一句,竟然还委屈上了:"你不在家,我回去也没劲。"

谢新昭盯着沈瑜出现在屏幕上的脸,喉头发紧。

"你都走了好久了。"

两人交往以来,这确实是沈瑜离开A市最久的一次了。

谢新昭最近的工作也很忙,主题乐园项目在十一前试营业,有许多收尾和验收的工作。他离不开A市,算算两人都有好多天没见面了。

沈瑜想了想:"也没有很久,就十来天。"

她之前忙起来还有几个月不回A市的记录呢。

谢新昭敛眉,唇也不高兴地抿起来。

"十天还不多吗?"他都快想她想疯了,这些天拼命工作想抽空去看她。

沈瑜被逗笑,连忙说自己忙完这场演出会回去一趟,谢新昭的脸色这才好一点。

"你再不回来我就要去找你了。"他有些闷闷地说。

"嗯,回来的。"

沈瑜换了个话题,向他提起同学聚会的事。

谢新昭立刻问:"我可以去吗?"

"可以。"沈瑜笑了笑,"你要去吗?"

谢新昭点头,理直气壮地说:"当然,不然下次见面可能就是婚礼了。"

沈瑜哽住。

谢新昭:"不对吗?"

沈瑜:"……对。"

第二天,沈瑜和同事们顺利完成了演出。

下台时,纪衡也同沈瑜聊起聚会的事,沈瑜问他去不去。

纪衡耸肩:"看情况再说。"

说话间,两人回到后台。

后台有好几个观众送来的漂亮花篮,其中一大束漂亮的百合被摆在了显眼的位置。

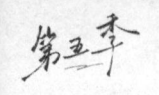

沈瑜走到百合花旁边，拿起卡片。又是熟悉的名字——山水。

《拂晓》演出有一段时间了，加之前段时间得了奖，最近几次演出都会有热心的观众送花来。

其中，次次都有一位署名为"山水"的人单独送沈瑜一束百合。

"沈瑜，又是你的粉丝啊？"先到的同事开玩笑。

沈瑜自从上过电视节目后就多了很多粉丝。

她没有个人账号的微博，许多人顺着线索找到了A市歌舞团的官微，在那里搜索沈瑜的蛛丝马迹。

凡是官微里提到沈瑜的微博，留言和点赞总要比平常的多出几倍。

可饶是非常多的人催促，沈瑜也没有开通自己的个人社交平台。

从之前的周老板到现在的山水，还有平时送花的，沈瑜的同事们都习惯了，也偶尔会拿她打趣。

沈瑜笑了笑，将卡片收了起来。

这个山水是今年才出现的，自从《拂晓》巡演，每一站都能收到对方送的百合。

和周老板不一样，这个人从来没有试图联系过沈瑜，也没有透露出一点自身的信息。沈瑜甚至连这人是男是女都不知道。

离开剧场时，沈瑜走在后面的位置。她坐上包车，无意识地看向窗外。

陌生的街景中，一个熟悉的身影闯入视线——章江。

他站在路边，不时地向后张望，似乎是在等人。

沈瑜一愣，心跳随之加快。

顺着章江张望的方向，一个娇小瘦削的女人出现了。

她穿一身精致的套裙，头发盘成发髻，晚上还戴着墨镜。看起来不年轻了，但身材保持得很好，打扮也时髦。

沈瑜一眨不眨地看着两人，目光怔怔。

当看到章江自然地给她整理了下裙子时，沈瑜迅速回头，拉上窗帘隔绝了两人，心跳不止。

第二天上飞机时，沈瑜下意识地在机舱内张望了一下，没有看到昨晚的两个人。

她的心情有点复杂，说不出是什么感觉。

到A市后，谢新昭照例来接她。

沈瑜清亮的眼睛眨了眨，声音有点闷："我好像看到我妈了。"

谢新昭一顿，惊讶："什么时候？"

沈瑜："昨天演出结束，上车的时候。"

她简单地把最近的事和谢新昭说了一遍，尤其提了那个送自己百合的"山水"。

"你怀疑那些花是她送的？"谢新昭微微蹙眉，也思忖起来。

沈瑜"嗯"了一声。

谢新昭安静片刻，将沈瑜拉到自己的肩膀处。

"小瑜。"他静静看着她，语气平静，"就像你之前想偷偷看她一样，她可能也想悄悄看你。"

沈瑜稍顿，点点头。

自己以前想看妈妈是想看她现在的生活怎么样。那她呢？她看到自己，然后呢？

沈瑜怔了怔，忽然转向谢新昭。

"谢新昭，你是什么时候喜欢我的？"

谢新昭低笑一声，没有思考地答："从小就喜欢啊。"

"可是……"沈瑜皱眉，"我小时候和现在完全不一样啊。"

她记得，爸爸说过小时候的自己很活泼也很热情的。

谢新昭愣了几秒，转成和沈瑜面对面的姿势，修长的手指一一拂过沈瑜的额头、眼睛、脸颊，停在了她微张着的唇边。

"你就是你啊。"他的声音低哑，"你在怀疑什么？"

说罢，他倾身过去吻她，好像怎么都不会厌倦似的。

看着沈瑜的眼睛漆黑明亮，他的表情虔诚又认真："不管你变成什么样，我都会反反复复地爱上你。"

沈瑜回 A 市只短暂休整了两天，便又立刻投入到新的巡演中。

一个多月的时间，她巡演了十几个城市，每一站都能收到来自山水的花束。等她结束巡演回到 A 市，已经是七月份了。

回去后，沈瑜便投入到新剧《霍乱》的排练中。

这部剧是团里的原创剧本，主要讲述了古代某村落发生霍乱之后发生的一系列故事。这是一个庞大的群像剧，沈瑜是其中的主演之一。

这天，团里邀请了市里文艺相关的几个领导来现场观看《霍乱》的彩排，请大家讨论并指教。

也是在这里，沈瑜又一次看见了章江。她很快调整好自己的情绪，正常地完成了彩排。

结束后，理应是一场交流会。沈瑜不想参加，找了个理由请假了。

在会议室外的走廊上，她迎面撞见了章江。对方主动热心地同她打起了招呼。

沈瑜也礼貌地问了声好。不知道是不是衣着的原因，她觉得章江比颁奖那会儿清瘦了些。

"听说《拂晓》前段时间的巡演很成功，恭喜啊。"章江依旧是一副和蔼可亲的长辈模样。

沈瑜客气地谦虚了一下，说是谢谢观众的青睐。

"小沈啊，我有朋友很喜欢你的舞蹈，咱们加个微信吧，以后你有演出，我也好去捧场。"章江说着，主动掏出了手机。

沈瑜面露犹豫，没有动作。

章江见她迟疑，玩笑道："怎么了？是不是没带手机啊？"

话音落下，沈瑜的手机响了一声。

空气里一阵沉默。

沈瑜抿了抿唇，叹气："章老师，您不用打探了，我已经知道了。"

章江愣了一下："知道什么？"

沈瑜定定地看着他，眼神清明："山水。"

章江稍顿，似是没反应过来。片刻，他扯扯嘴角，一脸的不知情："山水？什么山水？"

沈瑜的生活一直很简单，她也不太喜欢弯弯绕绕。

连续几次下来，她已经有点搞不清章江的目的了。要不是谢新昭告诉过她，她可能真的就被糊弄过去了。

想到这里，沈瑜胸口堵了一口气。

"章老师。"她吸了一口气，郑重道，"您说的朋友，就是您的妻子吧？"

章江的脸部肌肉顿时一僵，他怔怔地看着眼前淡定平静的女生，微微惊讶："你都知道？"

沈瑜轻轻点头，她指了指走廊尽头的位置，示意去那边说。

短短的几步路，章江走得很慢，脸色也不太好。

到了窗口，他斟酌着缓缓开口："小沈啊，既然你知道了，我也不瞒你。其实你妈妈这些年一直对你很愧疚，你出生以后，她的情绪就一直不太好。当时还不知道，现在想想大概是产后抑郁吧……"

沈瑜默默听着，垂下的手握成了拳，手心里不自觉沁出了湿意。

"你可能不记得了，她和你爸爸的关系到后面变得很差，她不是故意不要你的。"

章江的话被沈瑜打断："不是故意不要我？可这么多年，她从来没有找过我。"

沈瑜身边不是没有离异家庭的孩子，可他们至少还可以和父母见面，不像自己的妈妈好像从此失踪了一样。

章江话音一顿:"不是这样的,她只是不敢。她怕你怪她,一直没办法面对你。我不是想要求你什么,只是希望你不要误解她……"

"不敢?"沈瑜皱了皱眉,"那现在又为什么要送我花?您又为什么要加我的微信?"

章江的声音有点低:"现在我……"

他顿住,脸色忽然变得很难看,呼吸一下变得急促起来。

沈瑜吓了一跳:"你怎么了?"

章江难受得说不出话来,闭着眼睛就要一头栽下。

沈瑜眼疾手快地挡在他面前试图扶他。

可惜男人的体重太重,她又没有做好准备,两人一起跌到了地上,发出"砰"的一声响。

旁边办公室的门立刻打开,好几个人循声跑过来。

"怎么回事?"

沈瑜顾不上自己,连忙冲来人喊道:"快打120!章老师晕倒了。"

一阵兵荒马乱后,沈瑜跟着救护车一起到了医院,一起去的还有廖老师和一个文联的年轻人。

医院里,沈瑜作为当事人白着一张脸和其他两人站在医生对面。

"名字?"

"章江。"

"年龄?"

"不知道。"

"过往病史?"

"不清楚。"

…………

几人和章江都不熟,对医生接二连三抛出的问题一概不知。

最后还是章江的同事用章江的指纹解锁了他的手机,打给了通讯录里名为"老婆"的人,接着一直陪在床前等人过来。

沈瑜和廖老师则一起坐在急诊病房外等候消息。

没过太长时间,一个身着长裙的女人急匆匆地赶到了。她脸色苍白,神情很紧张。

"我是章江的家属。"

沈瑜抬眸,目光不期然地和对方对上。女人目光躲闪,移开了。

沈瑜垂下眼,捏着手机的手心隐隐出了汗。

"家属跟我过来。"护士看到余清,将她领去了医生办公室。

廖老师拍拍沈瑜的肩："你在这儿等下，我也跟着去看看。"

沈瑜点头。

她低头，撩开自己的裤腿。两个膝盖此刻青了一片，隐隐作痛。

沈瑜扫了一眼，默不作声将裤腿放下来。

就在这时，手心的手机振动起来。

沈瑜接起电话，轻轻"喂"了一声。

谢新昭像是装了个情绪的感知雷达，立刻问她："怎么了？"

沈瑜顿了顿，将事情简单说了。

"你在哪儿？"谢新昭问。

沈瑜："市一院急诊。"

"等我。"

谢新昭只说了两个字，沈瑜却莫名心定了不少。

不一会儿，廖老师先回来了。

沈瑜站起身来。

"沈瑜啊，章老师没什么事了。他家人也来了，我们可以离开了。"廖老师做了个走的手势，"走，我送你。"

"不用了，廖老师，我男朋友来接我。您先忙。"沈瑜礼貌道。

廖老师稍顿，笑了："行。那我走了。"

沈瑜男朋友对沈瑜的体贴周到在团里是出了名的，他也早有所耳闻。听沈瑜这么说，他也就不再多说什么，先行离开了。

沈瑜又坐回椅子上。

又过了几分钟，一袭绿色裙摆出现在她的视线中。

沈瑜抬头，呼吸有一瞬间的停止。自从怀疑山水就是妈妈后，沈瑜也想过几次两人会面的情景。

但她怎么也没有想到，会是在人来人往、声音嘈杂的急诊走廊里。

余清应该是还不知道沈瑜已经知道了她的身份，看着沈瑜的目光有些闪烁，情绪复杂。

她捏了捏自己的裙摆，看起来有些紧张和不知所措，和那晚在路边精致优雅的样子大相径庭。

"谢谢你们把章江送到医院。"她的声音有点轻，也有点颤。

沈瑜扯扯嘴角："不用谢，应该的。"

话音落下，旁边忽然传来一道急促的声音。

"小瑜！"

两人同时转头。

谢新昭一脸着急地跑过来，揽住沈瑜的肩膀。

"没事吧？"他上下打量沈瑜，顺手理了理她颊边散落的头发。

沈瑜摇头："没事。"

谢新昭的目光却定在了她的裤子上。

——裤腿靠近膝盖的位置，有两处没掸干净的白灰，在她的黑色裤腿上有些显眼。

还没等沈瑜反应过来，他已经俯身蹲下，小心翼翼地掀起沈瑜宽松的裤腿。

看到又青又肿的膝盖，他的动作一顿，抬起头来。

"疼不疼？"谢新昭皱眉问她。

沈瑜摇摇头，有些不好意思地想要拉下裤腿。

谢新昭微微叹气，起身。

整个过程中，余清一直怔怔地看着两人。

谢新昭转头，向她点点头打招呼。

余清张了张唇，正要讲话时，章江的同事从里面走出来。

"章老师醒了。"

余清立刻进了病房。

沈瑜站在门口，没有动作。

"走吧。"她看向谢新昭。

她现在进去，几个人都尴尬。

谢新昭点点头，背对着沈瑜蹲下身。

沈瑜一愣："做什么？"

"背你。"谢新昭抿唇，回头看她，"走路不疼啊？"

他转回去，反手拍了拍自己的背。

沈瑜一顿，乖乖地趴在他的背上。

"其实也不是很疼。"她小声说。

"别逞强。"谢新昭背着她往回走，歪头看她。

沈瑜安静了几秒，"哦"了一声。

从摔倒到现在，谢新昭是唯一一个一眼就看出她膝盖问题的人。她偶尔也想要屈从于这一刻的柔弱。

急诊中心什么病人都有，家属和病人都心神不安，没有多少人关注他们。

出了急诊，两人立刻吸引了不少目光。

沈瑜不好意思地将脸埋进谢新昭的颈窝，小声催他："快一点。"

谢新昭低笑，将她往上颠了颠。

"害羞啦？"他嘴上调侃着，行动上却听话地加快了步伐。

到了车上，谢新昭让沈瑜等等。他离开，去医院的便利店买了冰矿泉水和薄毛巾。

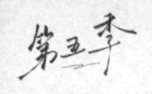

"将就着敷一下,我们回家。"

沈瑜点点头,用毛巾包着冰水按在自己膝盖上,冰冰凉凉的感觉沁入皮肤,缓解了一些痛感。

到了这个时候,沈瑜才把事情仔细地同谢新昭讲了一遍。

谢新昭仔细观察沈瑜的神色,将自己知道的事告诉了她。

"他们好像要出国定居了。"

沈瑜一愣:"出国?"

"嗯。"谢新昭点点头,"你还记得陈茉吗?她妈妈和章江以前是同学。听说章江这两年身体不太好,他们打算去瑞士养老。"

沈瑜轻轻"哦"了一声,想明白了。

难怪章江并没有想说明关系的意思,又想加她的微信。

说完这个,两人一时都没有再说话。

回到家,沈瑜又是被谢新昭抱回去的。

这一天的谢新昭格外温柔。

宇宙浩大无垠,他们是黑暗中彼此温暖着的两颗星球。

沈瑜抱着他,就好像是抱住了整个世界。

第二天,沈瑜请了一天的假。

章江特意打来电话,道歉说不好意思吓到她了。

沈瑜客气地说没事,又关心了一下他的身体。

章江叹气:"没什么,老毛病了。心脏有点不好。"

两人默契地没有提及余清的事。

放下电话,一切又好像回归了正轨。

舞剧《霍乱》于下半年正式登上舞台,获得了观众的一致好评。

时间在忙碌中过得很快。中秋节之前,沈瑜参加了电视台中秋晚会的录制,再次表演了《拂晓》。

表演结束后第二天,正巧是沈瑜班上的同学聚会。

纪衡不知道是不是自觉尴尬,早早拒绝了这一次的同学聚会。

九月的天气还有些炎热。

沈瑜身着一袭浅杏色连衣裙配同色系单鞋,未经修饰的黑长发垂至腰间,呈现出一种自然的弧度,脖颈间挂着一条闪闪发光的项链。

她的妆容很淡,饰品也寥寥。可也许是身材和气质过于突出,她单单站在那里便呈现出一股天然去雕饰的美人之姿。同谢新昭一起出现在酒店时,几乎所有人的目光都转向了两人。

男生身材高大挺拔,五官深邃俊朗,修身的灰色衬衫勾勒出隐隐的肌肉线条。旁边的女生身材高挑,皮肤光滑白皙,眉眼清冷有神。

两人的外表很搭,就是气质都有些高冷,看上去很难接近。

直到两人在服务生的带领下坐上了电梯,在大厅用餐的人才堪堪收回目光,有八卦者忍不住小声窃窃私语起来。

另一边,两人到达包厢时,同样引来了所有人的关注。

沈瑜拉着谢新昭坐在了舍友赵存存的旁边。

今天到的人不少,加上有些带了家属,一共坐了两桌。

沈瑜坐的这一桌大多数是女生,关系要熟络一些。

沈瑜没有说出男朋友的名字,加上谢新昭早早离开了A大,所以包厢里一开始并没有人认出他来,只当他是沈瑜后来交的男朋友。

同学们许久不见,这次见面都很高兴,男生们很快就喝成了一片。

沈瑜和其他女生以饮料代酒,也喝了不少。

快结束的时候,沈瑜和赵存存一起去洗手间。

到了这时,赵存存才小声问她:"你男朋友哪儿找的啊?好帅!"

沈瑜默了默,提醒她:"你见过的。"

赵存存一愣:"我见过?难怪这么眼熟。不过什么时候啊?"

沈瑜轻笑:"他就是我的初恋啊。"

赵存存惊讶地捂住了嘴巴:"天哪!这么大的消息!你怎么不说啊?"

沈瑜弯了弯唇。

另一边的酒桌上,一个男生忽然坐到了沈瑜的位置上。

来人拎着一瓶啤酒,脸色通红,眼神有些迷茫,显然是喝多了。

"哎,兄弟,怎么把我们院花泡到手的?说说呗。"他用酒瓶碰了碰谢新昭的杯子,打了个酒嗝。

谢新昭微微皱眉,不知为何,从他的语气里听出了一丝不善。

"不好意思啊,季乐他喝多了。"另一个男生走过来道歉,就要拉季乐走。

季乐不肯:"别动我!我还没和这位帅哥喝一杯呢!"

他吆喝着给谢新昭也拿了一瓶酒。

"我就是好奇,我舍友几年都追不到的人,你怎么一下就追到了?"

谢新昭愣了愣,抬头看向站在一旁试图打圆场的男生。那男生叹气,不好意思地道歉:"抱歉啊,他喝多了胡言乱语,你别理他。"

他说着又要拖季乐走。

然而喝醉的人身体很沉,他一个人根本拖不动。

季乐咬开啤酒瓶盖,递给谢新昭。

"来,我们干了,我告诉你一个关于沈瑜的秘密。"

谢新昭眼皮一跳:"什么秘密?"

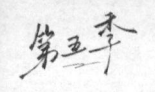

季乐不语，直接扬起脖子喝起了酒，意思是——喝了再说。

谢新昭一顿，利落地抓起酒瓶直接对口喝起来。

他刚才喝得不多，这会儿比季乐还要先喝完。

季乐凑到谢新昭身边，满嘴的酒气："我偷偷告诉你，其实沈瑜心里一直有个白月光。"

谢新昭心跳快了几分，眉心蹙起："白月光？"

同时胆战心惊的还有站在一旁的同学。

"季乐，你别胡言乱语了！"他望向另一边，想找人一起拉季乐。

"你说。"

谢新昭伸手阻止了对方要拉人的动作，沉沉地看着季乐。

"是她前男友。"季乐一脸严肃。

他和纪衡是舍友，这会儿喝多了，便忍不住多嘴起来。

"你不知道吗？沈瑜这么多年都忘不了他，刚分手的时候还大病了一场呢。"季乐知道这事，也是因为那会儿纪衡在和沈瑜练舞，将这些都看在了眼里。

谢新昭的目光沉了下来，脸色很难看。季乐抓了抓自己的头发，继续道："她舍友说是淋雨发烧了，但我觉得——"

剩下的话没有说完，谢新昭已经起身离开了。

季乐被忍无可忍的同学推了一把。

"你神经病吧？说这些干吗？"

"怎么了吗？"季乐红着脸嚷嚷，"我让他更了解女朋友不行吗？"

"得了吧！"同学找人连人带椅将季乐拖去另一桌，"纪衡知道了也不会感谢你的！"

椅子腿在地上划拉出难听的声音，被周围觥筹交错的喧嚣声掩盖。

季乐嘟囔了一声，烂泥般瘫在椅子上。

过了一会儿，赵存存一个人回来了。

和季乐一起的同学没有看到沈瑜和她男朋友，有些担心地问了一句："赵存存，沈瑜呢？"

赵存存不以为意："哦，和男朋友一起呢。"

同学的脸色变了变，小心翼翼地问："两人没事吧？"

赵存存莫名其妙，抓了一片西瓜吃。

"有什么事啊？人家好着呢。"

季乐头靠着椅子，忽然笑了一声。

"笑什么啊？"同学无语。

季乐摇头："我就是想说啊，能追到沈瑜的果然不是一般人。"

赵存存吃完了西瓜，忍不住兴奋："那当然啦！人家可是等了沈瑜好多年呢!"

季乐和同学一愣:"什么?"

赵存存也愣了:"你们不知道吗?"

她眨眨眼:"沈瑜男朋友就是她初恋啊!他们复合啦!"

一石激起千层浪,两个男人同时瞪大了眼睛。

"啊?"

"什么?"

几分钟前,沈瑜从洗手间出来,一眼看到了等在走廊处的谢新昭。

他单手插兜站着,脸上没什么表情。

沈瑜和赵存存打了招呼让她先走,自己走到谢新昭面前。还没来得及说话,手腕便被人拉住了。

沈瑜怔了下,也没有多问,被谢新昭一路拉着坐电梯出了酒店。

一直走到酒店侧边的无人处,谢新昭才停下,变成和沈瑜面对面的姿势。

晚风习习,沈瑜的裙摆被吹得贴在身上,露出姣好的身形。

她仰头看着谢新昭,面色微微有些不解。

虽然不知道原因,但沈瑜也不会阻止谢新昭的做法。

她只是很有耐心地等他说话。

谢新昭的眼睛里情绪翻滚,声音也低哑:"大一我找你那晚,你是不是在楼下?"

沈瑜一怔,点了点头。

谢新昭皱了下眉,声音变轻:"淋雨生病了?"

沈瑜抿唇,没有直接回答:"谁告诉你的?"

谢新昭心口发酸,眼眶有些热。

"前段时间我们回去,你怎么不说?"

即使是那个时候,他还是有些介意的。可她只是道歉,说要重新开始恋爱,一点也没提起她在背后陪自己淋了一场雨。

沈瑜的语气很平静:"都过去了,没什么好说的。"她稍顿,眼睛闪烁,"而且你说得没错,我确实没有和你见面——"

谢新昭按捺不住胸口翻腾的情绪,重重地将沈瑜揽进怀里。

"怎么就没什么好说的了?"他把头埋在沈瑜的脖颈,声音有些闷,"你告诉我,我会很高兴。

"你明知道,我这么爱你。"

沈瑜安静几秒,抱着他说"好"。

谢新昭微微退开些,一眨不眨地盯着沈瑜,喉头发紧。

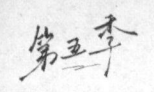

"我是不是可以认为,你比我想象中的要多喜欢我一点?"

沈瑜怔怔地和他对视片刻,点点头。

"我想……"她眨了眨眼,声音轻而有力,"应该不止一点。"

虽然沈瑜说了,她比谢新昭想象中还要多喜欢他一点。

当时的谢新昭只把这当成了沈瑜哄他的话,沉浸在发现沈瑜陪他淋雨的这件事里。

直到几天后才无意中发现,这一次沈瑜真的没有"骗"他。

这件事发生得很偶然。

沈瑜现在的手机用了很久了,最近开始频繁提示内存不足。

谢新昭便买了一部新的手机给她。

沈瑜平时不太玩手机,对数码也不算精通。

她把旧手机给谢新昭,要他帮忙移机,自己拿着衣服去浴室洗澡了。

谢新昭将沈瑜旧手机的东西备份了一遍。

在备份到信息时,他的目光草草扫过,眼皮蓦地一跳。

在现在这个几乎没有人用短信沟通的年代,沈瑜和自己的信息竟然占了不小的容量。

谢新昭的心跳变快了些,小心又期待地点开了旧手机上的信息记录。

呼吸一窒。

最新的一条信息竟然来自去年的12月1日。

——祝你生日快乐。

只有简单的一句祝福语,下方有一行"发送失败"的小字。

再往上,是去年二月,她祝自己新年快乐。

再上一条,是前一年的生日快乐。

谢新昭的手指不自觉地发颤,按在屏幕上的指尖泛白,缓慢地一点点向下滑动。

相较于后面客气简单的祝福语,前面的信息要丰富得多。

有《拂晓》第一次演出成功的快乐,有被评为首席的喜悦,有百合奖折戟而归的失落……

越是靠前的年份,沈瑜发的消息越多。

她把这里当作了一个记录心情的地方,时不时会向他倾诉生活。

谢新昭从最后一条仔仔细细地看到了第一条。

短短的几十分钟,他好像窥见了自己不曾参与的沈瑜的那七年时光。

沈瑜洗完澡出来,看到的就是谢新昭呆坐在床前看手机的样子。

听到动静,谢新昭抬起头怔怔地看着她,眼眶红了一圈,目光深沉如幽谷。

沈瑜愣了几秒:"怎么了?"

谢新昭不发一言,向她勾了勾手。

沈瑜不明所以地走过来。

刚走到谢新昭身边,手腕被人一拉,整个人顺势跌进了谢新昭的怀里。

"原来你对我说过八次生日快乐。"

沈瑜对上他的眼睛,明白过来,她抚摸着谢新昭潮热的脸,弯了弯唇角。

"嗯,今年当面说。"

谢新昭脸上的喜悦一点点蔓延,低头亲她。

"好。"

九月下旬,沈瑜接到了来自余清的见面邀请。

她迟疑了片刻,答应了。

这一次见面,沈瑜特意打扮了一番。

奶茶色的连衣裙长至膝盖,上半身是修身的款式,裙摆镶嵌着金丝,走路时仿若一条波光粼粼的河。她上身套了一件咖啡色针织开衫,宽松款,看上去温暖柔软。

头发做了一次性卷,脸部妆容齐整,配上珍珠耳环和项链,装扮得精致耀眼。

余清看到这样的沈瑜,目光里闪过的不知道是欣慰还是惊艳。

两人分坐在桌子的两头,一时谁都没有说话。

服务员给两人上了茶水之后,余清才徐徐开口:"我和章江要去瑞士定居了。"

沈瑜点点头,平静地道了一声"恭喜"。

余清看着沈瑜的目光闪烁,声音很轻。

"今天除了道别,我还欠你一个道歉。"她抿抿唇,有些艰难地说,"对不起。这么多年我一直没尽到做母亲的责任,因为害怕面对你和你爸爸而一直逃避。后来时间长了,我更不敢回来找你们……"

沈瑜定定地看着对面的女人。她身着蓝色套装,皮肤很白,身材苗条。在同龄人里显得年轻漂亮,看得出生活很不错。

这么多年等到一个迟来的道歉,沈瑜的心情比想象中平静很多。

其实她一直知道的啊,余清是个爱情至上主义者。她漂亮柔弱如菟丝花,依赖爱情的养分生活,女儿对她并没有那么重要。她的生活里可以没有女儿,但不能没有爱情。

"我接受你的道歉。"沈瑜想了想,如实道,"但是现在谈释怀,我也不能说服我自己。"

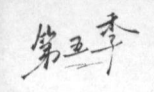

余清的眼眶红了一圈，声音有点哽咽："我知道。"

她吸了一口气，低声说："我本来没想打扰你的。后来听章江说你已经知道了，我才想着临走前要向你道歉……"

沈瑜抿唇，递了张纸巾过去。

"谢谢。"余清接过来擦了擦眼角。

她将纸巾捏在手心，试图放松表情："我那天在医院看到你男朋友，他对你很好。"

沈瑜点点头，说："是。"

"那就好。"余清似乎是松了一口气。

好多年没见，生疏的母女俩其实没多少话好讲。

余清走后，沈瑜一个人坐在这里慢慢喝完了茶。

时间过得很慢，以前的很多个场景一遍遍在脑海里过。

最开始，沈瑜以为自己乖一点优秀一点，妈妈就不会丢下她。所以她拼命努力，对"优秀"这件事有着不一样的执拗。

后来爸爸和继母交往时，沈瑜曾无意中听到过两人的对话。

"这孩子也不叫人。"她听到陈秧半是抱怨半是撒娇的娇嗔。

我叫了。沈瑜在心里说。

她叫了一声阿姨的，只是陈秧没听到。

不知道是不是为了讨好，爸爸沈朗立马顺着陈秧的话说下去："她就这样，养不熟一样。"

沈瑜当即僵在了原地，愣愣地看着那扇门。薄薄的一扇门，将她远远隔在了外面。

从那以后，本就安静的沈瑜更加寡言了，好像游离于家人之外。

再后来，徐玖的事让沈瑜把自己包裹得更紧了。她拒绝与他人的亲密关系，也不想进入。

她以为自己会一个人过一辈子，直到谢新昭出现。

在谢新昭身边，她能感觉自己在被热烈地爱着。

是他告诉她，不管她什么样，他都会爱她。

爱与被爱同时发生真的是一件值得高兴和庆贺的事吧。以至于她现在回想起以前那些不快，情绪都淡然了许多。

快喝完的时候，沈瑜接到了谢新昭的电话，他说要来接她去一个地方。

他没有说去哪儿，沈瑜也没有问。

直到汽车越开越远，一片宏伟绚烂的建筑物和五彩的游乐设施映入眼帘。

沈瑜怔怔地看着窗外，认出这是谢家即将开业的主题乐园。

"我们要进去吗？"她有些惊讶。

最近主题乐园的开业信息刷遍了朋友圈,沈瑜知道还没到开业时间。

谢新昭今天穿得很正式,衬衫西裤加身,如老板出来巡查。

他侧头看她一眼,弯唇。

"对啊,你是第一个游客。"

下了车才发现,看似空旷的乐园里每一处的工作人员竟然真的都在。

沈瑜情不自禁地睁大了眼睛,微抽了一口气。

"就我们两个人吗?"

谢新昭被她的样子逗笑,理了理她被风吹乱的头发。

"今天只为你开放。"他郑重其事地说。

夕阳西下,余晖漫天,谢新昭的轮廓镀上了一层柔和的金,好似在温柔地发着光。

沈瑜的心重重一跳,讷讷出声:"是特意哄我开心的吗?"

知道她和妈妈要见面后,他好像就一直担心自己会不开心。

谢新昭提了提唇角:"也不完全是。"

不等沈瑜说话,他又接着问:"沈小朋友,想玩什么?"

沈瑜的眼眶蓦地发热,环顾一周。

"我好像都没玩过。"

她的童年太贫瘠了,没有享受过多少玩乐的乐趣。

话音落下,手心被人捏了捏,谢新昭的表情有些心疼。

"我知道。"他低声说。

谢新昭牵着她的手往前走:"走,哥哥带你玩。"

沈瑜愣怔了几秒,被他拉着往前。

"新昭哥哥"是她小时候对他的称呼,猛地一听,就像是他们从未分开过。

沈瑜怔怔地盯着他夕阳下的侧脸,眼眶忽然酸得不行。有没有一个世界里,他们真的从来没分开过呢?如果有,他们的少年时期都会比现在幸福一点吧。

每到一个地方,谢新昭都会简单说明玩法让沈瑜挑。除了那些不能双人玩的,沈瑜把喜欢的项目玩了个遍。

等玩到结束,早已经是夜色沉沉了,谢新昭带沈瑜去酒店的露天餐厅吃饭。

餐厅位于高层,整个乐园尽收眼底。灯光五彩缤纷,夜景比白天还要漂亮。

吃饭间,玩到尽兴的沈瑜忽然灵光一闪。

她后知后觉地看向谢新昭,目光闪烁。

"你这算以公徇私吧?家里会不会有意见?"

谢新昭盯着她笑:"这么早就开始操心我家里了?"

沈瑜一哽,说不出话来。

"放心吧,不会有意见。"谢新昭说。

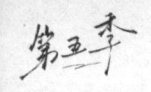

沈瑜将信将疑，点点头。

"不信啊？"谢新昭低头看了一眼时间，指了指露台边的方向。

"你看。"

话音落下，他手指指向的方向忽然"砰"一声，一束橘色烟花在天空中炸开。

沈瑜一愣，起身站到露台边，原来这里晚上还有一场烟花秀。

夜幕下，一束束五颜六色的烟花在夜空中炸开，争先恐后，绚烂绮丽。

忽然间，夜空中的烟火出现了一个短暂的停顿。

接着"砰"的一声，一个红色的爱心出现在夜空。

沈瑜一眨不眨地看着，还没有察觉出异样。

直到又一束烟火升空炸开，夜幕中出现了一行"我爱你"的字样。

沈瑜的心跳得厉害，不可置信地看向旁边的男人。

谢新昭抬了抬下巴，示意她继续看。

耳边又是一声响。

沈瑜怔怔地看过去，烟花变成了"嫁给我"的字幕。

几乎是同时，旁边的人单膝下跪，手心捧着一枚钻戒。

他喉头滚动，声音低沉有力："小瑜，我很贪心，不止想要你今年的生日祝福，还想要以后每一年的。"

他仰着头，眼睛很亮，表情虔诚中带着些紧张。

"你愿意吗？"

耳边是一串串烟花炸开的声音，可沈瑜已经无心去看。

她吸了吸鼻子，喉咙又酸又紧。

短暂的时间里，许多个相处的瞬间不断闪过：

种花、放烟花、看流星、游乐园……

那些在成长中缺失的快乐，被谢新昭一点点弥补、填满。

两次分别，三次相遇。

相逢总比别离多。

如果我们没有一个好的结局，又怎么配得上这几年的曲折颠簸？

前方的路途还很长，这一次就一起走。

沈瑜点点头，伸出左手。

"我愿意。"她的声音有点哽咽。

是的。

她对谢新昭，从来只有这一个答案。

钻戒从无名指尖滑落到底，尺寸分毫不差。

谢新昭吻了吻她的手，起身将沈瑜拥入怀里。

初秋的晚风微凉，贴在一起的两颗心滚烫炙热。

夜幕繁星，游乐园灯光璀璨。

他们在绚丽浪漫的烟火下相拥接吻。

都是缺爱的人，可沈瑜和谢新昭却好像走向了两个极端，彼此的行为处事完全不同。

好在地球是圆的，他们分别之后又会合在了终点，还可以彼此拥抱和温暖对方。

是幸运，也是注定。

当天晚上，万年不发朋友圈的沈瑜更新了一张十八岁时的旧照片。

夏日夜晚，手里拿着仙女棒的女生和身边的男生同时望向镜头。

女生长发披肩，五官标致清冷，眼神中有丝来不及反应的迷茫；男生轮廓分明，神色高冷淡漠。两人都穿着校服，外表登对般配。

整体是泛旧的胶片感，背景很暗，烟花明亮璀璨，被照亮的脸庞年轻漂亮，锋芒初露。

照片下简简单单的一行字——

要和十八岁喜欢的少年结婚了。

番外一

童年核桃包

小时候，谢新昭是被沈瑜"捡"回家的。

那时候沈瑜大概是在看什么动画片，就学着动画片里的人物，像捡宠物一样将无人认领的谢新昭带回了家。

而谢新昭本来就是离家出走的，鬼使神差地，就跟着小公主一样的沈瑜回去了。

沈瑜是悄悄把谢新昭带回去的，也不敢和父母说。

她将谢新昭当作了私有娃娃一般，把人藏进了自己的房间。

沈瑜那会儿还小，并没有觉得自己的行为有什么不对。

她把谢新昭当朋友，听朋友说不想回家，只当自己是个正义使者，要维护朋友的愿望。

于是，谢新昭就这么被沈瑜收留了。

那段时间正是沈朗工作忙碌的时候，他早出晚归，根本注意不到家里多了一个小孩。而余清也对丈夫的冷落感到不满，平时喜欢外出不太着家。

沈家平时除了沈瑜，就只有一个钟点工阿姨。

每次阿姨来的时候，谢新昭就藏到沈瑜的大衣柜里，等人走了再出来和沈瑜玩。

有时候沈瑜被送去学舞，他就安安静静地在房间里等沈瑜回来。

沈瑜会把当天学会的舞跳给他看，问他好不好看。

谢新昭说好看。
沈瑜就很开心地笑，说自己以后会跳更多的舞。
那段时间的生活对谢新昭来说既新奇又开心。
脱离了家里的环境，他很喜欢和沈瑜待在一起。
某天，两人正在沈瑜房间里玩，沈瑜的妈妈忽然从外面回来。
"沈瑜！沈瑜！"
"人呢？"
声音越来越近，两人对视一眼。
谢新昭轻车熟路地钻进了衣柜。
沈瑜关上门前，小声对谢新昭说："新昭哥哥，你等我一下。"
谢新昭点点头。
眼前一黑，柜门关上了。
沈瑜和妈妈的对话隐约传来。
"妈妈，我在这儿。"
"叫你怎么不答应啊？快点，我带你出去吃饭。"
"今天在外面吃啊？"
"对！走了走了，你爸爸催了。"
…………
沈瑜还来不及再说什么，就被余清带走了。谢新昭陷入了长时间的等待里。
直到天都黑了，沈瑜一家也没回来。
在这样饿着肚子的等待里，谢新昭的心情一点点低落下来。
他也不知道自己等了多久，大门口终于传来了一家人回来的动静。
沈瑜一进门就跑回了自己的房间，开灯关门。
她打开衣柜门，对上谢新昭沉默的脸。
见谢新昭不说话，沈瑜小心翼翼地问："新昭哥哥，你饿坏了吗？"
谢新昭看着她不说话，有点委屈也有点难过。
除了饿，更多的是被沈瑜丢下一个人在这儿的难受。
虽然这本身并不是沈瑜的错，可他还是觉得不开心。
谢新昭自己说不清，沈瑜小小年纪也理解不了。
她只是握住谢新昭的手，将人从衣柜里拉了出来。
谢新昭的腿有点麻，踉跄了一下。
沈瑜拉他在自己的小凳子上坐下，自己还站着。
她低头，从左边的口袋里掏出一个用纸巾包着的东西递过去。
她很开心的表情，音调也高了几分："看我给你带了什么！"
谢新昭愣愣地接过来，打开，看到一个冷掉的奶黄核桃包。

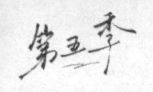

酒席上，沈瑜最爱吃的糕点就是这个。

但是今天她没舍得吃，趁着大人不注意偷偷藏进了自己的外套口袋。

谢新昭确实饿了，低下头咬了一口。

沈瑜满怀期待地看着他，眼睛很亮。

"好吃吧？我最喜欢这个了。"她说着，又从另一个口袋里掏出了同样的奶黄核桃包，"还有一个。"

她将东西放在谢新昭面前的桌上，手又伸向自己的裤子口袋，从两个口袋里分别抓出一把糖果。

"还有这些。"

她跳了跳，像是要把口袋里的东西蹦出来似的。

确定身上所有口袋里都被掏空后，沈瑜蹲下来，托腮望着谢新昭吃东西。

她咽了咽口水，眼睛一眨不眨的。

"够不够呀？我一会儿再去拿牛奶给你。"

谢新昭抬眼，点点头："够了。"

沈瑜"哦"了一声，摸了摸他手上的糕点。

"冷了，热的会更好吃。"

谢新昭将包子塞进嘴里，三两下吃掉。

"很好吃。"他说。

"真的好吃吗？"沈瑜有点怀疑。

谢新昭重重地点头："最最好吃了。"

这是他吃过最好吃的包子。

沈瑜开心地笑了，蹲着看他吃完了才罢休。

这种神不知鬼不觉的生活，硬是过了几天。

两个人完全不知道，另一边的谢家已经找人找疯了。

即使再不关心谢新昭，他也毕竟是谢云蔚唯一的孩子。

谢家的孩子丢了，所有人的第一反应都是被绑票了。

可是一连几天，谢家也没有收到任何绑匪的消息。

那个时候西澜的监控还没有那么发达，警察找人的线索也在街角处断了。

就在谢家人急得冒火时，警局打来电话，说有人将小公子送了过来。

谢家人赶到警局，对送人回来的沈朗千恩万谢。

在沈朗口中，他是今天在家附近发现谢新昭的，知道他和家人走失，便送来了警局。

至于前几天的事情，他并不知情。

谢新昭也闭口不言，只说自己是走丢的。

谢云蔚带着谢新昭回了家，也重谢了沈朗。得知沈朗是做生意的，特意关照了一下。

  这之后,家里便加强了对谢新昭的看管。

  他出门,身后总跟着保镖。

  但从此之后,谢新昭便常常往沈瑜家跑,找沈瑜玩。

  在谢家人看来,沈朗是谢新昭的恩人,自然也就不会对此多说什么……

  再次聊起这些事的时候,是在一个晚上。

  窗外夜色如水,两人相拥而卧。

  谢新昭第一次说起那个晚上的委屈,又谈及收到核桃包时的感动。

  外皮已经冷了,里面的流沙核桃还是热的。

  沈瑜对那两个让谢新昭记了好多年的核桃包完全没了印象。

  "原来我用核桃包就把你收买了呀。"她开玩笑。

  谢新昭将她搂得紧了些,亲了亲她的额头。

  "不,你第一眼就把我收买了。"

番外二

年年有瑜，岁岁新昭

过年时，谢新昭父母给沈家送了好多礼，沈朗便让女儿带了些东西过去回礼。

几人正在客厅聊天时，不巧来了一大一小两位客人。

何宁娴连忙招呼两人进来，为双方做了介绍。

来人分别是谢新昭的堂姐和她的女儿。

因为事业原因，两人过年时还在国外，这两天刚回来，给何宁娴和谢云蔚带了些新年礼物。

沈瑜礼貌地和谢新昭堂姐打招呼。

堂姐笑了笑，拉了拉旁边的女儿宁宁。

"快叫阿姨好。"

宁宁眨了眨眼睛："阿姨好。"

她看着沈瑜的脸，情不自禁地说："你好漂亮啊，像艾莎公主一样。"

沈瑜长头发、白皮肤，穿着裙子，五官精致漂亮。在小朋友的眼睛里就和她最喜欢的艾莎公主一样好看。

沈瑜轻笑："你也很漂亮。"

宁宁点头："嗯，我知道。"

几个大人都被逗笑了。

宁宁对舅舅的漂亮女朋友很有好感，拉着沈瑜陪她一起玩乐高。

沈瑜很有耐心地搭了一个游乐场，再次成功获得了小女生的崇拜。

"姐姐，你好厉害！"

沈瑜笑了笑，将手里的小人递过去："给你。"

宁宁小心翼翼地将小人放在过山车的座椅上，抬头对着沈瑜笑。

两人正玩着，谢新昭过来了。

"搭什么？"

"游乐场！"宁宁立刻兴奋大喊。

谢新昭点点头。

趁着小朋友不注意，他偷偷给沈瑜塞了个红包。

沈瑜会意地接过来。

"宁宁。"

谢新昭离开后，沈瑜将红包递过去。

"新年红包。"

小朋友不客气地接过红包，欣喜不已。

"谢谢姐姐！"

对着漂亮得像仙女一样的沈瑜，她觉得还是叫"姐姐"比较合适。

沈瑜笑了笑。

宁宁脸上的笑容不减，像想起了什么似的忽然开口："姐姐，舅舅过年有没有给你红包？"

沈瑜稍顿，摇头说没有。

宁宁停下手里玩乐高的动作，走到沈瑜身边，表情有点小骄傲和小神气。

"姐姐，我告诉你一个秘密。"

"什么秘密？"沈瑜顺着小朋友的话问。

宁宁四处看了看，凑到沈瑜的耳边开口："过年的时候，你对我舅舅说祝他年年有余，他就会送你一个大红包。"

沈瑜愣愣地看着笑嘻嘻退开的宁宁。

"超级大的红包。"宁宁以为她不明白，张开双手比了一下，"这么大哦。"

沈瑜不自觉地看向谢新昭。

他站在阳台上，正在和爸爸谢云蔚聊着什么。

背影挺拔清隽，隐隐透着年少时的影子。

沈瑜收回目光，轻声问了一句："你发现的吗？"

宁宁摇摇头："不对。是未未姐姐发现的，那时候我还没出生呢。"

她今年五岁，啊，不对，六岁。

宁宁掰着手指数年龄。

"未未姐姐偷偷告诉我的，她每一年都说。"

沈瑜怔怔地点点头。

"我们都猜舅舅一定很喜欢吃鱼,是不是?"宁宁眨巴着大眼睛,一脸期待地看着沈瑜。

很早的时候,谢家的小孩之间就互相流传着一个传言——

那个帅帅的谢新昭叔叔话不多,也不爱笑。但只要你拜年的时候祝他年年有余,他就会心情不错地翘起嘴角,大方地多给你一些红包。

也许还会摸摸你的头。

这个传言被多次证实是真的。

一连好多年都是如此。

"他一定很喜欢吃鱼。"这是所有小朋友的共识。

听到宁宁的问题,沈瑜一时卡壳。

半晌,她对着宁宁莞尔一笑。

"嗯,是的。"

宁宁小朋友没有在这里逗留太久就被妈妈带走了。

临走前,宁宁颇有些依依不舍:"姐姐,下次再帮我搭乐高!"

沈瑜笑了笑说:"好。"

下一秒,宁宁的额头被谢新昭轻敲了一下:"下次叫舅妈,知道吗?"

宁宁眨眨眼,迟疑着"哦"了一声。

小姑娘走后,沈瑜和谢新昭没有留太长时间,也跟着回了家。

回去的路上,谢新昭侧头,目光扫过沈瑜轮廓精致清晰的侧脸。

"宁宁好像很喜欢你。"

沈瑜转向他:"她还告诉了我一个秘密。"

谢新昭挑眉:"什么?"

沈瑜难得地卖起关子:"都说是秘密了。"

她安静了一瞬,转向窗外。

莫名就想起了自己刚和谢新昭分开的那一年。

某个晚上,她和舍友一起去教室自习。

两人打算先把课本放着占位置,吃了晚饭再回来。

那间教室大概是才办过什么新年活动,黑板上写着"辞旧岁,迎新朝"的大标语。

沈瑜放好课本,一抬头看到的就是这六个字。

正值傍晚,温热的夕阳余晖穿过窗户洒进来,橘色光斑落在墨绿色黑板上,给"新朝"两个字镀了一层光。

那是冬日里的一抹阳光,带着光和温度,和黑板上潇洒的寄语十分契合。

沈瑜怔怔地看着那两个字发呆，想起谢新昭说他的名字是"新的希望"的意思。

一个晃神，脑海里浮现的全是谢新昭那张脸和两人在一起的画面。

过去的回忆总是在不经意间袭击你。

比如这样一个平淡的冬日傍晚。

比如只是一个和他名字相似的名词。

直到舍友碰了碰她的肩膀，好奇地道："想什么呢？吃饭去。"

沈瑜霎时清醒。

"嗯，走。"

她应声，同舍友一起出了门。

"在想什么？"

耳边谢新昭的声音将沈瑜拉回了现实。

她摇摇头："没什么，就是忽然想起一些大学时的事。"

"哦。"谢新昭语气平淡地回，"都是我不知道的事。"

沈瑜一顿，蓦地笑出声来。

她可能也是没救了，竟然已经逐渐习惯这样的谢新昭，并觉得他很可爱起来。

谢新昭看了看沈瑜，最终还是没有说些什么。

冬末的夜晚还是有些冷，花园的树叶被风吹得发出"沙沙"声响。

开了空调的房间很温暖。

沈瑜套了件毛绒家居服，及腰的长发如瀑布般披落下来。她洗了澡，站在阳台看屋外的花园。

花园里点着橘黄灯光，光线朦胧。临近春天，植物渐渐又萌发生机，有些早春的花已然是含苞待放的状态。

不一会儿，谢新昭走过来，递给沈瑜一杯温牛奶，自己手上也同样有一杯。

沈瑜接过来，侧头看他，细长的脖颈仰着，眼睛亮如星辰。

"谢新昭，我今天听说了一件事。"

谢新昭的眉毛动了动："什么事？"

沈瑜眼睫眨了眨。

正酝酿着要怎么说时，屋外忽然一声响，漆黑的夜空亮了起来。

五彩斑斓的烟花在夜空炸开，绚烂璀璨。

沈瑜看了一会儿，转回头发现谢新昭一直盯着自己，好似还在等着自己说话。

她想了想，举起牛奶主动和谢新昭手上的杯子碰了碰。

清脆的干杯声后,沈瑜抬头看向对面的人,唇角上扬。
"祝你年年有'瑜'。"
谢新昭怔了几秒,低低笑出声来。
"这是你说的。"
他就当承诺了。
沈瑜点头:"嗯,我说的。"
谢新昭的眼睛亮亮的,比外面的烟火还要明亮漂亮,嘴角挂着止不住的笑意。
"那我应该祝你什么?"
沈瑜沉思片刻。
远处又一道烟火腾空绽开,五彩绚丽的光芒映衬在沈瑜的眼睛里。
她笑了笑:"就祝我岁岁'新昭'吧。"

祝你年年有瑜。
祝我岁岁新昭。
我们常相见。

番外三

这一次是你先招我的

沈瑜避而不见的那天，谢新昭像一只被主人抛弃的狗，身体和天气一样是湿漉漉的。

他不知道自己是怎么回的家，脑子里空荡荡的，什么也不想干，什么也干不了。湿透的身体直接躺上床，可怎么也睡不着。

自沈瑜提出分手后，他就没睡过一个好觉。

可饶是身体熬到了极限，他依旧睡不着。

沈瑜她真的一点都不在意自己，连苦肉计都失效了。

谢新昭麻木地想。即使早就明白这一点，心脏依旧一阵刺痛。

如果自己死了呢？

脑子里突然冒出一个想法。

如果自己死了，沈瑜会不会有点触动？会不会后悔对自己那么绝情？

只想了一秒，他又否决了。

不行。

如果自己死了，岂不是彻底变成了和徐玖一样的人？他那么努力证明自己和徐玖不一样，怎么能做出和徐玖一样的事？

天蒙蒙亮的时候，谢新昭依旧没睡着。

第五季

他头疼得厉害，强撑着起床要去拿药。走到一半，他突然想起什么，在衣柜前定住。

打开衣柜，他伸手将沈瑜没来得及带走的一套睡裙取走，软软绵绵的衣料握在手里，似乎还残留着沈瑜的味道。

谢新昭重新回到床上，紧紧抱住睡裙，将头埋进去深吸一口气，像没有安全感的孩子回到了熟悉的怀抱。

他又想起自己曾对沈瑜说的狠话，心里难受得厉害。

从口袋里翻出手机，他发消息给沈瑜，告诉她自己原谅她了。

再然后，他疲倦地闭上眼睛，陷入了黑暗里。

何宁娴发现谢新昭时，他已经昏昏沉沉地烧了两天。

他的卫衣皱巴巴地贴在身上，整张脸埋在帽子里，脸颊又红又烫。他以一种蜷缩的姿势躺着，手里紧紧抱着一条米白色连衣裙。

何宁娴看不下去，硬给他灌下退烧药，带他去看了医生。

谢新昭像只提线木偶，被安排住进了病房。

病房里，他抬头看着吊瓶里的药水，双目无神。

药剂一滴一滴落下，匀速、缓慢，就像他麻木的生活。

从医院回家后，谢新昭依旧沉默寡言，像是被抽走了灵魂，他没有生活的乐趣，也找不到人生的意义。

他窝在家里浑浑噩噩，国外大学的资料不看，专业不申请。没有生活的乐趣，也找不到人生的意义，每天硬撑着吃几口算是对这具身体最大的尊重。

不知过了几天，爷爷来了。

谢新昭知道爷爷是来劝自己的，转过头拒绝沟通。

没想到，爷爷一开口就是一顿臭骂，骂他像只丧家犬，没个人样。

"为了个女孩子像什么样子？"老爷子中气十足，指着谢新昭的鼻子骂，"你看看你现在这样，有人会喜欢吗？我要是个女的都看不上你。"

谢新昭的睫毛眨了眨，低声道："爷爷，我后悔了。"

谢爷爷愣了下。

谢新昭："我不应该同意的，可能我再多挽留几句，她就会心软……"

"够了！"谢爷爷打断他的话，"男子汉拿得起放得下。这点事算什么？你给我好好振作起来，别一副要死不活的样。"

谢新昭低着头沉默，清瘦的身影似乎一推就会倒。

谢爷爷叹气，说："你这样，我倒想见见那个女生了。看看是谁给你灌了迷魂药，一天天的，魂都没了。"

"不，你别找她。"谢新昭动了动，低声道，"是我不够好。"
"那你就让自己变好！"老爷子吼了一声。
"你现在跟个捡垃圾似的，谁能瞧上你？
"你真的喜欢，就去争！去抢！没什么东西生来就是你的。
"Be a man！ok？（做个男人，行吗？）"

谢新昭一开始听不进去，老爷子就天天来骂。骂到后面，谢新昭耳朵听出茧了，也想明白了。

沈瑜确实说过，觉得他现在不好。

谢新昭心底的死水悄悄起了微澜。是不是自己变好了，和沈瑜还有可能？这个想法仿佛一颗种子，不知不觉地埋入荒芜的心底。

后面爷爷又说了什么谢新昭已经记不得了，只记得爷爷最后说了一句：

"你只管去做，时间会回答一切。"

只管去做。

谢新昭听话地去了国外疗养。吃药和治疗让他的情绪变得很稳定，无欲无求。

两年后，他顺利地申请到了大学。

一个人在外面挺难熬。

有时候他想沈瑜想得不行的时候，又会觉得自己在犯贱。

沈瑜抛弃了他，他应该恨她才对。恨到恨不得站到她面前，将她狠狠抱住弥补这几年的空缺。

他是恨她，可也更想她。

想重新站在她面前，让她审视自己是否变成了更好的人。

爱恨两种情绪交织，有时连谢新昭自己都觉得分裂。

和沈瑜分开的第四年。这一年的新年对谢新昭来说，还是和往常一样走个过场。

爷爷家里很热闹，家族里的小孩跑跑跳跳，吵得很。

他在客厅坐了会儿便待不下去了，打开门去花园吹风。

然而没多久，花园的门也被打开，一阵吵吵闹闹的声音传来。

小孩子们把战场转移到了花园，一个个小人也不嫌冷，直直冲出来，嚷嚷着要放烟花。

谢新昭叹气，再次给他们腾位置。

路过那群小孩时，他的衣角被人拽了一下。他低头，一个大眼睛的小姑娘看着他。

"叔叔，祝你新年快乐。还有……"

她皱眉，想了半天憋出一句：

"身体健康，年年有余。"

谢新昭愣了愣，小姑娘眨巴着眼睛，伸出两只胖乎乎的小手。

谢新昭和她大眼瞪小眼。

"红包呢，叔叔？"小姑娘脸颊鼓鼓地问。

妈妈说过，拜年就有红包的。

谢新昭在她手上轻拍一下。

"等着。"

他一向是发电子红包的，手上没那么多现成的红包。

出门后，谢新昭绕了很久才找到 ATM 机，又去便利店买了红包。

等他回去已经是好久之后了，小孩子们都回了客厅。

那个小姑娘老老实实地坐在沙发上，正在看书。

谢新昭走过去，冰凉的手背蹭了碰小姑娘肉鼓鼓的脸。

小姑娘抬头，眼睛大大的。

"叔叔。"

谢新昭掏出红包晃了晃。

"刚刚的话再说一遍。"

小姑娘想了想："祝你新年快乐。"

谢新昭摇头："不是这句。"

"……身体健康。"

"也不是。"

小姑娘苦恼地皱眉，想了又想，眼睛滴溜溜地转了转，看到桌上的菜。

她想起来了。

"祝你年年有余！"小姑娘大声说。

谢新昭笑了："给你。"

他将最厚的那个红包递过去。

"哇！"小姑娘也是人精，一摸就知道不少。

"谢谢叔叔！你最帅最好了！"

望着小姑娘蹦蹦跳跳走远的背影，谢新昭低头一笑。

曾经埋在心底的种子好似破了土，不知不觉地发了芽。

原来在所有的祝福里，他依然最喜欢和沈瑜有关的那一句。

意识到这一点,谢新昭在学业上更加努力了,同时正式向家里提出想进入公司学习。

爷爷说得对,时间会给出一切答案。
同沈瑜分手的第七年,谢新昭通过了家里的考验,回国接班。
回来的第一件事,谢新昭花高价买回了当时赌气注销的号码。
他还没来得及和谁交换这个私人号码,手机一直很安静。
直到这天晚上,他和家人吃饭。
沉寂了许久的手机突然响起铃声。看到熟悉得倒背如流的号码时,谢新昭几乎不敢相信自己的眼睛。
脑子"嗡"的一声,仿佛身处真空,周围餐具和勺叉相碰以及说话交谈的声音被突然按下了静音键,耳边响起的,只有手机的振动声。
不过几秒的时间,他迅速起身,走到一旁按下接听。
那边也沉默。
在沉默的对峙中,谢新昭试探着开口:"小——"
电话被挂断了。

接完电话的谢新昭站在阳台上,过了好一会儿才回到餐桌上。
谢爷爷看了他一眼:"刚回国,谁找你啊?"
谢新昭语气平静:"打错了。"
谢爷爷挥手:"行了,吃饭吧。"
谢新昭点头,应了一声"好"。
后面的时间里,那个号码再没有打来。
晚上,谢新昭将通话记录的页面看了一遍又一遍。
为什么打过来却不说话?
在分开的时间里,你是不是偶尔也会想起我?
谢新昭扯扯嘴角。
自我安慰也好,自欺欺人也罢。
这一次是你先招我的。
我回来了。
你也该回到我身边了。

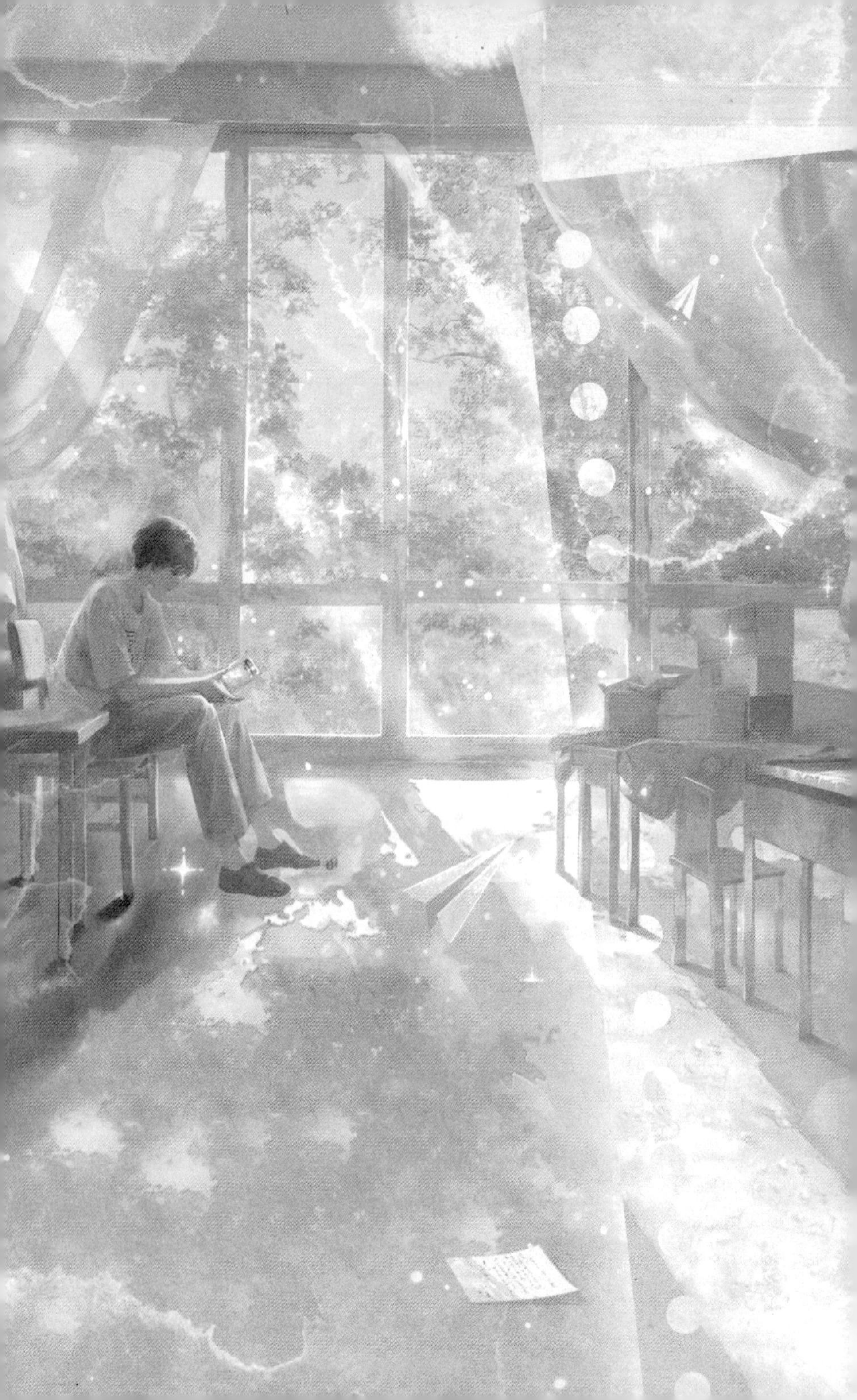